Kugane Maruyama | illustration by so-bin

마루야마 쿠가네 지음 김완 옮김

OVERLORD [6] The men in the Kingdom

왕국의 사나이들 下

6

오버로드

Contents **목차**

6장 **왕도 동란 서장**

Chapter 6 | Introduction of King capital disturbance

1

천천히 응접실 문이 열렸다.

기름칠을 잘 해놓은 문은 부드럽게 열려야 하는데도, 지금은 공연히 무겁게 느껴져 안팎에 기압 차이가 있는 것처럼 느릿느릿 움직였다. 마치 세바스의 심중을 헤아린 듯한 속도였다.

정말로 헤아려준다면 열리지 않기를 바라지만, 문은 야속하게도 활짝 열려 세바스의 시야에 응접실을 비춰주었다.

평소와 다를 바 없는 방에는 평소에는 없던 이형의 존재들이 네 명 대기하고 있었다.

한 사람은 연청색의 무인. 냉기를 뿜어내는 오라를 해제하고 은백색 할버드를 손에 든 채 부동자세로 서 있다.

한 사람은 악마. 비아냥거리듯 일그러뜨린 얼굴 너머에는 어떤 감정을 숨기고 있을까.

그리고 악마에게 안긴, 말라비틀어진 나뭇가지 같은 날개가 달린, 태아처럼 생긴 천사.

그리고 마지막으로는——

"늦어져서 면목이 없나이다."

자꾸만 떨리려는 목소리를 의지력으로 억누르며, 세바스는 응접실에서 유일하게 앉아 있던 존재에게 배례에 가깝도록 공손하게 인사를 올렸다. 나자릭의 하우스 스튜어드를 겸임한 집사라는 거의 최고 지위에 있는 세바스가 외경과 두려움으로 고개를 숙이는 인물이 달리 있겠는가.

절대존재인 '지고의 41인' 중 한 사람.

——아인즈 울 고운.

극대급 전투능력을 가진 나자릭 지하대분묘의 지배자. 손에는 까만 오라를 뿜어내는 '스태프 오브 아인즈 울 고운'을 들고 있다.

공허한 눈구멍에서는 희미한 붉은빛이 타올랐다. 그 빛이 세바스의 온몸을 위에서 아래까지 훑듯이 움직이는 분위기가 고개를 숙인 자세를 유지하는 세바스에게도 전해졌다.

아인즈가 귀찮다는 듯 과장되게 손을 흔드는 동작을 공기의 진동으로 느꼈다.

"……됐다. 신경 쓰지 마라, 세바스. 이것은 연락 없이 온 나의 잘못이니. 그보다도 문 앞에서 고개만 숙이고 있으면 이야기를 나눌 수가 없지 않느냐. 어서 입실하라."

"예."

무거운 목소리에, 세바스는 고개를 숙인 채 반응하고 몸을 일으켰다. 그리고 천천히 한 걸음 내디뎠을 때―― 오싹, 하고 등줄기가 떨려왔다.

예민한 감각으로, 교묘히 감추어놓은 살의와 적의를 느꼈기 때문이다.

시선을 천천히 움직였다. 시야에 들어온 두 명의 수호자는 세바스에게 주의를 기울이는 것처럼 보이지는 않았다. 그러나 어디까지나 일반인의 눈에 그렇게 보일 뿐.

세바스는 충분히 감지하고 있었다.

날카로워진 공기에 우호적인 분위기는 없었다. 오히려 그 반대. 두 수호자의 빈틈없는 자세는 아군을 대하는 태도가 아니었다.

그러한 태도가 어디서 비롯되었는지 알 수 있었던 세바스는 몸속에서 울리는 격렬한 심장 고동 소리가 이 자리에 있는 모두에게 들리진 않을까 생각할 만큼 중압감을 느꼈다.

"그쯤에서 머무는 편이 좋을 것 같네만."

데미우르고스의 시원시원한 목소리가 세바스의 발길을 가로막았다.

그 장소는 주인에게서 조금 떨어진 곳이었다. 물론 말을 나누기 어려운 거리는 아니며, 방의 넓이나 상급자와의 알현이라는 상황을 고려한다면 대체로 적절한 거리라 할 수 있으리라. 그러나 이제까지의 아인즈였다면 머니까 좀 더 다가오라고 말했을 것이다. 이번에는 그 말이 없다는 사실에, 거리 이상의 단절감이 세바스의 등에 무겁게 얹혔다.

동시에 이 거리가 무인 코퀴토스에게는 최적의 공격거리라는 사실도 중압감의 이유 중 하나였다.

게다가 솔류션은 세바스와 함께 방에 들어오기는 했으나 문 바로 옆에서 대기하고 있다.

"그러면……."

뼈로 이루어진 손가락으로 어떻게 했는지는 알 수 없지만 아인즈가 손가락 울리는 소리를 냈다.

"우선 세바스에게 묻겠다. 어째서 내가 이곳까지 왔는지 설명할 필요가 있을까?"

이유는 단 하나. 그것은 이 상황이 충분히 이야기해 주고 있다.

"……아닙니다. 필요하지 않사옵니다."

"그렇다면 네 입으로 듣고 싶구나, 세바스. 보고는 듣지 못했다만, 최근에 어디서 귀여운 애완동물을 주워왔다지?"

──역시.

세바스는 등에 고드름이 꽂힌 것 같은 기분을 맛보았다. 그리고 자신이 주인에게 대답하지 않았다는 사실을 즉시 떠올리고 황급히 목소리를 높였다.

"──예!"

"……대답이 늦군. 세바스, 다시 한 번 묻겠다. 귀여운 애완동물을 주워 기르고 있다지?"

"예! 기르고 있나이다!"

"좋아. 그러면 우선 듣도록 하겠다. 왜 나에게 보고하지 않았나?"

"예……."

세바스는 살짝 어깨를 떨면서 가만히 바닥을 바라보았다. 무어라 말하면 최악의 사태로 발전하지 않을까.

세바스가 아무 말도 없이 가만히 있는 모습을 바라보며 아인즈는 천천히 의자에 몸을 기댔다. 삐걱 소리가 공연히 크게 방에 울려 퍼졌다.

"왜 그러지, 세바스? 땀을 심하게 흘리는구나. 손수건이라도 빌려줄까?"

아인즈는 과장된 몸짓으로 어디선가 순백색 손수건을 꺼내, 검지와 중지 사이에 끼워 세바스 쪽으로 아무렇게나 던졌다. 책상을 넘어 날아온 손수건은 도중에 펼쳐져, 펄럭 하는 의성어가 어울릴 것 같은 움직임으로 바닥에 떨어졌다.

"사용을 허한다."

"예! 감사하옵니다!"

세바스는 한 걸음 아인즈 쪽으로 다가가 떨어진 손수건을 주웠다. 그리고 망설였다.

"……거기에 네 애완동물의 피가 묻어 있다거나 한 것은 아니다. 그저 땀이 보기 흉했을 뿐이지."

"예…… 흉한 모습을 보여드려서 송구스럽사옵니다."

세바스는 손수건을 펼쳐 자신의 이마에 맺힌 식은땀을 닦았다. 손수건은 생각지도 못했던 양의 땀을 흡수해 색이 바뀌었다.

"그러면, 세바스. 나는 너를 왕도에 파견하면서 모든 사항을 기재하여 나자릭에 보내라고 명령했다. 그것은 어떤 정보가 가치 있고 어떤 정보가 쓰레기인지를 혼자서 판단하기는 어렵기 때문이다. 실제로 네가 보내준 서류에 적힌 사항은 도시의 소문 수준에서 기록된 것이었지?"

"예, 바로 그렇사옵니다."

"그러면 데미우르고스. 확인을 위해 묻겠다. 세바스에게서 올라온 서류는 너에게도 보여주었으니까. 그 가운데에 귀여운 애완동물에 대한 내용이 기록되어 있었나?"

"아닙니다, 아인즈 님. 몇 번을 되풀이해 읽었지만 그러한 기록은 전혀 찾을 수 없었나이다."

"좋아. 다시 세바스. 그 점을 감안해 내게 말해다오. 어째서 보고서로 올리지 않았지? ……나의 명령을 무시한 이유를 듣고 싶은 거다. 이 아인즈 울 고운의 말이 너를 속박하기에 부족하더냐?"

그 말이 실내의 공기를 크게 뒤흔들었다.

세바스는 황급히 필사적으로 말을 이었다.

"당치 않사옵니다. 그 정도 사항은 아인즈 님께 보고드릴 것도 없다고, 제가 멋대로 생각했기 때문이옵니다."

실내에 침묵이 내려앉았다.

온몸에 꽂히는 듯한 살기가 넷. 살기가 발생한 곳은 코퀴토스, 데미우르고스, 데미우르고스에게 안긴 천사, 그리고 솔류션이었다. 주인의 목소리 한 마디면 즉시 넷이서 세바스를 공격할 것이 분명하다.

죽음 자체에 두려움은 없었다. 나자릭을 위해 죽는 것은 가장 큰 기쁨이다. 그러나 배신행위 때문에 목숨을 잃는다고 하면 아무리 대담한 세바스라 해도 몸이 떨렸다.

지고의 41인에게 창조된 존재가 배신자로 처분을 당한다는 것은 극도의 치욕이었으므로.

세바스의 이마에 엄청난 땀이 솟아날 만한 시간이 흐른 후, 아인즈가 입을 열었다.

"……다시 말해 너의 어리석은 판단이었다…… 그런 뜻이겠지?"

"예. 바로 그렇사옵니다, 아인즈 님. 저의 어리석은 실수를 용서하여 주시옵소서!"

"……흐음, 그렇군…… 이해했다."

고개를 조아리며 사죄하자 어떤 감정도 느낄 수 없는 아인즈의 목소리가 들려왔다. 즉시 처분하라는 판결이 내려지지 않았기에 실내의 공기가 조금이나마 원래대로 돌아갔다.

그러나 세바스는 안도할 수 없었다. 왜냐하면 그 전에 아인즈가 심장을 덜컥 뛰게 만드는 한마디를 입에 담았기 때문이었다.

"솔류션. 세바스의 애완동물을 데려와라."

"분부 받들겠나이다."

솔류션이 움직이고, 문이 조용히 열렸다가 닫혔다. 세바스의 날카로운 지각능력은 문 너머로 천천히 멀어져가는 솔류션의 발걸음을 느꼈다.

세바스의 목이 꼴깍 침을 삼켰다.

이 자리에는 아인즈, 코퀴토스, 데미우르고스 셋에 기이한 천사까지 합계 네 명의 이형(異形)이 존재한다. 데미우르고스는 그렇게까지 이질적인 모습이 아니라 해도 나머지 셋은 일목요연하다.

모습을 감출 기미가 없는 이유는 모습을 보이더라도 문제가 없기 때문일까?

나자릭 지하대분묘에 속한 자가 입을 막고자 한다면, 대상을 말살하는 행위 말고는 생각할 수 없다.

좀 더 일찍 그녀를 풀어주었어야 했다.

세바스는 마음속으로 고개를 가로저었다. 이제 와서 그런 생각을 해 봤자 너무 늦었다.

이윽고 멀리서 이 방으로 다가오는 두 사람의 기척이 느껴졌다.

──어떻게 할까.

세바스의 시선이 움직여 허공을 바라보았다.

그녀가 이곳으로 온다면 세바스는 결단해야만 한다. 단 하나뿐인 해답을.

시선은 여전히 세바스를 관찰하는 데미우르고스, 그리고 아인즈에게 움직였다. 그리고 마지막으로 힘없이 바닥에 떨어졌다.

문을 노크하는 소리가 들리고, 문이 열렸다. 모습을 나타낸 것은 당연히 두 여성.

"데려왔습니다."

트알레가 입구에서 흠칫 숨을 멈추는 소리가 그녀에게 등을 돌리고 있는 세바스에게까지 들렸다. 악마가 현현한 모습인 데미우르고스를 보고 경악했을까. 연청색의 거대한 곤충인 코퀴토스를 보고 전율했을까. 끔찍한 태아 같은 천사를 보고 공포에 빠졌을까. 죽음을 형태로 이루어낸 듯한 아인즈를 보고 두려움에 떨었을까. 아니면 전부였을까.

수호자들의 불쾌감은 트알레를 앞에 두고 더욱 강해졌다.

어떤 의미에서는 트알레야말로 세바스의 죄를 드러내는 상징이기 때문이다. 자신에게 날아드는 적의에 트알레의 몸이 떨리는 것 같았다.

이 세계에서는 절대자나 마찬가지인 수호자들의 적의는 나약한 모든 존재를 근원부터 두려움에 떨게 만든다. 트알레가 울음을 터뜨리지 않는 데에 놀랄 지경이었다.

세바스는 돌아보지 않았지만 자신의 등을 바라보는 트알레의 시선이 생생히 느껴졌다. 그녀의 용기는 세바스가 여기 있다는 사실에서 비롯되었던 것이다.

"데미우르고스, 코퀴토스. 그만두지 못할까. 빅팀을 본받아라."

아인즈의 조용한 목소리가 울려 퍼지자 실내의 공기가 변했다. 아니, 트알레를 향했던 적의가 사라졌다고 해야 하리라. 두 수호자를 제지한 아인즈는 왼손을 트알레에게 내밀었다. 그리고 손바닥을 천장으로 돌려 천천히 손짓한다.

"들어오라, 세바스가 주운 애완동물 인간—— 트알레."

그 말에 지배당한 것처럼 트알레는 한 걸음, 두 걸음 떨리는 발로 실내에 들어왔다.

"도망치지 않다니 용기가 있군. 아니면 솔류션에게 무어라 들기라도 했나? 네가 어떻게 나오느냐에 따라 세바스의 운명이 결정될 거라고?"

부들부들 떠는 트알레는 그 말에 아무 대답도 하지 않았다. 세바스는 자신의 등에 꽂힌 시선이 더욱 강해지는 것을 느꼈다. 그것은 말 이상의 웅변처럼 트알레의 마음을 전해 주었다.

실내에 들어온 트알레는 망설이지도 않고 세바스의 곁에 섰다. 코퀴토스가 천천히 움직여 트알레의 뒤에 대기하듯 섰다.

트알레가 세바스의 옷깃을 잡았다. 문득 세바스는 그 골목에서 그녀에게 붙들렸을 때를 떠올렸다. 동시에 좀 더 현명하게 대처했더라면 이러한 일은 일어나지 않았으리라고 후회했다.

데미우르고스는 트알레를 싸늘하게 노려보더니——

『꿇어 엎——.』

——딱, 손가락 울리는 소리가 났다. 입술을 움직이려던 데미우르고스는 즉시 주인의 뜻을 이해하고 그 이상 말을 잇지 않았다.

"——됐다. 괜찮다, 데미우르고스. 나를 보고도 도망치지 않은 용기를 가상히 여겨, 나자릭의 지배자인 내 앞에서의 무례를 용서하자꾸나."

"송구스럽사옵니다."

데미우르고스의 사죄에 아인즈가 천천히 고개를 끄덕였다.

"그러면……."

삐걱, 등받이에 체중이 실린 의자가 소리를 냈다.

"우선은 내 소개를 하지. 나의 이름은 아인즈 울 고운. 거기 있는 세바스의 지배자다."

바로 그렇다.

아인즈 울 고운―― 지고의 41인은 세바스의 모든 것을, 생사마저도 지배하는 분들이다.

절대적인 주인이 자신에게 내린 그 선언은 최고의 환희였다. 그러나 어째서인지 생각보다도 환희의 정도가 약해서 등을 살짝 떨리게 할 정도였다. 트알레가 있기 때문이 아니다. 그 한순간만은 트알레의 존재마저 잊을 뻔했기 때문이다. 좀 더 다른――.

세바스가 그렇게 생각하는 동안에도 대화가 이어졌다.

"아, ……저, 저는……."

"됐다, 트알레. 너에 대해서는 어느 정도 알고 있으니. 그리고 나에게 그 이상의 관심은 없다. 너는 그곳에서 가만히 서 있기만 하면 된다. 너를 부른 이유는 나중에 알게 될 것이다."

"네……."

"그러면……."

아인즈의 공허한 눈구멍에 떠오른 붉은빛이 움직였다.

"……세바스, 나는 듣고 싶다. 너에게는 눈에 뜨이지 않도록 행동하라는 지시를 내렸을 텐데."

"예."

"그럼에도, 하잘것없는 여자를 위해 성가신 일을 초래했다── 내 말이 틀렸느냐?"

"옳사옵니다."

하잘것없다는 말에 트알레의 몸이 꿈틀 움직였으나 세바스는 반응하지 않고 대답했다.

"그것은…… 나의 명령을 무시하는 행위라고 생각하지 않았느냐?"

"예. 저의 얄팍한 생각이 아인즈 님께 불쾌함을 드린 점을 깊이 반성하며, 이러한 일이 두 번 다시 일어나지 않도록 충분한 주의를 거듭──."

"──됐다."

"예?"

"됐다고 했다."

아인즈가 자세를 고치자 다시 의자가 삐걱 소리를 냈다.

"실수는 누구에게나 있는 법이다. 세바스, 너의 사소한 실수는 용서하겠다."

"──아인즈 님, 감사드리옵니다."

"그러나 실수는 대가를 치러야만 하는 법. ──죽여라."

방 안의 공기가 팽팽해지고 온도가 몇 도 떨어진 것 같았다. 아니, 그렇지 않았다. 그렇게 느낀 것은 세바스뿐이었다. 다른── 나자릭에 속한 자들은 여전히 태연했다.

세바스는 침을 삼켰다.

무엇을 죽이란 말인가. 물을 필요도 없다. 그래도 '역시' 라는 생각과 함께, 이렇게 되지 않았으면 했다는 마음이 세바스의 입을 무겁게 만들며 움직였다.

"……무어라고…… 말씀하셨나이까……."

"음…… 네 실수의 뿌리를 제거해, 없었던 것으로 하자는 말이다. 실수의 원인을 그대로 둔다면 다른 자들에게도 본보기를 보일 수가 없지 않겠나? 너는 나자릭의 집사. 위에 선 존재다. 그런 자가 이대로 아무 행동도 하지 않는다면……."

세바스는 숨을 토해냈다. 그리고 다시 들이마셨다.

강적을 앞에 두고도 결코 흐트러지는 법이 없었던 세바스의 숨이, 작은 동물이 포식자를 앞에 두었을 때처럼 가빠졌다.

"세바스, 너는 지고의 존── 41인을 따르는 개더냐, 아니면 자신의 의사가 옳다고 생각하는 자더냐?"

"그것은──."

"──대답할 필요는 없다. 결과로 나에게 보여라."

세바스는 눈을 감았다가, 다시 떴다.

망설임은 한순간. 아니, 한순간이라는 긴 시간을 망설였다. 코퀴토스나 데미우르고스, 솔류션과 같은, 지고의 존재들에게 충실한 자들이 적의를 드러내기에는 충분한 시간을 주저했다.

그만한 시간을 거쳐, 세바스는 간신히 결론을 내렸다.

세바스는 나자릭의 집사.

그 이외의 어떤 존재도—— 아니다.

자신의 어리석은 망설임이 이 결과를 초래했다. 만일 좀
더 일찍 허가를 청했더라면 이러한 결말이 기다리지는 않았
을 것이다.

모두 자신의 탓이다.

세바스의 눈은 단단한 색을 띠고 강철과도 같은 광채를 뿜
어냈다. 그리고 트알레에게 몸을 돌렸다.

트알레가 잡았던 손이 떨어졌다. 한순간 망설이듯 허공을
헤매다가, 힘없이 늘어졌다.

트알레는 세바스의 얼굴을 보고, 세바스의 결정을 이해했
으리라.

미소를 짓고, 눈을 감았다.

그 표정은 절망도, 공포도 아니었다. 이제부터 일어날 일
을 받아들이고 인정하려는, 순교자와도 같은 표정이었다.

세바스의 움직임에도 동요는 없었다. 이제 세바스의 마음
은 깊이 가라앉았다. 지금 이 자리에 있는 것은 나자릭에 강
철과도 같은 충성을 바치는 한 종복의 모습이었다. 그렇다면
주인에게서 받은 절대적인 명령에 따르지 않을 이유가 없다.

망설임은 끊어버렸다. 이제는 충성의 일념만이 남았다.

세바스는 주먹을 굳게 쥐고, 유일한 자비를 담아 한순간에 목숨을 끊고자 트알레의 머리를 향해 내질렀다.

그리고——.

——단단한 것이 주먹을 받아냈다.

"——어째서? 왜 방해하는 것입니까?"

"＿＿＿＿."

"…………."

트알레의 머리를 날려버리기 위해 세바스가 휘두른 주먹은 가로막혀 있었다.

코퀴토스의 팔 하나가, 굳게 눈을 감은 트알레의 뒤에서 튀어나와 세바스의 주먹을 받아낸 것이다.

위대한 주인의 명령에 따른 일격을 막다니, 코퀴토스의 반항을 드러내는 행동이 아닌가.

그러나 세바스의 마음속에서 태어난 의문은 즉시 풀렸다.

"세바스, 물러나라."

조바심과 당혹감을 느끼면서도 두 번째 일격을 날리려던 세바스는 아인즈의 말에 주먹의 힘을 풀었다. 코퀴토스에 대한 질타가 아니라 세바스를 제지하는 말. 다시 말해 코퀴토스가 세바스의 공격을 받아낸 이유는 마땅히 그래야만 했기 때문이었다.

미리 짠 연극이었다. 말하자면 세바스의 의지를 확인하는 것이 목적이었으리라.

살짝 눈을 뜬 트알레는 자신의 앞에 있던 단두대가 멀어진 것을 확인한 모양이었다. 생명의 위험이 떠나가자 긴장의 끈이 끊어진 트알레는 눈물을 머금고 몸을 떨었다. 후들후들 다리가 흔들려 당장에라도 쓰러질 것 같았지만 세바스는 붙잡아주지 않았다. 아니, 그럴 수 없었다.

이제 와서 무엇을 하라는 말인가. 그녀를 내버린 자가.

공포에 질린 트알레를 무시하고 아인즈와 코퀴토스는 대화를 시작했다.

"코퀴토스. 조금 전의 주먹은 확실하게 그녀를 죽음에 이르게 할 만한 공격이었느냐?"

"틀림. 없나이다. 즉사의. 일격. 이었. 사옵니다."

"그렇다면 이로써 세바스의 충성에 거짓됨이 없다고 판단하겠다. 수고했다, 세바스."

"예!"

굳은 표정으로 세바스는 고개를 숙였다.

"——데미우르고스, 이의는 없으렷다?"

"없사옵니다."

"코퀴토스."

"없. 나이다."

"……빅팀?"

"피부단적주황청자갈회."

"좋다. 그렇다면 다음 이야기로 넘어가자."

손가락을 딱 울리고 일어난 아인즈는 팔을 옆으로 휙 움직였다. 그 반동에 로브가 펄럭였다.

"세바스의 활약 덕에 충분한 정보가 모였다고 판단했다. 더 이상 이곳에 오래 머물 이유가 없다. 따라서 저택을 떠나 나자릭으로 철수한다. 세바스, 여자의 처분은 네게 일임하겠다. 충성을 확인한 이상 어떻게 하든 내가 할 말은 없다──고 하고 싶다만, 해방하기 전에 조금 검토를 해야겠지. 나자릭에 대해 이러쿵저러쿵 떠들어댄다면 성가신 일이 되리라 생각하지 않나, 데미우르고스?"

"바로 그렇사옵니다. 미지의 적이 존재하는 이상, 우리에 관한 정보의 유출은 최대한 피해야 하옵니다."

"그러면 어떻게 해야 할까?"

"……일단은 확인을 해 보심이 좋지 않을는지요?"

"그렇겠지. ……세바스, 트알레의 처분은 조금 더 기다려라. 살해까지 가지는 않으리라 본다만 반드시 그렇지는 않음을 명심해라."

트알레의 처분이 어떻게 될지 불명확하다는 말은 곧 나자릭의 최고책임자인 아인즈조차 즉시 판단할 수 없는 문제란 뜻일까. 세바스는 놀라움을 감추지 못했다.

"아인즈 님, 저의 실수로 이 저택에서── 왕도에서 철수하시는 것이옵니까?"

"……그렇기도 하고, 그렇지 않기도 하다. 앞서 말했듯 이 부근에서 얻어야 할 정보는 거의 얻었다. 더는 이곳에 잠입할 이점이 별로 없는 바, 철수하는 편이 안전하리라 계산한 것이다. 데미우르고스, 빅팀은 내가 데리고 갈 테니 이리 다오."

데미우르고스에게서 태아 천사―― 빅팀을 받아든 아인즈가 마법을 발동했다.

"〈상위전이Greater Teleportation〉."

마법을 발동한 것과 동시에 아인즈는 로브를 연극배우처럼 요란하게 펄럭였다. 그리고 칠흑의 덩어리가 안쪽을 향해 수축되듯, 그의 모습은 눈 깜짝할 사이에 사라졌다.

세바스는 이제까지 본 적이 없었던 기묘한 연출과 함께 사라지는 아인즈의 모습에 잠시 어안이 벙벙했지만 흠칫 제정신을 차렸다.

"저, 그녀가 매우 피로한 듯하니 잠시만 방에서 쉬게 할까 합니다. 제가 데려가도 문제는 없으리라 봅니다만. 그렇지 않습니까, 데미우르고스?"

"……그렇군. 세바스 자네 말이 옳네."

데미우르고스는 악마와도 같은 웃음을 띠더니 부디 그러라는 듯 문 쪽으로 우아하게 손을 내밀었다.

"다만 경우에 따라서는 다시 불러낼지도 모른다는 사실을 염두에 두는 편이 좋겠군. 걱정할 것 없다고는 생각하지만,

이 왕도에서 여우사냥을 하고 싶지는 않거든."

"⋯⋯따라오십시오."

"⋯⋯네."

갈라진 목소리로 대답한 트알레는 세바스의 뒤를 따라 휘청휘청 걸음을 옮겼다.

방을 나온 두 사람의 발소리가 복도에 울려 퍼졌다. 서로 말없이 걸었으며, 이윽고 트알레의 방문이 보였다. 그리 먼 거리도 아니었을 텐데 매우 오랫동안 걸어온 것만 같았다.

방문 앞에 와서야 겨우 결심이 선 것처럼 세바스가 불쑥말했다.

"사죄할 마음은 없습니다."

뒤에서 따라오던 트알레의 몸이 흠칫 떨리는 것이 느껴졌다.

"다만, 당신을 처분하라는 명령이 내려오게 되었던 것은 저의 실수입니다. 만일 다른 수단을 취했더라면 이러한 결과는 일어나지 않았을 겁니다."

"⋯⋯세바스 님."

"저는 아인즈 님── 그리고 지고의 41인의 충실한 종복. 만일 다시 한 번 똑같은 일이 생긴다 해도 같은 행동을 취할 것입니다. ⋯⋯그러니 당신은 인간 세상에서 행복해지십시오. 그럴 수 있도록 탄원해 보겠습니다. ⋯⋯아인즈 님은 기억을 조작하실 수 있을 터이니, 나쁜 기억은 모두 지우고,

그렇게 살아가십시오."

"……세바스 님에 대해서는요?"

"……저의 기억도 지우십시오. 기억해 봤자 좋을 일은 없을 테니까요."

"좋은 일이 뭔가요?"

트알레의 말에 담긴 강한 의지가 느껴져 세바스는 돌아보았다.

세바스에게 맞선 것은, 눈물이 섞이기는 했지만 강한 힘이 담긴 시선으로 노려보는 여성이었다. 미미하게 동요하면서도 설득할 말을 생각해 보았다.

분명 나자릭은 매우 멋진, 그야말로 신의 축복을 받은 곳이다. 하지만 그것은 지고의 41인에게 창조된 세바스나 그 외의 존재들, 그리고 나자릭 지하대분묘의 서번트들이기에 그리 생각하는 것이다.

재능도 능력도 없는 한낱 인간에게 그곳이 구원이 되리라고는 도저히 생각할 수 없었다. 그리고 그곳이 트알레라는, 목숨의 가치가 적은 약한 존재를 받아들이리라 여겨지지도 않았다. 그렇다. 절대자인 주인의 가호 없이는. 그렇기에 세바스는 말했다.

"……인간세상에서 행복해지라고 말씀드린 것입니다."

"저의 행복은 세바스 님과 함께하는 곳에 있어요. 그러니 데려가 주세요."

딱 잘라서 단언하는 트알레에게 세바스는 연민을 느꼈다.

"……소소한 사건에 행복감을 느끼시는 것 같습니다만, 당신은 그저 지옥에서 마음이 마비되었을 뿐입니다."

최악을 보았기에, 다소 나아진 열악한 장소에서도 행복을 느꼈을 뿐이다. 세바스는 그렇게 판단했다. 그러나 트알레는 그런 생각을 웃음으로 부정했다.

"……저는 이곳이 지옥이라고 생각하지 않아요. 밥도 배불리 먹고, 제대로 된 일을 할 수 있었는걸요. ……저는 작은 마을에서 태어나 자랐어요. 그곳의 생활도 어려웠지요."

트알레의 눈이 한순간 먼 곳을 보듯 움직였다. 그리고 금방 원래대로 돌아와 세바스를 정면으로 바라보았다.

"배를 곯으면서 밭을 갈아봤자 작물은 영주가 거의 다 가져갔어요. 우리 입에 들어갈 것은 거의 남지 않아요. 게다가 영주에게 우리는 그저 장난감인걸요. 비명을 질러도 웃으면서 겁탈했으니까요. 웃고 있었어요. 저는 그——."

"——알겠습니다."

세바스는 뻣뻣하게 웃는 트알레를 끌어당겨 품에 안고 떨리는 어깨를 부드럽게 감쌌다. 그때와 마찬가지로 봇물이 터진 것처럼 우는 트알레의 눈물이 옷에 스며드는 것이 느껴졌다.

그녀가 본, 그녀가 산 세계가 이 세상의 전부일 리가 없다. 그래도 트알레에게 인간세상이란 그런 것이었으리라.

세바스는 가만히 생각했다.

무엇이 최선일까. 생각해도 대답은 하나밖에 없었다. 그러나 주인을 격노케 하여 트알레를 죽이라는 명령이 떨어질 가능성도 높은 대답이었다.

"죽을지도 모릅니다."

"세바스 님의 손에 죽는다면, 그곳에서 죽을 수밖에 없었던 제게 온기를 주신 분에게 죽는다면……."

고개를 든 트알레의 얼굴에 떠오른 표정을 보고 세바스도 결심했다.

"알겠습니다, 트알레. 나자릭으로 당신을 데려갈 수 있도록, 아인즈 님께 부탁드리겠습니다."

"고맙습니다."

"감사는 아직 이릅니다. 부탁한 결과 당신을 죽이라고 말씀하——."

"——이미 각오했어요."

"그렇……군요."

세바스는 트알레의 어깨를 감은 팔에서 힘을 뺐지만 트알레는 떨어지려 하지 않았다. 옷을 꽉 붙든 채 젖은 눈으로 올려다본다.

눈동자에는 무언가를 기대하는 빛이 있었다. 세바스는 그 사실을 직감했지만 무엇을 기대하는지까지는 알 수 없었다. 다만 확인해야 할 사항을 떠올렸다.

"한 가지 확인하겠습니다. 인간세상에 미련은 없습니까?

돌아가고 싶다고 생각하시는 곳은 없습니까?"

나자릭에 불려 간다고 해서 인간사회와 영원히 연을 끊는
다는 뜻은 아닐 것이다. 딱히 감금할 목적으로 연행하는 것
도 아니므로. 그러나 그렇게 될 가능성도 없지는 않다.

"……여동생……을 만나고 싶다는 마음은 조금 있어요.
하지만 이젠 옛날을 떠올리고 싶지 않다는 기분이 더 강해
서……."

"알겠습니다. 그러면 당신은 방에 계십시오. 저는 다시 한
번 아인즈 님을 뵙고 오겠습니다."

"네──."

트알레는 옷을 잡았던 손을 놓더니 세바스의 목에 팔을 감
았다.

표정으로는 전혀 드러내지 않았지만 무엇을 하려는 건가
혼란에 빠진 세바스를 무시하고, 트알레는 발돋움을 했다.

그리고 세바스와 트알레의 입술이 겹쳐졌다.

부드럽게 겹쳐진 시간은 거의 한순간이었다. 트알레의 입
술은 금방 떨어졌다.

"찌릿찌릿했어요."

트알레가 몸을 떼더니, 자신의 입술을 두 손으로 매만졌다.

"행복한 키스는 처음이네요."

세바스는 아무 말도 할 수 없었다. 그러나 트알레는 세바
스를 바라보며 생긋, 해맑게 웃었다.

"그러면 저는 여기서 기다릴게요. 잘 부탁드려요, 세바스
님."

"아, 어…… 아, 알겠습니다. 잠시만 기다려 주십시오."

"무슨 일이 있었나? 얼굴이 붉어진 것 같은데."

세바스가 방으로 돌아왔을 때 가장 먼저 들린 목소리였
다. 얼굴이 붉다는 말에 세바스는 호흡을 깊고도 조용한 것
으로 바꾸었다. 조금 전의 동요를 겉으로 드러낸다면 주인
을 맞이할 종자로서 실격이다. 자신도 모르게 입술로 움직
이려는 손을 억누르며 세바스는 완벽한 종자에게 어울리는
표정을 만들었다.

"아무것도 아닙니다, 데미우르고스 님."

"경칭을 붙일 필요는 없네, 세바스. 아까 아인즈 님——유
일하고도 절대적인 분을 앞에 두었을 때와 마찬가지로 생략
해도 무방하네. 코퀴토스는 어떤가?"

"상관. 없다."

두 수호자의 말에 세바스는 알았다는 뜻을 보였다.

그리고 5분 후. 공간이 물컹 일그러졌다.

공간왜곡이 원래대로 돌아오자 그곳에는 한 인물이 서 있
었다. 물론 아인즈였다. 조금 전까지 들고 있던 스태프 오브
아인즈 울 고운은 없었으며 빅팀 또한 보이지 않았다.

세바스, 코퀴토스, 데미우르고스, 솔류션. 방에 있던 네 수하는 일제히 무릎을 꿇고 고개를 조아렸다.

"마중하느라 수고했다."

아인즈는 책상 뒤로 돌아가 의자에 앉았다.

"일어나라."

네 사람은 일제히 일어나, 기분이 매우 좋아 보이는 아인즈에게 시선을 보냈다.

"자, 데미우르고스. 이로써 네가 쓸데없는 걱정을 했다는 사실이 입증됐지? 나는 세바스가 배신하리라고는 요만큼도 생각하지 않았다. 너희는 지나치게 주의가 깊어. 애초에 옥좌의 홀에서 이미 확인하지 않았더냐."

"면목이 없나이다. 그래도 아인즈 님의 판단에 이의를 제기한 저의 하잘것없는 의견을 인정해 주신 데에 감사드리옵니다."

"괜찮다. 나도 실수할 때가 있으니. 데미우르고스가 체크해 주었다고 생각하면 안심할 수 있지. 게다가 나를 염려해 해 주는 말에 트집을 잡을 만큼 그릇이 작지도 않다."

고개를 깊이 조아리는 데미우르고스에게서 시선을 돌리는 아인즈.

"그러면 그 인간 여자의 처분에 대해 이야기해야겠지, 세바스."

세바스는 긴장해 몸을 굳혔다.

"예."

쥐어짜내듯이 대답한 다음 잠시 간격을 두고, 아인즈의 표정을 살피며 굳게 각오하고 물었다.

"트알레의 처분은 어떻게 하시겠나이까?"

아주 잠시 침묵이 이어지고, 되묻는 말이 흘러나왔다.

"어디 보자. 그 여자를 풀어줄 경우 우리 나자릭의 정보가 새어나갈 우려가 있다는 말을 했지?"

데미우르고스는 아인즈의 시선을 받아 고개를 끄덕였다.

"예. 그렇사옵니다만, 어떻게 하시겠나이까?"

"그렇다면 기억을 조작하지. 그다음에…… 돈이라도 쥐여주고 적당한 곳에 풀어주면 되지 않겠느냐."

"아인즈 님, 죽이는 것이 편하고 확실하리라 생각하옵니다."

데미우르고스의 의견에 솔류션이 동의하듯 고개를 끄덕였다. 이로써 아인즈는 그 모습에 살짝 생각에 잠겼다. 둘이나 같은 의견이라면…… 그런 판단을 내리려는 것이다.

세바스는 내심 매우 당황했다. 주인이 결정을 내린다면 이를 뒤집기란 쉽지 않다. 용서를 받았다고는 해도 데미우르고스나 코퀴토스, 솔류션에게서는 호감을 잃었을 것이다. 만일 함부로 반대 의견을 입에 담는다면 확실하게 불쾌감을 사고 만다.

그러나 지금은 발언해야만 한다.

세바스는 데미우르고스에게 반대하는 의견을 내고자 입을

열려 했다. 그러나 발언까지는 가지 못했다. 그 전에 아인즈가 말했기 때문이다.

"……관둬라, 데미우르고스. 아무 이익도 없이 남을 죽이는 것은 그다지 좋아하지 않는다. 아니, 약자를 죽이면 나중에 이용할 수 없게 되니 말이다. 살아 있으면 어떻게든 써먹을 가능성도 있다는 점을 고려해야겠지."

세바스는 안도의 한숨을 꾹 참았다. 아직 트알레의 처분이 결정되지는 않았다. 그렇다면 가능성은 있다.

"알겠나이다. ……그러면 제가 지배하는 사육장에서 일하게 할까요?"

"아, 혼합마수Chimaera를 키우는 곳 말이냐? 그러고 보니 마수를 도살해 식량으로 삼거나 하진 않는 게냐? 나자릭의 식량 사정도 개선해야 할 텐데."

데미우르고스의 시선이 "키마이라 스테이크…… 아니, 햄버그……."라고 중얼거리는 아인즈에게서 떨어지더니 어딘가 먼 곳을 보는 듯한 표정으로 바뀌었다. 그리고 다시 돌아왔다.

"……육질이 좋지 않아 식량으로는 적절치 못하옵니다. 영광스러운 나자릭에서 사용하기에는……."

추천하지 않겠다며 데미우르고스가 미소를 지었다.

"물론 죽은 가축은 해체하여 다른 가축에게 먹이고 있사옵니다. 그대로는 먹을 수 없으니, 잘 갈아서 말이지요."

"흐음, 동족상잔이란 말인가. 역시 짐승은 짐승이로군."

"말씀하신 그대로이옵니다, 아인즈 님. 그런 점이 어리석고 귀여운 장난감이기도 하지만요. 다만 잡식성이라 밀 같은 것도 먹으니, 밀이 남는다면 내려주실 수 있으신지요? 빼앗은 것만으로는 조금 부족한 상황인지라."

"소중한 양피지의 공급원 아니냐. 굶길 수는 없지. 어디 보자…… 세바스, 철수하기 전에 밀을 대량으로 구입하여 데미우르고스에게 주어라."

"분부 받들겠나이다. 대량이라고 말씀하시면 창고를 빌려서 그곳에 쌓아두고자 하옵니다만, 그곳에서 나자릭으로 운반할 때는 어떻게 하면 좋겠나이까?"

"어디 보자…… 그래, 샤르티아를 불러다 〈전이문Gate〉을 쓰게 해 나자릭까지 옮기지. 그다음은 데미우르고스 네게 맡겨도 되겠느냐?"

"예. 그다음부터는 저희가 옮기겠습니다."

"좋아. 그런데 데미우르고스, 너의 활약은 그야말로 나자릭에서도 으뜸가는 것이라 아무리 고마워해도 아깝지가 않구나."

"황송한 말씀 기쁘기 이를 데 없나이다, 아인즈 님! 그 한마디로도 이 데미우르고스는 힘이 솟아나옵니다!"

"……어, 뭐, 진정하고. 그래서 묻고 싶다만. 일을 너무 많이 맡아 힘들지는 않느냐? 무슨 일이 있을 때마다 불려 나오고, 양피지를 안정적으로 공급하기 위한 사육장을 운영하고, 마왕을 만들 준비도 하는 등등 중요한 안건을 몇 가지나 맡았다만, 괜찮은가 싶어서 말이다."

데미우르고스는 만면 미소를 지었다. 세바스가 본 적도 없는, 삿된 마음이라고는 조금도 담기지 않아 호감만이 느껴지는 표정을.

"불초 데미우르고스를 심려해 주셔서 진심으로 감사드리옵니다. 하오나 안심하옵소서. 모두 지극히 보람이 있는 일이며 아직까지는 부담이 되지 않나이다. 만일 필요하다 판단될 경우 도움을 청하겠사오니, 그때는 모쪼록 잘 부탁드리옵니다."

"그렇구나."

주인의 기뻐하는 목소리를 들으며, 데미우르고스가 말하는 사육장의 정체에 대해 생각한 세바스는 내심 눈살을 찡그렸다.

같은 나자릭에서 지고의 존재를 섬기는 몸으로서 데미우르고스의 성격은 잘 안다. 데미우르고스가 단순한 사육장을 운영할 리가 없다. 그것이 설령 합성마수 같은 몬스터라고 해도——.

세바스의 뇌리에 선명한 광경이 스치고 지나갔다.

데미우르고스가 무엇을 사육하는지 추측할 수 있었기 때문이다.

그런 장소에 트알레를 보내도 좋을까? 분명 데미우르고스도 트알레의 안전은 보장해 줄 것이다. 그러나 그녀의 정신의 안전까지 보장해 줄 리는 없다.

두 사람의 대화가 잠시 일단락되었다. 끼어든다면 이 타이밍밖에 없다. 세바스는 그렇게 판단하고 주인에게 말을 걸었다.

"──아인즈 님."

"음? 왜 그러느냐, 세바스."

"만일 괜찮으시다면──."

숨을 들이마셨다. 이것은 도박이다. 매우 위험한 도박. 그래도 나서야만 한다.

"트알레를 나자릭 지하대분묘에서 일하게 하면 어떨까 생각하옵니다."

정적이 찾아오고, 모두의 시선이 모여드는 가운데 아인즈가 세바스에게 조용히 물었다.

"전에 코퀴토스에게도 똑같은 질문을 했다만…… 세바스, 그 경우 우리가 얻을 이익은 무엇이냐?"

"예. 우선 트알레는 식사를 만들 수 있나이다. 나자릭에서는 요리를 할 수 있는 자가 현재 요리장과 부요리장 두 사람뿐. 유리는 예외로 치겠나이다. 앞으로의 나자릭을 생각한다면 요리를 할 수 있는 자가 조금 더 있는 편이 좋지 않을까 사료되옵니다. 게다가 인간이 일을 한다는 시범사례를 만든다면 이 또한 충분한 이익이 되리라 봅니다. 인간처럼 열등한 생물이라도 나자릭에서 일을 할 수 있다는 어필은 매우 좋은 선례로 남지 않겠나이까? 또한──."

"──알았다. 알았다, 세바스."

세찬 물줄기처럼 트알레의 유용성을 쏟아내는 세바스에게 아인즈가 손을 들어 만류했다.

"알았다, 세바스. 네가 하고 싶은 말은 잘 알겠다. 나 또한 요리를 할 수 있는 자가 적다는 점은 고려해야 한다고 생각했다."

"하오나 아인즈 님, 그녀가 나자릭에 어울리는 요리를 만들 수 있겠나이까?"

세바스는 한순간 데미우르고스를 날카롭게 노려보았다.

데미우르고스는 그런 세바스에게 미소를 지어 보였다.

기분 나쁜 놈── 세바스는 입속으로 말을 삼켰다.

아인즈가 용서했다 한들 데미우르고스는 세바스를 용서하지 않았다. 그렇기에 트알레의 처분을 세바스가 바라지 않는 형태로 낙착을 보고자 하는 것이 분명했다.

"그 말도 일리가 있군. 세바스, 너의 생각은 어떠냐?"

"……트알레가 만들 수 있는 요리는 가정요리라 하옵니다. 나자릭에 어울리느냐고 물으신다면…… 대답 드리기는 어렵사옵니다."

"가정요리라. 감자나 찌는 요리가 나자릭에 나올 일은 없을 것 같군요."

"데미우르고스의 생각은 속단이라고밖에 말씀드릴 수 없나이다. 왜냐하면 가정요리를 할 수 있다는 것은 곧 요리장에게 부탁하여 다른 요리도 마스터할 수 있다는 뜻. 지금이 아니라 장래를 생각해야 하옵니다."

"그렇게 따지면 내 사육장에서 요리를 만들도록 도와주면 어떨까. 고기 다지는 것도 힘들어서 말일세."

"저는——."

아인즈는 소란스러운 두 사람의 대화를 가만히 바라보았다. 그리고 그 너머로 떠오르는 광경을. 그들을 만든 창조주의 모습, 옛날의 환영을——.

*

"그래서 오늘은 어디로 갈까요?"

"불꽃거인을——." "얼음마룡을——."

"……후우. 우르베르트님, 전에 불꽃거인 보스 수르트가 드롭하는 레어템이 필요하다는 얘기 나왔던 것 기억 안 나세요?"

"터치님이야말로 기억 못하시나 보네. 마룡을 잡아야 특수 클래스 전직조건을 만족하는 사람이 있는데요?"

"……그야 그렇지만 레어템도 야마이코님 강화하는 데 필요한데요?"

"아, 난 딱히 괜찮……."

"'원초의 불꽃'요? 그렇게 따지면 '원초의 얼음'도 필요하잖아요? 그럼 먼저 마룡을 잡아야죠."

"……유료템 덕에 지금 드롭률이 높아졌단 말예요. 마룡보다도 수르트가 표준 드롭률이 낮으니 먼저 해치우는 편이 낫지 않을까요?"

"그럼 제가 지금 가서 유료템 사올게요."

"……하지만, 만, 만……."

"……서큐버스 같은 에로 계열 몬스터 잡으러 심연에 내려가는 건 어때?"

"넌 닥쳐라, 동생아."

"악마 계열이라면 칠대 죄의 마왕도 잡으러 가고 싶은데. 준비는 꽤 많이 필요하겠지만."

"……터치님, 자꾸 그렇게 개인플레이 하지 마세요. 지금 모인 멤버를 보면 얼음마룡을 퇴치하러 가는 게 효율이 좋잖아요?"

"아니아니, 개인플레이는 우르베르트님이 하고 있죠. 애초에 우리가 언제 효율 따져서 게임했나요?"

"마법직 최강하고 전사직 최강끼리 싸우지 마아……."

"저 둘은 옛날부터 저랬다니까. 내가 처음에 길드에 들어

오라고 제안받았을 때부터."

"거시기하게 생긴 핑크색 살덩어리한테 말을 걸다니, 터치님 위대하네."

"……찻주전자님, 페로론티노님. 무기 뽑기 없기. 길드마스터 특권 써버릴까요?"

"칠대 죄의 마왕, 전에 어떤 길드가 공략하지 않았나?"

"'오만'은 퇴치했대. 인터넷에 올라왔어."

"칠대 죄를 전부 쓰러뜨리면 뭔가 세계급 아이템 나오지 않을까요~? 세계급 에너미니까."

"세계급 아이템 하니 생각났는데, '열소석Caloric Stone'을 메인 코어로 넣어서 최강 골렘 만들죠."

"누보님, 그보다도 무기에 박는 게 좋지 않을까요?"

"개인적으로는 갑옷도 나쁘지 않을 것 같은데요."

"뭐, 그런 부분은 여러모로 생각해 봐야겠죠. 운영진에게 부탁도 할 수 있는 아이템이니, 좀 더 고려해 봐도 좋지 않을까요?"

"그렇겠죠~ 모몬가님."

"'열소석'을 몇 번씩 얻을 방법은 알지만, 숨겨진 7대 광산에서 나오는 금속을 엄청나게 소비해서요."

"독점하지 않는 한 절대로 손에 넣지 못하다니 머리가 아픈걸."

"그러게요. 각 길드가 각각 분할해 관리하고 있는 만큼,

한 번 사용하면 두 번 다시 입수하지 못할 테니까요. 사이좋게 순서대로 먹을 수도 없을 테고요. ……트리니티 같은 데에 정보를 팔아보면 어때요? 욕심내고 달려온 놈들끼리 부딪칠 테니까 옆에서 어부지리 노리죠."

"'연합'에도 팔아서 자기들끼리 싸우게 만들자고요? 뽕실모에님은 진짜 책사라니까."

"'연합'하니 생각났는데, 또 얼라이언스 짤 계획 세우는 것 같던데요?"

"네? 그건 또 왜?"

"어떤 길드가 얻었던 세계급 아이템을 강탈하는 바람에 상대 길드가 방침을 바꿔서 그렇다나 봐요."

"허이구야~. 그래도 예전처럼 상위 길드 얼라이언스는 어렵겠죠."

"──그럼 모몬가님이 결정해 줄래요?"

"그게 좋겠네. 길드장, 어떻게 할까요?"

"……에? 뭐였죠? 얘기 한참 못 듣고 있었는데…… 네? 아, 거기서 저한테 화살을? ……나 원. ……그럼 여느 때처럼 뒤탈 없이 다수결로 하죠."

"이의 없어요."

"저도."

"그럼 신금화는 우르베르트님, 구금화는 터치님으로. 자, 여러분. 금화를 손에 들어주세요. 이제부터 두 분의 설명이 시작됩니다~.”

✳

“――그만. 입들. 다물게. 아인즈. 님. 어전일세!”

서서히 열기가 오르기 시작하는 세바스와 데미우르고스에게 코퀴토스가 찬물을 끼얹었다.

두 사람을 응시하는 아인즈를 돌아보고 두 사람 모두 낯빛을 바꾸었다. 공허한 눈구멍에서 일렁이는 불꽃에서 감정의 빛을 읽을 수는 없겠지만 시선에 강한 힘이 깃든 것만은 분명했다.

격렬한 질타가 날아들어도 이상하지 않으리라 판단한 두 수하는 즉시 행동했다.

“아인즈 님 앞에서 결례를 저질렀나이다!”

“어리석은 행위를 보여드려 면목이 없사옵니다!”

고개를 숙이며 사죄하는 두 사람에 대한 반응은 도저히 이해할 수 없는 것이었다.

“――하하하하!”

실내에 느닷없이 웃음소리가 울려 퍼졌다. 매우 즐겁고 밝은 웃음소리가.

아인즈가 이렇게까지 기분 좋게 웃음소리를 냈던 기억이 없어 코퀴토스도 데미우르고스도 세바스도 솔류션도, 모두가 도저히 믿을 수 없다는 듯 눈을 깜빡였다.

"상관없다마다. 용서하마, 용서하고말고! 그거다! 그렇게 싸워야지, 아하하하!"

무엇이 아인즈의 심금을 울렸는지 전혀 알 수 없었지만, 세바스는 어떻게든 될지도 모르겠다는 안도의 한숨을 남몰래 내뱉었다.

"아하하…… 쳇, 억제됐군."

느닷없이 실이 끊어진 것처럼 주인은 차분한 분위기로 돌아갔지만, 미미하나마 기분이 좋아진 것 같다는 분위기가 세바스의 착각만은 아니었으리라. 아인즈는 세바스에게 밝은 어조로 말했다.

"세바스가 하고 싶은 말은 알겠다만, 유감스럽게도 나자릭 지하대분묘에 인간을 들이는 것은…… 으음. 아무튼 그 트알레라는 여자를 보고 싶다. 데려오너라."

"예? 아―― 예! 분부 받들겠나이다!"

아인즈의 기묘한 발언에 내심 고개를 갸웃하면서도 세바스는 즉시 방을 나가 트알레를 데려왔다.

"아인즈 님, 데려왔사옵니다."

"그래, 여기까지 데리고――."

문득 아인즈가 의자에서 몸을 내밀었다. 트알레를 응시하는 그 모습은 매우 기이했다.

불쾌함을 품을 만한 무언가가 있었는가 싶어 세바스는 트알레를 곁눈으로 관찰했다. 그러나 조금 전과 다를 바가 없어 주인의 태도 이면에 있는 것이 무엇인지는 전혀 알 수 없었다.

"······닮았군."

조용히 흘러나온 중얼거림은 의도한 바가 아니었으리라.

"······잘 왔다, 트알레. 우선 미리 말해두겠다. 나는 원래 두 번 이상 경고하지 않는다. 왜냐하면 그자의 선택을 존중하기 때문이다. 설령 결과가 그자에게 불행한 것이라 해도 말이다. 네가 이를 이해했다면 질문하겠다. 거짓말을 할 경우 그 순간 이야기는 끝날 것이며, 내가 바라던 대답이 아니라도 끝날 것이다."

곁에 선 세바스는 트알레가 침을 삼키는 소리를 들었다.

그야 협박과도 비슷한 말을 들으면 당연히 무슨 일이 일어날지 불안해서 견딜 수 없을 것이다.

"그러면 질문이다. 너의 본명을 묻겠다."

질문의 의도를 이해할 수 없었다. 왜 그런 걸 묻는단 말인가.

곁눈질로 살피자 트알레의 시선이 이리저리 흔들리고 있었다. 그 태도가 웅변으로 이야기해 주고 있었다.

'솔직하게 대답하십시오.'

세바스는 마음속으로 빌었다.

세바스에게조차 말할 수 없었다면 본명에 무언가가 있을

가능성이 높다. 그래도 주인에게 거짓말을 했다가는 그다음에 기다리는 것은 최악의 사태뿐이다.

침묵이 이어지고, 조바심 나는 시간이 흘러간 후 트알레가 모기 우는 듯한 소리로 조그맣게 말했다.

"트, 트알레…… 트알레니냐입니다."

"성은?"

"트알레니냐 베일런입니다……."

"그렇군…… 그렇군……. 그러면 묻겠다, 트알레니냐. 너의 바람은 나자릭 지하대분묘, 다시 말해 내가 지배하는 곳으로 가 그곳에서 살고 싶다는 것이 맞나? ……나자릭 지하대분묘는 인간이 살아가는 세계가 아니다. 아니, 생활할 수 없다는 뜻이 아니라 인간이라는 종족이 없는 곳이라는 뜻이다. 그렇기에 너에게 적합한 곳인지는 알 수 없다. ……내가 줄 수 있는 막대한 재산을 들고 멀리 떨어진 인간의 땅에서 생활한다는 선택지도 있다만?"

왜 그렇게까지 하느냐는 생각이 들 정도로 관대한 제안이었다. 그러나 트알레는 조금도 망설이는 기색 없이 대답했다.

"세, 세바스 님과 함께…… 살고 싶습니다."

아인즈는 천천히 고개를 끄덕였다. 공허한 눈구멍 속에 깃든 붉은빛은 기묘하게 누그러졌다.

"좋다. 들어라, 나의 종복들이여."

전원이 일제히 고개를 숙이고, 트알레도 황급히 따라 했다.

"이제부터 트알레니냐는 아인즈 울 고운의 이름으로 보호를 받을 것이다. 나자릭 지하대분묘의 손님으로 대우할 수도 있다만, 너의 희망은?"

"고, 고맙습니다. 하, 하지만 세바스 님과 함께 일을 하게 해 주세요."

"……그게 너의 바람이라면. 그러면 트알레니냐를 세바스 직속 임시 메이드로 삼겠다. 세바스, 그녀에게 어울리는 일을 맡기도록. 동시에 플레이아데스를 육연성(六連星)에서 칠자매 체제로 이행하고, 규정대로 리더를 변경하겠다. 그렇다고는 해도 그녀를 지금의 위치에서 움직이지는 않고 유리 알파에게 리더를 대행케 한다."

솔류션이 깊이 고개를 숙였다.

"그리고 나자릭 지하대분묘의 모든 자들에게 트알레니냐는 아인즈 울 고운의 이름으로 보호했음을 알려라. 그와 동시에 너희와 함께 일하는 자라고도."

트알레와 아인즈를 제외한 방에 있던 자들이 일제히 고개를 숙였다.

"데미우르고스, 나의 결정에 이의가 있나?"

"전혀 없사옵니다. 아인즈 님의 말씀은 나자릭 지하대분묘의 법이옵니다. 하오나 저희의 축복 어린 땅에 인간을 받아들이심을 이해하지 못하는 자도 많으리라 사료되옵니다. 그자들에게는 어떻게 언질하실 생각이신지요?"

"……냉정하게 생각해 보면, 야마이코님의 여동생이었던 아케미님은 엘프였지만 나자릭에서 환영을 받은 적도 있다. 딱히 인간종이라 해서 안 될 것은 없겠지. 그렇게 따진다면——."

아인즈는 방 한쪽에 대기하고 있던 솔류션을 보며 말을 이었다.

"——너희의 막내도 쫓아내야만 할 테니 말이다."

"불로(不老)의 존재를 인간이라고 할 수 있을지는 알 수 없사오나."

"그건 그렇구나, 솔류션. 자, 데미우르고스. 나의 말로써 공표하라. 이의가 있는 자는 내 앞으로 나오라고 전하라. 내가 설명하겠다."

"분부 받들겠나이다. 저는 더 이상 질문이 없나이다."

"그러면 확인하겠다. 우선 이제부터 저택에서 철수를 개시한다. 이 저택에 배치한 경비병은 모두 나자릭으로 즉각 귀환한다. 세바스와 솔류션은 왕도에서의 마지막 업무로 데미우르고스의 요망사항인 밀을 구입하여 창고로 옮긴다. 물자가 모이는 대로 샤르티아를 보내〈전이문〉으로 밀을 운반하겠다. 문제는 없겠지?"

모두가 아무 말 없이 고개를 숙이고 트알레도 주위의 눈치를 살피며 황급히 고개를 숙였다.

"그러면 세바스. 트알레니……트알레는 어떻게 할 테냐?

우리와 함께 귀환하는 게 좋을까? 아니면 네가 데리고 귀환하겠느냐?"

"저와 함께 돌아가는 편이 여러 면에서 번거롭지 않으리라 어리석으나마 생각하옵니다."

"그렇군. 그러면 세바스, 솔류션. 경비병들을 이곳으로 데려오라. 나의 마법으로 함께 귀환하겠다."

"분부 받들겠나이다!"

방에서 나가는 세 사람을 지켜본 데미우르고스가 아인즈에게 물었다.

"그 계집을 전부터 알고 계셨나이까?"

그 물음에는 대답하지 않고 아인즈는 천천히 의자에서 일어났다. 그대로 아무도 없는 벽으로 고개를 돌린다. 마치 그곳에 누군가가 서 있는 것 같은 몸짓으로. 아주 조금 간격을 두고, 아인즈는 입을 열었다.

"나는 말이다, 데미우르고스. 은혜는 은혜로, 원수는 원수로 갚아야 한다고 생각한다. 마찬가지로 내가 진 빚은 확실하게 갚아야 한다고도."

아인즈는 공간에서 책을 한 권 꺼냈다. 가죽표지가 달린 그것은 끈으로 철을 해 책이라고 하기에는 너무 조잡했다.

"사서장이 번역한 것도 있다만, 이것은 원본이다. 어떤 인간의…… 언니를 귀족에게 빼앗겨 분노에 불타던 한 소녀의 일기다."

어떤 마을에 의좋은 자매가 있었다. 부모님을 일찍 여읜 둘은 가난하지만 서로 도우며 살아갔다.

그러나 언니는 영주── 그것도 매우 나쁜 소문밖에 없는 귀족에게 첩으로 끌려갔다. 행복하게 살아갈 수 있다면 눈물을 삼키고 축하해 주었을지도 모른다.

그렇지만 동생은 이제까지 들은 소문을 통해 예상했다. 노리개처럼 희롱당하고, 싫증이 나면 쓰레기처럼 버림받으리라고.

그것이 사실이었으며, 분노를 품은 여동생은 그녀를 구할 수단을 찾아 마을을 떠났다. 마을에서는 아무도 힘을 빌려주려 하지 않았기 때문이다.

이윽고 그녀는 자신이 마법에 재능이 있음을 깨닫고, 이를 이용해 언니를 구하고자 힘을 길렀다. 다만 그녀는 목적을 이루기도 전에 인생을 접어야만 했다.

거의 한 줄 정도의 짧은 문장이 잔뜩 적힌 일기의 마지막 페이지. 그것은 약초를 채집하는 데 동행한 모몬과 나베라는, 두 모험자에 대한 칭찬이었다.

"이 일기 덕에 나는 어느 정도 이 세계의 일반상식을 익혔다. 그렇다면 이것은 빚이다. 나는 너에게 받은 빚을 너의 '언니'에게 갚으마."

아인즈는 세월 탓에 변색된 가죽표지를 쓰다듬고 공간 속에 집어넣었다.

"하오면 아인즈 님, 한 가지 부탁을 드리고 싶은 것이 있사옵니다."

"무엇이냐, 데미우르고스?"

"세바스가 모아온 자료를 읽으며 한 가지 마음에 걸리는 것이 있었습니다만, 조금 시간을 내 주실 수 있으신지요?"

"무슨 일이 있었나?"

"예. 가 보고 싶은 곳이 한 군데 있나이다. 아인즈 님께서 귀환하실 시간에는 돌아갈 수 있으리라 생각하오나, 장소부터 찾아야 하는지라 다소 시간이 걸릴지도 모르나이다……. 아인즈 님의 시간을 함부로 빼앗는 행위는 불경스럽기 그지 없사오나, 부디 시간을 할애해 주실 수 없으신지……."

어두운 표정을 짓는 데미우르고스를 안심시키고자 아인즈는 밝게 말했다.

"상관없다, 데미우르고스. 나자릭에 이익을 가져다주고자 움직이는 것이겠지? 그러기 위해 기다리는데 무슨 고통이 있겠느냐. 다녀오너라, 데미우르고스."

"감사드리옵니다!"

2

날이 밝고 세바스와 솔류션의 다망한 하루가 시작되었다.

바쁜 이유는 다른 것이 아니었다. 말없이 떠나도 상관은 없었겠지만, 이제까지 가짜 상인으로서 쌓아놓은 인맥을 없애버리는 것도 아까웠으니 제국에 돌아간다는 연기를 하게 되었기 때문이다.

처음 딱 한 번만 대면했던 솔류션을 데리고 그동안 거래했던 상인이나 조합 사람들을 만나 돌아가겠다는 뜻을 보고하며 다녔다.

이야기가 인사만으로 끝날 리 없다. 한두 마디 잡담이라도 나누게 되는 것은 인간관계를 우호적으로 유지하기 위해 어쩔 수 없는 일이었다. 특히 남자라면 누구나 솔류션 같은 미녀와 이야기를 나누고 싶어한다는 사실이 박차를 가했다.

결과적으로 한 곳에서 30분 이상 묶이는 바람에, 모두 끝났을 무렵에는 꽤 시간이 흐르고 말았다.

"시간은 매우 오래 걸렸습니다만 창고를 잠시 빌리는 동시에 밀 운반 작업은 모두 끝났습니다. 이제는 문제없이 나자릭으로 돌아갈 수 있겠군요."

솔류션의 말에는 웬일로 기뻐하는 빛이 있었다. 나자릭 지하대분묘로 돌아갈 수 있어서이기도 하겠지만, 주인에게서 받은 지령을 완료해 만족했기 때문임을 세바스는 간파했다.

왕도에서 정보를 수집하는 행동은 보통 세바스가 맡았으므로, 그녀는 주인을 위해 일해 성과를 냈다는 실감을 얻을 기회가 적었던 것이다.

돌아가겠다는 인사는 표면상 주인인 솔류션이 나서서 할 일이다. 그래서 강한 만족감을 얻었으리라. 마치 콧노래라도 부를 것 같은 표정이었다.

사실, 매우 기분이 좋아진 그녀가 상인들과 대화를 해 준 덕에 다양한 면에서 이쪽에 유리한 교섭을 이끌어낼 수 있었다. 창고 사용료는 밀을 대량 구매했다는 걸 감안하더라도 파격적인 조건으로 저렴하게 해 주었다.

'미인은 득을 보는군요.'

세바스는 진심으로 그렇게 생각하며, 저택 부지 안에 말을 묶어두고 솔류션과 함께 현관으로 걸어갔다.

문 앞에 선 세바스는 열쇠를 꺼내 열쇠구멍에 넣었다.

그리고 여느 때처럼 열쇠를 돌렸지만 당연히 들려야 할 찰칵 소리와 자물쇠 풀리는 반응이 없었다.

세바스는 의아해 눈살을 찡그렸으며 솔류션과 얼굴을 마주 보았다.

──문이 잠기지 않았다니?

밀어보니 문은 살짝 열렸다.

저택에 두고 간 사람은 트알레 하나. 그녀가 혼자 밖으로 나갔을 리가 없다.

"열쇠구멍에 몇 군데 새로운 흠집이 있습니다. 누군가가 문을 따고 들어갔을 가능성이 높——."

솔류션의 말을 끝까지 듣기도 전에 세바스는 문을 확 밀어 젖혔다. 함정이 있으리라는 생각은 하지 않았다. 함정 따위 밟아 부수면 그만이다.

이미 철수를 마친 저택은 휑뎅그렁한 공허함을 품고 있었다. 발을 안으로 들이고 탐지능력을 최대로 가동해 생물의 기를—— 트알레를 찾았다.

그러나 인간의 기척은 전혀 느껴지지 않았다.

"트알레! 트알레, 없습니까?!"

소리를 지르며 저택 안을 뒤졌다.

곳곳을 둘러보았지만 그녀가 없는 것은 물론, 무언가가 있었던 흔적조차 발견하지 못했다. 마치 소실되고 만 것처럼.

'아니다. 누군가가 침입했던 것은 분명하다. 피 냄새가 나지 않는 걸 보니 납치당했겠지. 그렇다면 납치범의 요구는…….'

세바스는 주먹을 부르쥐었다.

트알레를 두고 인사를 하러 다녔던 것이 역시 실수였나 싶어 자신의 경솔함에 화가 났다.

사실 트알레를 혼자 저택에 남겨두는 것이 불안했다. 암흑가 조직과 맞닥뜨렸으니 머잖아 위험이 닥치리라 생각했다.

그럼에도 혼자 둔 이유는 그녀가 아직까지 외부를 두려워하고 사람에게 공포를 느끼는 트라우마가 낫지 않았기 때문이었다. 주인이나 수호자들과 면회하며 착란을 일으키지 않았던 이유는 그들의 모습을 인간이라고는 인식할 수 없었기 때문이리라. 그때 트알레의 반응은 마음에 상처를 입은 자의 것이 아니라, 지극히 평범하게 '괴물을 본 일반인'의 반응이었다. 설령 마차에 태우고 다녀도 성가신 일이 일어날지 모른다는 걱정 때문에 그녀를 이 저택에 남겨둘 수밖에 없었다.

게다가 창관을 완전히 박살냈기 때문에 복구도 필요할 테고, 습격을 하려 해도 계획이 필요할 테니 시간이 더 걸리리라는 계산도 있었다. 지금 생각해 보면 어수룩한 예측이었다고밖에 할 수 없다.

조바심을 내며 복도를 따라 빠른 걸음으로 걷고 있으려니 세바스를 부르는 목소리가 들렸다. 응접실이었다.

"세바스 님, 이쪽입니다."

"솔루션, 찾았습니까?"

찾았을 리가 없다. 응접실은 조금 전에 세바스도 언뜻 보았다. 하지만 가능성이 낮은 희망을 품고 말았다.

방으로 들어가자 중앙에 서 있던 솔루션이 손에 양피지 한

장을 들고 있었다.

"무언가가 적힌 것 같습——."

"이리 주십시오."

대답을 듣기도 전에 솔류션에게서 낚아채듯 양피지를 받았다. 그리고 매직 아이템을 기동시켜 그곳에 적힌 문자를 읽고, 분노한 표정으로 구겨버렸다.

"납치당했습니다. 따라서 구하러 가겠습니다."

"그것이 좋을 것 같습니다.

세바스는 솔류션의 것이라고는 생각할 수 없는 말에 눈을 휘둥그렇게 떴다.

"하오나 아인즈 님의 명령은 나자릭 지하대분묘로 철수하는 것이었습니다. 그쪽을 우선시해야 하지 않겠습니까?"

"트알레를 데리고 철수하는 것이지요."

"세바스 님……. 이번에 또 제멋대로 행동하실 경우 매우 위험한 사태가 벌어질 것입니다. 게다가 어디로 가실 생각이신지요?"

"정중하게도 시간과 장소를 지정해 놓았군요. 제가 박살냈던 창관을 경영하는 범죄조직의 관계자인 것 같습니다."

"그렇군요. 다만 출발하시기 전에 아인즈 님께 보고를 드려야 합니다. 애초에 세바스 님께서 창관을 박살내지 않으셨다면 이러한 사태는 일어나지 않았을 테지요. 그것은 조용히 행동하라는 아인즈 님의 뜻에 등을 저버린 결과가 아닙니까? 세바스 님께서 다시 멋대로 행동하신다면 아인즈 님의 뜻에 다시 등지는 결과가 될 것입니다. ……게다가 세바스 님은 아까 아인즈 님께서 하신 말씀을 잊으셨습니까?"

섬광처럼 번뜩이는 말이 있었다. 트알레는 누구의 이름으로 보호하겠다고 결정했는가.

"아인즈 님께 보고하십시오. 트알레가 납치당했으니 어떻게 하면 좋겠느냐고."

3

하화월(9월) 4일 15:15

"흥흥흥~."

자작 콧노래를 기분 좋게 흥얼거리며 알베도는 털실로 만든 고리에 바늘을 꽂았다. 그리고 실을 뽑는다. 다시 바늘을 꽂고 잡아당긴다. 몇 번씩 반복한 끝에 하얀 실로 만들어진 구체에 까만 천을 꿰매 붙였다. 다음으로는 하얀 구체 안에 천을 욱여넣어 한층 둥그스름한 형태를 잡는다.

완전한 구체에 가까운 손뜨개인형을 빤히 바라보던 알베도는 부드러운 미소를 지었다. 그것은 여신이 아닐까 싶을 정도로 자애에 가득 찬 미소였다.

"좋아! 아인즈 님의 머리는 완성!"

만족감에 불끈 주먹을 쥐며 손뜨개인형 두개골을 이리저리 쓰다듬는다.

그것은 눈 부분과 입 부분을 아플리케로 꿰매 붙인 매우 귀여운 인형으로, 아인즈가 봤으면 분명 멋쩍어했을 그런 물건이었다.

"자, 다음은 몸을 만들어야지……."

손뜨개인형 두개골을 아주 조심스레 책상 구석에 내려놓고, 하얀 털실뭉치를 집으러 의자에서 일어났다.

이곳은 알베도의 방이었다.

방이라고는 해도 알베도는 원래 옥좌의 홀을 방위장소로 부여받았으므로 개인실을 가지지 못했다.

하지만 그래서는 나자릭 지하대분묘 수호자 총책임자의 지위에 있는 자로서 다소 문제가 되리라 판단한 아인즈의 명령으로, 지고의 41인이 쓰던 예비 방을 받았다.

아인즈의 방이 그렇듯 알베도의 방도 넓다. 그렇기에 원래 자신의 물건을 별로 가지지 않았던 알베도에게는 솔직히 지나치게 휑하다는 느낌이 있었다.

그러나 이곳에서 생활하게 되고 두 달이 지난 지금, 사정은 달라졌다.

그 이유 중 하나는 지금 알베도가 열려고 하는 드레스룸이었다.

방 한가득 아인즈가 있었다.

물론 그녀가 만든 아인즈였다. 각자 다른 포즈가 그려진 여러 개의 등신대 쿠션을 비롯해 데포르메가 가미된 아인즈를 본뜬 인형 등이 무수히 놓여 있었다.

이곳이야말로 알베도의 극비 공간 중 하나이며, 청소하러 오는 메이드들에게도 결코 입실을 허락하지 않는 불가침의 성역. 통칭 하렘방이었다.

"쿠후후후후후—."

알베도는 기묘한 목소리를 내며 깡총깡총 뛰었다. 허리에 돋아난 날개를 파닥거려 속도를 상쇄하며 쿠션에 뛰어든다. 럭비의 태클을 방불케 하는 움직임이었다.

알베도는 쿠션을 끌어안은 기세 그대로 바닥에 굴렀다. 바닥에도 수많은 아인즈가 놓여 있으므로 결코 아프지 않다.

그대로 세 명의 아인즈 쿠션에 파묻히며 기묘한 목소리로 웃었다.

"쿠후후후후. 아인즈 님의 시트를 받아와 만든 최신 쿠션……. 다시 말해 아인즈 님과 간접동침. 쿠후후후후……."

쿠션에 얼굴을 묻은 알베도는 킁킁 냄새를 맡았다.

"냄새는…… 없구나."

매우 아쉬워하는 목소리. 들은 사람이 있었다면 죄책감을 느꼈을 정도였다.

원래 언데드여서 수면이 필요하지 않은 아인즈는 침실을 쓰지 않으며, 몸은 뼈이기 때문에 체취 따위 전혀 없다. 적에게서 튄 피나 먼지를 씻기 위해 목욕은 하지만 그의 몸에서 냄새의 성분이 될 만한 것은 분비되지 않는다.

"으, 응? 이건…… 설마…… 아인즈 님의……."

그러나 사랑에 빠진 처녀에게는 아인즈의 미미한 냄새를 맡는 것조차 가능했다. ――환각일지도 모르지만.

"쿵! 쿠후후후후후후우우우!"

수호자 총책임자라기보다는 변태 같은 몸짓으로 얼굴을 묻은 채 호흡을 되풀이한다.

"아~ 행복해."

나자릭의 수호자 총책임자로서 알베도는 매우 많은 일을 한다. 나자릭 내의 병사 배치며 주위 경계망 구축에 관한 온갖 일, 나자릭 내의 방위 상황 확인, 옥좌의 홀에 관한 모든 존재의 상태를 확인하는 등 눈이 아플 정도로 할 일이 많다.

그렇기에 이곳에 들어와 기운을 북돋는 것은 그녀에게 매우 중요했다.

"아~ 아인즈 님 보고 싶어라. 아인즈 님 보고 싶어라. 아~ 보고 싶어라."

쿠션을 꼭 끌어안으며, 아인즈와 함께 여행을 떠난 나베랄에 대한 질투를 발산했다. 그때――.

『――알베도.』

흠칫 몸이 튀어올랐다.

이마에 식은땀을 흘리면서 얼굴을 굳히고 주위를 둘러보다가, 그것이 마법으로 전해진 목소리임을 확인했다.

"아, 아인즈 님 아니시옵니까! 대관절 무슨 일이신지요?"

『지금 세바스── 아니, 솔류션에게서 〈전언Message〉이 들어왔다만, 세바스가 주운 여자, 트알레가 납치당했다고 한다. 따라서 세바스를 지원할 부대를 편성해다오.』

트알레라는 말에 알베도는 그것이 누구인지를 금방 떠올렸다.

아인즈는 나자릭에 돌아오자마자 모몬이 되기 위해 에 란텔로 향했지만, 나자릭에 남은 데미우르고스에게서 대충 이야기를 들었던 것이다.

"아인즈 님의 결정사항에 이의를 제기하는 어리석음을 용서하여 주시옵소서. 하오나 인간 따위 하등한 생물을 부대까지 편성하여 구하실 가치가 있겠나이까? 이것이 샤르티아의 건과 연관이 있는 자들이 획책한 일이라면 이해가 가오나……."

『아니, 아마 샤르티아와는 관계가 없을 것이다. 이번 건은 왕국의 암흑가에 도사린 범죄결사인 것 같으니.』

"그렇다면 더욱……."

『알베도. 나는 아인즈 울 고운의 이름으로 트알레니냐를 보호하겠노라 약속했다. 무슨 말인지 알겠느냐?』

조금 전과는 분위기가 확 바뀌었다.

타는 듯한 분노가 전해졌다. 알베도는 목이 꽉 잠긴 것처럼 목소리를 낼 수 없었다.

『알겠지? 알았겠지?! 내가 나의 이름으로 보호를 약속했단 말이다! 그럼에도 이를 납치한 놈들이 있다. 그것은 모두가 함께 붙였던 이 이름을 모욕한 것이나 마찬가지. 설령 몰랐다 하더라도 용서할 수 있겠느냐!』

여기까지 단언하고 느닷없이 증오가 가라앉는 기척이 떠돌았다.

아마도 감정이 일정 수준을 넘어섰기에 억제되었으리라.

『……미안하다. 납치한 쓰레기들에게 다소 화가 난 모양이구나. 용서해다오, 알베도.』

주인의 냉정한 목소리에, 겨우 말을 할 수 있을 만큼 마음이 가라앉았다. 지고의 존재인 주인의 분노는 알베도에게까지 압력을 미쳤던 것이다. 설령 자신에게 향한 분노가 아님을 알더라도.

"아, 아인즈 님께서 사죄하실 일은 무엇 하나 없사옵니다."

눈앞에 없는 존재에게 알베도는 깊이 고개를 숙였다.

『……그러면 알베도 너에게 부탁하겠다. 트알레니냐를 무사한 형태로 구출하라.』

"분부 받들겠나이다! 구출과 동시에 아인즈 님을 불쾌하게 만든 인간 놈들에게도 철퇴를 내리겠사옵니다!"

『그렇군. 부탁한다. 그러고 보니 데미우르고스가 밀 운반 때문에 아직 나자릭에 있었을 텐데? 놈을 책임자로 보내야 겠다.』

"제가 직접 행동———."

『아니다, 알베도. 너는 나자릭을 지켜다오. 데미우르고스를 보내라. 그리고 정체가 탄로 나지 않도록 주의를 기울이는 것을 잊지 말라고 전해라. 그러면 왕도에 대해서는 너와 데미우르고스에게 일임하마. 선처하라.』

"알겠사옵니다!"

〈전언〉이 풀리고 정적이 돌아왔다. 알베도는 천천히 일어나 쿠션을 정중히 치웠다.

"……하지만 정말 이해가 안 가."

중얼거리는 알베도의 눈동자에는 기이할 정도로 딱딱한 빛이 있었다. 얼굴이 방 한구석으로 향했다.

이 방에 메이드를 아무도 들이지 않는 이유 중 하나는 알베도가 만든 아인즈 인형떼를 아무도 건드리지 못하게 하겠다는 독점욕 때문이다. 그리고 또 한 가지 이유가 그곳에 있었다.

그것은 길드 '아인즈 울 고운'의 사인을 자수로 놓은 문장 깃발.

원래는 방에 들어오자마자 눈에 뜨이는 곳에 걸려 있어야 할 깃발이 방 한구석에서 먼지를 뒤집어쓰고 굴러다니는 것이다. 여기에 경애와 존경은 보이지 않았으며 모멸과 분노, 적의만이 있었다.

"아인즈 울 고운이라니…… 시시해."

알베도는 아인즈 울 고운의 문장기 대신 걸린 거대한 깃발을 떠올렸다. 너무나도 거대하기에 마치 오페라 커튼처럼 드리워진 깃발을.

"이 나자릭 지하대분묘는 당신만의 것. 이 알베도는 당신에게만 충성을 바치고자 하옵니다. 아아…… 언젠가 또 그 멋진 이름을 듣고 싶나이다……."

7장 습격 전 준비

Chapter 7 | Attack preparations

1

클라임이 부른 위사들과 교대해 귀갓길에 오른 브레인이 가제프의 저택으로 돌아간 것은 저녁이 지나서였다. 전투에서 해방되고 보니 속이 따끔거릴 정도로 배가 고팠다.

'……스트로노프를 같은 기분으로 기다리게 했다면 미안한데.'

저택 문을 밀어 열었다. 마치 자신의 집인 것처럼 사양하지 않는 태도였지만 물론 가제프에게서 허락을 받았기에 이러는 것이었다.

저택으로 들어가 주어진 방을 향해 걸어가고 있으려니, 그

소리를 들었는지 브레인을 향해 다가오는 발소리가 들렸다.

가제프일 것이라 예측했다. 실제로 발소리의 주인은 계단을 내려왔으므로 그 예측은 정확했다.

"늦었군, 앙글라우스. 어딜 다녀왔나?"

그렇게 묻는 가제프의 목소리에 책망하는 빛은 없었다. 오히려 브레인이 그 물음에 한 마디로 대답하지 못하고 한순간 생각하는 기색을 드러내자 흥미롭다는 눈빛을 했다.

"괜찮다면 식사라도 하면서 들려주지 않겠나?"

그야말로 고마운 말이었다. 브레인은 배를 쓸며 웃었다.

"그거 최고의 제안이로군. 그래, 어디서 먹지?"

살짝 놀란 표정을 지은 가제프가 안내해 준 곳은 식당이었다.

"요리는 하인들이 해 주나? 아니면 설마 스트로노프 자네가 만드나?"

별생각 없는 질문에 가제프는 쓴웃음을 지었다.

"아니, 난 요리는 완전히 꽝이라서."

그렇게 말하더니 이번에는 입을 꾹 다물며 덧붙인다.

"그러나 우리 하인은 나이가 든 탓인지 간이 영 싱겁단 말이지. 몸을 혹사하는 직업에 종사하다 보면 맛이 진한 것을 먹고 싶어지는 법이네만…… 그런 점을 도통 이해해 주질 않아."

"왕국 최강의 전사장님께서 싱거운 건강식을 드신다 이 말인가?"

브레인이 슬쩍 웃으며 야유했지만 가제프는 마음 상한 기색도 없이 그렇다며 여전히 떨떠름한 얼굴로 대답했다.

"앙글라우스 자네에게도 우리 집이 자랑하는 건강식을 대접할 수 있었다면 좋았겠지만, 그냥 밖에서 사왔네."

"그렇군. 그럼 배려에 감사해야겠는걸."

그렇게 말하며 싱긋 웃자 가제프도 따라서 우습다는 듯 나직하게 웃었다. 그리고 반격하듯 물었다.

"그렇게 말하는 자네는 요리를 할 수 있나?"

그러나 반격의 칼날은 허공을 갈랐다.

"대단한 건 아니지만 쉬운 거라면. 수행이니 원정 때는 음식을 직접 못하면 곤란하거든."

고개를 끄덕이며 식당에 들어간 가제프는 한구석에 놓인 광주리를 가져왔다.

광주리는 아기 하나쯤은 들어가지 않을까 싶을 정도로 컸다. 코와 위장을 살짝 자극하는 좋은 냄새가 새 나왔다.

두 사람은 마주 앉았다.

광주리에서 이런저런 요리를 꺼내 늘어놓고는, 포도주가 가득 담긴 술잔을 손에 들고 서로 부딪친다. 딱히 무언가에 건배를 나눈 것은 아니었다. 두 사람 모두 아무 말 없이 적포도주를 꿀꺽 마셨다.

브레인은 두 모금 정도 마시고는 잔을 내려놓았다. 그리고 숨을 토해내고 절절한 심정으로 중얼거렸다.

"……술은 오랜만인걸."

"나도 그렇다네. 하기야 요즘은 집에 와 식사를 하는 일 자체가 별로 없었네만."

"……왕궁 근무가 힘든가 보지."

"이래 봬도 전사장이라는 지위에 오른 이상 이래저래 할일이 많아서 말일세."

"왕가 경비도 하나?"

"하지. 거의 그쪽이 주요 업무일세."

가제프의 반생을 들은 브레인은 가제프라는 사내의 올곧음을 느꼈다. 조금은 허리를 숙여도 괜찮을 텐데, 그저 오로지 곧게만 나아간다.

'이런 평민은 틀림없이 귀족들에게 미움을 사겠지.'

브레인의 예상이 옳았는지, 가제프의 이야기에선 놀랄 만큼 귀족이 나오질 않았다. 왕국전사장이라는 높은 지위에 있음에도 대화의 내용은 거의 병사로서 살아왔던 이야기, 그가 섬기는 왕가의 이야기였다. 무도회 같은 현란한 세계의 이야기는 전혀 없었다.

이웃나라인 제국에서는 요즘 들어 변화가 오고 있다지만, 왕국에서는 아직도 귀족과 평민이라는 두 신분을 가로막은 벽이 높고도 두껍다.

브레인은 갑자기 우스워졌다.

가제프에게 이기기 위해 검을 수행했으며, 다음에 만날 때는 서로 죽고 죽이는 싸움이 벌어지리라 혼자서 생각하고 있었다. 하지만 지금은 이렇게 친구로서 술을 마시고 있다니.

그런 마음이 전해졌는지 가제프도 웃음을 지었다.

동시에 잔을 들어 부딪쳤다. 취기가 오른 탓인지 힘이 너무 들어가 안에 든 포도주가 쏟아져 테이블을 적셨다.

"어허. 요리에는 쏟지 말게."

"포도주 맛이 더해져서 맛이 좋아질지도 모르지."

"나는 맛은 잘 모르니 상관없지만…… 설마 앙글라우스 자네도 그런가?"

"브레인. 그냥 브레인이라고 불러줘."

"그래. 그럼 나도 가제프다."

"알았어, 가제프."

서로 웃음을 나누고는 다시 잔을 부딪쳤다.

가제프의 화제는 다채로워 브레인이 몰랐던 세계의 이야기로 분위기가 무르익었을 무렵, 스스럼없는 어조로 가제프가 물어보았다.

"그런데 브레인. 자네만 한 사내가 어쩌다 그런 일을 겪었던 겐가?"

조심스럽다고 해야 할까, 부스럼을 건드리듯 가제프가 물었다. 눈치를 살피는 시선은 진위를 간파하기 위해서가 아니라 브레인을 걱정하는 마음에서 비롯되었을 것이다.

"고맙네."

뚱딴지같은 감사에 눈을 껌뻑거리는 가제프의 얼굴이 우스워 브레인은 슬쩍 표정을 풀었다. 그러고는 자세를 가다듬더니 입을 열었다.

"……괴물과 만났거든."

"괴물? 몬스터 말인가?"

"아마 뱀파이어일 걸세……. 이름은 샤르티아 블러드폴른. 내가 창안한…… 자네를 쓰러뜨리기 위해 만든 기술을 새끼손가락 하나로 튕겨낸 상대야."

가제프의 눈이 슬쩍 커지는 것을 알아차렸다.

"……그런가."

가제프는 그 말만을 하고 남자답게 씨익 웃음을 지었다.

거기 담긴 감정을 브레인은 잘 안다.

강적을 깨뜨리기를 바라는 전사의 마음.

브레인이 가제프에게 품었던 감정이다. 가제프 또한 브레인과 싸우기를 바랐던 것이리라. 온몸의 피부가 전율하던 그 싸움을 다시 한 번──.

그러나 짐승 냄새 나는 웃음은 금세 사라졌다. 남은 것은 왕국전사장의 웃음이었다.

브레인은 가제프에게 샤르티아의 외견 특징을 열거해 주었다.

"들어본 적이 없군."

가제프는 그렇게 대답하며 포도주 한 모금을 마셨다. 브레인도 입을 포도주로 적시고 그때의 전투—— 아니, 일방적인 유린을 들려주었다.

다만 자신이 용병단에 고용되어 있었다는 사실은 말하지 않았다. 가제프라면 아마 그런 삶도 있지 않겠느냐고 할 것이다. 그러나 이 올곧은 남자에게는 검을 위해 어떤 악역무도한 짓도 서슴지 않았던, 과거의 자신이 했던 일을 말할 마음은 도저히 들지 않았다.

잠자코 이야기를 모두 들은 가제프의 눈에 의심하는 빛은 전혀 없었다.

"믿어주는 겐가?"

"……세상은 넓으니 말일세. 그런 괴물이 있어도 이상할 것도 없겠지. 역사를 돌이켜보면 마신이니 용왕Dragon Lord 같은 존재도 있지 않나. 하지만 그만한 몬스터라면…… 나도 못 이기겠는걸."

"그래. 자네의 지금 실력을 모르니 무책임하게 말할 수는 없겠지만, 그래도 그놈에게는 못 이길 거라고 단언하겠어. 그 괴물이 있는 세계는 우리 따위가 들어갈 수 있는 영역이 아니야. 둘이서 덤빈다 해도 전투시간이 1초에서 2초로 늘어나는 정도겠지."

"이봐, 그건 아니라고 해 주게."

그렇게 농담조로 투덜거리는 가제프에게 브레인은 진지하

게 호소했다.

"가제프. 자네는 왕국전사장으로서 왕족을 지키는 사람이니 그놈을 보더라도 싸우지는 말아 줘. 함부로 날려도 되는 목숨이 아니잖나."

"충고 고맙네. 그러나 만일 그 샤르티아라는 괴물이 폐하를 노린다면 그때는 내 목숨을 버려서라도 시간을 끌어야 하네."

시간을 끄는 것조차 무리일 텐데. 그 괴물이 놀아주지 않는 한 가제프에게는 불가능하다.

그래도 어째서인지 가제프는 정말 그런 일을 해낼 것 같았다. 설령 얼마 안 되는 시간을 끄는 결과로 그친다 해도.

"샤르티아. 샤르티아 블러드폴른이라."

다시 한 번 인상착의 같은 것을 자세히 물어보고는 가제프가 무겁게 고개를 끄덕였다.

"좋아, 알았네. 다만 술이 깼을 때 만약을 위해 한 번 더 말해주게나. 나도 여러모로 정보를 모아보지."

"정보를 모은다 해 봤자 어쩔 도리가 없을 것 같은데?"

"폭풍이 온다면 대책을 세워야 하지 않나? 방치해 둘 수는 없지. 게다가 다양한 인물의 지혜를 빌리면 무언가 좋은 방법이 생길지도 모르니 말일세."

"그렇다면 좋겠지만……."

"조금 먼 지인이기는 하지만 아다만타이트 클래스 모험자가 있네. 그 사람들이라면 좋은 지혜를 빌려주겠지. ⋯⋯그래서 브레인, 자네는 앞으로 어떻게 할 텐가?"

그 물음에 브레인은 얼굴을 찡그렸다. 자신은 앞으로 어떻게 해야 좋을까.

시선이 자신도 모르게 조그만 테이블에 세워놓은 애검으로 움직였다.

미련이다.

어차피 미련일 뿐이다. 앞으로 자신이 아무리 노력한다 해도 그런 괴물에게는 이길 수 없으리라. 최강의 꿈은 이미 사라졌다. 이 인생은 낭비임이 판명되었다.

앞으로는 땅에 발을 붙이고 살아가야 한다.

'어린아이의 몽상이었지⋯⋯.'

"어떻게 할까⋯⋯. 밭이라도 일굴까?"

원래는 농촌 출신이었다. 지극히 마모되기는 했지만 밭일의 기억은 머리 한구석에 남아 있다. 그 외에는 검을 휘두르는 것뿐이다. 좋게 말하면 외곬으로 살아왔다고 할 수 있으리라.

"그것도⋯⋯ 그야 나쁘지는 않네만⋯⋯ 어떤가? 나와 함께 국가에 봉사해 보지 않겠나?"

나쁘지 않은 제안이었다. 샤르티아라는 괴물에게는 이길 수 없지만 인간으로만 한정 짓는다면 나름 실력이 뛰어난 부류에 들어가리라고 자부했다. 다만——.

"단체행동을 할 자신도 없고, 굽실거리지도 못할 것 같은데."

"그렇게 굽실거리지는 않네만?"

"아, 미안. 딱히 자네를 비아냥거릴 생각은 아니었어. 벼슬아치라는 이미지가 그런 느낌이라 말이야. ……가제프 자네 제안도 나쁘지는 않은걸. 남을 위해 싸운다……. 아, 그러고 보니! 이봐, 가제프. 클라임이란 소년을 만났는데 말이야."

"클라임? 혹시 목소리가 쉰 소년 말인가?"

브레인이 고개를 끄덕이자 가제프가 반가웠는지 목소리를 슬쩍 높였다.

"클라임과 어디서 만났나? 왕녀님의 호위병이라 곁에서 떨어지는 일은 별로 없으리라 생각했는데……."

"시내에서 수련하던 것을 봤거든."

"시내에서도 수련을……. 그 친구는 재능이 없으니 그 이상 실력을 끌어올리기란 불가능할 텐데. 남은 건 육체를 단련해 능력을 높이는 정도가 아닐지. 그런 훈련을 하던가? 그게 아니라면 한 마디쯤 지도를 해줘야겠군."

"으음, 그야 물론 검에는…… 재능이 없었지. 하지만 어떤 면에서는, 그 친구는 내 이상이었어."

가제프는 농담은 관두라는 표정을 지었다.

물론 브레인과 클라임의 역량 차이는 압도적이며 재능도

비교가 되지 않는다. 그러나 그런 것은 정말로 강한 자 앞에서는 의미가 없음을 깨달은 브레인이 보기에는 오십보백보로 여겨졌다.

그보다도 세바스라는 강자의 살기에 맞설 수 있었던 그 강인한 마음이야말로 높이 평가해야 한다.

'꺾였던 나는 도망쳤지. 그러나 클라임이라면 지켜야 할 사람이 뒤에 있을 때는 절대 도망치지 않고 싸울 거야. 그런 놈이라면…… 그 괴물의 손톱 끄트머리 정도는 날려버리지 않을까?'

가제프는 의아해하는 눈치였지만 브레인은 아무 말도 하지 않았다. 대신 오늘 있었던, 여덟 손가락이 경영하는 창관을 습격했던 사실을 대충 들려주었다.

"그랬구먼. 클라임과 함께……."

"만일 그 일 때문에 성가신 일이 생길 것 같으면 나를 내쳐도 상관없네. 냉정하게 생각해 보니 그렇군. 자네 같은 처지에 있는 사람의 저택에 드나드는 자가 범죄조직에 싸움을 걸었다면 이래저래 폐가 되겠지?"

"아니, 그런 일은 전혀 없네. 숫제 쌍수 들어 환영하고 싶을 지경인걸. ……놈들은 왕국을 더럽히는 해악일세. 만일 가능하다면 내가 선두에 서서 습격하고 싶었네."

"여덟손가락이라는 조직이 그렇게나 왕국에 해를 끼치나?"

"구역질이 날 정도일세. 왕국의 암흑가 대부분을 지배하고, 그렇게 번 더러운 돈을 귀족들에게 바쳐 유착해 일반 사회에서도 힘을 행사하지. 박살내려 해도 귀족들이 방해하기 때문에 도저히 손을 쓸 수가 없네. 놈들에게 타격을 주려면 브레인 자네처럼 교묘하게 숨겨놓은 관계시설에 쳐들어가 억지로 범죄를 끄집어내고 소란을 일으킬 수밖에 없네. 그렇다 해도 어수룩한 귀족들보다는 권력이 있으니, 실패하면 엄청난 반격을 받게 되겠지."

"진퇴양난이군."

"그렇지. 그러니 이렇게 해서 조금이라도 힘을 깎아낼 수 있다면 좋겠네만, 유감스럽게도 어려울 걸세."

"왕의 강권을 발동할 수는 없을까?"

"대립하는 귀족파가 방해할 테니 불가능하지. 놈들이 양쪽 파벌 모두와 유착하고 있다는 것이 더욱 문제일세."

무거운 공기를 불식하지 못한 채 두 사람은 말없이 포도주를 마시고 요리에 손을 내밀었다.

2

하화월(9월) 4일 7:14

아침 일찍 성을 방문한 청장미 일행은 모두들 큼지막한 자루를 들고 있었다. 바닥에 놓을 때마다 금속성이 들렸다. 자루 안에 든 것은 그녀들의 장비 세트였다. 아무리 그래도 왕성에 완전무장을 하고 나타난다면 불미스러운 일이 생길 수 있기 때문이다.

무거운 짐에서 해방되어 어깨를 푸는 일행. 리더 라퀴스 알베인 데일 아인드라는 방에서 부드러운 표정으로 지켜보는 라나에게 말했다.

"왕녀로서 할 일은 이제부터 시작이야?"

라나는 거의 권력이 없지만 왕녀로서 할 일은 있다.

"괜찮아, 나중으로 미뤄서 문제 될 일은 없으니까."

"어머나."

라퀴스가 익살스러운 표정을 지었다. 라나도 짐짓 너스레를 떠는 표정을 지었다가 금세 진지한 얼굴로 돌아갔다.

"라퀴스, 사실은 준비가 갖춰지는 대로 조속히 그 건에 착수해 주었으면 해."

"어째서지? 분명 어제 들은 이야기로는 한 곳씩 극비리에 습격한다는 계획이 아니었던가?"

가면을 쓴 마력계 매직 캐스터 이블아이가 물었다.

그녀는 왕성이라 해도 가면을 벗지 않았다. 이런 수상쩍은 차림이 허용되는 이유는 아다만타이트 클래스 모험자라는 인류 최강자의 지위에 올랐으며, 또한 리더인 라퀴스가 귀족 작위를 가지고 있기 때문이다.

"사실은 어젯밤 예상치 못한 일이 일어나서 계획을 일부 변경할 필요가 생겼어요, 이블아이 씨. 그건 바로……."

라나는 어젯밤에 있었던 창관 습격 건에 대해 이야기했다.

청장미 멤버들 사이에서 감탄하는 시선이 모여들자 라나 뒤에서 부동자세를 유지하던 클라임은 멋쩍어졌다.

창관에 쳐들어가, 그곳에서 지옥을 맛보던 사람들을 구해 낸 것은 클라임의 힘이 아니라 함께 갔던 두 사람 덕이었다. 솔직히 클라임은 칭찬 받을 만한 일을 전혀 하지 못했다.

오히려 멋대로 행동했다고 야단을 맞지 않아서, 그리고 계획이 파기까지 가지 않고 수정 정도로 넘어갈 수 있어서 안도하는 자신의 좀스러움에 실망을 품고 말았다.

"제법이구만, 숫총각."

"가가란 말이 맞다. 여섯팔 중 하나를 사로잡았다니 엄청난 수훈이지."

"…… '불사왕' 데이버노크, '공간참' 페슐리안, '춤추는 시미터' 에드스트룀, '천살' 말름비스트, '환마' 서큘런트, 그리고 조직의 장 '투귀' 제로."

티아가 줄줄 이름을 열거했다.

"데이버노크는 언데드. 페슐리안은 멀리 떨어진 적조차도 벤다고 하고. 에드스트룀은 특수한 마법무기를 구사하고, 말름비스트는 찌르기에 특화된 독검전사. 서큘런트는 포박

됐으니 패스. 그리고 제로는 맨손전투가 주특기인 격투가. 다들 아다만타이트 클래스에 필적할 텐데."

"맞아. 그런 놈들 중 하나를 포박했다면 우리에게도 엄청 유리해질걸."

"대단하구나, 클라임. 하지만 브레인 앙글라우스와 만나서 함께 행동했다니, 운도 좋아."

그 점에는 클라임도 동의했다.

"헹, 서큘런트를 일격에 쓰러뜨렸단 말이지. 왕국 최강의 전사인 가제프 스트로노프와 호각으로 승부를 벌였다더니, 앙글라우스의 실력은 진짜였나 보지. 그럼 이 몸은 그 앙글라우스조차 못 이기겠다고 단언했다는 그 집사 영감님에게 엄청나게 관심이 끌리는데."

"세바스 님의 자택이 어디인지까지는 묻지 못했습니다."

"……흐음. 클라임, 그건 너를 경계해서 가르쳐주지 않았던 걸까, 아니면 네가 눈치 빠르게 물어보지 않았던 걸까……. 어느 쪽이지?"

"양쪽 다입니다, 이블아이 님. 혹시 여쭤봤더라면 가르쳐주셨을지도 모르겠습니다만, 사건에 말려들었으면서도 협조를 자청해 주신 분께 불리해질지도 모르는 정보는 원하지 않았던 것 또한 사실입니다."

"……으음, 요 성실한 녀석."

"맞아."

머리끝부터 발끝까지 전부 똑같아 보이는 자매가 클라임을 평가했다.

"그만한 인물의 소문을 내가 들어본 적이 없다니, 이해할 수 없군……."

이블아이의 말을 시작으로 세바스에 대한 의구심이 커져만 가는 분위기를 느낀 클라임이 반론하려 입을 열었을 때 라퀴스가 짝짝 손을 쳐 주의를 환기시켰다.

"자자, 그건 잠깐 접어두기로 하자. 그 사람이 없었으면 창관의 정확한 장소도 알 수 없었을 테고, 부문장 코코돌도 잡을 수 없었을 거 아냐? 클라임에게도 우리에게도 은인이잖아."

"그 말이 맞다, 라퀴스. 그래서 왕녀. 계획을 일부 변경한다는 건 습격할 장소를 다시 선정한다는 뜻인가?"

"예, 이블아이 씨. 오늘 안으로 동시에 습격을 가해 단숨에 무너뜨릴 생각이에요. 시간이 지날수록 상대에게는 유리해지고 우리에게는 불리해질 테니까요."

정적이 찾아왔다.

이번 작전에 참가하는 멤버는 청장미뿐. 그렇기에 손이 부족해 순서대로 습격한다는 계획이 아니었던가.

"아, 아니, 이봐, 왕녀님? 손이 부족하다고 하지 않았어? 아니면 하룻밤 사이에 도와줄 사람이라도 나타난 거야? 모험자를 고용할 수도 없었을 거 아냐?"

모험자 조합의 설립이념 중에는 외부의 위협으로부터 인간을 보호한다는 것이 있다. 그렇기에 가능한 한 인간과 인간의 분쟁에는 간섭하지 않는다는 불문율이 존재했다. 그렇지 않고서는 국경을 넘어서 조합끼리 힘을 합칠 수가 없다.

　그렇기에 조합은 설령 손을 내밀면 구할 수 있는 사람이 있다 해도, 이를 한 번 허용하면 한이 없다는 판단 때문에 암묵적인 규칙을 준수하도록 유형무형의 압력을 가한다. 가볍게는 경고에서, 경우에 따라서는 일을 주지 않기도 하고, 최종적으로는 모험자 조합에서 추방할 때도 있다. 그렇게 조합에 버림을 받은 일부 모험자들은 불법 업무에까지 손을 대는 소위 '워커'라 불리는 자들이 되는데, 소문에 따르면 악질 규약위반자에게는 조합이 자체 암살부대를 파견할 때도 있다고 한다.

　여덟손가락이라는 인간 조직과의 항쟁을 개시한 청장미는 그 불문율을 어기고 있지만, 아다만타이트 클래스 모험자이며 조합의 간판이라고도 할 수 있는 자를 추방하지는 못할 테니 묵인의 형태가 이루어지고 있다. 그러나 그것도 그녀들이기에 용납될 뿐이다.

　"다른 힘을 동원한다 해도 위사를 끌어들이는 것은 어리석음의 극치. 놈들의 손길은 위사들에게도 닿아 있어. 위사는 마지막 마무리 단계에서나. 그렇지 않고서는 위험."

　"귀족들이 영지에서 끌고 오는 병사들도 마찬가지. 어느 귀족이 놈들의 끄나풀일지 명확하지 않은 이상 함부로 불러서는."

"흥, 신뢰할 수 있는 건 오로지 가제프 스트로노프와 직할 병사들── 전사들 정도겠다만…… 아니, 직할 병사라 해도 얼마나 믿을 수 있을지."

"누가 아니래. 결국 상대의 세력이 어느 정도인지 모르니 대책을 세울 수가 없잖아. 하지만 이대로 조사만 하다가는 왕국이 완전히 썩어버리고 말 거야. 사방팔방 꽉 막힌 결과 두더지 잡기를 해야 한단 말이지."

라퀴스가 투덜거리자 라나가 고개를 끄덕였다.

제국의 공세에 내부 대립, 그리고 부패가 이어지고 있다.

이런 상황에서도 여전히 싸우려 하는 자신의 주인 뒤에서 태양의 광채를 본 기분이 들어 클라임은 눈을 가늘게 떴다. 역시 그녀야말로 왕국을 통치하고 수많은 사람들을 행복하게 해 줄 유일한 분이라고, 한층 깊이 충성심을 다진다.

그럼에도 왕녀는 아름다운 장식이면 그만이라고 생각하는 모든 이들──주로 귀족──에게 클라임은 격렬한 분노를 느끼고 주먹을 부르쥐었다.

하지만 그 분노를 풀어주는 라나의 아름다운 목소리가 귓전을 두드려 클라임은 다시 이야기에 집중했다.

"말씀하신 대로예요. 그렇기에 믿을 수 있는 귀족의 힘을 빌리고자 해요."

"그런 귀족을 아는가, 왕녀?"

"예, 이블아이 씨. 많은 분들을 알지는 못하지만 단 한 분, 신뢰할 만한 귀족이 있어요."

"헤에. 라나, 그게 누구야? 네가 모를 리 없다고는 생각하지만, 신뢰할 수 있더라도 어느 정도 힘이 없으면 의미가 없어. 영지에서 충분한 병사를 보내주리라는 보장도 없고."

"아마 그 점은 괜찮을 거야. 그리고 왕국전사장님을 부르겠어."

"아, 전사장님이라면야."

"응. 전사장님은 믿을 수 있지. 아니, 그 사람에게까지 여덟손가락의 입김이 닿았다면 이젠 끝장."

"그러면 클라임, 레에븐 후작님을 불러줘. 바로 얼마 전에 회의를 하셨으니 아직 왕도 내에 계실 거야."

"후작님 말씀입니까?! 그야 왕자님과 함께 계실 때 뵙기는 했습니다만……."

분명 레에븐 후작은 그녀가 원하는 인물상에 딱 맞았다.

신뢰성의 문제라는 단 한 가지를 제외한다면.

6대 귀족이라 불리는 대귀족의 일원이며, 자금력에서는 다른 귀족들과 비교도 되지 않는다. 다만 레에븐 후작에게 여덟손가락의 입김이 닿지 않았으리라는 증거는 없다. 아니, 유복한 이유가 그들에게서 흘러든 돈 때문일 가능성도 있다.

그러나 클라임은 그런 생각을 즉시 부정했다.

라나가── 그의 존경하는 주인이자 누구보다도 현명한 여성이 말한 이름이 아닌가. 그렇다면 레에븐 후작은 신뢰할 수 있으리라.

하지만 클라임과는 달리 청장미 멤버들은 일제히 표정을 찡그렸다.

"이봐이봐, 왕녀님? 신뢰할 수 있어, 그 후작님?"

"듣기로 레에븐 후작은 박쥐."

"국왕파와 귀족파 사이를 오가는 박쥐. 이익을 추구하는 놈이라면 여덟손가락의 돈에도 움직일걸."

"거기서 정보가 흐르는 건 생각하고 싶지도 않다, 왕녀."

잇달아 부정적인 의견이 나오는 가운데 짝 손뼉을 마주치는 소리가 났다. 라퀴스였다.

"……다들 중지! 저기, 라나. 레에븐 후작에게는 좋은 이미지가 없는데 믿어도 되는 걸까?"

"확실하다고는 단언할 수 없어. 게다가 그는 여덟손가락에게서 어느 정도 뇌물을 받고 있을 거라 생각해."

에?

다들 놀라 영문을 모르겠다는 표정을 지었다. 그러나 가능성을 짐작한 자들이 입을 열었다.

"허위정보를 흘려 유도?"

"암살 전에 준비하는 거. 암살자가 노린다는 정보를 흘려서 경비를 그쪽으로 돌리는 방식."

암살자 출신자들의 생각에 라나는 고개를 가로저었다.

"티나 씨, 티아 씨, 그게 아니야. 설령 돈을 받는다 해도 여덟손가락에 협력할 마음이 없는 사람도 있을 거 아냐? 후작님의 공작이 내가 생각한 것보다 탁월했다면 지는 거지만…… 클라임, 레에븐 후작님을 불러줘. 여덟손가락의 창관을 없애고 노예매매 부문장을 포박했다는 이야기를 하면 만나주실 거야."

클라임의 시선이 움직여 창밖의 빛을 확인했다. 눈부신 아침 햇살. 사람을 부르기에는 조금 이른 시각이다. 그러나 대귀족과 곧바로 만날 수는 없을 테니, 면회 약속을 잡기 위해서라면 괜찮은 시간일지도 모른다.

"노예매매 부문장 이야기를 해야 할까요? 비밀로 해두는 편이 좋을 것 같습니다만……."

라나는 만나기 위한 카드로 쓸 생각이라지만 대귀족이라고는 해도 왕녀의 호출을 거절할 리는 없을 것이다. 그렇다면 아껴두는 편이 좋지 않을까.

클라임의 생각에 라나는 고개를 가로저어 부정했다.

"아군으로 삼으려면 우리 패를 모두 보여줘야지. 우리가 후작을 믿는다는 걸 증명하려면 그 방법이 제일 효과적이야."

클라임은 그렇구나 싶어 고개를 끄덕인 다음 공손히 예를 올렸다.

"분부 받들겠습니다. 그러면 지금부터 레에븐 후작님을

모셔오겠습니다."

"부탁해, 클라임. 그럼 시간이 걸릴 테니 그동안 홍차라도
마실까?"

＊

청장미 일행은 예상했다. 설령 레에븐 후작이 온다 해도,
시간은 한참 걸려 점심 무렵이나 되어야 할 거라고.

대귀족 정도 되면 다른 귀족들과 회동을 갖는 등 아침부터
많은 예정이 있다. 왕이 부른다면 모를까, 라나는 권력도 없
는 왕녀다. 당연히 레에븐 후작에게는 우선순위가 낮을 것
이다.

그렇기에 클라임이 계산보다 훨씬 일찍 돌아왔을 때는 한
순간 문전박대를 당한 것이 아닌가 생각하고 말았다. 그러
나 입실한 클라임의 뒤에서 나타난 두 사내를 보고 일행은
놀라움을 감출 수가 없었다.

한 사람은 당연히 레에븐 후작이었다.

몸단장은 완벽하다고밖에 형언할 도리가 없었다. 무언가
특별한 짐승——아마도 몬스터에 속한 것——의 털로 만든
금사가 들어간 더블렛을 걸쳤다. 앞단추나 옷깃 부근의 장

식은 매우 섬세했으며, 빛을 반사하는 모양을 보면 단추에는 콩알만 한 보석이 박혀 있을 것이다. 가느다란 깃이 목 주위를 에워싸고 서 있다. 알현할 때나 사용하는 최고급 옷을 멋들어지게 갖춰 입은 모습은 그야말로 왕국 6대 귀족의 일원에 잘 어울렸다.

다음으로 나타난 것은 투실투실한 사내였다.

라나는 그 인물을 보고 놀란 표정으로 말했다.

"오라버니."

"여어, 배다른 동생아. 건강한 것 같구나……. 오, 아인드라 가문의 영애라면 그 유명한 청장미인가? 이거 대단한걸. 아다만타이트 클래스 모험자를 이런 곳에서 보게 되다니."

노크도 하지 않고 입실해 활달하게 말한 인물은 바로 제2 왕자 자낙 바를레온 이가나 라일 바이셀프.

라퀴스가 왕가에 대한 예의를 취하자 느긋하게 손을 흔들어 화답했다.

"재미난 이야기가 될 것 같아 참가했다."

"부르심을 받고 왔사옵니다, 라나 전하."

"예. 잘 와주셨습니다, 레에븐 후작님. 고개를 들어주세요."

오라버니, 즉 왕위계승권이 자신보다 높은 인물이 나타나자 의자에서 일어났던 라나가 대답했다.

고개를 든 레에븐 후작은 얼굴에 희미하게 웃음을 띤 것 같았다.

그것은 음습한 웃음이라 보는 자에게 으스스한 인상을 주었지만, 어째서인지 이자에게는 다른 웃음이 어울리지 않으리라는 분위기가 있었으므로 어지간해서는 이 표정을 보고 불쾌감을 품는 사람은 없다.

 "그런고로 우리 외의 다른 사람은 옆방으로 가도 문제는 없겠지?"

 "알겠습니다, 오라버니. 라퀴스, 클라임. 미안하지만 옆방으로."

 "알았어."

 군말 없이 수긍한 라퀴스는 동료들에게 짐을 들고 나가도록 지시했다. 시간을 낭비하지 않기 위해 옆방에서 준비를 하려는 것이다.

 청장미 다섯 사람에 클라임까지 합계 여섯이 고개를 숙인 다음 옆방으로 사라지는 모습을 지켜보고, 라나는 두 사람을 테이블로 안내했다.

 "앉으세요."

 "예, 라나 전하."

 "그래, 동생아."

 한 사람은 털썩, 한 사람은 기품 있게 조용히 앉았다. 라나는 홍차를 따르고는 레에븐 후작 앞으로 내밀었다.

 "친히 따라주시다니 황송하옵니다."

 "미지근해진 것이라 죄송합니다."

"어허, 내 몫은 없는 게냐?"

자낙은 부루퉁한 표정으로 찻잔을 드는 두 사람을 노려보았다.

"어머, 오라버니는 홍차를 싫어하시는 줄로 알았는데요?"

"그래, 색 물들인 미적지근한 물은 싫어한다. 하지만 목을 축일 것이 없으면 허전하단 말이다."

"그러면 메이드에게 가져오게 할까요? 과실수가 좋으실까요?"

"홍차여도 상관없어. 굳이 정보를 흘릴 필요는 없잖아?"

"오늘 안으로 행동하면 메이드들도 자기 가문에 정보를 흘릴 시간은 없을 거예요."

"주의하는 게 좋지 않겠느냐? 여자의 입은 매우 가벼우니 말이다. 특히 왕궁에서 일하는 메이드들이 자기 집에 일러바치는 속도는 놀랄 정도거든."

라나는 미소와 함께 홍차를 따라 자낙 앞에 내밀었다.

"……흥. 너, 이미 메이드들의 정보망을 시험해 봤구나."

"무슨 말씀이신가요?"

"뭐, 됐다."

딱 잘라 대꾸한 자낙은 꿀꺽 홍차를 마시더니 쓰다며 혀를 내밀었다.

"하오나 왕녀 전하, 이처럼 이른 시각에 무슨 일이신지요? 그야 물론 부르신다면 언제 어느 때라도 달려올 생각이옵니다만."

"고맙습니다. 그러면 사태가 급박하니 솔직히 말씀드리겠어요. 후작님의 지혜를 빌리고 싶어요."

어흠 가벼운 헛기침을 하며, 단도직입적으로 말을 꺼냈다.

레에븐 후작의 아주 살짝 가늘게 찢어진 눈이 크게 뜨이더니 놀라움의 빛을 머금었다. 그러나 즉시 평정을 되찾아 눈빛은 차게 가라앉았다.

"저의 지혜 말씀입니까. 전하께서 모르시는 문제라면……대답드릴 자신이 없군요."

"그렇지는 않을 겁니다. 궁정의 그러한 일에 대해서는 레에븐 후작님보다 뛰어난 분이 없다고 생각하니까요."

레에븐 후작은 왕자와 시선을 나누었다.

라나 왕녀는 권력투쟁에 가담하는 경우도 거의 없다. 그렇다면 지금의 발언은, '궁정의 그러한 일'이란 대체 무엇을 가리키는 것일까.

레에븐 후작은 천천히 웃었다. 정보가 얼마 없을 때는 억지로 예측을 세워봤자 방향만 잘못 잡고 말 것이다. 조금 더 정보를 모아도 상관이 없으리라고 판단했다.

"어떠한 말씀을 드리면 좋을지요?"

"국왕파의 숨은 지배자, 아니, 국왕파를 뒤에서 통솔하시는 분으로서 파벌의 병사들을 동원해 주실 수 없으신지 여쭙고 싶습니다.”

“……예?!”

레에븐 후작은 느닷없이 눈앞에서 마법이 폭발한 표정을 지었다. 만일 이 자리에 있었더라면 누구나 놀랐으리라. 레에븐 후작이라는 인물은 보통 그리 크게 표정을 바꾸지 않으니까.

그러나 그럴 수밖에 없었다. 다른 귀족이 들었으면 웃어넘길 만한 발언. 그것은 사실 그동안 감추어왔던 진실이었으니까.

레에븐 후작은 두 파벌을 박쥐처럼 얼쩡거리는 것처럼 여겨지지만, 실은 국왕파를 유도하여 왕국이 양분될지도 모르는 내분을 저지하고 붕괴되지 않도록 이면에서 움직이는 가장 큰 공로자였다.

만일 레에븐 후작이라는 인물이 없었다면 왕국은 이미 무너졌으리라.

한편 자낙은 혼자서 살짝 숨을 멈추고 있었다.

사실 라나가 엄청난 지혜를 가진, 인간의 모습을 한 괴물이란 점은 직감했다. 하지만 그래 봤자 눈도 귀도 손발도 없는, 어떤 의미에서는 왕성에 감금된 것과 마찬가지인 이 상황에서 어떻게 그 진실에 이르렀단 말인가. 이 왕국에서 자낙을 제외하고는 아무도 도달할 리 없었던 답에.

두 사람은 허세에 말려들었을 가능성을 동시에 생각했으

며, 즉시 이를 기각했다. 라나의 말투에서는 지극히 당연한 사실이라는 기척밖에 없었다. 언제나 뱃속에 많은 것들을 감춘 자들을 상대하는 두 사람조차 간파할 수 없을 만한 연기가 아니라면, 대체 무슨 근거로 그런 대답에 이르렀을까.

라나는 더 설명이 필요하느냐고, 놀라는 레에븐 후작을 완전히 무시하고는 느긋하게 이야기를 이었다.

"……원래는 국왕파의 다른 두 대귀족분들께도 말씀을 들어야 할지도 모르겠지만, 블룸라슈 후작님은 제국에 정보를 흘리고 계시잖아요? 그렇게 되면…….

"뭐, 뭐라고……!"

"잠시만 기다리십시오!"

자낙의 갈라진 목소리보다도 더 큰 목소리로, 가느다란 눈을 크게 뜨고는 레에븐 후작이 목소리를 높였다.

"블룸라슈 후작이……."

"아시지요? 그러니 블룸라슈 후작님께는 중요한 정보가 많이 모이지 않도록 통제하시는 것 아닌가요?"

두 사람은 입을 딱 벌린 채 라나를 바라보았다.

조금 전과 전혀 다를 바 없는 조용한 표정으로, 자기 말이 틀렸냐고 중얼거리는 미녀를.

"당신, 은……."

전하라는 호칭도 잊을 만큼 레에븐 후작은 경악했다.

6대 귀족 중 하나이며 국왕파의 대귀족인 블룸라슈 후작이 왕국을 배신했다는 사실은 레에븐 후작과 자낙만이 아는 사실이었다. 배신자를 묵인하는 이유는 파벌 사이의 균형을 무너뜨리지 않기 위해서였다.

그렇기에 레에븐 후작은 이 사실을 필사적으로 귀족파에 은폐했으며, 나아가서는 제국에 중요한 정보가 흘러가지 않도록 꾸몄다. 그렇다. 이제까지 완벽하게 해냈을 텐데.

자낙은 레에븐 후작에게 들어서 알았다. 그렇다면 이 새장 속의 작은 새는 어떻게 그 해답을 이끌어냈단 말인가. 상상한 자낙은 자신의 몸에 소름이 돋는 것을 느꼈다.

"어떻게 거기까지……."

"슬쩍 이야기를 나눠보면 알 수 있어요. 메이드들도 가끔 이야기해 주고요."

메이드의 이야기 따위에 얼마나 신빙성이 있단 말인가.

있을 수 없다는 마음이 레에븐 후작의 마음속을 지배했다.

하지만 라나의 말은――메이드의 이야기에서 비롯됐다는 추측은―― 사실일 거라고 옛 기억을 통해 수긍도 했다. 눈앞의 여성은 무수한 쓰레기 속에서 예쁜 부분만을 추려내, 스스로 보석이 박힌 목걸이를 만들어낸 것이라고.

"――괴물이군."

라나라는 여성에게 어울리는 평가가 조그맣게 입 밖으로 흘러나왔다.

분명히 들렸을 텐데도 라나는 웃음을 지을 뿐 무례함을 나무라지는 않았다. 레에븐 후작은 조금 전까지 품었던 생각을 버렸다.

대등하게 상대할 가치가 있는 자다. 그리고 과거의 기억은 진실이었다.

"——알겠습니다. 흉금을 터놓도록 하겠습니다. 왕자님, 그래도 되겠습니까?"

자낙이 고개를 끄덕이는 것을 확인하고, 레에븐 후작은 자세를 바로잡으며 정면으로 라나를 바라보았다. 그 태도는 가제프가 검을 겨누는 것과 흡사했다.

"다만 그 전에 '진짜' 라나 전하와 이야기하고 싶습니다만."

"'진짜' 라고 하신다면?"

이상하다는 듯, 그리고 천진난만하게 라나가 되물었다.

"옛날, 어떤 소녀를 보았습니다. 저는 발밑에도 못 미치는 고도한 통찰력으로, 헤아릴 수 없을 만큼 가치 있는 말을 했던 소녀지요. 물론 그 말에 담긴 의미와 가치를 이해한 것은 한참 시간이 흐른 다음이었지만요."

조용해진 실내에 레에븐 후작의 독백이 이어졌다.

"……영문 모를 소리를 하던 소녀. 그런 평가를 받았던 그녀를 본 저는 한순간이지만 위험한 자를 본 기분을 품었습니다."

"위험한 자라고요?"

라나가 조용히 물었다.

"예. 아주 잠깐 언뜻 봤을 뿐이었으므로 기분 탓이라 생각하였습니다. 그러나 저는 이렇게 느꼈던 겁니다. 세상에 대해 아무 생각도 하지 않는, 모든 것을 경멸하는 인간의 공허한 눈이라고."

조금 전과는 돌변하여 싸늘해진 실내의 공기에서 몸을 지키려는 듯 레에븐 후작은 어깨를 움츠렸다.

"다만, 그로부터 한동안 시간이 지나 다시 본 소녀의 분위기는 나이에 어울리는 것이어서, 그때 제가 보았던 모습은 착각이라 생각하였습니다. ……저는 말입니다, 전하. 여쭙고 싶습니다. 지금까지 교묘하게 저희를 속여오셨으리라는 저의 생각이 참인지 아닌지를."

두 사람의 눈동자가 부딪쳤다. 두 마리의 뱀이 서로 얽혀드는 듯 음습한 싸움이었다.

그리고 느닷없이 라나의 눈에서 빛이 사라졌다.

레에븐 후작은 그리운 광경을 본 것처럼 희미한 웃음을 지었다.

"아아, 이 정도였을 줄이야……."

여동생이 무구한 웃음과 함께 끔찍한 괴물로 변신하는 모습에 자낙은 식은땀을 흘렸다. 아니, 어렴풋이 깨닫기는 했다. 미모 아래에 추악한 본모습을 감추고 있음을. 스스로 권력을 쥐고 싶다는, 혹은 자신을 우리에 집어넣은 왕국 전체를 파괴하고 싶다는 욕망을 품었으리라는 예상만은 빗나간 것 같았지만.

이것은 자신과는 다른 이질적인 존재다.

"역시 그러셨군요, 라나 전하. 그 눈은 옛날에 본 것과 똑같습니다. 그 후로 줄곧 연기를 하셨군요."

"아니에요, 레에븐 후작님. 연기를 했던 것이 아니지요. 저는 충족되었던 거예요."

"……전하의 병사, 클라임…… 말씀이십니까?"

"네. 저의 클라임 덕이지요."

"호오, 그 소년에게 전하를 바꿀 만한 무언가가 있었다니……. 그저── 어린아이로밖에 생각하지 않았습니다만…… 전하께 그는 어떤 존재입니까?"

"클라임 말인가요……?"

라나의 시선이 허공을 헤맸다. 그에게 얼마나 가치가 있을까. 이를 표현하려면 어떤 말이 적절할지를 생각하기 위해.

라나 티엘 샬드론 라일 바이셀프.

그녀의 존재를 한 마디로 표현한다면 '황금'이다. 그것은 찬란한 미모에서 온 말이다. 그러나 그런 미모조차 퇴색될 어떤 재능을 가졌다는 사실을 아는 자는 적다.

그녀의 재능이란 사고력, 통찰력, 관찰력, 발상력, 이해력 등등 생각한다는 행위에 관한 모든 능력의 이상발달이었다

──한마디로 표현한다면 '천재'.

　그야말로 신에게 받았다고밖에는 형언할 도리가 없다. 영감으로 이루어진 것처럼 보이는 그녀의 생각은 무수한 정보의 단편으로부터 어마어마한 통찰을 통해 고찰된 것이다.

　아마 이 대륙을 뒤져도 그녀에 필적하는 재능을 가진 인물은 없으리라.

　굳이 비견할 자가 있다면 인간 이외의 존재. 다만 인간이라는 종족을 넘어선 존재들이라 할지라도 그녀와 비견할 만한 존재는 극소수였다.

　나자릭으로 따진다면 혼자서 전 계층의 서번트들을 관리할 수 있는 수호자 총책임자 알베도, 악마와도 같은 지혜의 소유자이자 군략, 내정, 외정── 국가 작용 전체에 극한의 재능을 가진 데미우르고스가 나서야 거의 호각.

　인간은 자신의 시점으로 매사를 판단한다. 그러한 의미에서는 기인이나 괴짜라는 딱지야말로 범부가 내리는 평가로는 정확할지도 모른다.

　다만 그녀에게는 한 가지 결점이 있다. 그녀는 자신이 아는 것을 왜 남들은 모르는지, 그 점을 이해할 수 없었던 것이다. 만일 이곳에 그녀와 동격인 존재가 있었다면 그녀의 천품을 깨달았으리라. 그랬다면 결과는 달랐을지도 모른다.

　그러나 그러지는 못했다.

그 결과 그녀에게 내려진 평가는, 어린 소녀가 알아들을 수 없는 소리를 해 기분 나쁘다는 말이었다. 라나는 매우 예쁜 소녀이기도 했으므로 그렇게까지 혐오의 대상이 되지는 않았으며 사랑은 어느 정도 받고 자랐다. 그러나 자신이 한 말의 의미를 아무도 알아듣지 못한다는 사실은 소녀의 정신 발달에 큰 영향을 미쳤으며, 천천히 시간을 들여 소녀를 일그러뜨렸다.

천재이기에 고독했다고 말하면 듣기는 좋을지도 모른다.

동족이 될 존재가 없는 환경에서 소녀의 스트레스는 점점 강해져, 먹은 것들을 토해내는 나날이 이어졌다.

당시 서서히 야위어가던 왕녀를 아는 자는 오래가지 못하리라 생각했다.

강아지가 없었다면 실제로 그랬을 것이다. 이겨냈다 해도 마왕 하나가 탄생했을지 모른다. 매사를 숫자로밖에 보지 못하는, 다수를 위해 소수에게 무참한 희생을 강요하는 마왕이.

그것은 정말로 단순한 변덕이었다. 기분 전환을 위해 호위병과 밖으로 나갔던 어느 비 오는 날, 소녀는 죽어가는 강아지를 주웠다.

목숨을 건진 강아지는 주인이 된 소녀에게 어떤 눈빛을 보였다.

무거운 눈이었다. 소녀는 그렇게 느꼈다.

천진난만하게 존경을 보내는 눈빛.

기이한 것을 보는 눈빛에는 익숙했다. 귀여운 것을 보는 눈빛에도 익숙했다. 그러나 그 눈빛은 이해할 수 없었다. 마음이 깃든 그 눈빛은 그녀에게 혐오였으며 경악이었으며 희열이었으며 감동이었으며, 또한── 인간이었다.

그렇다. 그녀는 자신과 같은 인간을 보았던 것이다.

소녀가 주운 강아지는 소년이 되고, 남자가 되었다.

강아지 때도 소년 때도, 남자가 된 후로도, 그 눈동자는 그녀를 눈부시고 순수한 눈으로 지켜보았다.

그러나 그것은 이제 고통이 아니다.

그 눈이 있었기에 그녀는 어느 정도 보통 사람으로서 타인과 대화를 나눌 수 있었던 것이다. 추하고 열등한 생물들을 상대할 수 있었던 것이다.

그리고 지금은 클라임이 있는 것만으로도 라나의 세계는 완결되었다.

"클라임은…… 그렇군요. 클라임과 맺어질 수 있다면…… 으음. 겸사겸사 클라임을 사슬로 묶어서 어디에도 못 가게 키울 수 있다면 행복할지도 모르겠네요."

실내의 공기가 얼어붙었다. 절반이나마 피가 섞인 자낙은 당연하다 쳐도, 레에븐 후작 또한 경악한 표정을 짓지 않을 수 없었다.

왕국에서 가장 아름답다고 일컬어지는 여성에게서 어린아이처럼 달콤한 말을 들을 수 있으리라 생각했다. 아니, 진정한 라나가 모습을 드러냈음을 감안하면 어수룩한 생각이었을지도 모르지만, 이 정도일 줄은 상상도 못했다.

신분이 다른 사랑에 괴로워했다면 차라리 구제받을 길이 있었으리라. 지금의 발언은 너무나도 뜻밖이었다.

"그, 그렇군. 그게 너의 맨얼굴이구나. 뭐랄까…… 어렸을 때는 단추가 하나 어긋난 정도의 위화감밖에 없었다만, 이제는 정상이 아님을 잘 알겠다."

"그런가요, 오라버니? 딱히 이상한 점은 무엇 하나 없다고 생각하는데."

"기르시면 되지 않겠습니까. 전하가 하시는 일에…… 아니지, 어렵겠군요. 협력자가 없고서는."

"맞아요. 왕녀라는 외견을 유지하려면 그러한 짓은 어렵겠지요. ……게다가 억지로 저를 보도록 만들어봤자 소용없는 노릇. 그 눈 그대로, 완전히 사슬에 묶어, 개처럼 기르고 싶은 것이랍니다."

타인의 성적 기호를 듣고도 좋아하는 사람은 별로 없다.

라나의 마음을 접한 레에븐 후작은 가능하다면 몇 걸음 물러나고 싶은 기분이었다.

"기른다느니 하시는 말씀은…… 다시 말해 사랑하지는 않는다는 뜻입니까?"

무슨 말을 하느냐고, 멍청한 자를 보는 눈으로 라나는 레에븐 후작을 바라보았다.

"사랑하고말고요. 다만 그 눈이 너무나도 좋을 뿐. 개처럼 달라붙는 모습도 매우 좋고."

"미안하구나. 난 전혀 모르겠다. 그건 사랑이 아니다, 동생아."

"사랑의 형태도 천차만별이랍니다."

"……송구스럽사옵니다. 도무지 이해할 수 없는 말씀인지라."

"굳이 이해받고 싶지 않아요. 제가 그를 좋아함을, 사랑함을 알아준다면 그것으로 족해요."

괴이하다.

이질적이라고는 생각했으나 이런 식으로 이질적일 줄은 생각도 못했다.

왕녀가 일개 병사를 사랑한다는, 경우에 따라서는 국가가 뒤흔들릴 만한 이야기를 하고 있는데도 그 이상으로 엄청난 소리를 들은 기분이었다.

"전하, 그야 물론 성적 기호란……."

"성적 기호가 아니라 순수한 사랑이에요."

마치 나무라는 듯 의견을 가로막는 라나에게 레에븐 후작은 반론할 마음을 꾹 삼켰다.

"예, 사랑이지요…… 예. 다만 현재 단계에서는 클라임……
공과 맺어지는 것은……."

"불가능하지. 그뿐이겠나? 이 이야기가 새어나가기만 해도
즉시 시집을 가야 할 게다. 귀족파의 입김이 닿는 형님이라면
귀족파의 귀족을 고르실 테고."

"그렇겠지요, 오라버니. 가령 지금 당장 큰오라버니께서
왕위를 계승하신다면 제일 먼저 그런 일을 하지 않으시겠어
요? 이미 그런 이야기는 다 끝났으리라 생각해요. 저를 볼
때마다 자기 것이라는 눈을 하는 귀족들이 있으니까요."

"귀족파에 가담하는 대가로 혼사를 바라는 귀족이 있다는
사실은 알고 있나이다."

"그러나 클라임은 아무리 생각해도 무리가 아니냐. ……그
녀석이 귀족 작위를 받는다 해도 남작이 한계일 거다. 특례로
더 높은 지위를 내린다 한들 결혼까지는 허락받지 못할걸."

"그 점은 저도 잘 알아요, 오라버니. 현재 왕국의 상황에
서는 어떠한 수단을 강구하더라도 불가능하겠지요."

자낙은 그렇기에 씨익 웃었다. 이거야말로 가장 좋은 수라
판단하고.

"그렇다면 거래하지 않겠느냐? 내가 왕위에 오른다면 너
를 클라임과 맺어주마."

"받아들이겠습니다."

"두말없이?! 그래도 되는 거냐?"

"거절할 이유가 무엇 하나 없잖아요? 도박 중에서 가장 승산 높은 도박이 그것이니까요. 오라버니께서 제 방에 레에븐 후작과 함께 나타나셨을 때부터 저는 그 이야기를 하고 싶었는걸요."

"……이미 계산했다는 거냐?"

자낙은 쓴웃음으로 대응했으나 심경은 표정과 완전히 달랐다. 자신보다도 똑똑하리라 생각은 했지만, 이렇게까지 여동생의 손바닥 위에서 놀아날 줄은 상상도 못했다.

냉정하게 생각해 보면 라나는 이렇게까지 자신의 속내를 보여줄 필요가 없었다. 하지만 자신에게서 이 제안을 이끌어낼 속셈이었으리라 생각하면 수긍이 간다.

자낙은 여동생에게 마음속으로 욕설을 퍼부었다. 괴물이라고.

"그러면 오라버니……라기보다는 레에븐 후작께 한 가지 부탁이 있습니다."

"무엇인지요?"

"레에븐 후작님께는 자제분이 계셨지요?"

"예, 이제 겨우 다섯 살입니다만."

레에븐 후작의 뇌리에 사랑스러운 아들의 얼굴이 떠올라 얼굴이 풀어지려는 것을 간신히 붙들었다. 입에서 아들 자랑이 튀어나오려 했으나, 곁에 앉은 자낙이 불길한 표정을 지은 이유를 짐작했기에 이를 열심히 억눌렀다.

"저의 약혼자로 삼아 주세요."

"안 된다! 너 같은 계집에게 그 아이를 줄 것 같으냐!"

레에븐 후작이 외쳤다. 그리고 눈을 흘겨뜨는 자낙과 변함없이 웃음을 짓는 라나 두 사람을 번갈아 바라보고 자신의 추태에 얼굴을 붉혔다.

"며, 면목 없나이다, 두 분 전하! 조금, 혼란스러워서……."

어흠 헛기침을 한 번 하고는 라나를 돌아본다.

"전하, 실례지만 이유를 들려주실 수 있겠나이까?"

"이미 아실 텐데요?"

"이봐, 동생아. 네가 먼저 이야기를 꺼내놓——."

"저의 자식과 결혼하시고 전하께서는 클라임 군과 자식을 가지겠다, 저의 자식은 저의 자식대로 사랑하는 여성과 자식을 만들고——저에게는 손자가 되겠습니다만—— 후계자로 삼으면 그만이다, 그리고 전하가 어머니라는 식으로 위장한다, 그 말씀 아닙니까? 나쁘지 않은 방법이로군요. 전하는 사랑하는 남성과 자식을 가지실 수 있고, 우리 가문은 위장이라고는 해도 왕족의 피를 이을 수 있으니."

"저는 지위나 가문에는 관심이 없어요. 친자식에게는 다소의 재산만 물려줄 수 있다면 후작님의 가문을 차지하려는 짓은 하지 않겠어요."

"그 점은 신뢰합니다."

"……레에븐 후작 같은 중진이 제안한다면 아바마마도 무시하실 수는 없겠지. 후작은 왕가의 혈통을 얻고, 너는 사랑하는 자와 맺어지고. 또한 나는 너라는 협력자를 얻고. 아무도 손해를 보지 않고, 배신한다면 모두 함께 쓰러지는…… 뭐, 완벽하구나. 그러나 내 눈앞에서 제안할 소리냐……."

"어머나, 오라버니께서 한편이라는 보장이 필요했는걸요. 게다가 나중에 아시는 편이 더 무섭지 않나요?"

자낙은 아무 대답도 못했다. 라나의 말이 옳기 때문이다.

게다가 서로 상대의 약점을 쥐게 되는 제안을 거절할 수는 없다. 톱니바퀴가 어긋났다고는 하나 이만큼 우수한 인물이라면 왕국의 장래를 위해 필요한 인재일 테니까.

"그러면 두 분 전하, 저희 이야기는 이쯤 하고…… 듣자하니 여덟손가락과 충돌하셨다지요? 심지어 노예매매 부문장을 포박하셨다 들었습니다만."

"예, 클라임이 전해드린 대로예요. 그래서 여덟손가락이 지하로 숨어들기 전에 단숨에 공세를 가하고 싶어요. 어떤 경로를 통해 왕도 내에서 활동하는 여덟손가락에 관한 정보를 얻었으니, 오늘 안으로 그곳을 습격할 생각이에요. 다만 문제가 한 가지. 병사가 부족해요. 그래서 레에븐 후작님께서 힘을 빌려주셨으면 하여 이렇게 모셨습니다."

자낙과 레에븐 후작은 얼굴을 마주 보았고, 입을 연 것은 자낙이었다.

"그래서, 습격할 장소는?"

라나에게 건네받은 양피지와 이를 번역한 종이를 두 사람이 돌려가며 읽었다.

"이 정보는 이미 검증을 마치셨습니까?"

"물론이죠, 후작님. 라퀴스에게 부탁해 조사해놓았어요.

보고는 조금 전에 받았지만, 틀림없이 여덟손가락이 소유한 곳이더군요. 문제는 각각 다른 귀족이 소유한 토지라는 점이지만요."

치외법권이라고까진 할 수 없지만, 그곳에 쳐들어간다는 것은 곧 그 귀족에게 싸움을 거는 것과 마찬가지다.

"그 점은 문제가 없을 것입니다. 여덟손가락에 관한 증거가 발견된다면 귀족에게는 이를 이용해 압력을 가할 수 있습니다."

"발견하지 못하더라도 찾아내면 그만이니까. 소지 자체가 위험한 자료를 폐기할 곳이 정해졌구나."

세 사람은 얼굴을 마주 보고 웃었다. 다정함 따위라고는 전혀 없는 웃음이었다.

"그러면 동생아. 한 가지 문제랄까, 중요한 안건이 있다."

자낙이 주위를 둘러보았다. 방에 아무도 없음을 확인하는 행위는 이번이 처음이었다. 다시 말해 그만큼 중요하면서도 비밀스러운 이야기라는 뜻이다.

"사실 우리의 형도 여덟손가락의 한 부문에서 돈을 받고있

단다. 형님을 추락시키기 위한 건수로 써먹을 수 있겠다 생
각해서, 우리는 그 부문이 왕도에 구축해놓은 본거지를 찾
고 있었지. 그리고 그게 이곳 왕도에 있다는 것까지는 파악
했다. 그곳을 이번 습격계획에 끼워넣고 싶구나."

"상관없어요. 이번이 대청소의 기회이고, 이 기회를 놓치
면 다음은 언제 찾아올지 알 수 없으니까요. 그런데 그 부문
은 어느 부문인가요?"

"마약 관련이다."

"그건 위험하게 됐네요. 며칠 전에 라퀴스네 청장미가 제
부탁을 받고 마약을 재배하는 마을을 세 곳 습격했어요. 그
러니 조속히 행동하지 않는다면 도주할 가능성이 있죠."

"뭐라고……? 그렇구나. 레에븐 후작, 즉시 움직일 수 있
겠나?"

"어렵겠군요. 일단은 여덟손가락의 손이 닿지 않았으리라
생각되는 귀족들이 몇 있습니다. 그러나 완전히 신뢰할 만
한 가문은 둘 정도일 겁니다. 그들을 설득할 시간이 필요합
니다. 그 외에도 한 가지 문제가 있습니다만."

"무엇인가요, 레에븐 후작님?"

"소인이 거느린 병사들로는 상대가 안 될 가능성이 있습니
다."

강한 모험자로 대표되는 일부 인간은 때때로 군대 하나를
상대할 수 있다.

모험자들 중에 일반인을 넘어서는 힘을 갖춘 자가 특히 많은 이유에는 여러 설이 존재한다.

　그중에서 가장 신빙성이 높은 것이, 극한 상태일 때는 육체——일설에 따르면 뇌——가 이상활성화를 일으켜 초회복과도 비슷한 현상이 일어나 능력이 향상된다는 설이다. 그 외에는 신이 축복을 내려주신다거나 마력을 흡수하여 진화한다는 설도 있지만, 공통된 점은 육체와 정신, 마력 등의 기능이 급속히 상승한다는 것이다.

　이 상승 현상은 강자를 상대하면 상대할수록 일어날 확률이 높아지므로, 다종다양한 능력을 가진 강대한 몬스터를 늘 마주하는 모험자에게는 매우 일어나기 쉽다.

　그리고 그런 상대가 있을 경우 단순한 병사에게는 승산이 없다.

　"하지만 후작 자네의 직속 친위대라면 문제없지 않겠나?"

　레에븐 후작은 자낙의 질문에 고개를 가로저었다.

　"분명 그들은 은퇴한 모험자들이며 그것도 미스릴 클래스 이상이옵니다만, 적들 중에도 어마어마한 강자가 있습니다. 여덟손가락 최강의 '여섯팔'이지요. 그들은 하나하나가 아다만타이트 클래스 모험자에 필적한다니, 그들이 나타난다면 매우 위험해질 것입니다. 아무리 그래도 한 사람에게 여럿이 덤벼든다고 전제하면 이야기가 달라지겠지만요."

　"아, 아다만타이트……."

자낙이 말을 더듬는 것도 당연했다. 모험자 최고위인 아다만타이트 클래스 모험자 한 사람의 강함은 문자 그대로 일기당천(一騎當千), 만부부당(萬夫不當)이라고 한다.

"그렇다면 라퀴스에게 부탁해. 청장미 멤버들은 각자 한 곳씩을 담당하게 하지요. 여섯팔이 한 곳에 둘 이상 모이지만 않는 한 잘될 거라 생각해요."

"……청장미는 분명 다섯 분 아니었습니까? 적의 최강 전력은 여섯. 이를 생각하면 뿔뿔이 흩어지는 것은 병력분산의 우를 범할 가능성도 있지 않을는지요……. 전원이 왕도에 있으리라는 보장도 없습니다."

"전부 한꺼번에 습격하고 싶은데, 그러기는 어렵겠지? 일망타진이 최선책이다만."

라나가 얻은 양피지에 기록된 장소는 모두 일곱. 여기에 자낙 일행이 알아낸 한 곳을 더하면 여덟 곳이 된다. 하지만 그렇게까지 분산시킬 인원이 없다.

"아무리 그래도 세 곳이나 남겨두는 건 분하지만…… 어쩔 수가 없겠네요."

"습격을 마친 순서대로 나머지 세 곳에 보내는 건 어떻겠나?"

"그것이 최선책일 듯하옵니다, 전하. 다만 왕도 내에서 병사를 움직이는 것 자체가 문제가 될 듯합니다만 그 점은 어떻게 하면 좋겠나이까?"

"그 점은 내가 아바마마께 잘 말해두겠네. 그보다도 역시 포기할 수밖에 없으려나. 내가 다소 욕심이 많았던 것……."

그때 노크 소리가 들렸다.

"왔군요."

원래는 메이드가 나가야겠지만 지금은 없으므로 레에븐 후작이 일어나려 했다. 하지만 라나는 그를 손으로 제지하고, 직접 문까지 다가가서는 망설임 없이 열었다.

그곳에 있던 인물을 확인한 라나는 희색이 가득한 얼굴로 두 사람을 돌아보았다.

"여섯 번째 장소에 협조해 주실 분이에요."

곤혹스러움을 품으면서도 라나의 안내를 받아 방으로 들어온 사람은, 왕국전사장 가제프 스트로노프였다.

3

하화월(9월) 4일 21:00

클라임은 까만 덩어리를 손에 들고 있었다. 파들파들 떨리는 그것은 원래는 완전한 구체였겠지만 매우 부드러워서 중력에 짓눌린 듯한 형태를 띠고 있었다.

액체가 담긴 듯한 그 기묘한 구슬을, 클라임은 자신의 몸
—— 갑옷에 부딪쳤다.

철퍽 소리를 내며 터진 구체는 클라임의 하얀 풀 플레이트
아머에 시커먼 반점을 만들었다. 까만 염료가 든 구슬이 아
니었을까 하는 생각이 드는 광경이었다. 다만 현상은 여기
에서 그치지 않았다.

클라임의 갑옷을 더럽힌 까만 염료가 꿈틀꿈틀 움직이더
니 온몸으로 퍼져나가듯 갑옷의 표면을 타고 흐르기 시작한
것이다. 그리고 겨우 몇 초 만에 클라임의 갑옷은 한 곳도
남김없이, 반짝이던 순백색에서 윤기 없는 검은색으로 바뀌
었다.

클라임이 터뜨린 구체는 마법염료Magic Dyes라 불리는 매
직 아이템이다. 고위 아이템 중에는 산이나 불, 냉기 등에
대한 저항을 주는 것도 있다지만 클라임이 사용한 것은 단
순히 색만 바꾸는 효과밖에 없었다.

이것을 사용한 이유는 말할 것도 없이 클라임의 새하얀 풀
플레이트 아머가 지나치게 눈에 뜨이기 때문이다.

라퀴스가 각 조의 책임자를 불러 모았다. 클라임도 라퀴스
에게 다가갔다.

책임자들 한가운데에 선 사람은 현란한 장비를 걸친 한 여
전사였다.

우선 눈에 들어온 것은 모르는 이가 없을 만큼 유명한 마

법의 검── 마검 킬리네이람. 바스타드 소드 정도의 크기를 가진 그 검은 칼집에 담겨 있어서 칠흑의 밤하늘을 연상케 한다는 검신을 볼 수는 없었지만 자루 부분만도 매우 아름다웠다. 특히 폼멜에 박힌 거대한 블랙 사파이어 안쪽에서는 불꽃과도 같은 광채가 일렁거렸다.

그리고 그녀가 착용한 풀 플레이트 아머는 백금과 금으로 만든 것처럼 광채를 뿜었고, 곳곳에는 유니콘을 새겨놓았다. 이것이 바로 처녀만이 착용할 수 있다는, 절대로 더럽혀지지 않는다는 무구백설Virgin Snow.

그런 찬란한 무장과는 달리 등을 보호하는 외투cloak는 쥐색이라 심심한 목면제인 것 같았다. 이것은 쥐 속도의 외투 Cloak of Rat Speed라 불리며 이동속도와 민첩성, 회피력을 올려주는, 외견으로는 상상도 할 수 없는 강력한 매직 아이템이다.

다만 유명한 매직 아이템 부유검군Floating Swords은 기동하지 않은 모양이었다.

클라임과 달리 라퀴스가 눈에 뜨이는 차림을 한 이유는 자신의 마법으로 해결할 수 있기 때문이리라.

그런 그녀의 곁에 모여든 것은 눈에 익은 얼굴들뿐이었다.

청장미의 멤버들, 그리고 가제프 스트로노프.

일행과 나란히 서자, 클라임은 자신이 있을 곳을 완전히 잘못 찾은 것 같다는 생각이 들어 처량해졌다.

라퀴스가 말하는 이번 작전의 내용은 여덟손가락이 보유한 여덟 곳의 건물을 습격해 제압하는 것이라고 한다.

그러나 조는 일곱밖에 없으므로 나머지 한 곳은 다른 건물을 제압하는 대로 각 조의 대장 및 레에븐 후작의 친위대——미스릴 클래스 이상의 모험자 출신——가 달려가고, 나머지 조원들은 제압한 곳을 그대로 유지할 예정이었다. 구성원들은 최대한 무력화하거나 생포한다. 불가능하다면 살상도 어쩔 수 없다.

작전은 그뿐이었다.

이어서 라퀴스는 경고했다.

"상대는 암흑가를 지배하는 거대 세력이니, 상당한 강자들이 나타나거나 함정을 파놓았을 가능성도 있어. 모두 주의를 게을리하지 말도록."

클라임은 부르르 몸을 떨었다.

그것은 공포 탓이 아니라 자신이 이번 작전에서 맡은 역할의 중대함을 느꼈기 때문이었다.

각 조의 리더들과 비교하면 실력에서 한참 뒤떨어지는 클라임이 한 조의 리더로 뽑힌 이유는 일반 병사들보다도 강하다는 점, 그리고 협조자로 따라올 인물이 클라임을 지원해 준다는 이유가 있었기 때문이었다.

게다가 레에븐 후작이 거느린 자들 중에서도 유일하게 오리하르콘 클래스 모험자들로 구성된 팀이 클라임의 조를 거들어주기 위해 배속되었다.

이렇게까지 밥상을 차려주면 거절할 수는 없다.

게다가 클라임을 조장으로 선별한 속사정이 있음을 깨달은 순간부터 이 역할을 남에게 양보할 수가 없었다.

청장미 일행, 레에븐 후작, 가제프 스트로노프, 그리고 소란이 발생했을 때의 진화를 위해 자낙 왕자까지. 라나라는 인물과의 관여를 나타내는 존재는 아무도 없었다. 그렇기에 라나의 직속 호위병인 클라임을 조장으로 앉혀 라나도 이번 작전에 크게 관여했음을 드러내겠다는 노림수가 있었으리라.

'레에븐 후작님과 자낙 왕자님의 생각인 것 같은데, 왜 그런 일을 하시지?'

어떤 이유가 있는지 클라임에게는 수수께끼였다. 그래도 라나가 왕국을 위해 노력한다는 사실을 더 많은 사람에게 알리기 위해, 이 막중한 임무를 멋지게 수행해내고 말겠다는 용기도 솟아났다.

이야기가 끝나고 해산. 클라임이 자신의 조로 돌아가자 조금 전부터 선두에 서 있던 사람이 느긋한 목소리로 물었다.

"준비는 됐나?"

그 남자, 브레인 앙글라우스가 바로 가제프가 데려와준 협력자이자 클라임 조의 부조장이었다.

"조원들 준비는 다 끝났어. 이젠 사령관님 명령 하나면 움직일 거다. 그리고 이게 우리가 지나갈 경로야. 경로 선정은 저 친구가 했고."

그가 건네준 왕도 내의 지도에는 붉은 선이 그려져 있었다. 지도를 본 클라임은 브레인이 가리키는 방향으로 시선을 돌렸다.

그곳에 있던 사람은 클라임 조에 배속된 오리하르콘 모험자 출신 팀의 일원이었다. 클라임의 시선을 알아차렸는지 슬쩍 손을 흔들어 대답한다. 어느 정도 연배가 있는 사내에게 클라임은 고개를 가볍게 숙였다. 원래 같으면 조장이라는 지위에 있는 사람이 고개를 숙이는 것은 바람직하지 못할지도 모르지만, 조장이라 불릴 만한 힘이 없는 클라임에게는 당연한 일이었다.

클라임은 자신이 선두에 서는 것보다는 남들의 도움을 받아야만 하기 때문이다.

그런 이야기를 나누고 있으려니, 몸집이 커다란 사람 하나가 다가와 클라임에게 말을 걸었다.

"여, 숫총각."

그렇게 부르지 말았으면 좋겠는데. 조원들의 시선이 달라지는 것을 느끼며 클라임은 진심으로 생각했다. 모멸의 시선이 없는 것이 다행이었다. 흐뭇한 시선이며 아이를 지켜보는 어른들의 시선, 혹은 굳은 연대감을 풍기는 자들도 있었다.

"가가란 님, 무슨 일이십니까?"

여관에 있을 때와는 달리 온몸을 일급 마법 아이템으로 감싼 그녀가 있었다.

스파이크가 튀어나온 거무스름한 붉은색 풀 플레이트 아머의 가슴 부분에는 눈알 같은 무늬가 있었다. 이것이 바로 유명한 갑옷 '주시봉살Gaze Bane' 이었다.

건틀릿 부분은 조금 달라서 한데 얽힌 한 쌍의 뱀이 새겨져 있다. 접촉한 상대를 회복시키는 힘을 가진 고대의 명품, 케뤼케이온의 건틀릿Gauntlet of Kerykerion이었다.

허리에 찬 기다란 워피크(war pick)는 강철분쇄자FellIron, 왕후귀족이 착용하는 것처럼 호화로운 붉은색 케이프는 진홍의 수호자Crimson Guardian라고 한다. 갑옷 안에 있어보이지 않는 저항의 조끼Vest of Resistance나 용아의 부적Amulet of Dragontooth, 상위 힘의 벨트Belt of Greater Power, 여기에 비행장화Wing Boots, 회오리의 머리장식Circlet of Twister까지 착용하고, 반지에도 강대한 마법의 힘을 담아놓았다.

이것이 왕국 최고봉의 전사인 가가란의 완전무장이었다.

하나같이 눈이 튀어나올 만큼 값비싼 아이템이다. 이런 아이템을 걸칠 수 있는 것도 아다만타이트 클래스 모험자이기에 가능하다. 마찬가지로 이블아이나 티아, 티나 자매도 한눈에 알아볼 수 있을 만큼 '초(超)' 자가 붙는 명품으로 몸을 장식하고 있었다.

"별건 아니고, 긴장하고 있을지도 모르는 숫총각의 엉덩이라도 두드려줄까 해서 말이야."

걱정해서 말을 걸어주었다는 뜻이겠지만, 역시 숫총각이라는 호칭은 관뒀으면 좋겠다. 딱지를 떼어버리고자 마음만 먹으면 언제든——그런 가게에서——뗄 수 있겠지만 그러지 않았을 뿐이니까.

클라임이 마음속으로 징징 눈물을 흘리고 있으려니, 가가란은 어지간해서는 보이지 않는 날카로운 눈빛으로 곁에 선 브레인을 보았다.

"브레인 앙글라우스. 왕국전사장과 호각으로 싸웠던 사나이. ……과아연. 그 이야기는 거짓말도 과대평가도 아니었구만."

"청장미의 전사 가가란. 과연…… 강하시군. 정말로 아다만타이트 클래스 모험자 팀의 전사를 지낼 만하겠어. 어때, 난 합격인가?"

뭐가 합격이냐는 것인지 몰라 클라임이 브레인을 쳐다보자, 그는 어깨를 으쓱하며 가가란의 진의를 들려주었다.

"그녀는 내가 클라임 널 맡길 만한 전사인지 보러 온 거야."

"그러셨어요?!"

"무슨 소릴……. 네가 어떻게 되든 내가 알 게 뭐야. 여기 온 건 숫총각인 채로 죽으면 아까우니까 시간 좀 있으면 내가 접수해 줄까 생각해서라고. 그래도 뭐, '환마'를 잡았던 게 우연이 아니란 건 알겠어. 대단한 전사구만. 검을 맞대지 않아도 느껴지는데. 당신이 있으면 여유겠지."

"그거 고맙구만. 나도 소문이 사실이었다는 걸 잘 알겠어. 그래도 방심은 하지 않는 게 좋을걸. 이 세상에는 우리조차 순식간에 죽여버리는 괴물들이 얼마든지 있으니까."

"호오, 신중파구만. 그런 남자는 싫지 않지. 댁은 숫총각이 아닐 테지만, 어때?"

"사양하겠어. 압력 때문에 터질 것 같아."

클라임도 어디가 터지느냐고는 묻지 않았다.

"그래? 유감이네. 클라임, 조심해라."

손으로 작별인사를 한 가가란은 성큼성큼 가버렸다. 그 뒷모습을 지켜보며 브레인이 불쑥 중얼거렸다.

"외견에서는 상상도 못하겠지만, 착한 여자군."

"가가란 씨……라기보단 청장미 분들은 다 그래요. 이블아이 님도 저런 모습이지만 의외로 다정하고요."

"가면을 쓴 마력계 매직 캐스터라……. 그러고 보니 가제프가 만났다는 아인즈 울 고운이라는 자도 가면을 썼다고 들었는데, 매직 캐스터들 사이에서 유행하는 아이템인가?……음? 보아하니 움직이기 시작하는 모양이군."

"그러네요. 멀리 이동해야 하는 조는 습격 시간을 맞추기 위해 슬슬 출발해야 할 테니까요."

두 사람의 시선 너머에 떠나가는 조의 모습이 보였다.

클라임은 주위를 둘러보고 어떤 여성을 찾고자 시선을 이리저리 헤맸다.

당연히 그녀의 모습은 찾을 수 없었다. 그녀는 지금쯤 자낙 왕자와 함께 움직이고 있을 테니까. 라나의 고생을 알면서도, 만나지 못하는 데 아주 조금 서운함을 느끼고 마는 것은 자신의 이기심일까.

"그럼 클라임, 우리도 갈까?"

"……예! 그러죠."

클라임은 자신의 조에게 출발 명령을 내렸다.

조장 클라임, 부조장 브레인 앙글라우스. 여기에 오리하르콘 클래스 모험자 출신이 넷. 레에븐 후작 영지의 민병이 20명. 또한 레에븐 후작과 관계가 있는 고위신관, 마술사 조합 등에서 몰래 대준 지원부대까지 합계 32명이 조용히 출발했다.

4

하화월(9월) 4일 20:31

"이만한 멤버를 갖추다니…… 아인즈 님께 감사의 말씀을 드려야겠군요."

저택에 모인 멤버들을 슬쩍 둘러본 세바스의 첫말이었다.

데미우르고스를 필두로, 수호자들 중에서는 샤르티아와 마레가, 플레이아데스에서는 솔류션과 엔토마가 있었다. 그 외에도 데미우르고스 휘하의 고위 서번트 마장Evil Lord들이 여럿. 터무니없을 정도로 강대한 진용이다. 과잉전력이라는 생각마저 들었다.

"특히 수호자 중에서도 강함으로는 서열 1, 2위를 다투는 두 분까지 오실 줄이야……."

"아인즈 님의 명령을 받들어 모든 권한은 나 데미우르고스가 쥐게 되었네만…… 이의 있나, 세바스?"

"물론 없습니다."

"그렇다면 우선 오해가 없도록 미리 말해두겠네. 아인즈 님은 분명 트알레를 구출하라고 말씀하셨으나, 이 멤버를 갖춘 이유는 그 이상으로 지고의 존재들에게 침을 뱉은 어리석은 여덟손가락을 주살(誅殺)하기 위해서일세."

"잘 압니다. 트알레의 구출은 부수적인 목적이지요."

"바로 그렇다네. 트알레가 부활마법을 버틸 수 있으리라고는 생각하지 않으니, 나는 산 채로 구하겠다는 자네의 바람에 찬동할 뿐이지."

기분 나쁜 말투였다.

"그렇다고는 해도 이미 죽었을 때 어떻게 할 것인지는 확실히 문제가 되겠군. 내가 적이라면, 어리석게도 어슬렁어

슬렁 찾아온 적에게 인질의 목을 던져줄 테니."

"데미우르고스 당신이라면 본보기로 지분지분 괴롭히는 모습을 보여주리라 생각했습니다만?"

"자네 말에 일리가 있군. 구하러 온 자를 움직이지 못하게 해 놓고 눈앞에서 괴롭히는 모습을 보여준다……. 매우 가슴이 뛰는 광경이야."

"어디에 가슴이 뛴다는 말입니까?"

세바스는 분노를 미소 밑에 감추고 물었다. 물론 데미우르고스의 관찰안이라면 간파할 테니 어디까지나 모양일 뿐이었다.

"전부지, 세바스. 전부."

데미우르고스의 균열 같은 눈에서 눈동자가 냉정한 빛을 발했다.

"물론 나라면 도와주러 온 자가 포로를 데리고 도망치는장면까지 연출할 걸세. 살았다고 안도한 순간 테이블을 뒤집는 거야. 역시 희망이 크면 절망 또한 커지는 법이니까."

"그것도 재미있겠사와요. 만약 모종의 기회가 생기면 그런 일을 해 보고 싶사와요."

"그, 그치만, 그러다 정말 도망치면, 그, 그러니까, 위험하지 않을까, 하는데요."

데미우르고스와 샤르티아가 웃음소리를 냈다.

"마레는 재미있는 소리를 하는구나. 물론 도망치지 못하도록 해야지. 뭐, 만일 정말로 도망칠 수 있다면 칭찬이라도 해 주어야겠는걸."

"절대 놓치지 않기에 그런 자부심도 있는 것이사와요? 역시 데미우르고스."

시간 여유가 없는데도 데미우르고스는 유쾌하게 남을 괴롭히는 이야기를 했다. 그런 모습에 조바심을 낸 세바스는 대화를 끊고자 말을 걸었다.

"데미우르고스. 여덟손가락을 주살하기 위한 정보는 이미 입수했습니까?"

"당연하지, 세바스. 필요한 정보는 이미 모두 얻었네."

오오⋯⋯.

감탄사가 일어났다. 여기에는 세바스도 솔직히 놀라지 않을 수 없었다.

데미우르고스가 왕도에 있던 시간은 매우 짧았다. 그런데도 정보를 얻었다니, 대체 어떤 수단을 썼는지 상상도 할 수 없었다. 데미우르고스가 주인의 명령에 따라 움직이고 있음을 고려하면 결코 없는 소리를 주워섬기지는 않았을 것이다.

확신이 있는 것이다.

"이제는 그 장소── 여러 곳이 있지만, 그곳을 습격하는 일만 남았네. 물론 가능하다면 각 장소별로 정보를 가졌을 법한 자들을 여럿 포로로 삼고, 그 외에도 여덟손가락에게 자신들이 저지른 우행을──."

여기서 말을 끊더니, 흘끔 세바스를 보며 다시 입을 연다.

"──아인즈 님께서 지고의 찬란한 이름으로 하신 약속에 흙탕물을 끼얹은 것들에게 응당한 피해를 입혀주기 위해 정보를 끌어낼 필요가 있지. 누구 이의 있나?"

"어, 없어요!"

"아인즈 님에 대한 무례는 몸으로 갚아야 하사와요."

"이의가 있을 리 없지요."

수호자 두 명과 집사가 저마다 대답했다. 플레이아데스 두 명과 마장들은 소리를 내지 않고 데미우르고스에게 부하의 예를 취했다.

"좋아. 그러면 우선 세바스. 놈들이 자네를 불러낸 장소를 가르쳐 주겠나? 내가 모은 정보에 그곳이 들어 있는지 어떤지를 확인해야겠네."

저택에 남아 있던 양피지에 적힌 장소를 세바스가 입에 담자 데미우르고스가 웃음을 지었다.

"멋들어진 행운이라 기뻐해야 할까, 아니면 습격할 곳이 하나 줄어들어 탄식해야 할까. 내가 조사한 곳 중 하나와 일치하는 것 같네. 그러면 그곳은 자네에게 맡기도록 하지."

"문제없습니다. 하오나 그녀는 부상을 당했을 수 있습니다. 치유마법을 쓸 수 있는 자가 따라와 주면 고맙겠군요."

"그 인간을 구하는 것은 아인즈 님의 바람이기도 하다. ……솔류션, 원래는 탐색능력에 탁월한 너는 예비로 남겨두고 싶었다만, 세바스를 지원해 주겠느냐?"

"알겠습니다, 데미우르고스 님."

"헌데, 데미우르고스. 그리고 그 건물 안에 있을 인간, 트 알레를 납치한 자들은……."

"아인즈 님의 체면을 뭉갠 놈들 따위를 살려두었다가는, 이번에야말로 죽여버릴 걸세."

"염려할 것 없습니다, 데미우르고스. 모두 확실하게 죽일 테니까요."

"아까부터 보고 있자니…… 두 사람 좀 더 친근하게 터놓 고 대화할 수 없사와요?"

세바스는 시야 가장자리에서 데미우르고스가 애매한 표정 을 짓는 것을 포착했다. 동시에 자신도 그런 표정을 지었으 리라 생각했다.

하지만 어째서 데미우르고스를 싫어하는지는 생각해 봐도 이상했다. 비슷한 가학 취미를 가진 샤르티아에게는 아무렇 지도 않은데, 데미우르고스와 이야기를 하면 아무래도 짜증 이 난다.

그렇다 한들 이번 임무를 앞두고 데미우르고스와 싸운다 는 것은 절대자의 온정에 침을 뱉는 행위나 마찬가지다. 세 바스는 마음속의 주인에게 사죄하고 데미우르고스에게 고 개를 숙였다.

"저의 실수를 만회하기 위해 와주셨음에도 무례한 태도를 보여 죄송합니다."

"……상관없네, 세바스. 일단은…… 트알레는 자네가 회수하는 대로 나자릭 지하대분묘까지 긴급 대피시키도록 하게. 그래도 상관없겠지?"

"물론입니다. 그러나 그녀를 받아들일 태세는 모두 갖추어진 것입니까?"

"문제없어요오. 그 점으은, 확실하게 준비했으니까요오."

엔토마가 달짝지근한 어조로 말하자 세바스는 알겠다며 고개를 끄덕였다.

"달리 질문은 없나? 없는 모양이군. 그러면 이제부터 멤버를 일곱으로 나누어, 누가 어디를 습격할지를 정하겠다. 물론 세바스와 솔류션은 정해졌지만. 그리고 처음으로 주의해두어야 할 것이…… 샤르티아!"

데미우르고스가 갑작스레 어조에 힘을 주는 바람에 샤르티아는 흠칫 몸을 떨었다.

"왜, 왜 그래, 데미우르고스."

"예비대로 대기하고 있어다오. 너는 지나치게 피를 뒤집어쓰면 이성을 잃어버리니까. 피라미를 여럿 상대하다가 폭주하기라도 하면 성가시다."

"괘, 괜찮다구! 스포이트 랜스로 전부 빨아들이면 폭주할 가능성도 엄청 낮아진단 말이야!"

"그래도 안 된다. 이번 일은 매우 주의 깊게 행동할 필요가 있으며, 위험은 최대한 피해야만 한다. 그리고 세바스, 미리 사과해두겠다. 이번 트알레 구출 및 여덟손가락 응징은 어디까지나 계획의 제1단계일 뿐이다. 그러나 계획의 전모는 물론 제2단계 이후의 행동계획에 대해서도 너에게는 말할 수 없다. 너는 계획의 제1단계가 끝났을 때 나자릭으로 귀환하는 만큼 그 순간 외부인이 되기 때문이다. 정보 유출을 피하기 위해서는, 전모를 아는 사람의 수는 최대한 적게 유지하는 편이 좋지."

"알겠습니다. 그러면 저는 행동 준비에 착수하겠습니다."

세바스가 방을 나가자 데미우르고스는 남은 자들을 향해 입을 열었다.

"좋아. 우선 처음으로, 여러분에게 중요사항을 전달하겠다. 놓치는 것이 없도록 집중하라. 엔토마, 너는 환영을 만들어낼 수 있지? 내 지시대로 환술을 써서 만들어주었으면 하는 것이 있다만."

"알겠어요오."

데미우르고스의 세세한 주문을 받아 엔토마는 아무것도 없는 공간에 한 허상을 만들어냈다. 그곳에 떠오른 영상의 완성도에 데미우르고스는 만족했다.

"이 인물을 죽이는 것을 금한다. 다소 부상을 입히는 정도는 허락하겠다만 원칙상 금지라고 기억해두었으면 한다. 특히 샤르티아."

"끈덕지게 말하지 않아도 알고 있사와요."

샤르티아는 되풀이해 언질을 당하는 바람에 크게 볼을 부풀리고, 마레는 난처한 표정으로 쓴웃음을 지었다.

"저, 저기요, 세바스 씨에게, 어, 저기, 전달하지 않아도 될까요?"

"괜찮다. 그의 성격으로 보건대 이 인물을 함부로 상처 입힐 일은 없을 테니. ……만약을 위해 솔류션, 비상사태 때는 막아주겠나?"

"분부 받들겠습니다."

데미우르고스는 만족스레 고개를 끄덕였다.

이번 작전은 나자릭에 막대한 이익을 가져다줄 계획과 이어져 있다. 커다란 실수를 저지르면 앞으로 나자릭의, 아니 지고의 존재인 아인즈 울 고운이 입에 담지 않았던 최종목적, 세계정복의 진행이 늦어질 가능성이 있다.

주인이 '전면적으로 네게 맡긴다'고 한 이상 실패는 용납되지 않는다.

알베도에게서도 엄중히 명령을 받았으나, 샤르티아, 코퀴토스, 세바스가 잇달아 실수를 저질렀으므로 이 이상 추태를 저지른다면 수호자── 지고의 존재에 의해 창조된 자들 중에서도 최고위에 속한 자들의 능력을 의심받을 수도 있다.

물론 주인은 어떤 실수에도 불쾌함을 드러내지 않았으며, 코퀴토스 때는 이것마저 계획에 들어 있었던 모양이지만 그래도 온정에 기대기만 해서는 안 된다.

'이번 작전을 성공시켜, 수호자가 도움이 된다는 사실을 아인즈 님께 보여드려야만 한다.'

만족스러울 만큼 일하지 못하는 어리석은 부하에게 존재 가치가 있겠는가.

그리고 못난 부하에게 염증을 느껴, 마지막으로 남은 분마저 모습을 감추는 것은 아닐까.

그렇게 생각하면 데미우르고스조차 공포에 몸이 얼어붙었다.

'실패는 용납되지 않는다. 반대로 모든 실수를 무마할 만한 결과를 보여드려야만 한다.'

확고한 마음을 품은 데미우르고스는 실내의 전원을 둘러보았다.

"그리고 잊지 말았으면 한다만, 샤르티아를 세뇌한 자가 호시탐탐 기회를 엿볼지도 모른다. 각자 맡은 자리를 허가 없이 이탈하지 않도록 주의하라. 혹시라도 너희의 행동을 의심하여 나를 포함한 수호자가 누구냐고 물었을 경우에는 지체 없이 두 팔, 혹은 그에 해당하는 부위를 바쳐, 수상한 행동을 할 수 없도록 해라. 이를 어길 경우 안전을 위해 죽이겠다. 질문 있나?"

"어, 저기, 아까도 질문했는데, 또 물어봐도 될까요?"

데미우르고스는 마레에게 부드럽게 미소를 짓고 말하라며 손짓했다.

"아, 네. 세, 세바스 씨는 저희처럼 세계급 아이템을 가지고 있지 않으실 텐데요. 그래도 괜찮나요?"

"아인즈 님께서 생각하시듯 그는 미끼이기도 하다. 적이 달려들어준다면 다행이지. 그러기 위해 알베도는 이미 옥좌의 홀에서 대기하고 있다. 그리고 특히 〈전언〉을 쓰지 못하는 자는 멋대로 행동하지 않도록. 내가 전체를 감독할 테니 무슨 일이 있을 때는 나를 찾아라. 그리고 일단 마레에게도 나의 계획을 포함한 모든 내용을 들려주었으므로, 나와 연락이 되지 않는 등 비상사태가 생기면 마레가 작전행동을 취하도록 미리 이야기해두었다."

"나는……?"

"미안하지만 샤르티아는 조금 전에도 말했듯 완전히 믿을 수는 없으므로 대기한다. 아, 네가 가진 피의 광란이 걱정돼서 말이지."

"네, 알겠사와요!! 사, 와, 요!!"

"계획 제1단계가 종료하는 대로 제2단계에 들어가겠다. 이제부터 설명하겠다만 이것이야말로 본론이다. 특히 주의해서 들었으면 한…… 무슨 일이냐?"

데미우르고스의 그림자에서 흐느적 모습을 나타낸 그림자

악마Shadow Demon가 속삭이는 목소리로 가져온 정보를 전달했다.

"그래? 그거 급한 이야기이기는 하지만, 어쩔 수 없겠군."

그것은 매우 귀찮기는 했지만 무시해서는 안 될 일이었다.

"마레. 최신 정보인데, 습격할 여덟손가락의 거점이 하나 늘었다. 미안한데 습격 장소를 바꿔주었으면 한다. 너 혼자서는 손이 부족하진 않겠지만 만약을 위해 엔토마도 동행시키겠다."

"아, 네. 어, 저기, 맡겨만 주세요."

"좋은 대답이다. 그러면 자세한 이야기는 나중에 하고, 전부 모였을 때 제2단계 계획 게헤나에 대해 설명하겠다. 이것이 이번에 왕도에서 벌일 일련의 계획 중 가장 중요한 일이므로 경청하도록."

8장 **여섯팔**

Chapter 8 | Six arms

1

왕국에서는 해가 저물면 잠자리에 드는 것이 일반적이다.

불을 켜는 데에도 돈이 들기 때문이다. 가난한 가정이 많은 시골의 생활은 지극히 건강하다.

그러나 도심은 농촌과는 다른 양상을 띤다. 특히 현란한 환락가 같은 곳은 그 차이가 현저해, 해가 저물면 다종다양한 가게와 주민들이 야행성 짐승처럼 활기를 띤다.

그러나 클라임이 향하는 곳은 달랐다. 그곳은 번쩍거리는 밤거리라기보다는 어둠에 갇힌 암흑의 거리였다.

클라임은 조용해진 골목길을 따라 말없이, 조명도 들지 않고 걸었다. 어두운 골목을 불빛 없이 걸을 수 있는 것은 갑옷의 헬름 부분이 암시투구Helm of Dark Vision와 같은 작용을 하기 때문이다. 15미터 거리가 한계이지만 좁은 슬릿 너머로 보이는 광경은 그야말로 한낮 같았다.

게다가 미스릴을 사용한 풀 플레이트 아머는 강철제와는 달리 소란스러운 소리가 나지 않는다. 여기에다 부여마법Enchantment의 능력까지 더해져 미미한 금속성조차 없었다.

어지간히 청각이 뛰어난 사람이거나 우수한 도적이 아니고서야, 클라임이 걷는 소리는 가까이에서도 들을 수 없을 것이다.

그렇기에 선행정찰부대에 참가했다.

골목을 빠져나가자 목적지가 눈에 들어왔다.

키가 큰 담장에 에워싸여 주위와는 분리된 공간을 만들어 내고 있다. 감옥이나 요새를 연상케 하는 분위기였다. 내부에서 어떤 불법적인 일이 벌어지고 있을까. 그런 어두운 상상을 하고 말았다. 문 좌우에 설치된 마법 조명도 그런 이미지를 씻어주지는 않았다.

사전정보로 들었던 담장 너머에 있어야 할 건물은 이곳에서는 보이지 않았다.

"저것이군요. 틀림없습니다."

몸을 낮추며 클라임이 중얼거리자, 바로 옆의 아무도 없는 공간에서 목소리가 돌아왔다.

"그렇군, 조장. 장소로 봐도 분위기로 봐도 그곳이 맞는것 같네. 그럼 선행정찰을 다녀오겠네."

오리하르콘 클래스 모험자 출신 중 한 사람이며 도적계 능력을 가진 남자의 목소리였다. 동행한 브레인이 대답했다.

"조심하게. 불가시화를 간파할 수 있는 전사도 있다는 사실을 잊지 말고."

"물론이지. 적은 여덟손가락이잖나. 나와 동등한 수준의 도적이나 매직 캐스터가 있으리라 생각하고 신중히 행동할 생각일세. 두 사람 모두 내가 실패하지 않기를 빌어줘."

그 말을 끝으로 곁에 있던 기척이 흐려졌다. 귀를 기울여도 들리지 않았지만 동격의 도적이 있다면 저택을 향해 멀어져 가는 어렴풋한 발소리를 들었을지도 모른다.

남은 것은 클라임과 브레인이었다.

조원들을 뒤에 남겨두고 온 것은 은밀행동에 서툴기 때문이었다. 풀 플레이트 아머는 요란한 소리로 상대에게 이쪽의 위치를 알려주고 만다. 그렇다 해도 곧 전투가 벌어질 텐데 갑옷을 벗고 접근하는 무모한 짓은 할 수 없다.

그렇기에 이 두 사람이 온 것이다.

물론 두 사람 모두 전사이므로 도적 흉내는 낼 수 없다. 그래도 클라임은 자신이 걸친 갑옷의 마력 덕에, 브레인은 무투기를 사용해 어둠 속에서도 행동이 가능했으므로 어찌어

찌 따라올 수 있었다. 물론 그것도 여기까지. 이제부터는 본업이 나설 차례다.

두 사람이 위험을 무릅쓰면서 이곳까지 접근한 이유는, 도적이 잠입에 실패해 적이 방어를 다지기 시작했을 때 쳐들어갈지 도망칠지 판단하기 위해서였다. 그렇기에 감시만으로도 충분히 역할을 다하는 셈이다.

그래도 기다리는 쪽은 내부의 사정을 알 수 없는 만큼, 시간이 지나감에 따라 좋지 못한 상상만 들어 불안감이 부푸는 법이다.

"괜찮을까요."

자신도 모르게 흘러나온 목소리에 브레인이 조용히 대꾸했다.

"모르겠다만…… 신뢰할 수밖에 없지 않을까? 오리하르콘 클래스 출신의 능력을."

"그렇겠죠. 베테랑 모험자였으니까요."

그리고 얼마나 더 기다렸을까. 갑자기 브레인이 허리춤의 카타나에 손을 뻗었다. 클라임도 호응하듯 검에 손을 가져다대자 바로 곁에서 당황한 남자 목소리가 들렸다.

"잠깐, 잠깐! 나일세. 돌아왔다고."

정찰을 나갔다 온 도적이었다.

"아, 역시 그랬군. 이 거리까지 접근하고도 아무 짓 안 하길래……. 정말 무투기로 간파할 수 있는지 확인한 건가?"

"그래, 미안하네. 그 말이 맞아. 그 유명한 브레인 앙글라우스를 시험하다니, 내 잘못했네."

"괜찮아. 나도 반대 입장이었다면 같은 짓을 했을지 모르니. 그보다 잠입해서 얻은 정보를 가르쳐주겠나?"

클라임의 옆에서 공기가 움직이고 누군가가 앉는 느낌이 났다. 옆을 봐도 사람은 없지만 그곳에 누군가가 있는 듯 신기한 감각이 느껴졌다.

"──우선, 저곳의 역할은 아마 훈련을 하기 위한 곳인 것 같네. 담장 너머에 있는 정원을 보니 구조가 꼭 훈련소 비슷하던걸. 건물 안은 대충 둘러본 게 다지만 객실 같은 방이 여럿 있는 듯했네. 여덟손가락 경비 부문이 보유한 건물이라 확신해도 되겠지. 또한 경비가 엄중해서 다가가기 힘든 곳이 하나 있었네. 그리고 아주 안 좋은 사태인데, 조장."

어조에 담긴 분위기가 바뀌었다. 긴박감이 매우 넘쳐나는 분위기로.

"잠입해서 얻은 큰 정보는 두 가지일세. 하나는 건물 내부에 감옥이 있고, 그곳에 한 여성이 사로잡혀 있다는 점. 또 하나는 여섯팔과 외견 특징이 일치하는 놈들이 있다는 걸세."

여성 이야기는 그렇다 쳐도 여섯팔이 있을 가능성은 이미 계산해두었다. 그런데 무엇이 문제란 말인가. 클라임이 품은 의문은 브레인의 질문에 즉시 해소되었다.

"몇 명이었지? '들' 이라고 하는 것을 보니 하나는 아니겠군."

"다섯일세. 환마는 체포되었으니, 전부 모였다는 뜻이 되지."

다시 말해 이곳은 공략이 불가능한 난관. 최악의 장소를 선택하고 말았다는 뜻이다. 그러나——

"그건…… 최악이지만, 최고이기도 하군요. 모두 이곳에 모였다면 다른 곳은 쉽게 함락할 수 있다는 뜻이니까요."

그것이 불행 중 다행이었다.

"그럼 어떻게 할 텐가, 조장?"

"어쩌고 자시고도 없지요. 아무리 그래도 이곳을 무너뜨리기란 불가능할 테니까요. 철수하겠습니다."

"그래도 괜찮겠어, 클라임?"

"괜찮지는 않지만, 어쩔 수 없지 않습니까? 여섯팔이 한데 모였다면 이곳은 상주시설 내지는 놈들에게 중요한 무언가가 있는 곳, 둘 중 하나일 텐데, 그 점을 확인하지 못하고 철수해야 하다니 원통합니다. 하지만 전력으로 봤을 때 불가능하다고밖에 할 수 없는 상황이 아닐까요."

"그야 그렇지……."

"그렇다면 서류 같은 거라도 가지고 돌아갈 수 있게 다시 한 번 잠입해서 분위기를 살피고 올까?"

"아닙니다. 위험하니 그만두지요. 상대가 이쪽을 알아차

리지 못했다면 즉시 철수하는 편이 현명할 겁니다. 어떻게
생각하십니까?"

"그래, 찬성이다. 그럼 우리는 이제 어떻게 하지? 다른 곳
의 공략에 참가할까?"

"그게 가장 좋다고 봅니다. 먼저 뒤쪽 분들께 보고를 해 주
시겠습니까? 저희는 여기서 대기하면서, 따라 나오는 자가
없는지를 확인하겠습니다."

"아마 괜찮겠지만 조심해서 나쁠 건 없지. 그럼 부탁하
네."

불가시화가 아직까지 풀리지 않은 도적은 일부러 클라임
일행에게 가벼운 발소리가 들리도록 일어나 뒤에 남은 조원
들이 대기한 곳으로 물러갔다.

"……적의 움직임은 없는 것 같은데, 클라임."

"그렇군요. 그러면 우리도 물러나서 다른 분들과 함께 다
른 장소로 이동할까요?"

"그래── 엉?! 클라임, 저것 좀 봐."

그가 가리킨 곳으로 눈을 돌리자, 어제 만났던 인물이 클
라임 일행이 감시하는 건물로 다가오고 있었다.

"저건 세바스 님? 어떻게 여기에……."

"……우연이라고는 생각하기 어려운데…… 무슨 일이 있
었나? 설마 한패였나?"

"그건 아니라고 단언하고 싶은걸요. 브레인 님도 사실은

그렇게 생각하시죠?"

"그야 당연히 그렇지. 어지간히 연기가 뛰어난 자라면 얘기가 다르겠지만, 저분은 그럴 분이 아닐 테니까."

"일단은 말을 붙여볼──."

그 말을 입에 담았을 때 세바스의 시선이 휙 움직이더니 두 사람을 일직선으로 노려보았다. 클라임과 브레인은 건물을 감시하는 의미도 있고 해서 거리를 둔 채 어둠 속에 숨어 있었다. 발견하기는 쉽지 않았을 것이다. 우연히 눈을 돌렸을 가능성도 있지만 클라임은 그렇지 않다고 확신했다.

세바스가 종종걸음으로 달려왔다.

엄청난 속도였다. 마치 눈을 한 번 깜빡할 때마다 전이를 하는 듯한 속도로 거리가 줄어들었다. 평범하게 달리고 있을 뿐인데도 뇌가 인식을 거부할 정도로 엄청난 속도였다.

그리고 뛰어들듯 골목으로 들어온다. 더 정확하게 표현한다면 골목 입구에 몸을 숨겼던 두 사람의 머리 위를 뛰어넘어 날아들었다고 해야 하리라.

"이런. 두 분을 이런 곳에서 뵙다니, 우연이군요. 무슨 일이십니까?"

"아, 아니, 그건 저희가 드릴 말씀입니다만……. 저희는 여덟손가락이 보유한 저 건물을 습격하기 위해 이곳에 잠복했던 겁니다."

"……두 분이서 오셨습니까?"

"아닙니다. 뒤에 아직 몇 명이 더 있습니다."

그러냐고 살짝 중얼거리는 세바스에게 클라임이 물었다.

"세바스 님께서는 무슨 일이신지요? 저 건물에 무언가 용
건이라도……?"

"예. 사실은 어제 말씀드렸던, 제가 구한 여성분이 납치를
당했지요. 그들에게 호출을 받아 이렇게 온 참이었습니다."

"그러셨습니까?! 그러고 보니 정찰을 다녀온 동료도 안에
여성이 있다고 했습니다."

"……그분은 어디 계십니까?"

"아, 금방 이쪽으로 돌아올 텐데…… 오, 마침 잘 왔군."

브레인의 시선 너머에서 불가시화가 해제된 모험자가 돌
아왔다. 분위기에 어울리지 않는 기품 있는 노인을 보고 수
상한 눈빛을 보냈다.

"이분은 어제 '환마'를 생포하는 데 힘을 보태주신 세바스
님이십니다. 조금 전에 말씀하셨던, 감옥에 사로잡힌 여성
이 세바스 님의 지인이라 이곳까지 오셨다고 합니다. 신뢰
할 수 있는 분이니 걱정하지 마십시오."

도적은 이해했다며 고개를 끄덕이곤 자신이 본 자세한 정
보, 특히 여성을 중심으로 이야기를 시작했다. 정보를 모두
들은 세바스는 깊은 감사의 뜻이 담긴 목소리로 말했다.

"그렇군요. 알겠습니다. 고맙습니다. 이제 그녀를 구하기
가 한결 쉬워졌군요."

"아닙니다. 마음에 두지 마십시오, 노인장. 그런데 철수준비는 다 마쳤습니다만……."

세바스의 지인이라는 여성이 사로잡혔다는데도 자신들은 후퇴를 결정했다는 데 죄책감이 들어, 도적이 멋쩍은 얼굴로 세바스의 눈치를 살폈다.

"세바스 님. 여덟손가락 최강이라 불리는 여섯팔 중 다섯이 모두 모여 있습니다만…… 쓰러뜨리실 수 있겠습니까?"

클라임의 질문에 도적이 눈살을 찌그렸다. 그 마음은 클라임도 잘 이해했다. 여섯팔은 아다만타이트 클래스 모험자에 필적하는 강자다. 그런 자들이 다섯이나 모였는데 이길 리 없다고 생각했으리라. 하지만 그런 그의 마음을 무시하고 세바스는 가볍게 수긍했다.

"어제의 서큘런트라는 인물이 다섯 정도 있다면 문제는 없겠지요."

눈을 껌뻑거리던 도적은 클라임과 브레인을 데리고 조금 떨어진 곳까지 가더니, 애처로워하는 눈으로 세바스를 보며 물었다.

"……조장, 저 사람 혹시 미친 사람인가?"

세바스의 단언을 평범하게 들었다면 당연히 그렇게 생각할 것이다. 아다만타이트 클래스 모험자의 능력을 아는 사람이라면 당연하다. 하지만 세바스의 능력을 본 클라임은 결코 과대망상이 아님을 잘 안다.

"아닙니다. 저분은 그만큼 강하세요."

도적이 빤히 클라임을 바라보았다. 역시 미친 사람을 보는 눈이었다.

"브레인 님도 그렇게 생각하십니다."

"뭐?! 앙글라우스 씨, 당신도?!"

브레인이 쓴웃음을 지으며 도적에게 고개를 끄덕였다.

"그래. 나와 가제프가 동시에 덤벼들어도 못 이길 만큼 강하지."

"그, 그건…… 아니, 정말 그렇다면 그건 대단한데……."

도저히 못 믿겠지만 그런 말을 들으면 신용할 수밖에 없다는 복잡한 표정으로 세바스를 쳐다보는 도적.

"세바스 님께 도움을 청한다면, 어쩌면……. 번거로우시겠지만, 세바스 님께도 여섯팔에 대해 말씀해 주실 수 있을까요?"

동의한 도적에게서 조용히 이야기를 들은 세바스가 신사다운 분위기를 유일하게 무너뜨렸던 것이 여섯팔 중 한 사람의 별명을 들은 순간이었다.

"'불사왕' 데이버노크라고 하셨습니까……. 어리석은 자에게는 과분한 별명이로군요."

그렇게 중얼거린 것 외에는 특별한 일도 없이 정보교환이 끝났다. 그때 클라임이 물었다.

"그래서 세바스 님…… 혹시 괜찮으시다면 저희에게 힘을 보태주실 수 있겠습니까?"

"물론이지요. 어차피 트알레를 구하러 왔으니까요. 그러면 여섯팔의 상대는 제가 맡겠습니다."

"그러면 세바스 님이 정면에서 쳐들어가서서 적의 주의를 끄는 동안, 대신이라고 하기에는 죄송합니다만 저희가 몰래 잠입해 트알레 씨를 구출하겠습니다."

"그러지요. 인질로 붙잡히거나 다른 탈출로로 끌려나가는 위험을 저지하는 의미에서도, 주의가 분산된 사이에 구출하는 편이 저에게도 좋을 테니까요."

"알겠습니다. 반드시 트알레 씨를 무사히 구출하겠습니다. 그러면 어떤 멤버로 가는 편이 좋겠습니까? 당초 예정대로 전원이 함께 가는 건 어리석은 짓일 것 같은데……."

"으음. 잠입할 필요가 있다면 가급적 소리를 내지 않는 편이 좋겠지? 그리고 구출한 다음에는 즉시 바깥까지 돌파해야 할 테니까 전투를 할 수 있어야겠고. 그렇다면……."

질문을 받은 도적은 클라임과 브레인을 보았다.

"투명화 마법을 무한히 쓸 수 있다면야 다른 방법도 있겠지만…… 여기 있는 셋이 최적일 것 같군."

"제가 가도 괜찮겠습니까?"

"물론이지, 조장. 내 동료 전사들은 갑옷 때문에 움직임이 뻣뻣해서 잠입에는 적합하지 않거든."

"알겠습니다. 그러면 이 멤버로 잠입하지요."

"우리 매직 캐스터가 소리 나지 않는 마법을 쓸 수 있다면 좋았을 텐데……. 일단 3인분 정도라면 어떻게든 될 테니 투명화 마법을 걸어달라고 하겠네."

"불가시화라……."

클라임이 걱정스레 말했다.

"모두가 투명해지더라도, 제 투구는 불가시화 간파 마법과 동등한 효과를 하루에 한 번 발동할 수 있으니 문제는 없겠지만…… 여러분은 어떠신지요? 서로가 서로를 파악하지 못해 길을 잃는다면 문제가 될 겁니다."

"나는 괜찮아, 클라임. 마법 아이템 중에 불가시화 간파 마법이 걸린 물건이 있으니, 한 번뿐이기는 해도 나한테 쓸 수 있어."

"나는 그런 건 없지만, 조장과 앙글라우스 씨의 발소리를 놓칠 일은 없지."

"잠입조는 문제없이 의사소통을 할 수 있겠군요. 그러면 세바스 님과 조금 시간을 두고 우리가 먼저 잠입을 시작하지요."

"잘 부탁드립니다."

세바스가 백발성성한 머리를 숙이는 바람에 클라임과 브레인은 당황했다. 세바스만 한 인물에게 인사를 받을 만한 일은 하지 않았다. 게다가 어제의 창관 습격 때와 마찬가지로 세바스라는 강자를 이용하는 것과 마찬가지인데.

"아닙니다, 정말로 마음에 두지 마십시오. 저희도 이곳을 습격하기 위해 온 만큼, 세바스 님께서 여섯팔을 맡아 주신다는 데에 감사드리고 싶을 지경입니다."

"피차일반이로군요."

싱긋 웃은 세바스의 미소에는 클라임 일행에 대한 부정적인 감정은 전혀 찾아볼 수가 없었다. 클라임은 안도하면서 일어났다.

"그러면 일단 후퇴해 마법을 걸고 오기로 하지요."

2

하화월(9월) 4일 22:15

약간 시간을 두고—— 그래 봤자 지정된 시각보다 몇 분정도 일렀지만, 세바스는 문 앞에 섰다. 격자 형태의 문이었으므로 건너편이 보이기는 해도 나무에 가려져 시야는 그리 넓지 못했다.

"흥, 시간에 맞춰 왔군."

탁한 목소리와 함께 웬 남자가 나무 사이에서 모습을 드러냈다.

물론 세바스는 남자가 그곳에 있던 사실을 처음부터 알았다. 에어리어 내의 생명체 반응을 감지하는 능력을 기동했기 때문이다. 상대가 잠복계 스킬을 사용하면 발견하지 못할 때도 있으므로 무턱대고 의지하면 위험하지만 어느 정도는 쓸만한 능력이다.

"이쪽이다. 따라와."

문을 연 사내의 안내로, 세바스는 정원에 난 오솔길을 따라 걸었다.

여덟손가락이라는 암흑조직의 정원치고는 음울한 분위기가 없었으며, 나무들은 깔끔하게 정돈되어 제법 실력이 뛰어난 정원사를 고용했음을 알 수 있었다.

오솔길을 나아가자 훈련소를 연상케 하는 널찍한 장소가 눈앞에 펼쳐졌다.

수많은 철롱에 화톳불을 피워놓았으며 새빨간 불빛이 주위에 번들거린다.

30명 정도 될까, 그곳에 대기하고 있던 여러 사내들, 약간의 여자들이 빙글거리는 웃음을 지었다. 폭력에 도취된, 패배할 가능성 따위 전혀 생각하지 않는, 그런 천박한 웃음이었다.

세바스는 광장을 둘러보았다. 적수라고 간주할 만한 자는 전혀 없었으나 클라임 일행에게 들은 여섯팔이라는 자들은 찾을 수 있었다.

한 사람은 후드가 달린 로브를 뒤집어썼다. 시커멓게 물들였으며 끝자락 부분은 불꽃을 본떴는지 진홍색 실을 누벼놓았다. 후드 안의 얼굴은 보이지 않았으나 감도는 기운은 넘쳐나는 생명력이 아닌 그 반대. 불사(不死)란 별명은 말장난이 아니라 실제로 언데드이기에 붙은 것이리라.

홍일점은 얇은 비단을 두른 가벼운 차림을 하고 있었다.

손목과 발목에는 수많은 황금 고리를 차 움직일 때마다 맑은 금속성이 났다. 허리의 벨트에는 여섯 자루나 되는 시미터를 매달아놓았다.

그 옆의 사내는 현란했다. *트라헤 데 루세스를 입었고, 무기는 마치 장미에서 검이 돋아난 것 같은 레이피어. 몸에서는 장미 향기가 풍겼다.

마지막 사내는 무미건조한 풀 플레이트 아머로 온몸을 감쌌으며 검도 칼집에 단단히 넣어두고 있었다.

합계 넷. 적의 수괴인 제로의 모습은 보이지 않았다. 어디선가 자기 차례를 기다리는 것일까.

그 넷이 앞으로 나오자 다른 자들은 세바스를 에워싸는 위치로 이동했다.

"영감, 당신 제법 강하다지? 주먹 하나로 전부 다 물리쳤다면서?"

---

* 트라헤 데 루세스(Traje de luces) : 스페인어로 빛의 옷이라는 뜻. 투우사들의 입는, 금사 자수가 가미된 화려한 조끼를 말한다.

"여덟손가락 중에서도 우리는 뚝심 하나로 이 자리를 차지 했다고. 우리가 여기서 지면 그거야말로 위험해. 서큘런트 그 바보는 그걸 몰랐던 거지. 하물며, 몰락한 부문이라고는 해도 노예매매 부문의 책임자인 코코돌 앞에서 깨지다니."

"그래서 한 가지 질문. 서큘런트는 브레인 앙글라우스에 게 졌다던데, 사실은 당신에게 졌으면서 그 녀석이 인정하 지 않았던 것 아냐?"

"글쎄요. 저는 그와는 직접 싸우지 않았습니다. 저택에서 인사를 나눈 것이 고작이고, 그다음에는 쓰러진 다음에 뵈 었으니까요."

"그렇군. 그렇다면 뭐, 그놈이 진 것도 어쩔 수 없지. 그 유명한 브레인 앙글라우스가 상대였다면 아무리 놈이라 해 도 승산은 전무했을 테니."

"그때의 전투에서 더 강해져서, 지금은 가제프 스트로노 프와 대등하다고 생각하면 패배도 어쩔 수 없다고 해야 하 려나."

"하지만 그렇다 해서 용서받을 수 있는 건 아니야. 앙글라우 스와 금딱지 공주의 똘마니는 나중에 해치우기로 하고, 맨처 음 귀찮은 일의 씨앗을 뿌린 영감. 당신부터 죽여야겠어."

"당신을 힘으로 꺾고 죽인다. 그러지 못하면 입장 때문에 라도 난처해지니까."

"저곳을 보아라."

여섯팔의 멤버들은 그렇게 이야기하며 세바스에게 건물 3층을 가리켰다.

　"저곳에는 곳곳에서 모여든 높으신 분들이 모여 있지. 우리가 영감을 지분지분 죽이는 모습을 보기 위해서 말이야."

　"제로인지 하는 분도 저곳에 있습니까?"

　"뭐, 그럴지도."

　네 사람이 상대를 얕잡아보는 미소를 싱글싱글 흘렸다. 세바스는 그쪽을 향해 손가락을 내질렀다. 무슨 짓을 하는 거냐고 의아해하는 여섯팔을 무시하고 손을 내렸다.

　"뭐야, 그게? 싸움이라도 걸려는 거야?"

　"신경 쓰지 마십시오. 그래서, 그녀는 지금 어디 있습니까?"

　"그녀란 게 누구를 말하는 걸까?"

　역시 상대를 얕잡아보는 미소와 함께 대답이 돌아왔다. 세바스는 담담히 말했다.

　"트알레라는, 당신들이 저택에서 납치한 여성입니다."

　"――죽었다고 한다면?"

　"여러분이 그렇게 자상하신 분들입니까?"

　"하하하! 정답이야. 우리는 그렇게 자상하지 않지. 그 여자는 코코돌에게 보낼 선물 중 하나거든. 소중히 확보해두었지."

　"그렇군요. ……과연."

세바스는 네 사람 중 한 사람이 언뜻 건물의 어떤 곳으로 시선을 움직이는 것을 파악했다. 다만 신경이 쓰이는 점은, 그곳이 조금 전 트알레가 잡혀 있다고 들었던 곳이 아니라는 점이었다. ──그렇다면 확인하면 그만이다.

"기왕 이렇게 모이셨으니 모두 함께 덤비십시오. 제로가 도망치기라도 하면 귀찮고, 또한 시간 낭비니까요."

"……이 인간이 아주 말을 곱게 하는데."

"피라미들 정도는 쉽게 비틀어 없애버릴 수 있다고 자만하는 거지? 하지만 진짜 강자와 만난 적은 있나 몰라?"

"그거 명언이군요. 그대로 여러분께 돌려드리고 싶습니다만…… 한 가지 여쭈어도 되겠습니까? 어째서 제가 브레인 님보다 약하다고 생각하시는지요?"

"멍청한 소리를 하는군. 우리 수준의 전사쯤 되면 상대와 만났을 때 대체로 어느 정도 강한지 알아보는 법이다. 그렇게 따지면 영감은 우리보다 한참 떨어진다고."

데이버노크를 제외한 두 사람이 동의했다.

"아하……."

세바스도 기의 크기로 대체적인 힘을 가늠할 수 있었다.

그렇다고는 해도 스킬이나 마법으로 은폐하면 판별이 어려워지는 것은 어느 경우에나 마찬가지지만.

"그래서 말인데. 기회를 주지. 우리는 한 사람씩만 싸우겠다. 그러니──."

"──저는 강합니다."

세바스는 덤비라는 손짓을 했다.

"조금 전에도 말씀드렸다시피 한 사람씩 덤비겠다는 귀찮은 짓은 마시고, 모두 함께 덤비십시오. 그렇게 하면 10초정도는 버틸 수 있을 것입니다."

"우리가 우습게 보이느냐, 인간."

데이버노크의 어깨가 부들부들 떨렸다.

"우습게 보다니요? 우습게 보는 것은 여러분입니다. 저의 이름은 세바스. 이 이름을 주신 분은 최강의 전사. 제가 섬기는 주인은 최고의 지배자…… 입니다만, 여러분처럼 저속한 존재들에게 말해 봤자 소용없겠군요. 자, 상대해드리기도 지쳤습니다. 그만 끝내지요."

세바스는 한 걸음을 내디뎠다. 그가 향한 곳은 세바스를 가장 불쾌하게 만든 별명을 가진 자.

'불사왕' 데이버노크.

그의 정체는 자연적으로 발생한 엘더 리치였다. 보통 언데드는 죽음이 많은 곳에서 생겨나며, 생명을 증오하는 존재인 한편 목숨을 빼앗는 데 부심하는 경향이 있다. 하지만 일부 지성 있는 언데드 중에는 증오를 억누르고 산 자와 관계를 가지는 자도 있다. 데이버노크도 그러한 언데드였다.

그가 거짓된 목숨을 이어나가는 목적은 마법이라는 힘을

더욱 능숙히 구사하여, 태어난 순간부터 사용할 수 있었던 일부 마법 외에도 다른 기술을 습득하는 데 있었다.

그러나 기술을 배운다 해도 산 자의 적으로 간주되는 언데드인 그가 남에게 마법을 배울 수는 없다. 똑같은 언데드가 있다면——실제로 매직 캐스터 언데드들로 이루어진 비밀 결사가 존재한다——이야기가 다르겠지만, 유감스럽게도 데이버노크는 그런 자들을 만날 기회를 얻지 못했다.

그렇기에 그는 금전을 모아, 이를 대가로 마법을 배우고자 했던 것이다.

초기에는 가도를 여행하는 자들을 죽여 금전을 빼앗았지만, 토벌을 위해 나타난 모험자들과의 전투에 패배하여 자신의 어리석음을 통감한 그는 새로운 금전을 얻을 수단을 모색했다. 그리고 정체를 감춘 채 용병단에 들어갔다.

그러나 〈화염구Fire Ball〉를 연사할 수 있다는 사실이 알려지면서 언데드라는 정체가 드러나고, 그곳에서도 다시 쫓겨나고 말았다.

그렇게 돈을 벌 방법을 잃은 그에게 다가온 것이 제로였다.

그는 데이버노크에게 마법기술을 가르쳐줄 인물을 소개해 주고 적절한 보수를 지불하는 대신 자신의 밑에서 마법의 힘을 휘두르도록 요구했다. 데이버노크에게는 생각지도 못한 도움이었다.

다양한 마법의 힘을 습득해 나간다면, 언데드이자 수명이 없는 그는 언젠가 모든 생명을 멸할 존재가 될 가능성을 간직했다고 할 수 있다. 제로는 장래에 인류를 위협하는 자를 지원하고 말았던 것일지도 모른다.

그러나——

——폭풍을 일으키며 접근한 세바스의 굳게 쥔 오른손 정권이 내달렸다. 방어나 회피는 고사하고 손가락 하나 움직일 시간조차 주지 않고 데이버노크의 머리를 산산이 박살냈다.

거짓된 생명을 잃은 데이버노크는 자신이 무슨 분노를 샀는지 이해하지도 못한 채 사멸했다.

세바스는 그답지 않게 상대를 멸시하는 태도로 말을 내뱉었다.

"그 별명을 쓸 수 있는 분은 이 세상에 단 한 분. 가장 높은 곳에 앉아 계신 분뿐이다. 너 따위 하등한 언데드가 어디서 주제넘게."

오른손에 묻은 뼛조각을 털어내듯 세바스가 손을 흔들자, 그 동작과 함께 데이버노크의 몸은 완전히 소멸하고, 그가 장비했던 수많은 매직 아이템이 사방으로 흩어졌다.

주위 사람들이 경악하여 완전히 얼어붙은 가운데 여섯팔이 움직였다. 그야말로 실력자라 불리기에 합당한, 수많은 수라장을 헤쳐 나왔던 경험이 없이는 불가능했으리라.

이는 칭찬할 만한 모습이었다. 아다만타이트 클래스 모험자에 필적한다는 것이 결코 허언이 아님을 증명했으므로.

다음으로 세바스가 향한 상대는 여자.

'춤추는 시미터' 에드스트룀.

〈무도Dance〉라는 마법부여가 있다. 이름 그대로 무기가 춤추듯 움직이는 마법부여이며, 자동으로 공격해 주기 때문에 공격횟수를 늘리는 데에는 최적이다.

다만 이 마법부여는 단조로운 움직임만을 보이기 십상이라 주무기로 사용하기에는 적합하지 않은 면이 있다. 기습이나 견제가 고작이며, 그녀 수준의 전사가 맞부딪치는 전장에서는 상대를 방해하는 수준밖에 안 된다. 한 가지 무구에 담을 수 있는 마법부여에는 한계가 있으므로, 〈무도〉를 부여하느니 다른 더 좋은 마법을 담는 것이 좋다고 판단하는 것도 지극히 당연하다. 예를 들면 청장미의 전사 가가란은 대미지를 늘리는 한 가지에만 특화된 마법을 부여한 무기를 쓴다.

그러나 그녀에게는 이 무도라는 마법부여만큼 최적인 것이 없었다.

원래 무도라는 마법부여는 소유자가 머릿속으로 명령을 내려 무기를 움직인다. 다만 목숨이 걸린 전투 중에, 특히 피아간의 전투능력에 차이가 없어 자신이 들지 않은 무기, 그것도 완전히 다른 곳에서 베고 들어가도록 무기에 적절한 지령을 내리기란 어려운 노릇이므로 단조로운 움직임 외에는 불가능해지는 것이다.

하지만 그녀는 달랐다.

마치 그곳에 눈에 보이지 않는 전사──그것도 그녀와 동등한 능력을 가진──가 있는 것처럼 자연스러운 움직임으로 조종할 수 있다. 그 이유는 뇌의 기이한 구조 때문이었다.

탤런트와는 다른, 두 가지 능력을 타고난 것이다.

하나는 공간인식능력이 매우── 비정상적이라 할 만한 수준으로 뛰어나다는 것.

그리고── 훈련을 거치지 않고도 왼손과 오른손으로 완전히 다른 작업을 할 수 있는 사람은 분명 존재하지만, 그녀는 그 능력이 더욱 강력해 엄청난 뇌의 유연성을 자랑했다.

그것이 두 번째였다.

뇌가 두 개 있다고 해도 이상하지 않은 지능이야말로 그녀의 재능이었다.

만일 한 가지 능력밖에 없었다면 그녀는 이렇게까지 자유로이 검을 움직이지 못했으리라. 그러나 이 두 가지는 그녀의 머릿속에서 한데 맞물렸던 것이다. 이것은 그야말로 하나의 기적이라 할 수 있었다.

아마 왕국 900만 백성 중에서 그녀 외에 이 두 가지 능력을 겸비한 인간은 없을 것이다.

그녀의 전투의지에 따라 시미터가 칼집에서 혼자 빠져나와 허공에 떠올랐다. 그녀는 방어에만 전념하면 그만이다.

공격은 다섯 자루의 검이 자동으로 해 준다.

이것은 검의 결계. 들어오면 확실하게 목숨을 잃는 감옥이다.

그러나——

시미터가 공격을 개시하기도 전에 간격으로 들어온 세바스는 수평으로 펼친 수도를 있을 수 없는 속도로 휘둘렀다.

그 순간 그녀의 머리가 날아갔다. 기에 감싸인 세바스의 수도는 어지간한 칼보다도 예리하다.

목에서 피가 솟구치고, 뒤늦게 몸이 땅바닥에 쓰러졌다. 그러나 날아오른 다섯 자루의 시미터는 아직도 허공에 있었다.

세바스의 수도가 너무나도 예리하고 빨라 그녀가 죽음을 느끼지도 못했기 때문이다. 아픔조차 없었을지 모른다.

그녀의 의지에 따라 춤추는 다섯 자루의 시미터는 세바스를 향해 허공을 가르듯 내달렸다.

그러나 이를 무시한 채 등을 꼿꼿이 펴고 선 세바스는 떨어진 목에 칭송을 담은 어조로 부드럽게 말했다.

"머리를 잃어도 싸우다니…… 그 전투 의욕에 경의를 표합니다."

그녀가 입술을 뻐끔뻐끔 움직였다. 무슨 소리를 하는 거냐고, 의미를 알 수 없다고.

그러나 그 말에서 무언가를 느꼈는지 눈이 뒤룩뒤룩 움직이더니 머리를 잃은 자신의 몸을 발견했다. 표정 변화는 극적이었다. 몇 번 눈을 깜빡이고, 눈알이 빠져나올 정도로 부릅뜬다.

믿을 수 없어. 거짓말이야. 환술이 분명해. 내가 당할 리 없어. 아무 짓도 당하지 않았어. 몸이 움직이지 않는 것도 뭔가 마법을 썼기 때문일 거야. 누가 뭐라고 말 좀 해줘.

그리고 사실을 인정해버린 그녀의 얼굴은 절망으로 물들었다.

다시 뻐끔뻐끔 입이 움직이고, 세바스를 따라오던 검이 내팽개쳐지듯 바닥에 굴렀다. 이제는 움직일 기척은 조금도 없었다.

"둘이 함께 가자! 둘이서 해치우자!"

풀 플레이트 아머를 입은 사내에게서 비명과도 같은 소리가 터졌다. 강건한 갑옷도 공포로부터는 지켜주지 못했다.

그는 조금 전의 세바스가 한 말이 모두 사실이었으며 절대적으로 돌려서는 안 되는, 이 세상에 존재할 수 없는 것과 대치하고 있음을 머리가 아니라 마음으로 완전히 이해했다.

"내, 내, 내내 고…… '공간참'을, 바바, 받아라."

그는 알고 있었던 것이다. 자신이 죽는다는 사실을. 세바스라는 인물에게는 무슨 일이 있어도 이길 수 없음을.

도망치지 않는 이유는 직감했기 때문이다. 몇 걸음도 가기 전에 죽으리라고. 나아가도 죽음, 물러나도 죽음. 그렇다면 하다못해……. 그런 마음은 그가 일단 전사라는 사실을 증명해 주었다.

대치한 세바스의 눈이 가늘어졌다.

처음 경계해야 할 능력을 가진 존재와 적대했을지도 모른다고 생각했기 때문이다.

세바스를 창조한 월드 챔피언 '터치 미'의 필살기는 그야말로 공간을 가르는 일격. 그 영역까지 도달했을 리는 없겠지만, 흉내뿐인 짝퉁이라 해도 세바스에게 대미지를 줄 수는 있으리라.

'공간참' 페슐리안.

1미터 정도 되는 칼집에서 칼을 뽑으며 베는 일격으로 3미터 정도 떨어진 상대를 양단하는 마의 기술을 구사해 붙은 별명. 사실 실제로 공간을 가르는 것은 아니었다.

그 정체는 검에 있었다.

우르미라 불리는 검이 있다. 부드러운 철로 만들어진 긴 검이며 잘 구부러지고 잘 휜다. 그가 가진 것은 이를 극도로 가늘게 깎아낸, 말하자면 참사검(斬絲劍)이라고 불러야 할 만한 무기였다. 금속으로 이루어진 가느다란 채찍이라는 편이 정확할지도 모르겠다.

이를 칼집에서 뽑으며 고속으로 휘둘러, 빛의 반사만 남기고 상대를 도륙해버릴 수 있기에 붙은 별명인 것이다.

다른 여섯팔과 비교해 트릭에 가까운 기술이지만, 매우 다루기 까다로운 이 무기를 이 정도까지 구사한다는 것은 그가 전사로서 높은 기량을 가졌다는 증거였다. 만일 최강의 전사라 불리는 가제프에게 같은 무기를 준다 해도 페슐리안만큼 능숙하게 다룰 수는 없으리라.

그리고 간파당해도 상관이 없는 강함이 여기에 있었다.

채찍의 무서운 점은 끄트머리의 속도가 어마어마하다는점이다. 눈으로 보고 회피하기란 어렵다—— 아니, 불가능하다.

초고속 참격. 인간이라면 대처가 불가능한 공격은 공간을 가르는 것과 거의 동등하지 않겠는가.

그러나——

검의 끄트머리. 초고속의 영역에 도달한 일격이 손가락과 손가락 사이에 끼었다. 그것은 너무나도 스스럼없어, 바닥에 떨어진 물건을 주워드는 것처럼 자연스러운 행위였다.

세바스는 손가락 사이에 낀 금속을 빤히 바라보며 한쪽 눈썹을 치켜세웠다.

"뭡니까, 이게……. 공간을 가른다더니……."

"샤악!"

괴조의 울음소리 같은 포효와 함께 레이피어가 날아들었다.

'천살' 말름비스트.

그의 주무기인 '장미가시Rose Thorn'에는 두 가지 무시무시한 마법부여가 있다. 하나는 육신절삭자Flesh Grinding. 몸에 박힌 순간 주위의 살점을 잡아뜯으며 안으로 파고드는 무시무시한 힘이다. 이 칼이 박히면 주위의 살점이 뜯겨나가 무참한 상처가 남는다. 그리고 또 한 가지는 암살의 달인 Assassinate Master. 상처를 내면 찰과상이라도 더 심각해지는 마법의 힘이다.

이것만도 흉악한 능력인데, 또 한 가지 능력이 여기에 박차를 가한다. 이는 마법의 힘이 아니라── 독이었다.

장미가시의 끄트머리에는 수많은 독을 조합한 치사성 맹독을 듬뿍 발라놓은 것이다. 말름비스트는 원래 전사가 아니라 암살자에 가까운 인물이기 때문에 이런 대비를 갖춰놓았다. 상대를 죽이기 위해 무기를 휘두른다면, 어떠한 수단이됐든 단시간 내에 죽여버리는 편이 효율적이라는 사고에서 나온 조합이었다. 이는 그야말로 찰과상으로도 상대를 죽일 만한 것이었다.

대책을 강구하지 않았다면 가제프 스트로노프가 됐든 브레인 앙글라우스가 됐든 쓰러뜨릴 만큼 흉악했다.

다만 여기에 약점이 있다.

찰과상이라도 입히면 이긴다는 생각에 치우쳤기에 말름비스트는 검술의 실력이 약간 떨어지는 면이 있었다. 그러나 찌르기만은 진짜였으며, 섬광과도 같은 찌르기만을 두고 평가한다면 가제프의 일격보다도 뛰어나다고 단언할 수 있었다.

다시 말해 왕국 최고의 찌르기.

게다가 수많은 무투기가 실린 기술은 과거 칠흑성전의 일원이었던 클레만티느에 필적할 정도였다.

그러나——

세바스는 피하지 않았다. 피할 필요가 없었다.

"…………!"

전력으로 팔을 내지른 말름비스트는 할 말을 잃었다.

장미가시—— 찰과상만 입히면 상대를 죽일 수 있는 흉악한 무기의 끄트머리. 그곳에 닿은 세바스의 손가락을 보고.

그렇다. 세바스는 날아든 레이피어의 끄트머리를 검지로 받아낸 것이었다.

"…………이, 이럴 수가?"

엄청난 횟수로 눈을 깜빡이며, 그것이 꿈이나 환각이 아님을 겨우 확인한 말름비스트가 신음하는 목소리를 냈다. 그것이 고작이었다.

상식적으로 있을 수 없었다. 강철조차 꿰뚫는 일격을 손가락으로 받아낼 리가 없다. 그의 경험은 그렇게 부르짖었다.

그러나 눈앞에 펼쳐진 광경은 사실이었다.

말름비스트의 모든 힘은 노인의 살짝 들어올린 손가락조차 밀어내지 못했다.

장미가시가 휘어지고 있다.

레이피어를 끌어당겨 다른 곳을 베려 했지만 그 전에 세바스의 엄지와 검지가 칼끝을 잡았다. 그 정도인데도 칼을 꼼짝할 수 없었다.

움직이지 않는 산이 그곳에 있었다. 처다보니 동료도 필사적으로 검을 잡아당기고 있다.

그런 가운데, 모든 것을 끊는 강철의 목소리가 울려 퍼졌다.

"자, 갑니다."

다음 순간, 페슐리안의 머리가 터져나갔다.

그것은 세바스에게서는 보기 드문 공격이었다. 이제까지는 모두 기술로 공격을 펼쳤지만, 이번에는 분노 탓에 아무 생각도 없이 있는 힘껏 날려버렸다는 편이 정확하리라.

가차 없이 터져나간 뒤통수에서 튀어나온 오른손에 시선이 움직였다.

하얀 장갑은 피로 점점이 물들었으며 비릿한 쇠 냄새를 풍겼다.

"이거 실수했군요……."

레이피어를 집은 손을 떼고 세바스는 피에 물든 장갑을 벗어던졌다. 그리고 그것이 돌바닥에 떨어진 순간, 말름비스트가 재빨리 레이피어의 칼끝으로 장갑을 집어들었다.

말름비스트는 밤하늘의 유성과도 같은 속도에 자신을 가

겼을지도 모르지만, 세바스가 보기에는 하품이 나올 정도로 느렸다. 레이피어를 부수고 한 발 파고들며 머리를 날려버리는 등, 장갑을 되찾을 방법은 얼마든지 있다. 하지만 상대의 노림수가 너무나도 불투명해 곤혹스러워진 세바스는 이를 지켜보고, 의문을 솔직하게 입에 담았다.

"대체…… 뭘 하시려는 겁니까?"

"이거다!!! 이게 너를 강화해 주는 매직 아이템이지?!"

단순한 천 장갑이었다.

깨진 종소리 같은 목소리. 입가에 솟아나는 거품. 그리고 핏발 선 눈동자. 말름비스트의 정신은 반 정도 광기의 세계에 사로잡히기 시작했으리라. 너무나도 믿을 수 없는 광경을 보았기에 뭐든 좋으니 이유를 찾아내려는 것이다.

"그저 제가 강하기 때문이라고 솔직하게 인정하면 될 것을, 난처한 분이군요. ……원하신다면 그렇게 생각하십시오."

세바스는 입이 찢어져라 웃는 사내를 향해 주먹을 휘둘렀다.

머리가 날아간 말름비스트가 쓰러진 후, 그곳에는 정적만이 남았다.

세바스는 때라도 묻었다는 듯 손가락에 훅 입김을 불었다. 〈아이언 스킨(Iron Skin)〉으로 방어한 손가락에는 찰과상조차 남지 않았지만.

'공간참' 따위 허명에 경계심을 자극받지 않았더라면 5초로 끝났을 테지만, 아무튼 20초나 버텼다니 훌륭합니다."

그리고 세바스는 건물 안의, 조금 전에 가리킨 곳에 있던 자들—— 창문 안에서 이 처참한 상황을 보고 있을 자들을 노리는 포식자에게 명령을 내렸다.

"솔류션, 중요한 정보를 가지고 있을 테니 죽이지는 마십시오. 자, 그러면……"

주위를 에워싼 채 넋이 나간 자들을 싸늘하게 바라본다.

"10초 더 추가하지요."

3

하화월(9월) 4일 22:13

클라임은 아무도 없는 복도를 종종걸음으로 달려갔다. 〈불가시화〉 마법이 걸려 있지만 투구의 마법효과 덕에 함께 달려오는 두 사람의 모습도 보였다. 이 때문에 사실은 투명화 마법이 걸리지 않은 것은 아닐까 하는 생각도 들었다. 응시하면 색이 흐리다는 것을 알 수 있으므로, 진짜로 그렇지는 않겠지만.

소리를 크게 내지 않도록 주의하면서도 속도를 늦출 수는 없었다.

세바스가 시간을 끌어주는 동안 사로잡힌 여성을 구출해야만 한다. 설령 가제프 스트로노프와 브레인 앙글라우스를 합친 것보다 강하다는 강자라 해도, 상대는 아다만타이트 클래스 모험자에 필적한다는 여섯팔. 숫자로 밀어붙이면 위험할 수도 있다. 그렇기에 사로잡혔다는 여성을 구출하고 세바스와 함께 탈출해야만 한다.

몇 번 모퉁이를 꺾고 계단을 한 층 정도 내려갔을 때, 앞장서던 도적이 갑자기 발을 멈추었다.

"갑자기 멈춰서 미안하네, 조장. 이곳일세. 이 모퉁이 너머에 감옥이 있고, 그 안쪽에 여자가 한 사람 잡혀 있었어."

분명 우연이겠지만 마치 그 목소리와 타이밍을 맞춘 것처럼 마법이 풀려 세 사람의 색이 짙어졌다.

도적의 신호에 따라 클라임이 모퉁이에서 살짝 엿보자 그곳은 어두운 통로였으며, 큼직한 감방이 여럿 늘어서 있었다.

"……아까 왔을 때도 그랬지만 역시 아무도 없군."

포로는 고사하고 보초도 없다. 부주의하다기보다는 너무나도 수상쩍었다. 마치 유인하는 것 같다. 그러나 냉정하게 생각해 보면, 어지간히 목숨 아까운 줄 모르는 자가 아니고서야 여덟손가락 최강의 여섯팔이 모두 모인 이 건물에 침입하겠는가. 클라임 일행도 세바스가 미끼가 되고 여성을 구한다는 몇 가지 요인이 겹치지 않았다면 들어오지 않았을 것이다.

여섯팔도 그렇게 생각했을 터.

그런 여유와 허점이 클라임 일행에게 유리하게 작용했으니, 방심은 그야말로 큰 적인 셈이다.

"그러면 냉큼 가서 잽싸게 구해 보자고."

함께 위험을 몇 차례 넘어선 덕인지 조금 전보다도 허물없는 태도로 말하는 도적에게 브레인이 물었다.

"그 전에 한 가지 물어봐도 될까? 저 안쪽에 있는 쌍여닫이문은 뭐야?"

시선을 제일 안쪽으로 돌리자, 그곳에는 정말 브레인의 말대로 커다란 문이 있었다.

"아— 이제까지의 경험에 비춰보면. 여기 늘어서 있는 건 아마 감방이 아니라 짐승을 붙잡아놓기 위한 우리였을 거야. 저 문을 통해 짐승을…… 투기장 같은 곳으로 끌어내는 거겠지."

"그러고 보니 정말로 감방에서 짐승 냄새 같은 게 나는군. 제국에서도 투기장에서 마수를 싸우게 한다는 말은 들었지만……."

클라임도 브레인을 따라 공기에 섞인 냄새를 맡아보았다. 짐승, 그것도 육식짐승의 냄새가 났다. 브레인이 중얼거렸다.

"하지만 훈련에 쓰는 건지, 아니면 공개처형이라도 했던 건지에 따라 다르지. 그 외의 용도가 있다면, 별로 상상하고 싶지는 않지만…… 구경거리로 썼을지도 모르겠군. 아, 쓸데없는 얘기를 했군. 갈까?"

브레인의 물음에 클라임은 고개를 끄덕였다. 도적도 동의했다.

도적을 선두에 세우고 클라임과 브레인이 나란히 서서 뒤를 따랐다.

아무 일 없이 안쪽 감방에 도착하자 도적이 문을 조사하려 했다. 클라임은 포셰트에서 벨 하나를 꺼내 울렸다.

마법의 힘이 발동해 감방 열쇠가 열리는 소리가 났다. 도적이 부루퉁한 표정을 했지만 시간이 없으니 이 정도는 봐주었으면 싶었다.

"트알레 씨인가요?"

클라임은 안에 있는 여성에게 말을 걸었다. 바닥에 쓰러져있던 여성이 몸을 일으켰다. 외견은 세바스에게서 들었던 특징과 일치했으며, 옷차림은 메이드복이다. 납치당했을 때의 모습 그대로인 점을 보면 틀림없이 그녀일 것이다.

클라임의 마음에 약간의 안도감이 생겨났다. 첫 목적은 달성했다. 이제는 다음 목적을 이룰 차례다. 그녀를 데리고 안전히 탈출해야 한다.

"세바스 님의 부탁으로 당신을 구하러 왔습니다. 자, 이리 오세요."

클라임이 말을 걸자 여성—— 트알레가 고개를 끄덕였다.

감방에서 나온 트알레는 브레인, 그리고 도적을 바라보더니 아주 잠깐 놀라는 표정을 지었다. 특히 브레인에게 오래 시선이 머문 것 같았다.

"이쪽 문은—— 투기장으로 가는 문으로 보이는 쪽에서는 소리가 나지 않았어. 그래도 아무 정보도 없는 장소에 들어가는 건 위험하지. 예정대로, 왔던 길을 돌아가는 게 좋겠군."

클라임도 브레인도 찬성했다. 그렇다기보다는 두 사람은 모두 전사여서, 이런 상황에서는 전문가에게 맡기는 편이 가장 좋다는 사실을 알기에 한순간의 망설임도 없이 대답한 것이다.

클라임은 트알레의 발을 내려다보고 신발을 신었음을 확인했다. 이 정도면 뛰어도 문제는 없겠지.

"그러면 적이 오기 전에 얼른 도망치죠."

"좋았어. 아까 왔을 때처럼 선두는 내가 맡을 테니 따라오라고. 다만 이번에는 투명화 마법이 없으니까 조심해서 가겠어. 내가 보내는 신호를 놓치지 말아줘."

"알겠습니…… 왜 그러세요, 브레인 님?"

"응? ……어, 아니, 아무것도 아니다, 클라임."

눈살을 찡그린 브레인은 그 이상 아무 말도 하지 않았다. 트알레에게 눈길을 주고 있는데, 클라임은 딱히 그녀에게서 이상한 점을 찾을 수 없었다. 포로가 되었던 메이드로만 보였다.

"됐나? 그럼 간다."

도적이 뛰어가고 클라임과 브레인이 그다음으로, 트알레가 맨 뒤가 되었다.

감방 앞을 지나쳐 모퉁이 부근에서 도적이 속도를 줄였다. 모퉁이 너머를 살피기 위해서일 것이다.

하지만 산책이라도 하듯 자연스러운 걸음으로 모퉁이에서 불쑥 나타난 사람이 도적의 앞을 가로막았다. 누군가가 방해할지도 모른다고 각오는 했지만, 실제로 눈앞에서 그런 일이 벌어지면 창졸간에는 대응하기가 어렵다.

불의의 사태에 클라임이 뻣뻣하게 굳은 동안 도적은 오리하르콘 클래스 모험자 출신다운 반응을 보였다. 즉시 단검을 뽑아선 살기를 띠고 달려들었다. 그러나──.

꽈앙!

요란한 소리를 남기며 도적이 수평으로 날아갔다. 마치 소에게 들이받힌 것 같았다. 우연이기는 했지만 클라임이 그의 몸을 받아냈다. 낙법도 불가능한 상태에서 바닥에 잘못 부딪쳤다간 그것만으로도 큰 부상을 입었으리라. 하지만 기세까지는 상쇄하지 못해 클라임과 도적은 한데 얽히며 바닥을 굴렀다.

고통을 억누르는 도적의 신음소리도 마음에 걸렸지만, 그보다는 느닷없이 나타난 사내 쪽에 주의를 기울였다. 분명 적일 테니까.

앞을 가로막은 것은 머리가 벗겨진 사내였다. 우락부락하게 솟아난 팔이며 바위 같은 얼굴 등에 짐승을 본뜬 문신이 새겨져 있었다.

클라임의 뇌리에 섬광처럼 사내의 이름이 번뜩이고 놀라움이 목소리를 이루었다.

"제로!"

이 사내야말로 여섯팔의 일원이자 경비부문의 장이기도 한, 여덟팔 최강의 존재였다.

"……바로 그렇다, 애송이. 넌 그 창녀의 노예로구나. 흥! 이런 데까지 개미가 기어들어 오다니. 달콤한 미끼를 놔두면 정말 아무 데서나 나타나는군. 참으로 불쾌해."

바닥에 쓰러져 있던 클라임과 도적은 한 번 쳐다보았을 뿐, 제로의 진지한 시선은 정면으로 브레인에게 향했다. 위에서 아래까지 훑어보면서, 브레인이라는 전사가 어느 정도 역량을 가졌는지 가늠하고 있다.

클라임은 자신이 강자의 안중에도 없다는 사실에 감사하며 도적의 상태를 살폈다.

"괜찮으세요? 뭔가 회복수단이 있나요?"

제로의 주의가 이쪽으로 향하지 않도록 조용히 물었다.

대답은 없고, 고통에 물든 목소리만이 돌아왔다. 놀랍게도 갑옷의 가슴 부분이 주먹 모양으로 움푹 들어갔다. 제로라는 사내의 주먹 일격이 얼마나 강했는지를 충분하고도 남을 정도로 알려주었다.

몇 번 흔들자 도적은 의식을 차렸고, 그의 부탁에 따라 클라임은 도적의 허리 부근을 더듬었다.

"네 얼굴, 기억이 있지. 브레인 앙글라우스구나. 가제프 스트로노프와 호각으로 싸웠던 자. 과연. 자세에 허점이 없는걸. 그때 시합 이후로도 단련을 한 모양이지? 수긍이 간다. 서큘런트가 패배한 것도 놈의 방심 때문이 아니라 정면에서 싸웠던 결과였겠지. 상대가 좋지 못했기 때문에 졌던 거였어. 놈의 패배도 이번만큼은 용서해줘야겠군. 자, 원래같으면 내 체면을 구긴 너는 죽어야겠지. 하지만 나는 관대하다. 네 보기 드문 검술 실력과 재능을 봐서 기회를 주마. 나에게 무릎을 꿇어라. 그리고 내 부하가 되겠다고 맹세해. 그러면 살려주겠다."

"급료는 괜찮나?"

"호오…… 관심이 있나……?"

"이야기 정도 듣는다고 벌을 받진 않겠지. 난 서큘런트에게 이겼으니 제법 좋게 대우해 주리라 기대할 수 있지 않겠어?"

"하하하! 욕심도 많구나. 나에게 목숨을 구걸하기 전에 돈 이야기부터 하다니. 저세상까지 돈을 가져갈 수는 없을 텐데?"

"이보셔, 뭐라는 거야? 대단한 액수는 줄 수 없다는 건가? 의외로 가난한가 보지? 아니면 댁의 호주머니로 전부 다 들어가고 있나?"

"뭐라고?"

제로의 주먹에서 뿌드득 소리가 났다.

"입은 제법 잘 돌아가는 모양이구나, 앙글라우스. 검술 실력보다도 입이 잘난 놈은 많지만 너도 그런 족속이냐? 아니면 서큘런트를 쓰러뜨렸다고 기고만장했나? 그렇다면 솔직하게 사과해야겠군. 여섯팔에서 제일 약한 놈이 쓰러지는 바람에 공연히 만족감을 주고 말았던 점에 대해."

너스레를 떨듯 어깨를 으쓱하는 브레인. 그가 이야기를 오래 *끄는* 이유는 부상을 입은 도적, 그리고 클라임을 위해서일 것이다.

그러면 제로가 브레인의 이야기에 어울려주는 이유는 무엇일까. 아마 세 사람을 동시에 적으로 돌려도 이길 수 있다는 자부심 때문이리라. 아니면 달리 무언가 이유가 있을까?

'……어라?'

가만히 보니 트알레가 슬금슬금 브레인의 뒤로 이동하고 있었다. 보호를 받으려 한다면 클라임과 도적의 뒤로 도망치는 편이 안전할 텐데. 굳이 위험을 무릅쓰고 제로와 대치한 사람의 뒤로 갈 필요는 없다.

브레인이 딱 한 번 어깨 너머로 뒤를 보았다. 미미한 움직임이어서 확신할 수는 없었다. 그러나 시선이 향한 곳에 있었던 사람은 트알레였으며 눈에 비친 색은 절대 호의적이지 않았다. 아니, 단언하자면 적을 노려보는 눈빛이었다.

'어? 왜 그쪽에? 이쪽을 본 건가? 아니, 그게 아니었어.'

무언가가 일어나고 있다. 클라임은 그런 불안과 함께 몸을 일으켰다.

"흥, 개미가 섰군. 시간은 충분히 끌었나? 슬슬 네 본심을 들어보지. 아니, 말로 할 필요는 없다. 무릎을 꿇든지 말든지 둘 중 하나다! 자, 앙글라우스. 네 태도를 보여라!"

브레인은 코웃음을 쳤다.

──그것이 전부였다.

"그럼 죽어라!"

왼손을 내밀고 동시에 오른손을 끌어당겨 주먹을 쥔다. 수직낙하라도 하듯 허리를 콱 낮추고 몸의 중심은 흔들리지 않는다. 근육이 크게 부푸는 모습은 뿌득뿌득 소리가 들릴 것 같았다. 지금의 제로를 단적으로 표현하자면 거대한 바위, 아니, 미친 황소가 아닐까.

이를 상대하는 브레인 또한 자세를 낮추었다. 제로와 비슷하기는 하지만 전혀 달랐다.

제로가 거친 흙탕물이라면 브레인은 맑고 고요한 물. 제로가 공(攻)이라면 브레인은 방(防)이었다.

"영감을 죽이지 말라고 명령은 해두었지만 혈기왕성한 놈들이 환영해 주고 있으니, 어쩌면 조금 손속이 지나쳐서 죽여버렸을지도 모르겠군. 그래서는 난처한데 말이지. 영감은 내가 무참하게 죽여 본보기로 삼아, 우리의 적이 되는 것이 얼마나 어리석은 짓인지를 가르쳐줘야 하거든."

제로의 얼굴이 추악하게 일그러졌다. 증오로 사람은 이렇게까지 추해질 수 있다는 사실의 반증인 것 같았다.

"앙글라우스, 너는 나야말로 최강이라는 칭송의 초석이 되어라. 여섯팔에게 도전했던 어리석은 자의 말로를 보여주는 묘비로 장식해 주마! 창녀년의 부하는 목을 장식해서 그 계집에게 보내주지."

몸이 떨릴 것 같은 살기가 정면에서 몰아쳤다. 그러나 바로 어제 세바스에게서 느꼈던 것에 비하면 대단하지도 않았다. 클라임은 날카롭게 돌아보았고, 제로는 아주 조금이지만 신경이 쏠리는 기색을 보였다.

"그래? 알겠다. 그럼 제로 너는 내가 상대해 주지. 클라임은 뒤엣놈을 부탁해!"

무슨 말인지 한순간 이해하지 못한 사람은 클라임뿐, 도적은 망설임 없이 트알레에게 다트(dart)를 던졌다.

오리하르콘 클래스 모험자 출신이 던진 다트는 날카롭고 빨랐다. 트알레는 종이 한 장 차이이기는 해도 다트를 회피했다. 세바스에게서 들은 말로는 트알레는 단순한 메이드.

우연이라 하기에는 너무나도 멋진 몸놀림이었다.

"이미 간파했나?!"

모습은 여전히 트알레였지만 그 목소리는 '환마' 서큘런트의 것이었다.

"도와주러 온 상대에게 말 한마디 묻지도 않았던 건 목소리로 간파당하리라 생각했기 때문이었겠지? 하지만 뒤로 돌아오면 수상쩍다고 생각하는 법이라고. 하기야 그 전부터 망설이기는 했지. 본인이 정신조작을 당했을 가능성과 다른 사람이 변신했을 가능성을."

뒤를 돌아보려 하지도 않고—— 제로에게 시선을 고정한 채 브레인이 트릭을 밝혔다.

"결국 뛰어가는 모습으로 추측했지만, 마지막까지 확증은 얻을 수 없었어. ……자네가 있어서 다행이야. 아무리 그래도 경상으로 그치도록 살살 던져달라고 말할 수는 없었거든."

도적의 움직임이 잠깐 멈췄다. 그리고 그도 잠시 서큘런트에게 감사하는 듯한 표정을 지었다.

제로가 혀를 찼다.

"흥. 서큘런트, 네가 제안한 잔꾀는 금방 간파당했구나.

그렇다면 잔재주에 의존할 시간은 끝났다. 이제부터는 오로지 강함만으로 모든 것이 결판나는 시간이 시작되는 거지! ……서큘런트, 뒤에 있는 잔챙이 두 마리를 죽여라. 그 정도는 가능하겠지?"

"무, 물론이지, 보스."

트알레가 녹아들듯 사라지고 서큘런트가 나타났다. 단, 메이드 차림 그대로.

제로의 말 속에 담긴 의도가 무엇인지를 잘 아는 서큘런트는 재빨리 고개를 끄덕이더니 클라임을 정면으로 노려보았다.

"또 만났구나, 애송이."

진지한 목소리에는 어제 한 번 이겼던 자의 태도라고는 생각하기 힘든 긴장감이 있었다.

여덟손가락은 녹록한 조직이 아닌 이상 두 번의 실패는 용납되지 않을 것이다. 배수진을 친 서큘런트의 얼굴에서는 여유가 사라졌다.

"여덟손가락은 왕녀의 이름으로 수감된 놈도 보석으로 풀어줄 수 있나?"

클라임은 여덟손가락의 힘을 똑똑히 보며 검을 들었다.

"……이번에는 질 수 없다."

어제는 브레인이 일격에 쓰러뜨려주었다. 그러나 아무래도 제로에 서큘런트까지, 여섯팔을 두 사람이나 동시에 상대하며 승리하기는 어려울 것이다. 브레인이 제로와의 전투에서 이기리라 기대하고 방어에만 전념할 수는 없다. 상대는 자신보다 고수다. 그런 어정쩡한 각오로는 분명 패하고 말 것이다.

이기고 말 테다.

클라임은 물러나지 않겠다는 결심과 함께 조심스레 발을 앞으로—— 서큘런트를 향해 미끄러뜨렸다.

"괜~찮아, 괜찮아. 나도 거들어줄 테니까."

도적이 뒤에서 말했다. 가벼운 어조는 클라임의 긴장을 누그러뜨려주려는 나름의 배려일 것이다. 자신보다도 강한 그의 지원은 고맙다. 하지만 그는 제로의 일격을 받았으며, 치유 포션을 쓰기는 했지만 아직 완치되지는 못했다. 게다가 한 번도 연대해 싸워본 적이 없는 상대와 호흡을 잘 맞출 수 있을지 하는 불안도 있었다.

클라임의 심정을 예민하게 알아차린 도적이 싱긋 웃었다.

"걱정하지 마. 난 지원을 주로 맡겠어. 도적의 전법은 전사와 달리 검을 부딪치는 것만이 아니라는 사실을 가르쳐주지."

"고맙습니다."

경험은 그가 더 풍부하다. 클라임이 맞추치 않아도 그가 맞춰 줄 터. 클라임은 온 힘을 다해 서큘런트와 싸우면 되는 것이다.

각오를 다지고 노려보니 서큘런트는 지난번과 마찬가지로 분신을 만들어내고 있었다. 분간이 가지 않는 여러 명의 서큘런트. 입안에 씁쓸한 맛이 퍼져갔다.

슬금슬금 양측의 거리가 좁혀진 순간. 클라임의 등 뒤에서 웬 주머니 하나가 서큘런트를 향해 날아갔다.

"이게 바로 도적의 전법이라고!"

주머니는 서큘런트의 발밑에서 터졌다. 분말이 퍼졌다. 서큘런트가 독을 경계해 입을 막았다. 그러나 그것은 독이 아니라 매직아이템이었다.

"도깨비불 분말Powder of Will o' the Wisp이다!"

효과는 즉석에서 나타났다. 다섯 명의 서큘런트 중 하나만이 뿌옇고 창백한 빛을 띤 것이다.

서큘런트도 그 사실을 깨닫고 눈을 크게 떴다.

도깨비불 분말은 불가시화를 사용한 상대나 도적 등 은밀한 행동에 뛰어난 상대를 시인할 때 쓰는 아이템이다. 그리고 이는 생명을 가지지 않은 존재에게는 효과를 발휘하지 않는다.

〈다중잔상Multiple Vision〉은 본체의 현상을 반영하므로, 예를 들어 염료 등을 집어던진다 해도 본체가 더러워지면 환영에도 그 변화가 즉시 반영된다. 어지간히 잘 쓰지 않는 한 본체를 분간하기란 어려울 것이다. 그러나 매직아이템은 본체에 일어난 변화가 환영에 적용되지 않는다.

고위 환술이라면 매직 아이템조차 속일 수 있지만, 일루저니스트(Illusionist)와 펜서(Fencer)를 함께 수련한 서큘런트는 그 정도 환술은 쓸 수 없다.

클라임의 검이 서큘런트의 본체를 향해 수직으로 날아들었다.

"썩을!"

뒤로 뛰어 물러나 회피하는 서큘런트. 멋들어진 회피였지만 메이드 차림이라 어쩐지 영 어색했다.

그대로 십여 차례의 공방이 펼쳐졌다.

밀어붙이는 쪽은 클라임이었다. 이것은 서큘런트의 노림수가 아니라 순수한 전투력의 차이였다.

겨우 하루 만에 인간이 극적으로 강해질 수는 없으므로 어제의 차이가 변했을 리는 없다. 그러나 무엇에나 예외는 있다. 단순히 클라임이 강해지고, 서큘런트가 약해졌기 때문이었다.

우선 클라임은 어제와 달리 마법으로 강화된 갑옷, 방패, 검, 그 외의 소소한 것들을 몸에 착용했다. 근력이 올라가고 방어력도 높아졌으며, 무엇보다 원래의 전법을 구사할 수 있게 되었다. 반면 서큘런트는 체포되면서 매직 아이템을 모두 빼앗겼으며, 환술로 트알레가 되기 위해 움직이기 힘든 메이드복을 입고 있다.

장비 면에서도 두 사람의 차이는 좁아졌지만, 물론 그것만은 아니었다.

서큘런트의 전법이 간파되었던 것도 약해진 원인 중 하나였다. 클라임의 후방에서 지원하는 도적이 적확한 엄호를 해 주었던 것이다.

서큘런트가 환술을 사용해도 도적이 던져주는 연금술 아이템이나 매직 아이템으로 모든 이점을 없애버렸다. 그야말로 서큘런트를 대비해 준비했다고밖에는 생각할 수 없는 대응이었다. 실제로 도적은 사전정보를 통해 여섯팔의 능력을 추측하고 모든 사람에 대한 대책을 마련해두었다. 수감되었던 서큘런트 것까지 마련해두었다는 점이 대단했다. 정말 집요하리만치 신중한 성격이라 해야 하리라.

"빌어먹을!"

전투가 시작되기 전보다도 절박한, 균열이 일어난 듯한 고함을 지르는 서큘런트.

그가 날카로운 안광으로 노려본 것은 도적이었다. 클라임은 그 시선을 가로막듯 움직였다. 그에게 공격이 미치게 해서는 안 된다.

클라임이라는 방패에 보호를 받는 도적이 서큘런트를 도발했다.

"이봐 이봐, 무서운 표정 하지 말라고. 댁은 아다만타이트 클래스에 필적한다는 여섯팔의 일원이잖아? 그럼 이 정도 핸디캡은 봐줘야지."

서큘런트의 얼굴이 증오로 크게 일그러졌다. 몇 차례의 공방에서 입은 상처가 출혈을 일으켜 얼굴을 더욱 흉악하게 만들었다.

"썩을!"

욕설과 함께 서큘런트가 마법을 구사하고자 자세를 잡았다. 원래 같으면 전사인 클라임이 마법을 방해하기 위해 파고들어야겠지만 그러지는 않았다. 십여 차례나 되풀이하면서 호흡이 맞았기에 신뢰한 것이다.

클라임의 뒤에서 포물선을 그리며 날아든 병은 서큘런트의 발밑에서 깨졌다. 색깔 있는 공기가 뭉게뭉게 퍼지는 것이 보였다.

"커헉! 콜록, 콜록!"

서큘런트가 잇달아 괴롭게 기침했다.

연금술 아이템으로 소소한 방해를 시도했던 것이다. 하지만 효과는 확실해서 서큘런트는 마법 사용을 중지했다.

매직 캐스터로서 특화했다면 이 정도 견제는 아무렇지 않았을 테지만, 전사의 능력과 병행해 수련했던 탓에 약간의 방해만으로도 집중이 끊어져 마력을 헛되이 낭비해버린다.

주의가 다른 데로 쏠린 서큘런트를 향해 클라임이 온 힘을 다해 뛰어들었다. 이제까지의 공방에서 보여준 그런 몸놀림이 아니라, 물러나지 않겠다는 각오가 담긴 전진이었다. 보는 사람에 따라서는 승리에 조바심을 낸 섣부른 행동으로 비쳤을지도 모른다. 그러나 전사로서 함양한 클라임의 직감이 외쳤다.

지금이 승부의 갈림길이라고.

분명 클라임과 도적이 서큘런트를 밀어붙이고는 있지만 이 유리함이 언제까지 이어질지는 알 수 없다. 도적이 투척해 주는 아이템이 무한한 것도 아니다. 유리할 때 단숨에 몰아치는 공세를 펼쳐야 한다.

클라임이 발동시켰던 것은 어제 요령을 깨달은 오리지널

무투기.

아직 명칭조차 없는 그것에 임시로 이름을 붙인다면 〈뇌력해방(腦力解放)〉이 아닐까. 효과는 단순히 뇌의 제한장치를 풀어주는 기술이다. 이에 따라 육체에서 감각까지 모든 기능을 한 단계 이상 끌어올릴 수 있다.

오랜 기간 사용하면 육체피로와 근육파열을 일으키므로 양날의 검이 될 수밖에 없다. 그러나 이렇게라도 해서 단기결전을 노리지 않는다면 서큘런트에게는 이기지 못한다.

무투기 발동에 맞춰 찰칵하고 머릿속에서 무언가가 바뀌는 것이 느껴졌다.

마음속에서 미쳐 날뛰는 감정을 노성과 함께 토해냈다.

서큘런트의 얼굴에 무언가를 떠올린 듯한 경악의 빛이 퍼졌다. 이와 함께 맺힌 감정은 혹시 공포가 아니었을까. 아다만타이트 클래스 모험자에 필적하는 사내가 하수에게 보일리 없는 감정.

클라임은 상단에서 단숨에 검을 내리치고—— 가로막혔다. 마법이 실리지 않은 단검으로 마법의 롱 소드 일격을 막아내다니 훌륭하다고 칭송할 수밖에 없다. 그러나 회피에 뛰어난 펜서인 서큘런트가 서툰 방어를 선택하게 만든 클라임의 일격 또한 훌륭했다.

공격은 이것으로 끝나지 않았다. 즉시 클라임의 발차기가 올라왔다.

망설임 없이 복부를 방어하려던 서큘런트의 얼굴이 확 일그러졌다.

"으어어어어어——!"

서큘런트는 안색을 창백하게 물들이고 비지땀을 흘리며 허리를 뒤로 빼고 비틀거린다. 클라임의 뒤에서는 도적이 놀라 눈을 크게 뜨고 있었다.

강철제 부츠에 급소를 걷어차인 것이다. 보호패드를 대놓기는 한 모양이지만 그 안쪽에서 질퍽 찌그러지는 감촉이 발을 타고 전해졌다.

그리고 마지막 일격을 내리친다.

피가 솟고, 서큘런트가 쿵 소리와 함께 바닥에 쓰러졌다.

방심하지 않고 주위를 경계한다. 특히 뒤쪽의 도적이 있는 방향으로 돌아 들어오지 못하도록 한동안 주의를 기울이고, 확신했다. 이것은 환영이 아니다.

커다란 수훈이다. 설령 2대 1이라고는 해도 이 승리는 매우 값진 것이었다.

클라임은 브레인에게 눈을 돌렸다. 어쩌면 도울 수 있을지도 모른다는 생각은—— 열의는 금방 사라졌다.

차원이 달랐다.

우선 소리부터 달랐다. 카타나와 주먹이 맞부딪치는데도 울려 퍼지는 소리는 금속성이었다. 심지어 그칠 줄을 모른다. 두 사람 모두 언제 숨을 쉬는지 알 수 없을 정도로 카타나와 주먹을 요란하게 맞부딪치고 있었다.

특히 눈길을 끄는 것이 제로였다.

제로의 주먹 일격은 벽을 깎고 있었던 것이다. 마치 부드러운 점토라도 깎아내듯 매끄럽게 벽에 흔적을 남겼다.

"어이쿠야…… 일류 몽크(Monk)의 주먹은 강철처럼 단단해진다더니, 저 자식의 주먹은 그 이상인걸. 미스릴…… 아니, 오리하르콘 정도 되는 거 아냐?"

곁에 나란히 선 도적도 같은 모습을 보고 어이없다는 듯중얼거렸다.

1분의 공방── 클라임이었으면 금세 목숨을 잃었을 만한 전투를 거치고도 서로 상처를 입지 않았다. 그렇기에 제로의 얼굴에 솔직한 경의가 떠올랐다.

"앙글라우스…… 제법이구나. 나의 공격을 이 정도로 막아낸 놈은 네가 처음일지도 모르겠다."

마찬가지로 브레인의 얼굴에도 경의가 있었다.

"너도. ……이만한 몽크를 본 건 평생 네가 두 번째다."

"호오?"

제로의 얼굴이 흥미진진하게 일그러졌다.

"나와 같은 수준의 몽크가 있다니, 금시초문인걸. 이름을 물어보도록 할까. 너를 죽인 다음에는 듣지 못할 테니."

"지금쯤 이쪽으로 오고 계실걸. 네가 배치한 여섯팔을 쓰러뜨리고."

제로가 눈살을 찡그리더니 웃음을 지었다.

"헹! 영감 말이냐? 유감이지만 내 측근 넷이 환영해 주고 있을 텐데? 거기 쓰러진 서큘런트와는 달리 놈들은 나에게는 못 미쳐도 제법 고수다. 여기 올 수 있을 리가 없지."

"과연 그럴까? 나는 그분이 저 모퉁이에서 불쑥 나타나는 모습이 눈에 선한걸?"

"어이쿠, 무서워라. 그러면 조금 더 진지하게 싸워야겠군."

그 말에 클라임은 눈을 크게 떴다. 그만한 공방을 거치고도 여력이 남아 있다면 제로가 진지하게 싸울 때는 어느 정도 영역에 이를지를 깨닫고. 그리고 브레인에게 놀라는 빛이 없다는 것 또한 놀라웠다.

'둘 다 그 정도로도 진짜 실력이 아니었다고?! 그야말로 인간 최고봉, 아다만타이트 클래스에 필적하는 전투구나!'

"그게 좋겠어. 저쪽 두 사람은 이미 끝났으니까. 더는 괜히 시간을 끌 필요도 없겠지. 여기서 지고 끝나라, 제로."

브레인은 카타나를 칼집에 거두며 천천히 자세를 낮추었다. 어제도 보았던, 서큘런트를 일격에 쓰러뜨렸던 자세.

제로도 일격에 쓰러뜨릴 수 있을까 하고 클라임이 생각하기도 전에 제로가 크게 뒤로 뛰어 물러났다. 인간의 한계를 넘어선 듯 가벼운 움직임으로 단숨에 거리를 벌렸다.

"에드스트룀은 검의 결계를 펼칠 수 있는데, 너의 것도 종류는 다르지만 검의 결계구나. 섣불리 파고들었다가는 두 쪽이 나겠지?"

브레인의 오리지널 무투기를 간파한 것은 아니겠지만, 그래도 어떤 기술인지 예측한 제로의 감각은 역시 전사로서 탁월한 영역에 이른 것이었다.

"하지만…… 그 기술은 대기하고 자세를 잡지 않고선 쓸 수 없는 기술이겠군."

제로가 정권을 내질렀다. 의미 없는 동작인 것 같았지만 강권(剛拳)은 충격파를 만들어 브레인의 몸을 흔들었다.

"나는 이렇게 거리를 벌리고 공격만 해도 이길 수 있지. 아니면 너에게도 원거리의 적을 벨 수단이 있나?"

"아니, 없어."

브레인이 솔직하게 대답했다.

"네가 그렇게 싸운다면 이 자세를 풀 뿐이지."

제로가 조용히── 그에게는 어울리지 않을 듯한, 깊은 감정을 머금은 호면과도 같은 표정으로 브레인에게 물었다.

"브레인 앙글라우스. 그게 너의 히든카드냐?"

"그렇고말고. 정면에서 깨졌던 적은…… 단 한 번밖에 없는, 나의 히든카드다."

"시시하군. 이미 한 번 깨졌단 말이지. 그렇다면 이번이 두 번째가 될 뿐이다."

제로가 천천히 주먹을 뒤로 빼며 자세를 잡았다.

"정면에서 너를 꿰뚫겠다. 네가 자랑하는 그 기술을 분쇄하고 승리를 얻지. 브레인 앙글라우스에게 승리하고 언젠가 가제프 스트로노프를 발밑에 무릎 꿇리겠다. 그렇게 해 나야말로 왕국 최강이 될 것이다."

"첫걸음을 나한테 내디디려다 발을 삐끗하겠다는 야망을 품다니. 제로, 너도 참 할 일 없는 놈이구나."

"정말 입만 산…… 아니, 이만큼 싸울 수 있었으니 입만 산 건 아니겠지. 그렇다고는 해도 내가 고수였음을 저세상에서 깨닫고 탄식하거라. 제로 님께 도전하다니 바보였다고 말이다. 간다!"

제로의 상반신에는 짐승을 본뜬 수많은 문신이 새겨져 있다. 여기에 뿌연 광채가 깃들었다. 반면 브레인은 움직이지 않았다. 조각상처럼 기다릴 뿐이었지만, 여기에 담긴 막대한 힘이 쏘아져 나갈 순간을 이제나저제나 고대한다는 것을 클라임은 느낄 수 있었다.

포악한 힘과 힘이 맞부딪치는, 그 누구도 방해할 수 없는 공간.

그곳에 스스럼없는 목소리가 들려왔다.

"──여기 계셨군요."

모두가 화들짝 놀라 침입자에게 눈을 돌렸다. 한순간도 눈을 뗄 수 없었던 강적을 앞에 두고 있음에도 제로와 브레인 또한 그러했다.

그곳에 있던 한 노인, 세바스. 제로에게는 있을 수 없는 인물이 등장한 것이었다.

"아니, 어떻게 된 거냐? 여섯팔 놈들이 너를 상대했을 텐데…… 이놈들처럼 몰래 침입한 거냐?"

세바스는 가볍게 고개를 가로저었다.

"아닙니다. 당신의 동료는 모두 쓰러뜨렸습니다."

"……허, 허튼소리 마라. 나보다 하수라고는 하지만 놈들도 여섯팔의 일원이다. 놈들을 상대하고도 멀쩡히 이곳까지 왔을 리가 없어!"

"진실이란 흔히 놀라움을 수반하는 법이지요."

"세바스 님! 여기 있던 트알레 씨는 가짜였습니다! 서큘런트가 환술로 변신했던 거였어요! 어서 구하러 가야 합니다!"

"아, 염려해 주셔서 고맙습니다. 하지만 문제없습니다, 클라임 군. 이미 구출했으니까요. 이 건물의 다른 데 있더군요."

세바스가 어깨 너머로 뒤를 돌아보고, 그 시선을 좇은 클라임은 이곳의 입구 옆에서 이불을 몸에 감은 한 여성을 발견했다.

"아!"

클라임은 당황해서 서큘런트를 내려다보았다. 그 메이드복은 피에 젖고 크게 찢어져 있었다. 이것을 벗겨 건네줄 수는 없고, 받고 싶지도 않을 것이다.

"마음 쓰실 것 없습니다, 클라임 군. 그 메이드복은 평범한 천옷이니 아깝지도 않습니다."

쓴웃음을 짓는 세바스의 말을 듣고 클라임은 조금 안도했다.

"이봐이봐이봐, 나를 무시하고 수다나 떨다니…… 참 속도 편하군."

브레인을 앞에 두고 있기 때문에 함부로 움직이지 못하던 제로가 겨우 위치를 바꾸면서 증오에 가득 찬 표정을 세바스에게 돌렸다.

"영감! 다시 한 번 묻겠다. 내 부하들을 어떻게 했나!"

"──모두 죽였습니다."

곁에 핀 들풀을 꺾는 듯한 편안한 어조. 그러나 그 말은 냉혹함 그 자체였다.

"마, 말도 안 돼! 내가 믿을 줄 알고!"

제로의 노성에 세바스는 미소를 지었다. 적의라고는 한 점도 없는 웃음이 오히려 세바스의 말이 진실임을 직감케 했다.

"……브레인 앙글라우스. 너와의 승부는 잠시 미뤄두겠다. 이 영감에게 여섯팔의 힘을 보여주겠어!"

"그래, 알았어. 순식간에 박살나지 않게 힘내라고. 뭐, 내가 나설 차례는 이제 없겠지만."

"닥쳐! ……영감! 헛소리의 대가는 목숨으로 치러야 할 거다!"

세바스가 슬쩍 쓴웃음을 지었다. 최강을 자부하던 사내에게는 견딜 수 없는 웃음이었다.

제로의 문신이 어렴풋이 빛을 뿜었다.

경비부문장이며 여섯팔의 필두인 '투귀' 제로.

가제프 스트로노프, 브레인 앙글라우스와 같은 사나이들조차 맨손으로 싸우면 순식간에 목숨을 잃고, 무기를 가져도 승패를 예측할 수 없는 싸움이 될 만한 자.

그런 자가 취득한 클래스 중 샤머닉 어뎁트(Shamanic Adept)라는 것이 있다. 이 클래스에는 동물의 영혼을 자신의 육체에 빙의시켜 그 뛰어난 육체능력을 구사하는 스킬이 있다. 하루에 쓸 수 있는 횟수에 제한이 있지만, 한 번 쓰면 인간의 능력은 짐승의 영역까지 도달한다.

뛰어난 육체능력을 가진 짐승이 인간의 무술을 사용한다 —— 이만큼 무시무시한 일이 어디 있을까.

제로는 스킬을 발동했다.

원래 같으면 아껴두기 위해 하나밖에 발동하지 않는다. 그러나 제로는 세바스라는 인물이 상당한 강자라는 것까지 깨닫고 있었다.

그렇다고는 해도 역시 혼자 여섯팔 넷을 전멸시켰으리라

고는 생각하지 않았다. 다만 잠입한 것이 아니라 정면으로 돌파했다면 세바스 이외에도 누군가가 있으리라 생각할 수 있다.

가능성으로 보자면 청장미일 것이다.

자세한 정보를 얻기 전까지는 일단 전력을 다해 세바스를 분쇄하고, 브레인 앙글라우스와의 결판은 뒤로 미룰 수밖에 없다. 주위의 관객에게 압도적인 힘을 보여주어 위협을 가한 다음 이 자리를 뜰 것이다.

그것이야말로 최적의 수라 판단하고, 최강의 기술을 준비했다.

다리의 표범, 등의 매, 팔의 코뿔소, 가슴의 들소, 머리의 사자를 모두 기동시켰다. 자신의 몸이 부풀어올라 그대로 터져버리는 것은 아닐까 불안감이 들 정도로 몸 안에서 폭발적인 힘이 넘쳐났다.

"카아아아아아아아아아아아!!!"

몸속에서 타오르는 열을 입으로 토해내며―― 발을 내디뎠다.

여섯팔 최강인 제로의 공격. 그것은 정면으로 내지르는 주먹 일격. 아무런 페인트도, 아무런 트릭도 없는, 그저 단순한 정권지르기였다. 그러나 여기에 담긴 힘은 상상을 초월했다.

샤머닉 어뎁트만이 아니라 다종다양한 몽크 계열 클래스

에서 취득한 스킬, 여기에 많은 매직 아이템으로 강화된 압도적인 속도와 주먹의 파괴력.

너무나도 빠르기에 제로조차 제어가 어렵다. 정면으로 파고들며 온 힘을 다해 내지른다는 공격수단에 특화했기에 간신히 기술로 삼을 수 있었던 그런 일격이다. 최고의 히든카드를 보여주었다는 데에 망설임은 없었다. 이 기술은 단순하면서도 무적이다. 잔재주로 깨뜨릴 수는 없으리라는 절대적인 자신감이 있었다.

제로는 온갖 것들을 멀찌감치 추월하는 기분을 느꼈다. 감각이 늘어나고, 자신이 뒤로 밀려나는 듯한 기분으로 한 걸음, 그리고 두 걸음 나아갔다.

"————위!"

누군가가 외쳤다.

그래 봤자 늦었다.

눈 한 번 깜짝할 사이에 세바스의 앞에 도달해, 완벽한 체중 이동과 함께 극한까지 힘을 실은 오른손 정권지르기가 뿜어져 나갔다.

너무나도 빨라 뻣뻣이 서 있을 수밖에 없는 세바스를 본 제로에게 웃음이 번졌다. 여섯팔 최강인 자신과 싸운 어리석음을 후회하라고.

"————험!"

세바스의 무방비한 복부에 주먹이 박혔다. 완벽하게 들어갔다.

　폭발하는 듯한 파워가 휘몰아치고, 알맹이가 들어 있지 않은 인형처럼 세바스의 몸은 지극히 가볍게 뒤로 날아간다.
　바닥에 내동댕이쳐지고, 그래도 파워를 상쇄하지 못해 그 기세 그대로 굴러간다.
　꼼짝도 하지 않는다. 즉사다.
　아니, 그것이 당연하다. 이미 내장은 모조리 터지고 짓이겨져 액체 상태로 바뀌었을 것이다. 인간의 모습을 유지하는 것은 바깥쪽뿐.
　그야말로 제로의 최강 기술. 일격필살이란 개념을 구현한 마의 기술.

　——그렇게 되었어야 했다.
　그러나 세바스는—— 제자리에 선 채 꿈쩍하지도 않았다.
　제로가 모든 힘을 담은 주먹을, 정면에서 복부만으로——
자신의 근육만으로 받아냈다.
　누가 보더라도 믿을 수 없는 광경이었다. 이제는 상식의 범주에도 들어가지 않는 광경이라 할 수 있다.
　두 사람의 육체가 보여주는 차이는 명백했다. 그러나 결과는 완전히 반대였다.
　그 자리에 있던 사람들 중에서도 가장 이 결과를 믿을 수 없던 것은 물론 제로 본인이었다. 자신의 최대 일격. 이를 받고도 멀쩡한 생물이 있을 리가 없다. 실제로 이제까지 그 러했다. 그렇게 생각했음에도 현재의 결과가 있으니, 눈앞으로 시커먼 것이 지나가는데도 움직일 수가 없었다.

세바스의 다리가 하늘 높이 올라갔다. 제로의 코끝을 스치며── 물 찬 제비 같은 움직임으로.

높이, 높이 올라간 다리는 기세를 담아 떨어졌다.

발꿈치 내려차기.

그렇게 불리는 기술이었다. 다만 속도와 여기에 담긴 위력은 보통이 아니었다.

"……뭐냐, 넌."

제로가 중얼거리고, 세바스가 입술을 살짝 틀어올렸다.

'우둑' 혹은 '와직' 처럼 들리는 소름끼치는 소리가 울려 퍼졌다. 수백 킬로그램이나 되는 중량에 짓이겨진 것처럼 머리는 부서지고 목과 등뼈는 어이없이 부러지며 제로가 바닥에 무릎을 꿇었다.

실내가 정적에 휩싸였다.

그 방에 가득 찬 공기를 한 마디로 표현하자면 '머엉' 이었다. 질퍽하게, 제로의 짓이겨진 머리가 있던 곳에서 흘러 나오는 피를 피하듯 발을 옮기면서 세바스는 제로의 주먹이 꽂혔던 곳을 툭툭 털었다.

"휴우, 위험했군요. 경고가 늦었더라면 죽었을 겁니다."

거짓말하고 있어! 경고를 누가 했다고!

그 자리에 있던 세 사람——어쩌면 트알레도 그랬을지 모른다—— 모두가 입에는 담지 않았지만 마음속으로 똑같이 외쳤다.

"덕분에 살았습니다, 클라임 군."

"———해…… 아, 어…… 네에."

'위험해'의 '해' 모양으로 입을 벌렸던 클라임은 쭈뼛쭈뼛 세바스의 감사를 받아들였다. 이제는 정신적인 충격 때문에 무슨 말을 해야 좋을지도 알 수 없었다.

"보아하니 제가 아주 조금 더 강했던 모양이군요."

세바스가 손가락과 손가락 사이를 살짝 벌렸다. 그 손가락의 간격이 세바스와 제로 두 사람의 차이라는 소리이겠지만, 동의하는 사람이 있을 리 없었다.

조금은 무슨 조금이야.

그 자리에 있던 모두가 조금 전과 마찬가지로 똑같은 생각을 했다.

"어찌 됐든 그녀는 무사히 구해냈으니 철수하는 것이 좋겠습니다."

"어, 아니, 저기, 다른 여섯팔은…… 정말로?"

"네, 모두 죽였습니다. 수가 많고 게다가 다들 강적이어서 봐줄 만한 여유가 없었던 것이 조금 후회되는군요."

"그, 그렇군요. 어쩔 수 없는 일이니 너, 너무 상심하지 마십시오."

세 사람의 시선이 일제히 바닥에 쓰러진 제로의 시체로 움직였다. 거짓말이라는 소리는 입이 찢어져도 할 수 없었다.

"이, 일단, 병사들을 불러서 이 건물을 수색하죠."

원래 그들은 이 건물을 수색하기 위해 온 것이었다. 세바스의 힘으로 상대의 중요 거점 하나를 깔끔하게 청소했다는 것은 있을 수 없을 정도로 큰 행운이었다. 그뿐 아니라 그의 발언이 진실이라면 —— 틀림없이 진실이겠지만 —— 여덟 손가락의 최강 전투력을 괴멸시켰다는 엄청난 전과가 함께 따라온 것이다.

다른 어떤 조보다도 훌륭한 결과를 냈다고 할 수 있으리라. 제로라는, 유일하게 조직을 자세히 아는 자가 죽어버린 것은 마이너스 요소가 되겠지만 애초에 생포가 불가능한 인물이었으므로 그것은 이론상의 손실일 뿐이다. 여기에 트집을 잡는 자는 천하의 명청이일 것이다.

클라임이 아주 조금 흥분한 목소리로 말하고, 브레인과 도적도 지당한 말이라는 표정으로 고개를 끄덕였다. 하지만 혼자 떨떠름한 표정을 지은 인물이 있었다.

"왜 그러십니까, 세바스 님?"

"아, 아니오, 조금 마음에 걸리는 것이 있어서……. 그 전에, 이곳은 공기가 별로 좋지 못하군요. 밖으로 나가지 않으시겠습니까?"

"예, 그렇군요."

제로의 시체와 트알레를 번갈아 바라보며 모두 세바스의 의견에 동의했다.

세바스는 감방 입구에 있던 트알레에게 다가가더니 그녀를 안아들었다. 살집이 별로 없어 뼈와 가죽밖에 없는 하얀 발이 허공을 차듯 바동거렸다. 트알레의 가느다란 팔이 세바스의 옷을 꽉 붙잡는 것이 눈에 뜨였다.

집사와 메이드. 단순히 그런 관계만은 아니리라는 분위기가 느껴졌다.

'두 분의 관계에 흥미를 품다니, 천박한 생각은 그만두어야지. 어떤 관계든 상관없잖아.'

"자, 그럼 가시지요."

클라임은 선언하고, 대답을 기다릴 것도 없이 선두에 나서서 걸었다.

나머지 셋도 그 뒤를 따랐다. 조사는 세바스 일행과 헤어진 다음에 해도 되고, 도중에 만일 누군가에게 습격을 당한다 해도 트알레를 안아 두 손을 쓰지 못하는 세바스를 대신해 싸우리라고——필요 없을 가능성이 매우 컸지만——긴장을 했지만, 그럴 걱정은 없었다.

침입했을 때는 인기척이 있던 건물 내부에 이제 사람이 있는 분위기가 전혀 느껴지지 않았다.

냉정하게 생각해 보면 세바스가 여섯팔을 쓰러뜨린 시점

에서, 이 건물에 머물며 세바스와 싸우려는 용사가 있을 리 없었다. 모두 도망쳤을 가능성이 매우 크다. 정말로 그랬을 경우 밖에 남아 있던 사람들이 생포해 주면 고맙겠다고 생각하며 건물을 나갔다.

해방감에 어깨가 가벼워졌다.

그런 클라임의 어깨를 누군가가 툭툭 두드렸다. 도적이었다. 그는 전혀 이상한 방향으로 시선을 고정하고 있었다. 눈을 크게 뜬 옆얼굴은 세바스가 제로를 일격에 물리쳤을 때의 표정과 흡사했다.

그의 시선을 따라가본 클라임도 역시 눈을 크게 떴다.

"불꽃의 벽?"

브레인의 속삭임에 클라임은 고개를 끄덕였다.

가옥이 불타오르면 불기둥이 생길 것이다. 그런 불꽃이라면 클라임도 결코 이렇게까지 놀라지는 않는다. 하지만 높이 30미터가 넘는 거대한 불꽃의 벽이 왕도의 한 구역을 에워싸듯 솟아난 것이다. 길이로 따지면 몇 킬로미터는 될 것 같았다.

"무엇일까요, 저것이."

의아하기는 해도 별로 긴장감이 없는 세바스의 목소리에 세 사람은 정신을 차렸다.

"어떻게 할까, 조장. 저쪽은 창고 구역인 것 같은데, 누가 담당이었더라?"

"청장미의 리더 알베인 님이에요. ……긴급비상사태라 판단하고, 현재까지의 모든 계획을 파기한 후 지시대로 왕성까지 철수하겠습니다. 그 후에는 상부의 판단을 따르지요."

"그게 제일 좋겠구만. ……아, 세바스 님은……."

"저는 트알레 양을 안전한 곳으로 모시고 가겠습니다. 두 번 다시 이런 일이 일어나지 않도록."

"알겠습니다. 세바스 님, 어제에 이어 오늘도 정말 고맙습니다."

"마음에 두실 것 없습니다. 피차 목적이 일치했기에 협조했을 뿐이니까요. ……트알레 양을 구해 주려 하신 은혜는 언젠가 반드시 갚겠습니다. 그러면 이만 실례하겠습니다."

9장 얄다바오트

Chapter 9 | Jaldabaoth

1

그 여자는 갈증을 느꼈다.

킹사이즈 침대 위를 구물구물 움직여 침대 한편에 놓인 물 주전자에 손을 뻗었지만 그 손은 허공을 갈랐다.

그리고 오늘은 물주전자를 놓아두지 않았음을 떠올리고 혀를 찼다.

"후아암."

하품이 새어나왔다. 그녀는 노인처럼 일찍 자고 일찍 일어 나는 습관이 있었지만 잠든 것은 한 시간쯤 전이었다. 이래서는 잠이 부족해도 너무 부족했다.

침을 삼키고 목에 손을 가져갔다. 끈적거리는 감촉에 물을 마셔야겠다고 침대에서 내려왔다. 근처에 있던 두툼한 로브를 걸쳐 알몸을 감추고 슬리퍼를 끌며 방 밖으로 나갔다.

이 저택은 마약거래 부문장인 그녀—— 힐마가 왕도에 마련해둔 본거지였다. 수십 명이나 되는 부하들이 바삐 일하고 있을 테지만 지금은 아무도 없는 것처럼 조용했다.

힐마는 고개를 갸웃거리면서 복도를 걸었다. 귀족들이 모이지 않을 때면 이 저택은 잠잠하다. 하지만 그렇다 쳐도 너무 조용한 것 아닐까.

이 저택에 귀족을 부르는 것은 연줄을 만들기 위해서다.

귀족의 경우 적자여도 가문을 잇는 시기는 매우 늦다. 대체로 서른 살은 넘어야 한다.

그동안 마음대로 쓸 수 있는 돈은 아버지인 당주에게 얻을 수밖에 없다. 결혼하여 자식까지 얻었을 나이가 된 어른이 말이다. 그렇기에 그런 자들을 이 저택에 불러들여 놀게 하는 것이다.

술과 여자, 마약 등을 제공하고 자존심을 간질여주는 말을 귓가에 속삭인다. 비슷한 처지를 가진 자들과의 만남을 주선하여 친근감을 가지게 한다. 이렇게 즐거움을 주어 우호 관계를 만드는 것이다.

수확의 시기는 그 귀족이 가문을 이었을 때. 만일 연을 끊겠다고 하면 채찍을, 더 도움이 될 것 같으면 당근을 준다.

그렇게 해 귀족사회에 한층깊이 파고드는 것이다.

조용한 복도를 따라 물을 찾아 걸었다.

조용하다고 나쁠 것은 없다. 그녀도 소란스러운 것보다는 정적을 사랑했다. 귀족들과 소란을 떠는 일은, 겉으로 드러낸 적은 없지만 진저리가 났다. 하지만 지금은 무언가가 이상했다. 너무나 이상했다. 한기가 드는 정적은 이 저택에 자신밖에 없는 것만 같은 감각마저 불러일으켰다.

"……어떻게 된 거야?"

호위병까지 힐마에게 아무 말 없이 어디론가 가버렸을 리가 없다. 소리를 질러 부를까 생각도 해 봤으나, 만일 모종의 이상사태라고 한다면 자신의 위치를 알려서는 안 된다. 방으로 돌아가 침대 안에 숨어버릴까 하는 생각도 들었지만 그래서는 너무 소극적이다.

움직여야 할 때 움직이지 않는 자는 먹이가 될 뿐이다. 그것이 그녀의 신조였으며, 이를 지켜왔기 때문에 고급 창부에서 여기까지 올라올 수 있었던 것이다.

아무도 없는 복도 좌우를 몇 번씩 바라보고, 역시 인기척이 없음을 확인한 그녀는 걸어가기 시작했다.

자신의 육감을 믿고 향한 곳은 그녀와 극히 일부 사람들만이 아는 비밀방이었다. 그곳에는 몇 가지 매직 아이템과 보석, 도주로가 마련되어 있다. 이곳은 왕도의 본거지이기는 하지만 거점은 왕도에만도 몇 곳이나 된다. 그곳으로 도망쳐야 할지도 모른다.

발소리를 죽이며 걷는 동안 힐마는 이변을 깨달았다.

"뭐야…… 이게."

나직했다고는 하지만 자신도 모르게 목소리가 새어나왔다. 힐마가 발견한 것은 창밖의 이상사태였다.

얇은 유리가 들어간 창문을 몇 겹으로 뒤덮은 것은 넝쿨이었다. 이 때문에 바깥의 조명이 거의 들어오지 못했다. 창문을 열려고 해도 꼼짝하지 않았다.

황급히 복도에 있는 다른 창문을 응시했다. 어느 것 하나 넝쿨로 뒤덮이지 않은 것이 없었다.

"뭐지? 대체 누가……."

잠들기 전에는 절대 이렇지 않았다. 겨우 한 시간 만에 자연스럽게 이렇게 될 리가 없다. 그렇다면 이것은 마법이다.

그럼 대체, 누구의 소행이며, 목적은 무엇이란 말인가.

전혀 감도 오지 않았다. 그래도 매우 위험한 상황임은 알 수 있었다.

"망할!"

욕설을 내뱉고 그녀는 종종걸음으로 뛰어나갔다. 로브 앞섶을 신경 쓸 여유는 없었다. 어쨌거나 한시라도 빨리 비밀 방으로 갈 생각이었다.

계단에 도착해 한 층 아래를 내려다보았다. 역시 조용했다.

넝쿨 틈으로 희미하게 새어 들어오는 야간 조명을 의지해 계단을 조심스레 내려갔다. 두꺼운 융단 덕에 발소리가 나지 않는다는 데 감사하며.

"——!"

1층에 내려가자마자 놀란 나머지 숨을 멈추었다.

복도에 서서 가만히 이쪽을 응시하는 사람이 있었다. 숫자는 하나. 어둠 속에 녹아드는 것처럼 서 있었지만, 도적 같은 자들이 그림자에 숨어 있는 것과는 달리 피부가 검기 때문에 그렇게 보였을 뿐이었다. 그것은 다크엘프. 좌우 색이 다른 눈동자만이 어둠 속에서 형형히 빛나는 것 같았다.

다크엘프는 몸에 두른 까만 천을 훌렁 떨어뜨렸다. 안에서 드러난 옷은 소녀의 것이었다. 손에는 까만 지팡이를 들고 윗눈질로 이쪽을 바라본다.

비밀방은 영문 모를 소녀의 뒤쪽에 있다.

저택 내부의 구조를 떠올리고, 각오를 다진 힐마는 조심스레 다가갔다.

어느 귀족이 가지고 놀기 위해 데려왔던 것일지도 모르지 않는가.

하지만 힐마는 자신의 어수룩한 생각을 즉시 내던졌다.

코코돌이 사로잡혔다는 소식에, 앞으로 어떻게 권력층이 움직일지 알 수 없었기에 안전한 장소로 피난할 준비를 하고 있었다. 그 상황에서 외부인을 데려오거나, 데려오고 나서 보고도 하지 않는 부하는 이 저택에 없다.

"저기, 아가씨……."

말을 걸던 힐마는 의아함에 눈살을 찡그렸다.

고급 창부로 지내면서 수많은 사람들을 만났다. 그 경험이 눈앞에 있는 것은 소녀가 아니라 소년이라고 말해 주었다.

의상은 매우 섬세해 일반인이 쉽게 손에 넣을 수 없는 것임은 명백했다. 힐마에게도 이런 고급스러운 옷은 없을 것 같았다.

한때는 토브 대삼림에 있었지만 이제는 왕국에서 모습을 볼 수 없는 다크엘프가, 성별과 다른 고급스러운 옷을 입고 있다.

만일 주위의 분위기가 이렇게까지 이상하지 않았다면 귀족의 퇴폐적인 취미를 만족시키기 위한 노예라고 판단했을 것이 분명하다.

"……꼬마야, 이런 데서 뭐 하는 거지?"

되도록 상대가 경계하지 않도록 천천히 다가갔다.

"아, 아줌마가, 이 저택에서, 제일 높은 사람이에요?"

아줌마라는 말에 불쾌감은 없었다. 이렇게 조그만 아이에게는 자신 정도 나이는 다들 아줌마일 테니까.

"아니——."

말하려다 입을 멈추었다. 불길한 느낌을 받았던 것이다.

그녀는 이제까지 무엇보다도 예감을 중시했다. 상식보다

도 예감을 믿으며 이제까지 살아왔다. 상식이 배신당했던 때도 이 예감만은 그녀를 배신한 적이 없었다.

"그! 그래, 내가 이 저택에서 제일 높은 사람이야."

"그, 그렇구나, 다행이다."

소년이 웃었다. 이런 상황이었지만 힐마의 가슴에서 아름다운 것을 더럽히고 싶다는 욕망의 불꽃이 타오를 정도로 순수한 웃음이었다.

"저, 저기요, 어, 이 사람들에게 물어본 게 잘못이 아니었나 보네요."

소년의 말에 반응하듯 근처의 문이 열렸다. 그곳에서 천천히 모습을 드러낸 여자가 있었다. 희한한 메이드복을 입은 소녀처럼 보였지만, 향수 대신 피비린내를 두르고 있었다.

힐마는 손으로 입을 막고 비명을 삼켰다.

메이드는 아담한 손에 남자의 팔을 늘어뜨리고 있었다. 그것도 어깻죽지에서 뜯어냈는지, 찢겨 나간 근섬유가 똑똑히 보였다.

"무, 무슨 짓을……."

"어, 어, 그러니까요, 이 저택을 습격하려는 사람들이 있는 것 같아서, 그 사람들이 오기 전에, 이것저것 해야 하니까요, 그래서, 데려왔어요."

"신경 쓰지 마세요오. 오랜만에에, 배불리 먹어서어, 저도 만족했거든요오."

입이 움직이지도 않았는데 말이 흘러나왔다. 매우 기묘한 일이었으나 그 이상으로 밀려드는 의문이 수없이 있었다. 특히 힐마의 몸을 떨게 했던 것은 뭘 배불리 먹었느냐 하는 수수께끼였다. 예상은 하지만 믿고 싶지는 않았다. 그런 마음으로 힐마는 물었다.

"저, 저저기, 나, 나도? 나, 나도 먹을 거야?"

"네? 저, 저기, 아니에요. 아줌마는 다른 거예요."

안도할 수는 없었다. 예감이 들었던 것이다. 더 비참한 운명이 기다리고 있다는.

"──저, 저기, 꼬마야. 나랑 좋은 거 하지 않을래?"

그녀는 걸친 옷을 어깨에서 미끄러뜨렸다.

그녀가 자랑하는 몸이다. 고급 창부로 일하던 무렵에는 어마어마한 가격에 남자들에게 몸을 내밀었다. 그 후로도 군살을 찌우지 않고 매력적으로 유지해왔다. 지금도 어떤 벽창호라도 동하게 만들 수 있다고 확신했으며, 아이라 해도 흥미를 가지게 할 수 있다는 자신이 있었다.

하지만 소년의 눈동자에 특별한 감정이 떠오르는 기미는 찾을 수 없었다.

곁에 있던 메이드보다도 매력에서 떨어진다는 사실은 인정한다. 그래도 자신은 은퇴했다고는 하지만 프로인 것이다. 그럴 마음이 없는 상대에게도 욕망의 불꽃을 지필 수 있다──.

뱀이 미끄러지듯 그녀는 몸을 우아하게 꼬며, 경계를 품지 않도록 천천히 다가갔다.

소년에게서 욕정의 빛은 느낄 수 없었다.

그렇기에 다른 수단으로 나섰다. 손을 천천히 소년의 목에 감듯 뻗어—— 매직 아이템을 기동시켰다.

독사의 문신Tattoo of Viper.

두 팔에 문신으로 새겨진 뱀이 입체화하더니 고개를 들고 소년의 몸에 이빨을 박기 위해 달려들었다. 강력한 신경독을 가진 뱀에게 물리면 즉시 경련을 일으키며 저세상으로 간다.

이것이 전투수단이 없는 힐마의 비밀병기였다.

그러나 소년은 채찍처럼 달려들던 뱀을 능숙하게 한 손으로 움켜쥐더니, 그대로 망설이지도 않고 쥐어 터뜨려버렸다.

독사의 문신은 휘리릭 힐마의 팔로 돌아갔다. 의태했던 실체가 죽어버렸기 때문에 회복할 때까지 하루 동안은 기동할 수 없다.

적대행동을 보였음에도 결과를 내지 못했다는 최악의 상황에 몰린 힐마는 비틀비틀 뒷걸음질 쳤다. 그러나 그런 것보다도 더 무서운 것은 일련의 행동을 보이는 동안 소년이 표정을 전혀 바꾸지 않았다는 점이었다. 공격을 받아도 당황하는 기색이 없었으며 적의조차 보이지 않았다.

"저, 저기요오, 그래서, 어, 갈 거예요."

어디로 간다는 말인가. 힐마가 의문을 품은 순간 무릎에 격통이 내달렸다. 너무나도 아파 서 있지 못하고 힐마는 바닥에 나뒹굴었다.

"아아아아아아아악!!"

고통 어린 소리를 지르고, 격통에 비지땀을 흘리며 자신의 무릎에 눈길을 돌렸다. 그리고 후회했다.

"다리, 다리, 다리가아아아!"

왼쪽 무릎이 반대 방향으로 꺾여 있었다. 그뿐이 아니라시뻘건 뼈가── 살을 뚫고 튀어나와 있었다.

힐마는 울부짖으며 믿을 수 없는 아픔이 휩쓰는 다리를 손으로 붙들려다가, 망설였다. 만지기가 두려웠기 때문이다.

그런 힐마의 머리카락을 소년이 와락 움켜쥐었다. 그리고 그대로 걸어간다.

겉모습으로는 상상도 할 수 없는 완력으로 질질 끌고 간다. 뚜둑뚜둑 소리를 내면서 엄청난 양의 머리카락이 빠져나가는 소리가 들렸지만 소년은 개의치도 않았다.

"아파! 아파! 이러지 마!"

힐마의 비명에 소년은 슬쩍 한 번 쳐다봤을 뿐 발을 멈추려고도 하지 않았다.

"어, 얼른 가야 한다니까요!"

2

하화월(9월) 4일 22:20

저택 습격을 마친 엔토마 바실리사 제타는 문을 통해 밖으로 나왔다.

다리에 달라붙어 따라온 종이를 주워 구겨서 저택 안으로 집어던졌다.

당초 예정은 저택 안의 인간을 소탕하고, 중요 서류며 금전적 가치가 있는 것들을 회수해 철수하는 것이었다. 가능하다면 길 떠나는 철새처럼 흔적을 남기고 싶지 않았지만, 자료를 분류할 시간이 없어서 닥치는 대로 회수한 결과 마치 빈집털이가 지나간 듯한 참상이 벌어졌다.

다만 그 자체는 문제가 없었다. 원래 엔토마나 마레를 이곳에 파견한 데미우르고스는 그럴 가능성도 없지는 않으리라고 말했기 때문이다. 문제는 예정 시간을 대폭 오버하고 말았다는 점이었다.

두 사람과 동행한 악마들의 모습은 이미 이곳에 없었다.

마레는 이 저택의 최중요 인물을 데리고 한발 먼저 집합 지점으로 향했다. 서번트 악마들은 시간을 오버한 원인이었던 어마어마한 짐을 지고 모두 이곳을 떠났다.

그렇다. 계산이 틀어진 이유는 철수 시간 직전이 되어서야 지하를 발견하고 말았기 때문이다. 그곳에 밀수품이며 불법으로 보이는 약물이 잔뜩 보관되어 있었기 때문이다.

회수작업은 좀처럼 진척을 보이지 못했다.

우선 지하는 수많은 방으로 분류되어 있었으며, 잡다한 짐을 잔뜩 쌓아두고 그 안에 값비싼 물품을 놓아두는 은폐 공작을 해놓았다. 그야말로 나무를 감추려면 숲 안에 감추라는 원칙에 충실했다. 아무리 엔토마나 악마들이라 해도 모든 짐을 다 가지고 나가기란 불가능했다. 그렇기에 숲속에서 향나무 한 그루를 찾아내는 작업이 필요했다.

만일 이곳에 마레가 데려간 인간이 있었다면 문제가 더 빨리 해결됐을 것이다. 그러나 이미 배는 떠난 다음이었다.

엔토마나 악마들은 짐을 조사하며 쓰레기라 판단한 것을 방 하나에 몰아넣는 수단을 취했다. 이것은 인간을 아득히 능가하는 근력을 가진 무리에게도 귀찮은 작업이었다. 그 대신 노력한 보람이 있어서 지하에 놓여 있던 값진 것들은 모두 챙겼을 것이다.

책임자로 마지막까지 남아 있던 엔토마는 일을 성취한 자에게만 허용되는 태도로 밤하늘을 올려다보며 이마의 땀을 닦는 시늉을 했다. 땀 따위 한 방울도 흘리지 않았지만 그녀의 마음은 그런 기분이었다.

"좋아. 그러며언, 다들 서둘러 짐을 옮겨줘."

엔토마의 지령에 따라 수많은 짐을 짊어지고 인간보다도 커다란 벌레들이 밤하늘로 날아올랐다. 충사(蟲師)의 능력으로 불러낸 거대곤충Giant Beetle이었다.

중저음 날갯소리를 내며 벌레들은 일직선으로 예정지를 향해 허공을 날아갔다.

벌레들이 짐을 옮기는 모습을 지켜본 엔토마는 한 손에 들고 있던 것의 존재를 떠올렸다.

"아, 이거 안 먹고 있었네에. 나도 차암."

따꽁 하고 짐짓 자신의 머리를 쥐어박는 시늉을 하더니, 뜯어낸 남자의 팔을 턱 아래로 옮겼다. 으드득 으드득 소리를 내며 사내의 팔이 사라져간다. 그에 맞춰 엔토마의 목이 움직였다. 끄윽, 귀여운 트림과 함께 피비린내가 퍼져갔다.

"여자의 기름 오른 부드러운 고기도오, 아이들의 기름기 없는 고기도 좋지마안, 다이어트에는 역시 근육질 남자 고기지이."

뼈 부분을 재주 좋게 피하며 어느 정도 다 먹어치우자 팔을 저택 안으로 휙 내팽개쳤다.

"잘 먹었습니다아."

건물을 향해 꼬박 고개를 숙이고, 뒤늦게나마 명령을 받았던 곳으로 이동을 개시한다. 그러나 몇 걸음 가지 못했을 때 누군가가 말을 거는 바람에 발을 멈추었다.

"여어, 좋은 밤이지?"

"······좋은 밤인가아? 당신에게는 전혀 좋지 못한 밤일 것 같은데에?"

어기적어기적 모습을 나타낸 것은 남자인지 여자인지 판단하기 어려운 인간이었다. 여자인 것 같기도 했지만 체격이 너무 좋아 남자라고 생각하는 편이 옳을 것 같았다.

"넌 이런 데서 뭐 하는 거냐?"

"산채액."

"······뭘 맛나게 오독오독 먹고 있었지?"

"고기이."

"··········인간 고기?"

"맞아아. 인간 고기이."

남자 같은 여자의 목소리에는 싸늘한 감정이 묻어났지만 엔토마는 신경 쓰지 않았다. 인간이 무슨 감정을 품든 엔토마가 신경 쓸 이유가 없었다. 방해되면 짓밟고, 방해되지 않으면 무시하고, 배가 고프면 잡아먹는 그런 존재를 신경 쓰는 것이 이상하지 않겠는가.

"과연. 괴물이 등장하셨다 이거지. 여덟손가락이 몬스터까지 기르는 줄은 몰랐는걸. 사육에는 실패한 모양이지만."

남자 같은 여자는 천천히 워피크를 들었다. 그런 모습에 엔토마가 처음으로 난감한 목소리를 냈다.

"저기 말야아. 우리 서로 못 본 걸로 하지 않을래에?"

남자 같은 여자의 얼굴에 이상한 표정이 떠올랐다. 설마 그런 소리를 들을 줄은 몰랐던 것이리라.

"나도 일 때문에 온 거고오, 너 상대하기도 귀찮거드은. 게다가 지금은 배가 부르고오."

"……미안하다. 나도 왕국에서 최고 소리를 듣는 모험자라 식인괴물을 오냐오냐 내버려둘 수는 없거든. 인간 세계에 너 같은 놈이 있으면 곤란해서."

"귀찮게시리이. 그래도 강하구나아. 그러며언, 보존식으로 만들어놓을까아."

처음으로 엔토마는 남자 같은 여자를 정면으로 바라보았다.

순수한 전사처럼 보였다.

'으음~ 꽤 강하려나아.'

엔토마는 순수한 전사가 아니므로 상대의 강함을 간파하는 능력이 별로 없다. 그래도 자신보다 강할 것 같지는 않았다.

"으라아!!"

남자 같은 여자가 달려왔다. 그리고 높이 쳐든 워피크를 내리찍었다.

엔토마는 우아한 동작으로 회피했다. 하지만 이를 따라오듯 중간에 각도를 급격히 구부리며 워피크가 짓쳐들었다. 원심력을 이용한 물 흐르는 듯한 이동이 아니라 압도적인 근력을 이용해 억지로 방향을 뒤튼 일격이었다.

다시 회피하며 엔토마는 스킬을 발동했다.

"아앙?! 도망치기만 하냐!"

워피크를 휘두른다. 바람을 일으키며 머리 위를 지나가 엔토마의 가짜 머리카락이 흔들렸다.

"아항, 붕붕 휘두르는 걸 좋아하는구나아?"

조롱하는 목소리에 돌아온 것은 혀 차는 소리였다. 엔토마가 다시 스킬을 발동시킨 것과 동시에 위에서 워피크가 날아들어 이를 어려움 없이 회피했다. 목표를 잃은 워피크는 그대로 기세를 죽이지 못한 채 바닥에 꽂혔다.

연거푸 작업처럼 날아든 공격에 엔토마는 조소를 보냈다.

얼굴은 전혀 움직이지 않았다. 그러나 조소의 분위기는 싸우는 상대이기에 강하게 전해졌다.

그러나 상대가 바로 그—— 압도적인 강자이기에 보인 방심을 노렸음을 엔토마는 다음 순간 깨달았다.

"부서져라아!"

워피크가 꽂힌 곳을 중심으로 단숨에 대지가 무너졌다. 아니, 돌바닥이 사방으로 부서진 것이다. 마치 그곳에만 대지진이 일어난 것 같았다. 처음으로 엔토마의 자세가 크게 흐트러졌다. 반면 상대는 무언가 매직 아이템의 효과라도 있는지 완벽하게 균형을 잡고 있었다.

엔토마는 끄트머리가 흙으로 지저분해진 워피크가 허공으로 올라가는 모습을 보았다.

방심했다.

엔토마는 자신을 질타했다.

회피하기는 쉽다. 물론 인간이라면 발밑이 단숨에 파괴되어 균형을 잃은 데다 발에 전해지는 대지의 파괴에서 발생하는 충격파의 2단 속박에서 벗어나기 어려울 것이다. 그러나 엔토마는 전투 메이드 플레이아데스이며, 온몸에 걸친 매직 아이템은 고위에 속한 것뿐이다. 이 상황에서조차 그 어떤 위기도 느끼지 않았다.

문제는 단 하나.

회피할 때는 아무래도 뒤로 뛰어 물러나야만 할 텐데, 그때는 자신이 입은 메이드복을 더럽히게 되리라는 것이었다. 그런 일이 용서받을 수 있을까? 지고의 존재가 엔토마에게 내려준 최고의 의상인데.

이젠── 관둘래.

엔토마는 가면 안의 진짜 얼굴에 처음으로 적의를 드러냈다.

이젠 관두겠다.

──죽일 거야.

인간이 버러지를 떨쳐내는 기분이 아니라, 살의라 불리는 감정을 품은 엔토마는 머리 위에서 날아드는 워피크에 왼팔을 들었다. 계층수호자 클래스라면 몰라도 엔토마가 아무것도 들지 않은 왼팔로 이를 막고 멀쩡할 수는 없었다.

그리고 강철이 살점을 짓이기는 소리 대신 단단한 물건끼리 부딪치는 소리가 울려 퍼졌다.

엔토마의 왼손. 여기에는 이제 방패 하나가 달라붙어 있었다. 달라붙었다는 것은 비유적 표현이 아니었다. 여덟 개도 넘는 다리를 가진 벌레가 엔토마의 팔에 단단히 달라붙어 있었던 것이다.

"뭐, 야, 그게?"

"난 있지, 충사거드은. 그러니까 이렇게 벌레를 불러서어, 사역할 수 있는 거야아."

오른팔을 옆으로 흔들자 어둠 속에서 날아온, 브로드소드와도 비슷한 긴 벌레가 오른손 손등에 달라붙었다.

"검도충(劍刀蟲)하고 경갑충(硬甲蟲)이야아. 이젠 죽일래에. 진짜 죽일 생각은 없었는데에, 이젠 용서 안 할 거야아."

엔토마는 발을 내디뎠다. 그리고 일검.

남자 같은 여자의 갑옷을 가르자 피가 솟구쳤다. 그러나 치명상과는 거리가 멀다. 엔토마의 진심 어린 일격을 회피하기란 무리여도 경상으로 그쳤다.

조금 전 말했던, 왕국에서 최고 소리를 듣는다는 말은 허세도 과장도 아니었으리라. 하지만 그 정도라면 상대도 되지 않는다.

유리 알파와 같은 순수한 전투계는 아니지만 그래도 엔토마 바실리사 제타는 플레이아데스이며, 인간 따위 상대도 되지 않는 힘을 지녔다.

제2격을 휘둘러, 다시 솟아난 피를 얼굴에 뒤집어썼다.

이번 일격은 조금 전의 손상 탓에 더 깊어 경상으로 그치지는 않았다.

"움직임이 변했구만! 이제 진심이라 이거지!"

노성과 함께 수직으로 날아든 워피크를 엔토마는 경갑충으로 튕겨냈다. 놀랄 만한 충격이 전해졌지만 다리에 힘을 주고 한 걸음도 물러나지 않았다. 움직여도 되기는 하지만 인간 따위에게 밀린다는 것이 아니꼽다는, 그녀 나름의 자존심을 드러낸 것이었다.

남자 같은 여자는 그대로 기세를 죽이지 않고 물 흐르는 듯한 움직임으로 연격을 뿜어냈다. 질풍노도의 공격은 아마 이 세계 특유의 '무투기' 라는 기술에 지원을 받았을 것이다.

그러나 엔토마는 경갑충과 검도충을 능숙하게 구사해 15연속 공격을 찰과상 하나 없이 모조리 막아냈다.

엔토마는 몰랐지만 이것이야말로 청장미 소속 가가란의, 여러 무투기를 동시에 발동해 뿜어내는 절기. 초급(超級) 연속공격이었다. 노도와도 같은 연격은 하나하나가 굵은 팔이 온 힘을 다해 뿜어낸 것이므로, 〈요새〉 무투기마저 넘어서 일부의 천재만이 습득할 수 있는 방어 무투기 〈불락요새〉가 아니고서는 견뎌내지 못한다. 그러나 엔토마는 이것을 타고난 근력으로 모두 막아냈다.

이것이 레벨의 차이이며, 종족 간의 압도적인 육체능력 차이였다.

처음으로 눈앞의 적에게 절망이 떠올랐지만 엔토마는 역시 아무런 감정도 느끼지 않았다. 그저 죽이겠다는 생각뿐이었다.

──푸하!

수면에 떠올랐을 때의 호흡소리와도 비슷한 소리가 들렸다. 그와 동시에 연속공격이 멎었다. 엔토마는 오른손──검도충을 활시위처럼 끌어당겨 화살처럼 내질렀다. 목표는 가슴.

워피크가 올라오고는 있지만 거북이처럼 느리다. 그보다도 먼저 엔토마의 일격이 가슴을 꿰뚫──

──어야 했다.

칼날은 허공을 갈랐다. 충검(蟲劍)은 아무런 목표도 포착하지 못한 채 어둠만을 꿰뚫었다.

빙글. 엔토마의 얼굴이 움직였다. 쓸데없는 짓을 한 난입자를 눈으로 좇기 위해서였다.

몇 미터도 넘게 떨어진 곳에는 까만 옷을 입은 여자가 있었다. 그 뒤에서는 숨을 헐떡이는 남자 같은 여자의 모습.

"고마워, 티아. 죽는 줄 알았어."

"가가란에게도 붉은 피가 흐르는구나."

"뭘 놀라고 있어, 너. 다치는 걸 몇 번이나 봤으면서."

"이젠 슬슬 파란 피가 흐르지 않을까 생각했거든. 파워업."

"파워업이 아니라 그건 종족이 바뀌는 거지!"

"그럼 클래스 체인지."

엔토마는 명랑한 대화가 들려 짜증을 느꼈다. 강자는 자신이며, 여유를 보여도 되는 것 또한 자신이어야 했다. 상대는 자기들의 처지를 이해해야 했다.

"──슬슬 시작해도 될까아? 작별 인사는 다 끝났으려나아?"

엔토마는 처음으로 자세를 잡았다. 남자 같은 여자── 가가란은 무서운 상대가 아니다. 그러나 문제는 새로 나타난 ── 티아였다. 그녀의 옷이 패션이 아니라면 정체는 닌자. 누적 60레벨을 달성해야 선택이 가능한 클래스다.

그렇다면 가가란을 엔토마의 일격에서 구한 전이의 정체는 인술(忍術).

정말로 닌자라면 아무리 엔토마라 해도 쉽게 이기기란 어렵다. 힘을 아껴둔 채 끝내고 싶었지만 이제는 그런 소리를 할 상황이 아니었다.

"식신거미 부저억!"

상대가 움직이기도 전에 엔토마는 오른손에 쥔 부적을 네 장 뿌렸다.

부적은 지면에 떨어진 순간 커다란 거미로 모습을 바꾸었다.

〈제3위계 괴물 소환Summon Monster 3rd〉으로 소환된 것과 같은 정도이므로 강한 몬스터는 아니지만 상대의 힘을 조금이라도 판명할 수 있다면 만만세다. 게다가 전투준비를 갖출 시간도 벌 수 있다.

사실 충사의 벌레 무기는 강한 대신 몇 가지 단점이 있다.

그중 하나가 불러낼 때까지 다소 시간이 걸린다는 점이었다.

"영지분신술(影枝分身術)."

티아의 인술 발동에 맞춰 그림자가 꿈틀거리더니 또 한 명의 티아가 생겨났다.

엔토마는 여기에는 주의를 기울이지 않았다. 영지분신술로 만들어낸 그림자는 술자의 4분의 1 정도의 힘밖에 없다.

유일하게 회피력만은 나누어 준 마력의 양에 비례하지만, 그게 끝이다. 식신거미에게는 강적일지 몰라도 엔토마에게는 적이 될 수 없다.

그보다도 문제는 본체의 전투능력이 어느 정도인가 하는 점이다. 엔토마는 히든카드인 강탄충(鋼彈蟲)과 또 한 종류를 불러냈다. 이와 동시에 부적을 자신에게 붙여 강화를 시작했다.

어디선가 모여든 강탄충이 왼팔을 뒤덮었다.

3센티미터 정도 되는 벌레는 강철색으로 빛났고, 가운데가 솟아난 체구는 끄트머리가 뾰족해 라이플 탄의 형태와 매우 비슷하다. 아니, 비슷한 것도 당연하다. 이 벌레의 사용법은 바로 그것이기 때문이다.

분신은 식신거미 한 마리의 공격을 회피하는 것이 고작이라 본체가 두 마리와 싸우고 있었다. 이만한 시간이 걸렸는데 한 마리를 해치웠을 정도라면 절대 고레벨은 아니다. 그렇다면 가가란의 전투능력을 더한다 쳐도 승리는 흔들림이 없을 것이다.

'――라고 내가 생각할 리가 없잖아아.'

가차 없이, 압도적으로, 단기에 결판을 낼 것이다.

왼팔에 모여든 무게에 만족하며 엔토마는 왼손 손가락을 티아에게 내질렀다.

엔토마의 팔 두 배 굵기까지 뒤덮은 벌레들이 일제히, 손목에서 손가락으로 이동을 개시했다. 그리고 앞다투어 손끝에서 날아간다. 연속으로 들리는 날갯소리가 개틀링건을 연상케 했다. 사선 위에 있는 아군 식신거미를 가차 없이 꿰뚫으며 티아를 향해 총 150마리의 벌레가 쇄도했다.

강철에도 파고드는 벌레들을 한꺼번에 150마리나 맞으면 거목조차 깎여나가 쓰러진다. 그러나 밀려드는 죽음의 탄환을 앞에 두고 티아는 인술을 발동했다.

"부동금강순술(不動金剛盾術)!"

티아의 눈앞에 일곱 색깔로 빛나는 눈부신 방패가 나타났다. 어둠을 가르듯 번쩍이는 거대한 육각형에 벌레들이 격돌했다. 방패는 몇 초도 지나지 않아 맑은 유리 소리를 내며 깨져나갔지만, 그때 이미 벌레 탄환의 비는 그쳤고 뒤에 있던 티아는 멀쩡했다.

혀는 없지만 혀를 차는 엔토마. 그러나 상대의 히든카드를 한 장 또 한 장 없애는 전황은 승리의 길을 형형히 비추어주는 것이나 마찬가지. 지금은 이쪽의 공격에 대처하고 있지만, 엔토마의 공격이 상대의 것을 웃돈 순간 제방을 무너뜨린 탁류는 모든 것을 집어삼킬 것이다.

전방에서 날아오는 쿠나이를 벌레 검으로 튕겨내고——위에서 뛰어드는 가가란의 일격을 벌레 방패로 막아낸다. 어지간히 높은 곳에서 뛰어내렸는지, 경갑충이 제법 큰 기세를 받아내며 비명 같은 울음소리를 냈다.

부동금강순의 눈부신 광채에 환혹당했다면 어둠 속에서 달려든 가가란의 공격을 막지 못했을 것이다. 하지만 엔토마의 시각은 그 정도로 영향을 받거나 하지 않는다. 게다가 시야 또한 인간보다도 훨씬 넓다. 이것을 뒤집어쓰고 있어도 마찬가지였다.

추격타는 위험하다고 판단했는지, 호면을 미끄러지는 듯한 움직임으로—— 발을 거의 움직이지 않고 가가란이 간격을 벌렸다. 거구이면서도 가벼운 몸놀림은 상처가 완전히 아물었다는 증거였다. 티아의 옆에 선 가가란의 발밑에서 강탄충들의 시체가 밟혀 으스러져 으직으직 메마른 소리를 냈다.

"어쩌냐. 이길 거란 자신이 요만큼도 안 드는데. 뭐야, 저 거. 완벽한 타이밍이잖아? 이쪽을 보지도 않고 막았어."

"시야가 넓은 걸까?"

"그렇다기보단 좀 더 다른 뭐겠지. 충사인지 뭔지 하는 능력, 어쩌면 마법으로 특수한 지각을 가졌을지도 모르겠어. ……그건 그렇다 쳐도 압도적으로 유리한 저 녀석이 우리가 말하는 동안 공격하지 않는 이유는 뭐지?"

"짐승은 상대의 강함을 판별한 다음 급소를 물지."

"그렇구만. 우리가 서랍에 담아둔 것들을 모조리 보려 한단 말이지. 우리 꼬맹이하곤 달리 신중파란 정말 성가시구만."

"인간이라고 우습게보면 안 되잖아아? 뭐, 달리 이유가 있긴 하지마안…… 아, 됐다. 이젠 잔챙이 벌레는 필요 없어."

엔토마의 오른팔에 붙어 있던 벌레는 지면에 떨어지자 그대로 바스락바스락 어둠 속으로 사라졌다.

"대시인…… 이리 오온."

자유로워진 팔에 벌레 한 마리가 달라붙었다. 그것은 지네 같은 벌레였다. 아니, 지네 그 자체에 가까웠다. 10미터를 넘는 길이나, 끄트머리의 얼굴에 해당하는 부분에 기이할 정도로 날카로운 이빨이 달린 점을 무시한다면.

이것이야말로 그녀가 충사로서 불러낼 수 있는 최강의 벌레, 천편충(千鞭蟲)이었다.

엔토마는 발에 힘을 주기 시작했다.

눈앞에 있는 인간들의 공격속도, 파괴력, 방어력, 회피력, 이동력 등 대부분의 정보는 모였다. 오로지 티아의 상황대응력이 불명확했지만 두려워할 정도는 못 된다.

"아이쿠우."

엔토마는 얼굴 아래에 손을 가져갔다. 투명하고 끈적끈적한 액체가 묻어나왔다.

"아까 배불리 먹었다고 생각했는데에, 운동한 탓에 배가 꺼졌나 봐."

손에 묻어나온 것은 그녀의 침. 이제는 먹이에 불과한 인간에 대한 욕구의 증거였다.

인간종이야말로 그녀가 선호하는 음식이었으나, 이제까지는 대용품인 그린 비스킷으로 욕구를 채울 수밖에 없었다.

물론 그렇다 해서 지고의 존재를 원망하지는 않았다.

그뿐이랴, 어느 마을에서 생포한 인간의 치유실험을 위해 잘라낸 팔을 먹어도 좋다는 허락을 내려주는 등 관대한 배려를 받았다고 생각할 정도였다.

그래도 그동안 욕구를 꾹 참았던 그녀에게 눈앞의 우수한인간들은 최고급 식량이었으며, 한입이라도 버릴 수 없었다.

엔토마의 굶주린 시선을 받은 두 사람이 몸을 떨고 있다.

강적에게서 뿜어져 나오는 살기에 겁을 먹은 것이 아니라, 포식생물의 표적이 된 생물의 생리적 혐오감에서 오는 떨림이었다.

"키이아아아아아아아아!!"

발포 스티로폴을 문질러대는 듯 찢어지는 포효를 지르며, 이번 전투가 시작되고 처음으로 엔토마가 먼저 공격했다. 포식자로서 먹이를 사로잡기 위한 움직임은 일직선이며, 엄청난 속도를 가졌다.

연속으로 날아드는 여섯 개의 쿠나이를 방패 벌레로 튕겨냈을 무렵 양측의 거리는 거의 없었다.

가가란이 앞에 나서며 무기를 든 모습을 본 엔토마는 처음으로 공격능력을 빼앗을 상대를 결정하고 오른손에 쥔 채찍을 휘둘렀다.

길면 길수록 끄트머리 부분의 속도는 둔중해지는 것이 당연하다. 엔토마 같은 초인적인 근력을 가진 자여도 마찬가지다. 그러나 그것은 보통 채찍을 휘두를 때의 이야기였다.

지금 사용하는 것은 엔토마가 충사의 능력으로 불러낸 최강의 벌레——.

원래 같으면 원을 그리며 짓쳐들 채찍은 있을 수 없는 움직임과 각도를 보였다. 엔토마의 팔이 늘어난 것처럼 예각으로 지그재그를 그리며 벼락같은 속도와 움직임으로 가가란에게 육박했다.

생물과 무기가 융합된 생물이기에 가능한, 이런 있을 수 없는 움직임은 온갖 미지를 접했던 모험자라 해도 보고 들을 기회가 없었으리라. 처음 보고 당황하는 것도 지극히 당연하다.

그러나 이를 회피할 수 있기에 아다만타이트 클래스——
최고위의 모험자.

간신히 회피한 가가란의 머리 바로 옆을 벌레 채찍이 내달
려 지나가고——.

"위험해!"

——티아의 절규와 함께 가가란의 몸이 튕겨 날아갔다. 그
것은 티아가 사용한 인술—— 폭염진(爆炎陳). 자폭을 각오
한 폭발과 불꽃이 두 사람을 에워싼 가운데 가가란의 머리
가 있었던 곳을 후방에서 180도 돌아온 천편충이 뚫고 지나
갔다.

자폭을 각오한 일격이 아니었다면 분명 가가란의 머리에
천편충이 박혔을 것이다. 좋은 회피수단이었다. 다만 엔토
마의 공격은 이것으로 끝나지 않았다. 마치 실로 이어진 것
처럼 천편충은 각도를 급격히 바꾸며 시커멓게 그을린 가가
란에게 육박했다.

동시에 엔토마는 티아를 향해 부적을 뿌렸다.

——뇌조부(雷鳥符).

부적은 공중에서 창백한 방전을 뿜어내는 새가 되어 티아
를 향해 날아갔다.

상대가 둘이라면 한쪽은 벌레에게 맡기면 된다. 그것이 가
능한 점이 충사의 장점이라 할 수 있다.

전격이 작렬하여 창백한 빛이 주위에 퍼지는 가운데 고통을

참은 티아와 천편충을 막아낸 가가란의 모습이 드러났다.

"망할! 꾸물거리는 것들은 질색이라고!"

천편충의 머리를 워피크로 누르면서 왼쪽 겨드랑이로 움직이지 못하게 고정하려는 가가란의 몸에 전장 10미터의 몸을 살려 휘감는다.

파고들며 뽑아 벤 티아의 단검과 엔토마의 방패 벌레가 격돌해 금속성을 냈다.

"뇌조난무부(雷鳥亂舞符)."

엔토마는 왼손으로 여러 장의 부적을 뿌렸다. 그것은 조금 전의 새보다도 약간 작은 것으로 변해 일제히 티아에게 비상했다. 그러나 티아의 모습은 사라져 새들은 목표를 포착하지 못한 채 뒤로 날아가버렸다.

엔토마의 등 뒤쪽, 시야 밖의 어둠에서 솟아나듯 모습을 나타내는 티아. 그림자를 이용한 단거리 전이였다. 그러나 엔토마는 이미 발견했다. 어떤 벌레들에게는 촉각이 있는데, 이에 가까운 기관으로 기류를 감지하는 것이야말로 엔토마가 보유한 또 다른 감각의 정체였다.

몇 마리 남겨둔 강탄충이 그림자에서 배어나온 티아를 향해 쏘아져 나갔다.

"크윽!"

고통 어린 목소리와 함께 신선한 피 냄새가 떠돌았지만 아직 전투의욕은 있다고 간주한 엔토마는 추격타를 가했다.

"폭산부(爆散符)."

티아가 조금 전에 일으킨 것보다도 격렬한 폭발이 밤의 정적을 깨뜨렸다. 멀리 날아가 땅바닥에 굴러간 티아에게 다시 부적을 날린다. 예참부(銳斬符), 충풍부(衝風符)였다. 일어날 기회를 잡지 못한 채 티아의 몸은 핏자국을 남기며 베이고 바람에 휘말려 날아갔다.

"티아! 저 망할 벌레 자식이!"

벌레 채찍에 완전히 에워싸인 구체 속에서 가가란의 욕설이 울려 퍼졌다.

원래 같으면 가가란이 천편충을 근력으로 누르고, 그 사이에 티아가 엔토마 본체를 상대하려는 계획이었으리라.

엔토마는 가면 밑에서 비웃었다.

너무나도 어리석다고밖에 할 수 없었다. 나자릭 지하대분묘 플레이아데스의 일원인 엔토마에게, 애초에 이 정도 인간이 이길 리가 없었다. 가장 올바른 선택은 인간을 먹는다는 사실 따위 무시하고 온 힘을 다해 이 자리에서 도망치는 것이었다. 그것을 그르쳤기에 이런 결과가 벌어졌다.

"……순서가 바뀌었지마안, 뭐어, 어쩔 수 없겠지이. 어느 쪽이든 근육이 자알 붙어서 씹는 맛도 좋고 입에도 맞을 것 같아아."

엔토마는 벌레를 불러냈다. 이번 벌레에게는 흉악한 전투 능력은 없다. 주사침 같은 몸속에 든 것은 마비독이다.

엔토마는 벌레를 들고 발걸음도 가볍게 티아에게 다가갔다.

제법 훌륭한 선물이 생겼다. 나자릭 지하대분묘에서 인간을 먹는 생물은 꽤 많다. 그런 친구들이 분명 좋아해 줄 것이다.

"응? 뭐지이?"

엔토마의 뛰어난 지각이 머리 위에서 짓쳐드는 가늘고 긴 싸늘한 무언가를 느끼고 크게 뒤로 물러났다. 그리고 동시에 조금 전까지 엔토마가 있던 곳에 창이 박혔다.

그것은 기사가 쓰는 것 같은 수정의 랜스(lance). 다만 평범한 것은 아니었다. 돌바닥을 부수면서 꽂혔는데도 수정 랜스에는 흠집 하나 없었으니까.

"마법……이려나아?"

정신계 매직 캐스터인 엔토마는 랜스에서 같은 마법 클래스로서 통하는 무언가를 느꼈다.

"그렇다. 제4위계 마력계 마법 〈수정기사창Crystal Lance〉이다."

의문에 대답해 준 것은 랜스의 폼멜 위에 사뿐히 내려앉은 그림자. 목소리는 앳되며 키는 작고, 가면으로 얼굴을 감춘 로브 차림의 여자였다.

또 일행이야? 아무리 엔토마라 해도 진저리를 쳤다. 맛있는 식사를 잡았다고 생각한 순간 난입. 이러고도 참으라면 해도 해도 너무한다.

"그쯤 해두시지."

"……누구야아? 지금이라면 용서해 줄 테니까 다른 데로 가버릴 수 없을까아. 애들은 부드러워서 좋아하지마안, 먹을 부분이 적은 게 아쉬워어. 애들 둘을 먹고 나면 다음번에 놀아줄게에."

"그랬군. 식인 몬스터로군. 메이드복을 입고 있는 건 무슨 장난인가? 너처럼 피비린내 나는 몬스터를 곁에 두고 좋아하는 놈이 있다고는 생각할 수 없다만."

"뭐.라고. 네.놈!"

엔토마는 자신도 모르게 진짜 목소리로 외치는 바람에 목을 꽉 눌렀다.

격정에 이성을 잃을 만큼, 새로 나타난 적이 한 말은 용서할 수 없었다. 약육강식이라는 이유에서가 아니라 불쾌감에서 눈앞의 여자를 토막 내버리고 싶다는 욕구에 사로잡혔다.

나자릭 지하대분묘의 플레이아데스, 지고의 존재를 섬기는 자신에게, 이 여자가 뭐라고 했지?

부글부글, 지옥의 업화가 뱃속에서부터 끓어올랐다.

"죽여.버리겠.어어!"

목소리는 어쩔 수 없다. 그래도 등이 부풀어오르려는 것만은 필사적으로 참았다.

"이블아이!"

티아가 가면 쓴 여자를 부른 덕에 이름을 알았다. 엔토마가 온 힘을 다해 죽여야 할 상대의 이름을.

"뭘 하는가 싶었더니…… 나 원. 레슨 1이다. 적과 나의 실력 차이를 생각해. 이놈은 너희보다 강해…… 그리고 나보다는 약하고."

망토를 펄럭 펼치며 이블아이가 고함을 쳤다.

"감히 내 동료들을 괴롭혔겠다, 몬스터. 이번에는 반대로 괴롭힘을 당하는 경험을 맛보게 해 주마. 감사해라."

상대의 가면 밑에서 솟아나는 격렬한 노기 따위 엔토마는 알 바 아니었다.

진심 어린 살의에 물든 엔토마가 달렸다. 증오에 지배당한 엔토마의 머릿속에는 이미 나머지 두 사람은 거치적거리는 조약돌 정도로밖에 남지 않았다.

'——나를 곁에 두고 기뻐할 사람이 없다고 했겠다아?'

몇 번이고, 몇 번이고 같은 말이 머릿속을 휩쓸었다.

천편충을 움직였다. 엔토마가 든 1미터 정도를 남겨놓은 채 다른 부분은 거대한 공을 형성했다. 물론 중심 부분에 있는 것은 가가란이다.

"동료들과. 함께. 짓밟아.주마. 불쾌한. 계집!"

해머를 휘두르듯 천편충을 내리친다.

"흥, 하찮은 공격이군."

그러나 이블아이는 여유를 무너뜨리지 않았다.

"〈중력반전Reverse Gravity〉."

엔토마는 마법에 저항하였으나 천편충은 중력을 잃고 둥실둥실 떠올랐다.

착용자가 저항Resist에 성공하면 장비품 또한 저항에 성공하는 법이지만, 벌레 무기는 착용자가 아니라 벌레 자신이 저항해야 한다.

따라서 지금처럼 엔토마에게 영향이 없다 해도 벌레 무기에 영향을 줄 수는 있다. 이것이 자동으로 공격할 수 있는 이점에 대한 단점 중 하나였다.

아무리 엔토마라 해도 이런 마법에 당하면 당초 계획을 포기할 수밖에 없었다.

엔토마의 뜻을 알아차린 천편충은 가가란에게서 떨어졌다. 마치 줄자를 되감는 듯한 속도로 움직여 단숨에 10미터나 되는 벌레 채찍이 모습을 드러냈다. 대신 땅바닥에 쓰러져 있던 가가란에게 이블아이가 지시를 내렸다.

"가가란! 방해만 되니 티아의 상처나 회복시켜! 건틀릿의 힘을 다 썼으면 포션이라도 먹이고!"

상처를 입은 인간들이 회복한다. 그것뿐이면 아무런 문제도 없다. 두 사람은 엔토마의 적수가 될 수 없으므로. 하지만 눈앞에 있는 매직 캐스터를 고려하면 상황이 달라진다.

이블아이는 엔토마와 동격이다. 여기에 조금이라도 지원이 들어오면 전황이 불리하게 기울어질 것이다.

엔토마는 내키지 않았지만, 이곳에서 진짜 히든카드를 쓰기로 결심했다.

이 저택에서 적을 단숨에 섬멸하기 위해 쓰고 말았으니 앞으로 두 번은 쓸 수 있다.

그것은 육식파리를 토해내는 브레스──〈파리숨결〉.

파리가 살점을 먹는 것이 아니라, 살점을 헤집으며 몸속으로 파고드는 구더기를 까는 쇠파리 비슷한 벌레를 대량으로 토해내는 브레스였다. 구더기가 희생자의 몸속으로 파고들어 표적에게 지속 대미지를 준다. 더욱 무서운 점은 이것으로 끝나는 것이 아니라, 구더기가 자라나서 우화한 파리가 구름처럼 대군을 형성해 특정한 자를 제외하고는 효과범위 내에 무작위로 공격을 가한다는 점이었다.

엔토마는 숨을 크게 들이마시고, 인간으로 말한다면 턱에 해당하는 부분에 있는 진짜 입을 드러냈다. 아마도 남들의 눈에는 턱이 갈라진 것처럼 보였을 것이다.

콰아아. 파리 덩어리를 토해냈다.

"네놈! 그 힘은 설마 마신과 무언가 관계가 있는 것이냐! 그렇다면──."

이블아이에게서 반격하는 듯한 희뿌연 안개가 뿜어져 나왔다.

냉기 공격이라면 요격 수단으로 매우 좋은 선택이지만 완전히 무효화하기란 어렵다. 최적의 수단은 화염폭풍을 일으키는 마법 등으로 파리의 무리를 뿔뿔이 흩어놓는 것이다.

놈은 실수를 저질렀다.

엔토마는 이블아이가 구더기에게 뜯어먹히는 상상을 했지만, 반격으로 날아든 마법은 모든 계산을 아득히 능가했다.

방출된 안개는 벌레들을 툭툭 떨어뜨리며 밀려들어와 그대로 엔토마의 몸을 감쌌다. 그 순간 엔토마는 있을 수 없는 격통에 사로잡혔다.

"으그어어어으어어어억!"

충사 메이드가 온 얼굴에서 연기를 뿜으며 발버둥 치는 모습은 산을 뒤집어쓴 것만 같았다.

당초 목적은 상대의 브레스를 무효화하는 것이었으나 생각지도 못하게 적의 정체를 밝혀내고 만 모양이었다.

"이, 이봐, 저거 잡을 수 있으려나?"

워피크를 든 가가란이 뛰어들 기회를 노리고 있었다. 우수한 전사인 만큼 지금이 승부를 가릴 상황임을 파악한 것이다. 실제로 적의 전투력으로 추측한다면 이대로 단숨에 승부를 낼 필요가 있다.

가가란이 파고들지 못한 이유는 길이 10미터에 이르는 거대한 벌레가 발버둥 치며 거리를 좁히지 못하게 했기 때문이었다. 그러나 그 모습은 패자의 저항처럼 보였다.

"대체 무슨 마법?"

티아의 질문에 이블아이가 대답했다.

"살충마법 〈충살Vermin Bane〉이다. 200년 전의 마신 중에 벌레 마신이 있었거든. 그놈이 사역하는 벌레들을 퇴치하기 위해 개발한 거지. 말하자면 뭐, 내 오리지널 마법이다만."

"이봐! 우리에겐 해가 없는 거야?"

"없다. 벌레에 대해서는 특효지만 그 외의 생물에게는 전혀 해를 주지 않거든."

"……얼굴이 녹고 있는데."

"티아, 그건 놈의 정체가…… 음! 아니다! 그건 얼굴이 아니야!"

이블아이의 고함을 기다린 듯 메이드의 단아한 얼굴이 주르륵 녹아내리더니 철썩 지면에 떨어졌다. 얼굴의 피부가 벗겨진 것 같은 광경이었으나 그렇지 않았다. 지면에 떨어진 얼굴 피부의 반대쪽에서 벌레 다리가 빼곡하게 돋아났던 것이다.

"설마, 가면 형태의 벌레였을 줄이야……."

"그버어어어어!"

메이드의 목이 드러났다. 매우 단단해 보이는 목 한복판에는 한 줄기 균열 같은 것이 있었는데, 그곳에서 큼지막한 점액질 덩어리가 솟아나왔다가 떨어졌다.

토사물 같기는 했으나 결정적으로 다른 그것 또한 지면 위에서 꿈틀거렸다.

"이럴 수가……."

눈앞에서 펼쳐진 끔찍한 광경에 아무리 이블아이라 해도 숨을 멈출 수밖에 없었다. 그녀의 긴 인생에서도 처음 겪는 체험이었다.

"──구순충(口脣蟲)."

돌바닥에 떨어진, 점액질에 덮인 거머리 같은 생물을 티아가 그렇게 불렀다.

"인간종 등의 성대를 뜯어먹고 희생자의 목소리를 내는 벌레."

피부색 거머리의 끄트머리 부분은 인간의 입술을 연상케 하는 외견을 가졌으며, 조금 전까지 들었던 메이드의 귀여운 목소리로 쌕쌕거리고 있었다.

모두가 응시하는 가운데 메이드의 얼굴을 뒤덮었던 손이 천천히 떨어졌다. 그 안에서 나타난 얼굴은 마치 곤충의 얼굴 같았다.

청장미 일행은 그 끔찍한 모습에 뒷걸음질을 쳤다. 가면형태의 벌레가 떨어진 시점에서, 살충마법이 효과적인 시점에서 예측은 했으나 그래도 눈앞에 드러나고 보니 소름이 끼쳤다.

이렇게까지 인간과는 거리가 먼 괴물이 인간 세상에 들어와 있었다는 사실에 더럽혀진 기분이 들었다.

"감히…… 감히."

딱딱하고 추하며 분간하기 힘든 목소리였다.

"목소리가 귀여워졌구만. 난 그쪽이 더 마음에 드는데!"

내뱉듯 말하는 가가란의 넘쳐나는 적의. 청장미 멤버들 중에서 가장 인정이 많은 여자였다. 희생된 소녀의 영혼에 진혼의 마음을 품었던 것이리라. 무기를 쥔 손에 한층 힘이 들어가는 것 같았다.

"이, 인간 주제에에에에에!"

조금 전의 전투에서는 적에게 항상 여유가 있었다. 그러나 이제 그 여유는 사라졌다.

그렇다면 지금부터는 힘을 아끼지 않는, 가혹한 공격을 퍼부을 것이다.

"이제부터가 진짜 싸움이다! 둘 다 정신 바짝 차려! 조금전보다도 흉악한 공격이 기다리고 있을 테니!"

이블아이는 두 사람에게 경고했다. 하지만 저 둘이라면 말하기도 전에 깨달았을 것이다. 전투개시 직후에는 죽을 각오까지도 했을 테니까.

벌레 메이드의 등이 부풀더니 옷 안에서 네 개의 긴 다리 —— 그것도 거미의 다리가 튀어나왔다. 그 모습은 마치 다리를 등진 것 같았다.

돋아난 다리를 구사해 놀라운 도약을 보인다. 〈비행Fly〉마법을 썼나 싶을 정도였다.

머리 위라는 유리한 위치를 차지한 괴물은 전원을 에워싸는 육식파리의 숨결을 토해냈다.

혀를 차면서 이블아이는 다시 〈충살〉을 발동했다.

"너.뿐이다아! 무서운. 건. 너.뿐이다아! 너만. 죽이면. 나머지는. 그냥. 작업.이나. 마찬가진데에!"

착지하여, 토해낸 육식파리를 모조리 잃은 벌레 메이드의 겹눈이 정면으로 이블아이를 노려보았다. 분명 이 괴물과 대등하게 싸울 수 있는 사람은 이블아이뿐이리라. 만일 이블아이가 패하면 이 국면에서 승패는 확실히 갈라질 것이며 가가란과 티아는 무참히 살해당하고 말 것이다. 그러나 그렇다고 해서 주의를 한 점에 집중하는 것은 오판이다.

"으라!"

옆에서 가가란이 워피크로 후려쳤다.

설령 이블아이가 우세라고 해도, 맡겨놓은 채 수수방관하지 않고 강자에게 대항한다. 반격을 당해 큰 부상을 입을 가능성이 크다는 것을 알면서 동료와 함께 싸운다. 그런 여자를 보며 이블아이는 가면 밑에서 웃었다. 가면을 벗었더라면 부끄러워서 보일 수 없을 만한 웃음을.

가가란의 일격을 피하려던 괴물의 움직임이 한순간 멈추었다. 그것은 티아의 인술, 부동박술(不動縛術). 저항이라기보다는 무효화 능력을 가진 듯 움직임을 봉쇄하지는 못했다.

그래도 한순간이나마 허점을 만들면 가가란에게는 충분한

지원이 된다.

〈강격(剛擊)〉으로 파괴력이 더욱 증가한 일격을 향해 괴물은 입에서 거미줄을 토해냈다. 가가란의 상반신이 새하얗게 물들 만한 양이었다.

접착성과 강성을 겸비한 실은 가가란의 완력으로도 끊기 어려웠는지, 그녀는 공격을 중단하고 비틀비틀 뒤로 물러났다. 괴물은 반대로 파고들었다.

"〈수정기사창〉!"

크리스탈로 만든 랜스가 괴물을 향해 발사되었다.

명중해 깊이 박혔지만 별로 아픔을 느끼는 기색은 없었다. 그뿐이랴, 어둠에서 왼팔이 부풀어오를 만큼 벌레를 모으기 시작하는 여유마저 보였다.

"〈충살〉!"

하얀 안개를 날려보내자 왼팔에 모여든 벌레들이 후두둑후둑 떨어지고 다시 고통 어린 신음소리를 내는 괴물.

인간으로 치면 턱에 해당하는 곳에 달린 입이 이블아이를 향하더니 조금 전 가가란에게 방출한 것과 같은 실을 토해냈다.

'마법으로 막으면 공연히 마력만 낭비할 것 같은데. 속박계는 무효화할 수 있으니 이건 그냥 받아낼—— 아니, 그게 아니다!'

이블아이는 황급히 마법을 발동했다. 적이 토해낸 것이 실의 형태를 띤 것은 분명하지만 조금 전 가가란에게 쏜 것보다도 단단한 광채를 머금었던 것이다.

"〈수정방벽Crystal Wall〉!"

눈앞에 솟아난 크리스탈 벽이 예리한 칼날에 찢겨나가듯 산산조각이 나 소멸했다.

"참격 속성을 가진 거미집이로군!"

"이걸 선물!"

티아가 쏘아 보낸 새까만 실로 엮은 그물이 허공에 펼쳐졌다. 그러나 괴물의 몸에 얽히지는 않았다. 마치 환영인 것처럼 몸을 통과해 빠져나가 땅바닥에 떨어졌다.

"역시 행동저해 기술에는 완전 내성!"

"쳇! 작전 타임이다!"

내뱉은 가가란이 거리를 벌리려는 의미도 담아, 접근전을 하던 메이드를 밀어내고자 걷어찼다. 차올린 부츠가 메이드복과 교차하자 놀랍게도 금속성이 울려 퍼졌다.

그대로 후퇴한 가가란과 함께 벌레 메이드와 거리를 벌리고, 청장미 멤버들은 범위공격에 주의하며 모여들었다.

"깐죽깐주욱, 깐죽깐주욱, 공격.하고 앉았어어…… 짜증. 나게시리이!"

따닥따닥 아래턱을 울리는 메이드를 관찰하는 이블아이에게 가가란의 조그만 목소리가 들렸다.

"아까 그 소리 들었어? 내 무기와 메이드복이 비슷한 강도를 가지고 있다니, 이게 말이 돼?"

"엄청난 양의 금속사를 짜 만들었겠지. 저 두께로 생각한다면 경도는 저쪽이 압도적으로 위."

"아다만타이트……보다도 높을 것 같은걸."

"그것만이 아니다. 장비도 엄청나게 고급품이야. ……내 주특기인 땅 속성 마법이 별로 효과가 없는 것 같다. 다시 말해 장비품 중 어딘가에 마법 대미지 경감이 걸려 있다는 뜻이겠지. 솔직하게 말해서 속성 특화계 공격은 효과가 약할 것이다."

"다시 말해?"

티아의 물음에 이블아이는 가면 안에서 씨익 웃었다.

"정면에서 고화력 공격으로 단숨에 깎아내겠다."

"말은 쉽고 행동은 어렵다는 소리구만. 어떻게 하려고? 얼른 안 하면 저 녀석이 부적으로 자기강화를 끝낼 텐데."

"각자 쓸 수 있는 최강기술을 쓰면 돼. 나는 살충마법이 있고."

"……알기 쉬워 맘에 든다. 그럼 마지막 승부에 나서 보실까."

고화력으로 단숨에 깎아낸다 해도 그리 쉬운 일은 아니다. 이블아이는 보통 〈모래의 영역Sand Field : 개체One〉나 〈부위석화Region Petrification〉 등으로 상대의 기동성을 죽이고 전사계를 지원하는 전법을 구사하지만, 그 수법은 저 메이드에게 통하지 않는다.

대미지를 주는 것은 가가란 같은 사람들에게 물리공격을 맡기면 된다. 이블아이는 이것이 통하지 않을 때의 대책을 세워야 하며, 순수한 공격마법에 전념하는 것은 잘못이라고 이제까지 생각했다. 그러나 이렇게 되고 보면 그럴 수도 없었다.

'순수한 공격마법에만 의존하는 매직 캐스터는 2류라는 것이 지론이었는데, 지금은 굽힐 수밖에 없겠어.'

이블아이는 자신이 사용해야 할 마법을 조합해 나갔다.

위력을 최대로 끌어올린 〈결정산탄Shard Buckshot〉이 가장 유효하겠지만 동료까지 범위에 말려든다. 오리지널 스펠이면서도 위계가 높은 〈충살〉은 마력 소모량이 극심하므로 가능하다면 상대가 벌레를 불러내거나 할 때까지 아껴두어야 한다. 그렇다면 최적의 선택은, 별로 선호하지 않는 산성(酸性) 계통 마법일 것이다.

세 사람은 눈짓을 교환하고 준비가 갖추어졌음을 확인하자 단숨에 공세에 나섰다.

이블아이는 〈산성거품Acid Splash〉을 주체로 공격했으며, 화력이 떨어지는 티아는 아이템을 사용한 지원을 주로 맡았다. 가가란은 무투기를 발동해 연속으로 공격을 퍼부었다.

한동안 지나자 균형이 기울기 시작했다.

분명 상대는 강했다. 여러 종류의 거미줄, 부적을 이용한 마법공격, 벌레를 불러내는 공격. 나아가서는 청장미의 어느 멤버가 가진 것보다도 강력한 매직 아이템.

그러나 회복 아이템 같은 자원이 점점 줄어들기는 했어도 벌레 메이드가 서서히 물러나는 일이 많아졌다.

만일 전황을 좌우한 것이 무어냐고 묻는다면 이블아이는 가슴을 펴며 이렇게 대답할 것이다.

"동료들이다."

분명 가가란도 티아도, 이블아이나 눈앞의 괴물과 비교하면 지나치게 약한 부류에 들어간다. 그래도 기회가 많아진다는 것은 무시할 수 없다. 공격하며 회복을 할 수 있으면 지극히 유리해진다.

특히 자기 회복수단이 없을 때는 지원으로 회복할 수 있는 쪽이 더 우세하다는 데에는 틀림이 없다. 그것이 명암을 가르는 형태가 되었다.

"실수만 하지 말고, 이대로 밀어붙인다!"

3

하화월(9월) 4일 22:27

격전이었다.

마침내 벌레 메이드가 실 끊어진 꼭두각시 인형처럼 쓰러졌다.

이블아이는 마력을 상당히 잃었고 소모품도 거의 바닥을 드러냈다. 손해득실만으로 생각한다면 어마어마한 적자였다.

"이겼구만."

온몸에 부상을 입은 가가란이 거친 숨소리로 승리를 선언했다. 회복을 위한 아이템은 하나도 남지 않았지만 겉으로 보이는 부상만큼 체력이 없지는 않았다.

"숨통을 끊자."

"그래야지."

티아의 제안에 이블아이도 찬성했다. 벌레 메이드는 죽어가고는 있지만 죽은 것은 아니었다. 끼이끼이 울음소리를 내는 것이 증거였다.

전투력을 없애놓은 이 자리에서 망설이지 말고 확실하게 목숨을 빼앗는 편이 안전하다.

검을 들고 한 발 나선 티아의 몸이 굳었다. 왜 그러느냐고 물으려던 이블아이는 입을 열기도 전에 티아가 멈춘 이유를 알아차렸다.

"그쯤 해두시는 것이 어떨는지요."

믿을 수 없는 일이었지만, 어느 사이엔가 벌레 메이드 앞을 가로막은 사내가 있었다.

이 부근에서는 본 적이 없는 이상한 옷을 입었다. 이블아이의 지식에 따르면 남방에서 착용하는 복식의 일종으로 '슈트'라는 물건이었다. 가면을 써 맨얼굴을 볼 수 없었다.

다만, 인간일 리가 없다. 사내의 허리에는 꼬리가 드러나 있었으니까.

"이봐, 저거 이블아이 친척이야?"

멍청한 소리 말라고 대답하려 했지만 이블아이는 말이 나오질 않았다. 온몸을 벼락에 꿰뚫린 것 같은 기분에 사로잡혔기 때문이다. 오른손을 보니 땀에 흠뻑 젖었다.

"——괜찮으시겠습니까? 이제부터는 제가 맡을 테니 당신은 먼저 돌아가 쉬십시오."

무기를 들고 자세를 잡는 청장미 일행을 완전히 무시한 채 부드러운 목소리로 벌레 메이드에게 말을 건네는 사내의 모습은 적이라고는 하나 호의를 품기에 충분했다. 그러나 이블아이는 달랐다.

발끝까지 내달린 공포는 결코 사라질 줄을 몰랐다.

생존본능을 자극받았다. 숨을 죽이고, 곁에 있는 가가란과 티아에게 필사적으로 말했다.

"……도망쳐라. ……멍청아, 이쪽 보지 마. 그대로 잠자코 들어. 저건…… 압도적으로 강해. 괴물 중의 괴물이다. 뒤도 돌아보지 말고 전속력으로 도망쳐."

"……너는 어쩔 건데."

괴로움이 묻어나는 목소리로 가가란이 물었다.

"신경 쓰지 마라. 나는 너희가 도망칠 만큼 시간을 벌면즉시 전이 마법으로 도망칠 테니."

어떻게 했는지, 상처를 입고 움직이지도 못하던 메이드가비틀비틀 일어났다. 치유마법을 거는 것처럼 보이지도 않았고, 무언가를 마시는 기척도 없었다.

어디선가 날아온 벌레가 등에 달라붙자 메이드는 밤하늘로 날아올랐다. 끼이끼이 울음소리를 남기고 떠나간다.

다 잡은 괴물을 눈앞에서 놓치게 되었건만, 눈앞의 사내에게서 눈을 뗄 수가 없었다. 그것은 나머지 두 사람도 마찬가지여서 이마에 땀을 뻘뻘 흘리며 경직된 것처럼 움직이지않았다.

메이드를 눈으로 배웅한 사내가 다시 이블아이 일행을 돌아보았다.

250년 넘게 살면서 온갖 강자를 만나보았다. 그중에서도이 사내가 뿜어내는 오라는 격이 달랐다. 아니, 구역질마저치미는 추악한 악의는 타의 추종을 불어할 정도였다.

강자로서 보이는 격은 백금용왕Platinum Dragon Lord 수준이 아닐까. 너무나 지나치게 강해 정확히는 알 수 없었다.

"오래 기다리셨습니다. 그러면 시간도 다 되었으니 바로시작할까요?"

"어서 도망쳐!!!"

이블아이가 낸 목소리는 비명에 가까웠다.

펄떡 뛰듯 두 사람이 등을 돌렸다. 동료를 내버려두고 가는 데에 죄책감이 없지는 않았으리라. 있었기에 이블아이가 시키는 대로 즉시 도망치지 못했던 것이다. 하지만 믿었다. 이블아이라면 어떻게든 할 수 있으리라고. 혹은 이블아이라면 도망칠 수 있으리라고.

하지만 그 신뢰는 즉시 부정당했다.

"우선, 만나자마자 헤어지는 것도 서운하니 전이는 저지하도록 하겠습니다. 〈차원봉쇄Dimensional Lock〉. 작별은 인사와 함께 나누는 것이 예의에도 맞고 바람직한 법이지요."

일부 초상위 악마나 천사가 사용할 수 있는 스킬로, 주위 일대의 전이마법 발동을 저지하는 기술. 이로써 이블아이가 후퇴할 수단은 사라졌다.

그러나 그런 것은 문제가 되지 않는다. 처음부터 알고 있었다. 이곳에 끝까지 남는 자는 살아 돌아가지 못한다는 것을.

"죽을 거라면 순서대로 죽어야지. 젊은 놈이 살고 오래 산 놈이 죽는다. 그것이 옳지 않겠나."

멀어져가는 기척에 작별을 고하며, 250년 이상 살아온 여성은 승산이 전혀 보이지 않는 정면의 적에게 맞섰다.

"자, 먼저 시작하십시오. 그러나 당신이 아무 짓도 하지 않는다면 제가 공격하겠습니다."

어조와는 달리 뿜어져 나오는 살의는 끔찍할 정도로 압도적이다. 이블아이는 온몸의 의지를 총동원해 사악한 기척을 떨쳐냈다.

'나는 이블아이. 전설로 칭송받던 여자. 적이 제아무리 강대하다 한들—— 그래도 싸울 것이다!'

"그러면 호의를 받아들여 선수를 취하지! 받아라! 〈마법최강화Maximize Magic : 결정산탄〉!"

첫수는 그녀가 좋아하는 마법. 주먹보다도 약간 작은 수정 산탄이 사방에 흩뿌려졌다.

끄트머리가 뾰족한 수정 파편은 원래 접근전에서 퍼부어야 대미지가 커지겠지만 눈앞의 악마에게 접근하기가 저어되었다.

각오를 한 것치고는 겁을 낸다고 이블아이는 자조했다. 상대의 힘이 미지수인 이상 신중하게 싸우는 것은 당연하다.

가면을 쓴 악마는 환영한다는 듯 두 팔을 벌렸다. 수정 탄환의 비를 온몸에 받——기 전에, 마법은 사라졌다. 마치 원래부터 존재하지 않았던 것처럼 갑작스러운 소실이었다.

'일부 종족이 가진 마법 무효 능력?! 그만큼 실력 차이가 크단 말인가?!'

실력 차이가 벌어질수록 마법은 무효화하기 쉽다.

첫 한 수를 잘못 낸 이블아이를 무시하고, 사내는 손을 우아하게 옆으로 한 차례 휘둘렀다. 그 움직임은 마치 지휘자의 몸짓 같았다.

"〈지옥불의 벽Hellfire Wall〉."

뒤에서 휘몰아친 열파에 이블아이는 믿을 수 없는 심경으로 황급히 돌아보았다.

화륵. 밤이 그대로 타오른 것처럼, 자연에서는 있을 수 없는 새까만 불꽃이 솟아나고 있었다.

도주 중이던 가가란과 티아가 여기에 휩싸인 채 인형처럼 춤을 추고, 마치 쓰레기처럼 땅바닥에 나뒹굴었다. 불꽃이 환영이었던 것처럼 사라진 후에도 두 사람이 움직일 기척은 전혀 없었다. 그 자리까지 달려가고 싶다는 충동을 억눌렀다. 믿을 수 없지만 믿을 수밖에 없었다. 이블아이는 알 수 있었다. 저것이 치명상임을. 겨우 한 번의 공격에, 생사고락을 함께했던 동료 둘을 잃었음을.

이를 악물며 비명을 참았다.

"숨통을 끊기 직전에 멈출 예정이었습니다만 생각보다 약했던 모양이군요. 저 정도 불꽃에 죽다니. 애도를 표합니다."

진심으로 유감스러운 듯 사내는 깊이 고개를 숙였다. 너무나도 연극적인 그 태도에 이블아이는 이제 감정을 억누를 수가 없었다.

앞에 선 이블아이를—— 공격한 상대를 무시하고 뒤쪽의 두 사람을 공격한 이유는 무엇인가. 물론 도망쳤기 때문이다. 그러나 그보다 더 큰 이유가 하나 있다.

피아간의 실력 차이를 간파한 이블아이는 사내가 자신을 위협으로 보지 않으리라는 것 정도는 잘 알고 있었다. 그러나 실제로는 그 이하였다—— 적으로 간주하지도 않았던 것이다.

눈앞에는 도망치지 못하는 자가 있다. 그렇다면 먼저 도망친 자를 해치우자. 그 정도 인식이었다.

"……어렵군요. 죽지 않을 정도로 손속에 사정을 봐준다는 것이. 당신을 기준으로 생각하면 안 될 테고……. 왜 실력 차이가 있는데도 팀을 짰습니까? 그것만 아니었다면 조금 더 조절을 할 수 있었을 텐데 말입니다."

"——네가아아아아! 할 소리냐아아아아! 으아아아아아아아아아아!!"

터져 나온 것은 비명이 아니라 노성. 증오로 넘쳐나는 포효를 지르며 이블아이는 달렸다. 아니, 마법의 힘으로 활공했다는 표현이 정확하리라. 주먹에 마력을 담았다. 무효화나 저항이 힘든 접촉마법을 준비했다.

악마는 반격하려는 듯 주먹을 쳐들었다.

"악마의 제상(諸相): 호마(豪魔)의 거완(巨腕)."

악마의 팔이 두 배 이상으로 부풀어, 길이가 늘어난 팔이 지면에 닿았다. 그것은 공기로 부풀린 것처럼 퉁퉁한 것이 아니라 근골이 단단히 잡힌 흉기 같은 팔이었다.

접근을 멈추고 싶어지는 흉기를 본 이블아이는 한순간 겁을 먹었으나, 이내 각오를 다지고 파고들며 공격하기로 결심했다.

돌진하는 이블아이에게 거대한 팔이 육박했다. 생각보다 너무나도 빨라 마치 거대한 벽이 시야 가득 퍼지는 것 같았다. 회피가 어렵다고 판단한 이블아이는 재빨리 방어마법을 발동했다.

"〈손상이행Translocation Damage〉."

시야가 새까맣게 변한 것과 동시에 충격을 느끼고 크게 뒤로 날아갔다. 시야가 빙글빙글 회전하며 자신이 어디 있는지도 알 수 없었다. 돌바닥에 내팽개쳐져 충격에 공처럼 몸이 떠올랐다. 그리고 다시 한 번 바닥에 떨어져 주르륵 미끄러졌다.

그러나── 피해는 없었다.

이블아이는 〈비행〉 주문을 발동해 있을 수 없는 움직임으로 일어났다.

피해는 없다. 만일 육체 대미지를 마력 대미지로 바꾸는 마법을 쓰지 않았다면 반죽음 상태까지 몰렸을 것이다.

"〈마법저항돌파 최강화Penetrate Maximize Magic: 수정단검Crystal Dagger〉."

평소보다 거대한 크리스탈 단검을 만들어내 사출했다. 순수한 물리 대미지를 주는 이 마법은 무효화하기가 어려우며,

여기에 스킬까지 걸어 상대의 마법저항을 뚫기가 쉬워졌다.

악마는 회피도 하지 않고 이를 몸으로 받았다. 대미지를 최대 위력까지 끌어올린 마법이었으나 효과가 있었던 것 같지는 않았다.

"……방어돌파를 담은 마법에도 피해가 없다니……? 내가 상상한 것 이상의 상급악마, 아니, 마신을 능가하는 거냐!! 마신왕이라도 되나?!"

왕(王)이라는 이름이 붙었다고 뭐든 강한 것은 아니지만,

종족 중에서도 강한 존재가 '왕' 이나 '왕족Lord' 을 자청하는 것은 세상의 기본이다. 약해도 왕을 자청하는 것은 기본적으로 인간뿐일 것이다.

"악마의 제상: 예리한 단조(斷爪)."

악마의 손톱이 거의 80센티미터를 넘는 길이까지 뻗어나왔다. 모든 것을 절단할 듯한 예리함을 가졌음을 직감했다.

'동료들의 시체를 회수해 도망치기란 무리겠지. 라퀴스와 티나가 와봤자 이놈과 싸울 실력은 없으니 방해만 될 뿐. 하다못해 어떻게든 전장이라도 옮겨서 두 사람이 시체를 발견하기 쉽도록 해야겠어.'

이블아이는 입술 끝을 틀어올렸다.

가장 좋지 못한 상황은 부활 마법을 사용할 수 있는 라퀴스와 이 악마가 대면하는 것이다. 그것만은 피해야 한다.

"간다!"

이블아이가 어려운 행위에 도전하려던 그 순간── 무언가가 요란한 소리를 내며 두 사람 사이에 떨어졌다.

무게를 받아내지 못한 돌바닥에 균열이 일어나고 흙먼지가 피어났다.

그곳에 나타난 것은 착지의 충격으로 몸을 구부리고 있는 한 전사였다.

칠흑의 갑옷은 조용한 달빛을 반사해 묘한 아름다움을 자아냈다. 밤하늘을 배경으로 진홍색 망토가 타오르는 불꽃처럼 나부꼈다. 두 손에 하나씩 쥔, 어처구니없을 정도로 거대한 검이 단죄의 빛을 뿜어냈다.

칠흑의 전사가 천천히 일어났다. 크다. 신장으로 따지자면 아마도 저 악마와 비슷할 것이다. 하지만 성스러운 빛에 악마가 몸을 움츠리듯, 칠흑의 전사를 본 순간 마치 믿을 수 없는 광경을 본 것처럼 강대한 악마의 몸에 두려움의 빛이 퍼져가는 것을 이블아이는 보았다.

이블아이는 정적 속에서 침을 삼키는 소리를 들었다. 악마가 낸 소리였다. 이블아이조차 헤아릴 수 없는 능력을 가졌다고 예측한 악마가, 전사의 등장에 숨을 죽이고 있었다.

어둠을 가르듯 싸늘한 목소리가 들려왔다.

"자아…… 나의 적은 어느 쪽인가?"

막간

호화찬란이라는 말을 그대로 구현한 듯한 방이 있었다.

바닥에 깔린 진홍색 융단은 부드러워 발목까지 잠길 것 같은 감촉을 준다. 실내에 놓인 2인용 벤치는 고급스러운 천연목에 프렌치 로코코 양식의 조각이 섬세하게 가미되었으며 앉는 곳에는 까만 진짜 가죽을 깔아 가죽 특유의 광택을 뿜어냈다.

벤치에는 한 남성이 늘씬한 긴 다리를 뻗고 몸을 깊이 묻고 있었다.

미목수려. 그의 외견을 완벽하게 묘사한 초상화가 있다면 사람들은 그를 그렇게 평가하리라.

금발은 주위에 빛나는 마법의 조명을 반사해 별의 광채를 띤 것 같았다. 가늘고 긴 진보라색 눈동자는 자수정처럼 보는 이의 마음을 빼앗았다.

그러나 실제로 그를 직접 본 자는 그 이전에 다른 인상을 가질 것이다. 용모와는 무관하게 그가 몸에 두른 분위기, 태어나면서부터 절대적 상위에 선 자만이 품을 수 있는 오라를 받으면 누구든 이것 이외의 첫인상을 품을 수 없다.

'지배자'라고.

그가 바로 지르크니프 룬 파로드 엘 닉스.

나이 스물둘에 바하루스 제국의 현재 황제. 귀족들에게서는 두려움의, 신민들에게서는 존경의 대상이 된, 역대 최고라 일컬어지는 황제였다. 또한 수많은 귀족들을 숙청한 데에서 비롯된 선혈제(鮮血帝)라는 이름으로 이웃 국가들의 두려움의 대상이 된 인물이기도 하다.

실내에는 지르크니프 외에는 종자인 네 남자가 있었지만 직립부동 자세를 유지한 채 조각과 분간할 수 없을 정도로 움직이지 않았다.

지르크니프는 한동안 바라보던 몇 장의 종이에서 눈을 떼더니, 시선을 허공에 고정했다. 마치 그곳에 칠판이라도 있어서 생각을 적어놓는 것처럼.

이윽고 지르크니프는 흥, 하고 한 차례 코를 울렸다. 조소인지, 관심이 동했는지 알 수 없는 그런 모습이었다.

왕국의 내통자에게서 온 정보가 그에게 일으킨 반응이었다.

그때——

──노크도 없이 문이 열렸다.

너무나도 무례한 태도에 종자들이 일제히 살짝 자세를 낮추며 적개심 어린 눈을 문으로 향했다. 그러나 입실한 사람을 확인하고는 경계의 자세를 풀며 원래 자세로 돌아간다.

들어온 사람은 자신의 키 절반 정도까지 내려오는 백발을 기른 노인이었다. 머리도 눈처럼 새하얗지만 숱이 적지는 않았다.

얼굴에는 나이가 주름으로 드러났고 날카로운 눈에는 연륜에서 오는 지혜의 광채가 있었다.

조그만 수정구를 무수히 엮은 목걸이를 걸고 말라빠진 손가락에는 무뚝뚝한 반지를 수없이 끼었다. 그가 걸친 순백색 로브는 품이 넉넉하며 매우 부드러운 천으로 만든 것이었다.

아무것도 모르는 자가 '매직 캐스터' 라는 말을 들었을 때 가장 먼저 떠올릴 법한 이미지 그 자체를 구현한 듯한, 그런 인물이었다.

"──성가시게 됐습니다."

천천히 방으로 들어온 노인은 다짜고짜 입을 열더니 외견과는 달리 젊음이 남아 있는 목소리로 그런 말을 내뱉었다.

흥미가 동한 지르크니프는 안구만으로 시선을 움직였다.

"뭔가, 할아범."

"조사하였습니다만, 발견은 불가능했습니다."

"다시 말해 그게 무슨 뜻이지?"

"……폐하. 마법 또한 이 세계의 섭리일진대, 지식을 갈고 닦아——."

"그래, 알았네, 알았어."

지르크니프는 관심 없다는 듯 한 손을 파닥파닥 흔들었다.

"할아범의 설교는 너무 기네. 그보다 단도직입적으로 말해 주게."

"……정말로 아인즈 울 고운이 실존하는 인물이라면 엄청난 매직 아이템을 보유한 자이며, 만일 자신의 힘으로 탐지를 막아냈다면 추측컨대 저와 같거나 혹은 그 이상의 마법을 구사하는 자가 아닐까 하옵니다."

황제와 노인을 제외하고 실내에 긴장감이 감돌았다.

제국 역사상 최고위의 매직 캐스터, 주석 궁정마술사인 대현자 '삼중마법영창자Triad' 플루더 팔라다인에게 필적하는 존재라는 말에 종자들은 귀를 의심했다.

"그랬군. 그래서 그렇게 기분이 좋아 보였군, 할아범."

"당연합지요. 저와 같거나 혹은 그 이상의 힘을 보유한 마력계 매직 캐스터는, 지난 200년 동안 만나지 못했으니까요."

"200년 전에는 만났나?"

호기심이 동한 듯 말을 이은 황제에게 주석 궁정마술사는 아득한 먼 옛날을 떠올렸다.

"그렇습니다. 동화에 나오는 십삼영웅. 그중 한 사람인 네크로맨서 리그리트 베르스 카우라우. 그분 한 사람뿐이었습

니다. 아마 십삼영웅 중의 다른 매직 캐스터 분도 뛰어나기
는 했을 테지만."

"그렇다면 지금은 할아범보다 뛰어난 마력계 매직 캐스터
는 있나?"

플루더의 눈이 먼 곳을 바라보듯 이리저리 헤맸다.

"글쎄요……. 지금이라면 카우라우 그녀보다도 제가 아득
히 높은 경지에 올랐겠지만…… 확신은 없군요. 마법의 술리
(術理)란 단순한 우열을 결정할 수 있는 것이 아니옵기에."

천천히 긴 수염을 쓰다듬으며 자아낸 말과는 달리 여기에
담긴 감정에서는 확고한 자신감이 느껴졌다. 그리고 한쪽
눈썹을 치켜세운다.

"그 아인즈 울 고운이라는 인물이 여기에 필적하기를 바라
옵니다만."

지르크니프는 씨익 웃음을 짓더니 벤치에 놓여 있던 종이
몇 장 중에서 한 장을 골라 그것을 내밀었다.

의아해하는 듯했지만, 플루더는 이를 받아 훑어보았다.

"호오."

그것이 감상이었다. 다만 플루더는 현자답던 표정을 크게
바꾸고 있었다. 눈에는 타오르는 듯한 불꽃이 있어 마치 굶
주린 짐승처럼 보였다.

"과연. 이것이 폐하께서 제게 찾게 하였던 아인즈 울 고운
이라는 인물이 행한 업적이옵니까. 매우 흥미롭군요. 법국

의 특수부대로 보이는 집단 수십 명을 단둘이서 상대하였으며…… 흠흠. 이거, 직접 뵙고 마술 토론을 해 보고 싶은 분이로군요."

그 종이에는 왕국에서 가제프 스트로노프가 왕 앞에서 들려준 내용과 함께 기록자가 개인적으로 느꼈던 점까지 적혀 있었다.

"하온데 폐하, 이 마을에는 누군가를 보내셨습니까?"

"거기까지는 하지 않았다. 보내면 눈에 뜨이니."

"……저의 제자를…… 아니, 이 서한이 진실이라면 가급적 우호적인 관계를 쌓고 싶군요."

"바로 그렇다네, 할아범. 제어할 수 있는 강자라면 제국에 맞아들이고 싶으니."

"매우 훌륭한 생각이십니다. 마법의 심연을 엿보려면 수많은 지혜로운 이가 필요한 법. ……가능하다면 길을 튼 자와 만나고 싶습니다."

목소리에는 갈망이 있었다.

지르크니프는 알고 있다. 플루더의 꿈을.

플루더는 마술의 심연을 엿보고 싶은 것이다. 그러기 위해 자신보다 앞선 자에게 사사하기를 바란다.

뒤따르는 자는 남이──대부분의 경우 플루더가──닦아 놓은 길을 나아가면 그만이다. 더 효율적이고 적절한 경로를 걸으면 자신의 재능을 낭비하지 않고 길러나갈 수 있다.

그러나 선두에서 홀로 걷는 플루더에게는 그것이 허용되지 않는다. 어둠 속을 더듬어 나아가기 때문에 헛수고가 많은 성장이었다. 만일 헛수고 없이 재능이 성장한다면 더욱 강대한 매직 캐스터가 되었으리라.

플루더는 이를 알기에 자신을 이끌어줄 자를 원했다. 재능에도 한계가 있다. 이 이상 헛수고를 하고 싶지는 않았던 것이다.

플루더가 제자를 육성하는 것도 자신을 넘어설 인물이 태어나 자신을 이끌어주지 않을까 생각하기 때문이다. 유감스럽게도 아직까지는 그 바람이 성취된 적이 없었지만.

이것만은 지르크니프도 어떻게 해 줄 수 없었다. 그렇기에 다른 화제를 입에 담았다.

"그리고 에 란텔에 나타났다는 아다만타이트 클래스 모험자에 대해서도 정보를 모으고 싶군. 협조해 주겠나?"

"물론이옵지요, 폐하."

10장 **최강최고의 비밀병기**

Chapter 10 | The most strongest trump

1

하화월(9월) 4일 22:31

왕도 상공 400미터 부근. 밤하늘 속에서 별 틈에 섞이듯 비행하는 한 무리가 있었다. 비행계 마법을 발동한 매직 캐스터가 두 사람, 그리고 그 두 사람의 바로 뒤에서 앉은 채 끌려가는 자가 마찬가지로 둘, 합계 넷이었다.

끌려가는 두 사람 중 하나는 칠흑의 풀 플레이트 아머에 거대한 검을 짊어진 남자. 그리고 또 하나는 포니테일의 미녀. 말할 것도 없이 아인즈와 나베랄이었다.

두 사람은 오늘 아침 일찍 에 란텔의 모험자 조합에서 파격적인 보수를 약속하는 지명의뢰를 받았다. 의뢰인의 이름은 레에븐 후작. 표면적인 의뢰 내용은 왕도에서 무언가 비상사태가 일어나려 하므로 며칠 동안 자택을 경비해달라는 것이었다.

아인즈가 그 의뢰 내용이 표면적인 것임을 아는 이유는, 의뢰받은 단계에서 실제 내용도 확실하게 들어두었기 때문이다.

이에 따르면 여덟손가락이라 불리는 암흑조직의 거점을 제압하기 위해 병사를 파견할 예정인데, 그 부대의 일원이 되어 싸워달라는 것이 실제 의뢰 내용이었다. 특히 상대해주었으면 하는 것이 적의 최강 멤버, 여섯팔이라고 했다.

아인즈에게는 그 의뢰를 거절할 이유가 딱히 떠오르지 않았다.

보통 모험자는 중립을 유지하기 위해 왕국 운영에 관한 활동에는 참가하지 않는다는 불문율이 있다. 이를 어기는 결과가 되더라도 아인즈――칠흑의 모몬――에게는 피해가 미치지 않도록 표면적인 의뢰를 준비했다는 점을 높이 평가할 수 있었으며, 무엇보다도 보수의 금액은 군침이 돌 정도였다.

이 정도면 조금 숨통이 트이겠다고 생각한 아인즈는, 천박해지지 않을 정도로 세심한 주의를 기울이면서 가격을 협상해 의뢰를―― 덥석 달려들고 싶어지는 내심을 필사적으로 감추면서 마지못해 승낙했다.

다만 문제가 된 것은 신속히 왕도까지 와 달라는 부탁을 받았다는 점이었다.

게임 위그드라실에서는 도시와 도시 사이, 국가와 국가 사이 곳곳에 전이 서비스가 설치되어 있었지만 이 세계에는 그런 것이 없다. 게다가 전이 마법은 제5위계부터 시작하므로 설정상 아인즈 일행은 쓰지 못하는 것으로 되어 있다. 말을 타고 달려가도 하루 안에 도착할 방법은 없었다.

그러면 어떻게 간단 말인가. 그 의문에 대답해 준 것은 레에븐 후작의 부하 매직 캐스터들이었다.

그들은 마력을 더 많이 소비하여 한층 빠르게 날 수 있는 특수한 비행마법과 〈부유판Floating Board〉을 조합하여 아인즈 일행을 고속으로 왕도까지 데려다준 것이다.

이것을 어떻게 사용하였는가. 해답은 간단하다. 현재 두 사람이 앉아 있는 곳이 웅변해 주고 있다.

두 사람이 앉아 있는 곳은 마법으로 만들어낸 반투명한 부유판 위다. 이 마법은 중량을 차단하기 때문에 두 사람을 실어도 비행 속도는 둔해지지 않았다. 매직 캐스터들이 그렇게 해 일직선으로 두 사람을 이곳까지 끌어다준 것이다. 하지만 그래도 역시 무리가 있었는지 예정시각을 대폭 오버하고 말았다.

따라서 조금 불안해졌다. 도착한 후에 역시 필요 없었네요, 라는 소리를 듣는 것은 아닐지, 약속한 보수는 받을 수 있을지.

지나치게 파격적인 보수에 아인즈가 낚였듯, 상대도 일하지 않은 자에게 고액의 보수를 지불하기는 아깝다고 생각할 것이다. 공연히 헛물만 켜는 결과는 바라지 않았다.

아인즈는 몰래 한숨을 쉬면서 무언가에 빌었다. 마치 업적이 악화된 회사에 근무하는 샐러리맨이 보너스에 품는 것 같은 그런 심정으로.

부디 보수를 모두 다 받을 수 있기를. 쓸 곳도 정해놓았단 말이에요.

그런 마음과는 달리 처음으로 보는 왕도, 그것도 야간비행은 아인즈의 눈을 즐겁게 해 주었다. 유감스럽게도 야경을 즐길 수는 없었다. 왕도는 거의 어둠에 잠겨 현란함과는 거리가 멀었다. 그래도 야음을 꿰뚫는 눈을 가진 아인즈가 보면 나름 호기심을 채워주는 경험이었다.

기이할 정도로 진지하게 바라보는 아인즈의 눈이 우연히 어떤 장소에서 이질적인 광채를 포착했다.

처음에는 무슨 일이 일어났는지 알 수 없었다. 그러나 치솟는 흑염을 보고 비상사태를 인식했다.

"잠깐! 저기 좀 보게! 지금 또. 저곳에서 마법으로 보이는 광채가 있었네."

"……으음, 정말…… 마법……인 것 같군요."

아인즈가 가리킨 장소로 눈을 돌린 매직 캐스터가 아주 조금 자신 없게 말한 것은 어둠과 거리 탓이었으리라. 보통 사람이라면 빛을 보아도 판별하기 어렵다.

　"뭐지? 왕도에서는 이런 일이 일상다반사인가? 아니면 우리를 환영하는 폭죽이라도 터뜨려준 것인가?"

　아인즈의 농담에 매직 캐스터는 웃지도 않고 진지한 표정을 보였다.

　"저 장소는 습격하기로 결정한 여덟손가락의 거점 중 하나입니다."

　"그래……? 늦지는 않을까 싶었는데, 조금은 도움이 될 수 있겠군."

　"알겠습니다. 그러면 저 부근으로 접근하지요."

　"기다리게. 상당한 고위마법을 쓰는 자가 있는 것 같네. 말려들면 자네들은 즉시 죽을걸."

　그러면 대체 어떻게 하느냐는 의문을 얼굴에 띤 매직 캐스터에게서 아인즈는 시선을 떼고 나베랄을 보았다.

　"나베, 네가 〈비행〉을 써서 나를 저곳까지 옮겨다오. 그다음에 신호할 테니 그대로 나를 떨어뜨려라."

　"분부 받들겠나이다."

＊

느닷없이 나타난 검은 전사의 물음은 목숨이 극한상태에 있는 이블아이에게는 너무나도 얼빠진 것처럼 들렸다. 그러나 그녀는 즉시 생각을 바꾸었다. 피아간의 차림을 생각한다면 어느 쪽이나 수상쩍기는 더할 나위 없다. 가면을 뒤집어쓰고 얼굴을 감춘 자끼리 대치하고 있으니까.

그의 처지라면 내부 분열의 가능성도 생각할 수 있지 않겠는가.

검은 전사의 정체에 짐작 가는 것이 있었던 이블아이는 목소리를 높였다.

"칠흑의 영웅!! 나는 청장미의 이블아이요! 같은 아다만타이트 클래스 모험자로서 요청하오! 협조해 주시오!"

소리를 지른 후 이블아이는 자신이 실수를 저질렀음을 깨달았다.

그것은 피아간의 전투력 차이였다. 동격인 아다만타이트 클래스 모험자, 칠흑의 모몬이 협조해 준다 한들 무엇이 해결된단 말인가. 이블아이조차 바닥을 헤아릴 수 없는 강대한 힘을 가진 저 악마 앞에서 승산은 거의 기대할 수 없다. 그가 협조해 준다 해도 앞을 가로막을 종이가 두 장이 될 뿐 아닌가. 폭풍에 모조리 휩쓸릴 것이 분명하다.

이블아이의 요청은 구원하러 와준 그의 목숨을 빼앗는 것

이나 마찬가지였다. 그녀가 외쳐야 할 말은 이곳에서 도주
하도록 경고하는 것이었다. 가장 염치없는 요청이라 해도
동료의 시체를 들고 도망쳐 달라는 부탁이 고작일 것이다.

그러나———.

"———알겠습니다."

사내는 이블아이를 뒤로 감추고 악마의 앞을 가로막았다.

이블아이는 흠칫 숨을 멈추었다.

그가 자신을 감싸고 앞으로 나선 순간, 터무니없이 거대한
성벽이 눈앞에 생겨난 기분이 들었다. 진심으로 안도하고
안심했다.

그와 대치한 악마는 천천히 고개를 숙였다. 고귀한 상대에
게 종복이 고개를 숙이듯 깊은 경의로 넘쳐나는 인사. 진심
으로 경의를 품을 리가 없으므로 이것은 비아냥거림이자 정
중함을 가장한 무례함일 것이다.

"이거 참, 왕림해 주셔서 영광입니다. 우선은 이름을 여쭤
어도 될는지요? 저의 이름은 얄다바오트라고 합니다."

"얄다바오트?"

칠흑의 투구 안에서 의아함이 담긴 목소리가 들렸다. 이어
서 "이상한 이름이군."이라는 목소리도.

이상한 이름이라고는 생각하지 않았지만, 이블아이가 악
마에 관한 지식을 더듬어 봐도 그 이름에는 짚이는 바가 없
었다.

"……얄다바오트라. 알았다. 나는 모몬. 그녀가 말했듯 아다만타이트 클래스 모험자다."

악마 얄다바오트의 불쾌한 태도에 칠흑의 전사 모몬은 전혀 변함없는 태도로 대화를 이어나갔다.

'과연…….'

이블아이는 감탄했다. 상대에게서 정보를 이끌어내기 위해서라면 명백한 모욕조차 받아들일 줄 아는 도량의 소유자인 것이다. 모몬이라는 자가 일류 모험자가 된 이유의 일말을 본 기분이었다.

그와 동시에, 금방 감정적으로 변한 자신을 부끄럽게 여긴 이블아이는 두 사람의 대화를 방해하지 않도록 슬쩍 이동했다. 마치 모몬의 진홍색 망토 끝자락 뒤에 숨듯.

모몬과 힘을 합쳐 싸울 뜻은 있었지만 방해만 되지 않을까 하는 예감을 품었기 때문이다.

보아하니 두 사람은 이블아이는 안중에 없는 듯, 그녀가 이동하는 동안에도 숨 막히는 정보전을 펼치고 있었다.

"그렇군요. 그렇다면 이곳에 오신 이유를 여쭈어도 되는지?"

"의뢰다. 어떤 귀족에게서 자신의 저택을 지켜달라는 명목으로 불려나왔다만…… 왕도 상공으로 운반되어 오던 도중 이곳의 공방을 목격했지. 긴급사태라 인식했기에 뛰어내린 참이었다."

귀족이란 레에븐 후작을 말하는 것이리라. 이 타이밍에 아다만타이트 클래스 모험자를 왕도까지 불렀단 말인가. 국가의 문제에 모험자 조합은 관계하지 않는다는 불문율을 깨지 않는 아슬아슬한 선에서 여덟손가락과의 항쟁에 참가시키기 위해 의뢰를 했으리라 추측할 수 있었다.

"그쪽의 목적은 무엇인가?"

"저희 악마들을 소환하고 사역하는 강대한 아이템이 이 도시에 유입되었다고 하는군요. 그것을 회수하기 위해 이렇게 온 바입니다."

"이쪽이 그것을 제공하면 문제는 끝나는가?"

"아뇨, 무리입지요. 서로 적이 되어 싸울 수밖에 없습니다."

"그것이 결론인가, 데──얄다바오트? 우리는 적이 되는 길밖에는 없는 것인가?"

"예. 바로 그렇습니다."

이블아이는 살짝 위화감을 느끼고 고개를 갸웃했다.

정보전이라기보다는 단순히 서로 정보를 교환하는 것 같은데……. 하지만 그럴 리가 없다고 이내 생각을 고쳐먹었다.

"대체로 이해했다. 그렇다면…… 여기서 쓰러뜨려야겠군. 문제는 없겠지?"

모몬이 천천히 두 팔을 펼쳤다. 그 팔과 하나가 된 듯한 거대한 검이 번뜩 빛났다.

"쓰러지면 곤란하니, 저항하도록 하겠습니다."

"——간다."

걸음을 내디뎠다. 아니, 그런 기분이 들었다고 해야 할까.

어느새 앞에 있던 모몬의 모습은 사라지고, 얄다바오트에게 육박하더니 격돌했다.

무엇이 일어났는지 이블아이는 설명할 수 없는 수준의 공방.

검의 번뜩임이 무수히 솟아나고 얄다바오트가 길게 뻗은 손톱으로 튕겨내고 있다.

"굉장해……."

찬사라면 얼마든지 있었다. 그러나 그 검광을 본 이블아이는 가장 단순하고 솔직한 말을 입에 담았다.

기억 속에 있던 어떤 전사도 능가하는 참격. 그것은 세계를 에워싼 한밤의 어둠과 함께 악을 가르는 전사처럼 보였다.

자신이 음유시인의 노래에 나오는 공주라도 된 것 같은 기분마저 들었다. 바람처럼 나타나 공주를 구하는 기사의 이야기가 눈앞의 칠흑색 전사와 겹쳐졌다.

다리 사이 언저리부터 등줄기를 타고 전류 같은 것이 솟아나 이블아이는 살짝 몸을 떨었다.

250년 동안 움직이지 않았던 이블아이의 심장이 크게 뛴 것 같았다.

손을 들어 얄팍한 가슴에 대 보았지만 역시 여느 때와 마찬가지로 움직이지는 않는다. 그래도 기분 탓이 아닌 것 같았다.

"……힘내세요, 모몬 님."

이블아이는 두 손을 맞잡고 기도했다.

자신의 기사가 강대한 악에게 승리를 거두기를.

꽈광! 육체와 육체가 부딪쳤다고는 생각할 수 없는 소리와 함께 얄다바오트가 크게 뒤로 날아갔다. 넘어지지는 않았지만 구두바닥을 깎을 듯한 기세로 돌바닥 위를 미끄러져 간다. 몇 미터 물러난 얄다바오트는 옷의 먼지를 털었다.

"훌륭하시군요. 당신 같은 천재 전사를 상대했다는 것이 저의 유일한 과오였을지도 모르겠습니다."

철컹 소리와 함께 모몬이 한쪽 손에 든 검이 돌바닥에 꽂혔다. 자유로워진 손으로 목 언저리의 응어리를 풀려는 듯 움직이더니 평온한 어조로 대꾸한다.

"아부는 됐다. 너도 아직 힘을 감추고 있을 텐데?"

그 말을 듣고 이블아이가 눈을 크게 떴다.

그 공방 속에서조차 전력을 다하지 않았다니, 완전히 상식을 벗어난 소리였다.

"혹시…… 신인(神人)인가?"

'플레이어' 라는 존재의 피를 이은 자들 중에 이따금 강대한 힘에 눈뜨는 자가 있다. 법국에서는 그러한 인물을 신인이라 부른다. 아니, 더 정확하게 말하자면 육대신의 혈통을 이었다고 인정받은 자를 그렇게 부르며 다른 혈통을 이은 자는 달리 부르지만. 아무튼 모몬이라는 인물은 '플레이어' 의 핏줄일 가능성이 있다. 아니, 그렇지 않고서 인간의 몸으로 저만한 힘을 가졌을 리가 없지 않은가.

"아뇨아뇨, 당신께는 이기지 못하겠군요. 분명 모몬 니――씨라고 하셨나요?"

"바로 그렇다, 얄다바오트. 내 이름은 모몬이다."

"알겠습니다. 그럼 갑니다! 〈악마의 제상: 촉완(觸腕)의 날개〉."

얄다바오트의 등에서 날개가 돋아났다. 깃털에 해당하는 부분 하나하나가 기이하게 길며 납작한 촉수처럼 보였다. 경계하고 자세를 잡는 모몬에게 부드럽게 말을 건다.

"당신은 강합니다. 정말로 강합니다. 저보다도 강하다는 것은 틀림없겠지요. 그러니 취향은 아니지만 이러한 수단을 쓰도록 하겠습니다. 당신이 방어에 전념한다면 막아낼 수 있겠지만 그때는 뒤에 있는 피라미는 포기하십시오. 자, 어떻게 하시겠습니까? 저는 감쌀 것을 권해드립니다."

말이 끝난 것과 동시에 사출하는 듯한 기세로 평평하고 납작한 깃털이 뻗어 나왔다. 끄트머리는 매우 예리하여 인간의 육신 정도는 뼈와 함께 쉽게 갈라버릴 것이다.

온몸을 에워싸듯 고속으로 밀려드는 날개를 보면서도 이블아이는 대응할 방법이 없었다. 〈수정방벽〉 같은 장벽을 만들 만한 마력은 이미 사라졌다. 그녀가 할 수 있는 것은 행운을 믿고 엎드리는 것뿐.

그러나 다음 순간, 이블아이는 자신이 아직 칠흑의 전사를 얕보고 있었음을 깨달았다.

단단한 금속성에 고개를 든 이블아이는 강건한 방패를 보았다.

베여 날아간 깃털이 하늘하늘 허공에 춤을 추었다. 설령 인간을 쉽게 갈라버리는 깃털이라 해도 이렇게 되고 보니 매우 아름다웠다.

"무사해서 다행입니다."

시원한 남자 목소리. 한 손에 든 검을 고속으로 휘둘러 밀려드는 날개를 모두 막아냈다고는 생각할 수 없을 만큼 평온한 목소리. 호흡 하나 흐트러지지 않았다.

"아, 아아── 아아! 어깨에! 괜찮으신가요!"

모몬의 어깨에는 깃털 하나가 박혀 있었다. 중간을 잘라버렸기 때문에 힘없이 늘어진 채 갑옷의 장식처럼 보이기도 했다.

"나는 괜찮습니다. 이 정도로는 아무런 문제도 되지 않으니. 그보다도 무사해서 안심했습니다."

가벼이 웃음을 짓는 듯한 목소리.

두근. 이블아이는 다시 자신의 몸속에서 심장이 한 차례 뛰는 것을 느꼈다. 얼굴이 공연히 뜨거웠다. 가면을 달구는 것만 같았다.

"훌륭하십니다, 그녀를 무사히 보호하다니. 이 얄다바오트, 진심으로 찬사를 보내드리고 싶군요. 정말로 대단하십니다."

"아부는 됐다. 그보다 얄다바오트…… 어째서 거리를 벌리는 거냐."

말하면서 모몬은 이블아이에게 팔을 뻗더니 그대로 그녀를 끌어안듯 들어올렸다.

"!"

움직이지도 않는 심장이 입에서 튀어나올 것 같았다. 머릿속에서는 그동안 바보 취급했던 음유시인의 이야기가 연거푸 재현되었다. 특히 기사가 공주를 옆으로 안아든 채 싸우는 장면을 떠올렸다. 상식적으로 생각하면 강적을 앞에 두고 짐짝을 든 채 싸우다니 바보나 하는 짓이다. 하지만——.

'미안하다, 전 세계의 음유시인들이여! 진정한 기사는 연약한 소녀를 안아들고 지키면서 싸우는 것이로구나. 우와, 뭐야, 이거! 완전 창피해!'

그러나 이블아이의 환희는 단숨에 가라앉았다. 그녀가 꿈꾸던 것은 옆으로 안긴 모습. 그러나 진실은——

"이건……."

——마치 짐을 끌어안듯 왼쪽 옆구리에 낀 것이다. 아니, 분명 이쪽이 옳을 것이다. 성인 여성과 비교해 이블아이는 가볍고 작다. 몸의 중심이 쉽게 흔들리지 않는다는 균형의 관점에서 보더라도 합리적이다.

불평불만을 늘어놓을 처지가 아님은 잘 안다. 동료가 죽은 원한도 아직 남아 있다. 어리석은 생각을 할 여유는 없다는 것도 충분히 이해한다. 그래도 마음 한구석에서 생겨난 불만은 억누를 수 없었다.

자기 팔로 끌어안으면 모몬도 편할지 모르겠다고 생각했지만, 조금 전과 같은 스피드 전투에 말려들면 떨어지지 않고 매달려 있을 자신이 없었으므로 입에 담지는 않았다.

이블아이는 다시 시작되려는 전투를 앞두고 모몬과 얄다바오트를 살폈다. 두 사람의 거리는 조금 전보다도 벌어졌다. 그러나 극한의 경지에 다다른 전사와 악마에게는 한달음의 간격일 것이다.

"그러면 슬슬 시작할까?"

"아니, 이쯤에서 실례하겠습니다. 조금 전에도 말씀드렸듯 저희의 목적은 당신을 쓰러뜨리는 것이 아니니까요. 이제부터 왕도 일부를 불길로 감쌀 것입니다. 만일 침입해 들어오려 한다면 연옥의 불꽃이 여러분을 저세상으로 보낼 것이라고 약속드리지요."

그 말을 남기고 얄다바오트는 등을 보인 채 뛰어갔다. 온 힘을 다해 달리는 것 같지 않은데도 거리가 쑥쑥 멀어져 이내 어둠 속으로 녹아들어갔다.

"크, 큰일 났소, 모몬 님. 어서 놈을 쳐야만 하오."

놓치기 전에 추적해야 한다고 이블아이가 황급히 제안했

으나 모몬은 고개를 가로저었다.

"무리입니다. 놈은 계획을 완수하기 위해 철수를 선택했으니까요. 추적하면 놈은 진심으로 싸우려 할 겁니다. 그렇게 되면——."

모몬은 입을 다물었지만 그다음에 이어질 말을 이블아이는 잘 알았다.

그렇게 되면 말려든 당신은 죽는다. 그렇게 말하고 싶었던 것이리라. 만일 가령 이 자리에 놓아두고 간다 해도 성격 고약한 그 악마라면 이블아이를 끌어들이는 형태로 공격할 것이다. 조금 전 모몬이 이블아이를 지켜주었기 때문에 역설적으로 이블아이가 인질의 가치가 있음을 증명하고 말았다.

목숨을 구해 준 모몬에게 도움이 되진 못할지언정 방해만 되는 자신에게 혐오감이 들었다. 이런 자신이 클라임에게 건방진 소리를 했다니, 어이가 없을 지경이었다.

"그러면 나베. 우리는 이제부터 어떻게 하면 좋을까."

물음에 대답하듯 상공에서 한 여성이 천천히 내려왔다. 칠흑의 영웅 모몬의 팀에는 '미희(美姬)'라는 별명을 가진 매직 캐스터가 있다고 들었다. 그런 별명이 부끄럽지도 않으냐고 내심 조롱하기도 했다. 하지만 실물을 본 이블아이는 흠칫 숨을 멈추었다.

너무나도 아름다웠던 것이다. 이국—— 남방 쪽의 피가 흐르는 듯한 그 용모는 이블아이조차 눈을 뗄 수 없을 정도였다.

"모몬 니──씨. 당초 예정대로 의뢰인인 귀족의 저택까지 가시는 것이 어떨는지요."

"……그 얄다바오트란 놈을 무시하고 말이냐? 놈의 계획을 막는 것이야말로 내가 왕도에서 맡을 역할은 아닐까?"

"그럴지도 모르나, 우선은 의뢰인에게 확인을 받아야 한다고 사료되옵니다."

"──맞는 말이다."

"그보다도 거기 그 각다귀 같은 하등생물을 바닥에 내팽개치실 것을 추천드립니다만."

"응? 아, 이거 실례했습니다. 놈의 공격에 말려들면 위험하다고 생각해서."

모몬이 천천히 이블아이를 내려놓았다.

"아니, 신경 쓰지 마시──세요. 당신이 그럴 생각이었다는 것은 잘 알고 있었습니다."

이블아이가 깊이 고개를 숙였다.

"이렇게 구해 주셔서 고맙습니다. 정식으로 소개드리자면, 저는 아다만타이트 클래스 모험자 팀 청장미의 이블아이라고 합니다."

"정중한 소개 고맙습니다. 같은 아다만타이트 클래스 모험자 모몬입니다. 그리고 여기 매직 캐스터가 동료인 나베이지요. 그런데 이블아이 씨는 이제부터 어떻게 하실 생각이신지요? 저쪽에 계신 두 분은 동료가 아닙니까? 그렇다면 옮기는 것을 거들어드릴 수도 있습니다만…….”

손가락이 향한 곳에 있는 것은 가가란과 티아다.

“호의에 감사드립니다. 하지만 그러실 필요는 없습니다.잠시 후 이곳에 다른 동료들도 올 예정이니까요. 어쩌면 이곳에서 부활 마법을 발동하게 될 수도 있고요.”

철컹. 갑옷 울리는 소리가 크게 들렸다.

가느다란 슬릿에서 시선에 강한 감정이 깃드는 것을 이블 아이는 예민하게 지각했다.

“부활 마법을 사용할 수 있나…… 아니, 있습니까?”

“네? 아, 예. 저희 리더인 라퀴스는 죽은 자를 부활시킬 수 있습니다.”

“그렇군요! 그러면 한 가지 여쭙고 싶습니다만, 부활 마법이란 것은 아무리 멀리 떨어진 곳에 걸어도 발동합니까?”

“그것이 무슨 뜻인지요?”

“음, 이를테면, 저 두 분을 부활시킬 때 매우 멀리 떨어진…… 이를테면 제국에서 마법을 발동시켰을 경우 어디에서 되살아나는 겁니까? 제국입니까, 아니면 시체가 있는 이곳입니까?”

왜 부활마법에 대해 이렇게까지 관심을 보이는 걸까. 단순한 호기심일까? 제5위계 신앙계 마법을 사용하는 자는 별로 없으니 흥미를 가져도 이상할 것은 없다.

어쩌면 누군가 소중한 사람이 죽었을지도 모른다. 그럴 경우 이블아이가 들려줄 대답은 그에게는 잔혹한 결과가 될 것이다. 그렇지 않기를 기도할 뿐이다.

"자세히는 모르지만, 라퀴스가 사용할 수 있는 부활마법은 소생시킬 곳 가까이에 시체가 없으면 어렵다고 들었습니다. 모몬 님의 질문에 대답을 드린다면, 제국에서는 발동하지 못하는 셈이지요."

"흐음. 그러면 다른 질문입니다만, 두 분은 부활한 후 즉시 전투에 참가하실 수 있습니까?"

"무리지요."

이블아이는 단언했다.

라퀴스가 사용하는 부활마법은 제5위계 마법 〈사자부활 Raise Dead〉. 되살릴 때 막대한 생명력을 소실시키므로 아이언 클래스 이하의 모험자는 거의 틀림없이 재가 되고 만다.

아다만타이트 클래스인 두 사람은 문제없이 부활하겠지만, 생명력 소실 때문에 한동안은 육체가 원활히 움직이지 못한다. 생명력을 되찾으려면 나름 시간이 걸려야 한다.

얄다바오트의 말이 사실이라면, 아직 위험에서 벗어나지 못한 이상 상당한 전력저하는 피할 수 없을 것이다.

'……아니지. 그 악마에게 대항할 수 있는 인물은 이분밖에 없는 이상 두 사람이 부활했다 한들 달라질 것은 없어. 그렇다면 부활한 후 요양을 시키는 편이 현명할지도…….'

"그렇군요…… 잘 알겠습니다. 혹시 괜찮으시다면 라퀴스라는 분과 만나보고 싶군요. 저도 한동안 이곳에서 대기해도 괜찮겠습니까?"

"네?! 어, 어째서 라퀴스와 만나고 싶으신지요?!"

정신을 차리고 보니 이블아이는 목소리를 높이고 있었다.

이유는 스스로도 알 수 없었다. 모몬이 라퀴스와 만나고 싶다고 말한 순간 가슴에 따끔거리는 것이 생겨났기 때문이다.

스스로도 놀랐다. 그 커다란 목소리를 들은 모몬 또한 동요하는 것 같았다.

부끄러운 나머지 가면 안의 얼굴이 새빨갛게 물들었다. 후드를 뒤집어쓴 덕에 붉어진 귀를 보이지 않아도 되어서 안심했다.

"어, 부활마법 때문에 여쭙고 싶은 것이 생길지도 모르고, 같은 모험자이자 선배이기도 한 청장미의 팀 리더를 한번 뵙고 싶기도 해서 말입니다……. 게다가 얄다바오트가 도망친 척하고 이곳으로 돌아오지 말라는 법도 없지요. 그런 이유였습니다만, 무언가 곤란하신 점이라도 있으십니까?"

"아, 아니오, 그러시다면야…… 예. 소리를 질러서, 정말 죄송합니다."

얄다바오트를 경계하기 위해서이기도 하다는 말에, 가슴에 생겨난 따끔거리는 감각은 사라졌다.

'조금 전의 이야기를 냉정하게 생각해 본다면 누구든 예상할 수 있었을 텐데……. 게다가 얄다바오트를 경계……. 다

시 말해 나를 지킨다는 의미로……? 에헤헤…….'

"그러면 그때까지 이곳에서 무슨 일이 일어났는지를 들려주실 수 있겠습니까?"

"그 전에…… 동료들의 시체를 저대로 내버려두는 것도 염려되니, 저쪽으로 이동해도 괜찮을까요?"

"물론이죠."

모몬의 대답에 따라 이블아이는 두 사람의 시체가 있는 곳까지 이동했다.

끔찍한 화상을 입지 않았을까 생각했는데, 악마의 불꽃이 태운 것은 마치 인간의 영혼뿐인 것처럼 깨끗한 시체였다.

두 사람의 눈꺼풀을 감겨주고 가슴 위에서 손을 맞잡아준 이블아이는 가방 안에서 안면의 수의Shroud of Sleep를 꺼내 처음으로 티아를 감쌌다.

"그건 무엇입니까?"

"이건 시체를 감싸 언데드화나 부패를 억제해 주는 매직 아이템입니다. 그리고 부활마법을 사용할 때에도 이점이 있다더군요."

"그렇군요……."

고개를 끄덕이며 모몬은 이블아이가 몸집이 큰 가가란의 시체를 수의로 감싸느라 고생하는 모습을 보고 손을 빌려주었다. 엄청난 완력으로 가가란을 정말 가볍게 들어올렸다.

흰 천에 싸인 시체 두 구를 앞에 두고 이블아이는 살짝 묵

념을 했다. 설령 나중에 라퀴스가 소생해 준다고 해도 죽은
자는 존중해야 하는 법이다.

"힘을 빌려주셔서 고맙습니다."

"아닙니다, 마음에 두실 것 없습니다. 그보다 조금 전에
하던 말씀을 계속 드리겠는데, 이곳에서 무슨 일이 일어났
는지를 좀 들려주십시오."

이블아이는 쾌히 승낙하고 이 자리에서 일어났던 일을 말
하기 시작했다. 그렇다 해도 그녀가 아는 것은 이곳에 온 목
적, 그리고 벌레 메이드와의 전투 중반부터 얄다바오트가
등장했을 때까지였다.

벌레 메이드를 거의 쓰러뜨릴 지경까지 몰아넣었다는 이
야기를 했을 때 조용히 말을 듣던 모몬과 나베의 분위기가
돌변했다.

"그래서, 죽이셨습니까?"

평탄한 어조기는 했지만 여기에는 감출 수 없는 분노가 타
오르고 있었다.

이블아이는 당황했다. 얄다바오트의 메이드를 죽이려 했
다는데 모몬이 분노를 품는 이유를 알 수 없었다. 그래서 일
단은 재빨리 결과를 가르쳐주었다.

"아닙니다, 죽이지 못했습니다. 그 전에 얄다바오트가 나
타났으니까요."

"——그랬습니까. 그렇군요……. 과연."

분노는 이블아이의 착각이었던 것처럼 순식간에 사라지고 이제는 어디에도 없었다. 다만 말없이 이야기를 듣는 나베의 딱딱한 눈동자에는 아직까지 분노가 깃든 것 같았으나 원래 그녀에게는 부정적인 감정을 품었던 만큼 확실하지 않았다.

　모몬이 어흠 헛기침을 하더니 물었다.

　"음, 그 벌레 메이드를 죽이려 했기에 얄다바오트가 작정을 하고 싸웠던 것은 아닙니까?"

　이블아이는 모몬이 분노한 이유를 깨달았다. 중립적이었던 벌레 메이드에게 두 사람이 전투를 감행했던 것이 모든 일의 발단이 아니었을까 하는 이야기였다. 밟지 않아도 될 호랑이 꼬리를 밟았다고.

　쓸데없는 전투는 모험자라면 회피해야 마땅하다. 특히 최고 랭크에 속한 자가 이를 유념하지 못한다면 아다만타이트라는 이름에, 나아가서는 모몬 자신의 이름에도 흠이 간다고, 그런 말을 하려던 것이 아닐까. 하지만 이블아이의 입장에서는 수긍이 가지 않는 점도 있었다.

　"얄다바오트는 이렇게 말하지 않았나요? 왕도 일부를 지옥의 불꽃으로 감싸겠다고. 그런 놈을 섬기는 메이드가 제대로 된 놈일 리 없어요. 저는 동료들이 싸움을 건 것이 옳은 행위라고 믿습니다."

　이것만큼은 양보할 수 없었다. 그 메이드는 가가란이나 티아보다도 강했다. 그럼에도 전투를 피하지 않았던 데에는 이유가 있을 것이다. 동료들은 분명 옳은 이유에서 그런 선택을 내렸으리라.

자신도 모르게 원래 감정을 드러내며 반론하는 이블아이와 입을 다문 모몬. 가면 너머로, 클로즈드 헬름 너머로. 서로의 눈동자는 인식할 수 없었으나 이블아이는 시선이 힘을 가지고 부딪친다는 확신이 들었다.

먼저 물러난 것은 모몬이었다.

"음, 아—. 그렇군요. 그 말씀이 맞습니다. 죄송합니다."

그리고 슬쩍 고개를 숙인다. 그 태도에 이블아이는 당황했다. 양보하지 않기 위해 말다툼을 벌일 뻔했는데 생명의 은인에게 그런 말을 들을 수는 없었다.

"고, 고개를 드세요! 당신처럼 멋진 분이 이러시면——! 헉, 저기요?!"

자신이 무슨 소리를 하려 했는지 깨닫고 이블아이는 당황하며 말을 잇지 못했다. 모몬은 분명 멋진 사람이기는 하지만 전후 문맥을 생각하면 여기서 '멋지다'라는 형용사를 써서는 안 된다.

이블아이는 마음속으로 절규했다.

'아악—!! 그럼 어떡하라고! 그렇게 멋있었는데! 내가 수백 년 만에 소녀심을 품는다 해도 어쩔 수 없잖아! 이렇게 강하고—— 그래, 나보다 강하고 멋있는 전사인걸!!'

소녀 같은 태도로 이블아이는 흘끔 모몬의 눈치를 살폈다.

멋쩍어하는 기색이 있다면 그나마 희망을 품을 수 있겠지만 그 이외의 반응을 보인다면 가능성은 희박하다.

이블아이의 몸은 열두 살 정도에서 성장을 멈추고 말았다. 그렇기에 남자가 바라는 것은 대부분 갖추지 못해 욕망에 불을 지피는 것도, 욕망을 해소해 주는 것도 어렵다. 물론 일부 아주 예외적인 남자들에게는 지극히 매력적으로 보일지도 모르겠지만, 그것은 지극히 예외일 뿐이며 옆의 나베를 보면 가능성은 없을 것 같았다.

이블아이는 용기를 쥐어짜내 흘끔 곁눈질을 했다. 그런데 모몬과 나베는 나란히 애먼 곳을 바라보고 있었다.

무얼 하는 걸까, 처음에는 전혀 알 수 없었지만 자신이 조금 전에 당황해 '저기요'라 외쳤던 것을 떠올리곤 두 사람의 행동을 이해했다. 두 사람은 이블아이의 고함을 경고라 받아들였던 것이다.

'그게 아니에요오오!'

너무나도 한심해서 울고 싶어졌다.

"……기분 탓은 아닌지요? 저기에는 아무것도 없습니다만."

주위를 한차례 살핀 모몬이 그렇게 말했다.

"기, 기분 탓이었나 봐요. 죄송합니다."

"아닙니다, 괘념치 마십시오. 적에게 선수를 빼앗기는 것보다는 기분 탓으로 끝나는 편이 낫지요."

나베의 도움으로 검 한 자루를 등에 짊어지고, 나머지 한 자루는 경계의 의미로 손에 든 모몬이 가볍게 대답했다.

그런 다정함에 이블아이는 할 말이 없었다. 그때 시야 한 구석이 밝아졌다. 빛의 색은 마법 같은 것으로 만들어낸 백색광과는 달리 이글이글 타오르는 화염이 뿜어내는 붉은색이었다.

"모몬 씨──. 저쪽을 보십시오."

나베의 목소리와 같은 타이밍에 두 사람은 나란히 붉은색 광채 쪽으로 눈을 돌렸다. 그 빛이 무엇에서 생겨났는지 깨달은 이블아이는 가면 안에서 눈을 크게 떴다.

"뭐지, 저게?"

진홍색 화염이 하늘을 태울 것처럼 솟아나고 있었다. 높이는 가볍게 30미터를 넘을 것이다. 길이는 상상도 가지 않았다. 몇 킬로미터는 되지 않을까.

불꽃의 벽은 일렁이는 베일처럼 솟아났으며, 띠처럼 뻗어나간 모습은 왕도 한쪽을 완전히 에워싼 것처럼 보였다.

처음으로 보는 현상에 놀란 이블아이의 귀에 남자의 조그만 목소리가 들렸다.

"……게헤나의 불꽃?"

이블아이는 화들짝 놀라 모몬에게 고개를 돌렸다.

"그, 그게 대체, 무, 무엇인가요? 모몬 님은 아시나요? 저 거대한 불꽃의 벽을."

흠칫 어깨를 떤 모몬이 이제까지와는 전혀 다른 미적지근한 태도로 대답했다.

"네? 어…… 아, 아뇨. 자신이 없어서. 그게, 확실해진 다음에 말씀드리면 안 될까요?"

"그, 그야 물론 상관은 없습니다만……."

"나, 나베와 잠깐 상담할 것이 있어서. 잠시 실례하겠습니다."

"예? 그러면 저도 가면 안 될까요?"

"아, 아니요. 동료끼리 나눠야 할 이야기라 양해해 주시면 고맙겠습니다만……."

당연한 말이다. 당연한 것을 묻고 말았다는 데 살짝 수치심을 느낀 이블아이가 방황하듯 이리저리 돌린 시선은 미희라 불리는 여성에게 향했다.

미모 위에 뽐내는 듯한 웃음이 어린 것 같았다.

기분 탓일지도 모른다. 하지만 기분 탓이 아닐지도 모른다. 초일류의 사나이에게 특별 대접을 받는다면 여자인 이상 동성에게 우월감을 느낄 테니까.

이블아이는 자신의 마음속에 생겨난 기괴한 감정을 억누를 수가 없었다.

기분 나쁜 분노—— 질투라는 불꽃이다.

'강함만이 아니라 내가 모르는 지식까지 가졌다니. ……이런 남자는 두 번 다시 만날 수 없을 거야.'

인간 여자는 강한 자에게 끌리는 경향이 있다. 강대한 외적과 마주하는 환경이 이어진 탓에 종족보존 본능을 자극받아, 강한 남자와 맺어져 자식을 잉태하고 보호받기를 원하는 것이다. 물론 모든 여자가 그런 조건만으로 남자를 고르지는 않는다. 성격이니 용모 등 다양한 요소에 따라 사랑을 키워 나간다. 그래도 그 경향이 강하다는 점은 사실이었다.

이블아이는 그동안 그런 여자들을 모멸했다.

'약하기 때문에 남에게 보호받으려 하다니 어리석다고, 보호를 받지 않아도 될 만큼 강해지면 그만이라고── 그렇게 생각했는데.'

이 사내를 놓치면 자신은 평생 만족할 만한 남자를 만날 수 없는 것 아닐까?

이블아이는 늙지 않는 몸이므로 분명 모몬이 먼저 늙어 죽을 것이다. 그리고 제아무리 노력한들 이블아이는 모몬의 자식을 잉태하지 못한다. 수십 년 후에는 또 외톨이가 될 수밖에 없지만, 그래도 인생 속에서 한 번쯤은 여자로서 살아가 보는 것도 나쁘지 않을 것이다.

'자식이라면 다른 여자가 만들어도 괜찮아. 가장 큰 애정을 주기만 한다면, 나도 첩 한둘 정도 가지고 가타부타하진 않을 테니.'

"……그러면 잠시만 기다려 주십시오. 죄송합니다…… 이블아이 씨?"

"에? 아, 죄송합니다. 잠깐 이것저것 생각할 것이 많아서요. 팀에서 결정해야 하는 일도 있겠지요. 저는 여기서 기다리겠습니다."

본심을 말하자면 한시도 떨어져 있고 싶지 않았다. 못 이기겠다고 인정할 수밖에 없는 미녀와 함께 두고 싶지 않았다. 그러나 그런 말을 어떻게 하겠는가.

끈덕진 여자는 미움받는다. 남자를 속박하려 들면 오히려 놓치고 만다.

주점에서 들은 이야기가 떠올랐다. 그때는 자신과는 인연이 없는 이야기이며 쓸데없다고 웃어넘긴 후 자리를 떴다.

'이럴 수가. 이 세상에 쓸데없는 지식이란 존재하지 않는 법이구나. 그때 제대로 들어두었더라면⋯⋯. 이제부터라도 늦지 않았을까? 여자의 수완이란 것을 배울 시간은 있을까?'

나란히 물러가는 두 사람의 뒷모습을 눈으로 좇으며 이블아이는 생각했다. 이 상황에서 생각할 일이 아니란 것은 알지만, 그쪽에 생각을 돌려봤자 정보가 부족하기 때문에 결국 제자리걸음일 뿐이다. 다만, 어찌 됐든 몇 시간 후면 이블아이조차 죽을지도 모르는 전투에 뛰어들어야만 한다. 그렇다면 조금이라도 마음의 긴장을 풀고, 쓸데없는 일을 진지하게 생각해 보는 것도 좋지 않을까.

'⋯⋯사고를 치는 수밖에 없나.'

자식을 잉태하지 못하는 이 몸으로 얼마나 효과가 있을지는 알 수 없지만 고려해 볼 수단 중 하나일 것이다.

"……하아. 얄다바오트에게 이겨서…… 미래를 만들어 볼까."

이블아이는 타오르는 불꽃의 장벽 안에 있을 얄다바오트에게 마음속으로 선전 포고를 했다.

'너에게 이길 사람은 모몬 님밖에 없을 것이다. 그렇다면 들러리들은 내가 상대하마. 그 메이드가 또 나온다면 확실하게 해치워 주마. 이래 봬도 랜드폴이라 불리며 저주를 사던 몸! 나를 우습게보지 마라, 얄다바오트!'

"여기서라면 들리지 않겠지."

"아무리 그래도 이 거리에서 듣기는 어려울 것입니다."

"그렇다 해도 일단은 경계해두어야 한다만."

아인즈는 미리 구입해둔 아이템을 기동했다. 엿듣기를 방지하는 힘을 가졌지만 일회용 아이템이라 아까워서 쓰지 않았는데, 이번만큼은 어쩔 수 없었다.

"자, 나베. 나는 데미우르고스 녀석의 계획은 거의 대충파악했다. 그러나 정밀한 기계일수록 조그만 톱니바퀴가 고장을 일으켜 모두 붕괴되는 법이지. 계획 또한 마찬가지다. 다 파악했다고 생각해 확인하지 않고 행동했다가, 작은 실수로 인해 모든 것이 파국으로 치닫는 경우는 피해야만 한다. 이해하겠느냐?"

"그렇군요…… 역시 지고의 존재십니다."

나베랄의 진심 어린 칭찬에 아인즈는 지배자로서 어울리는 여유 있는 태도로 고개를 끄덕여 대답했다. 모두 자신의 손안에 있다고 말하듯.

——그럴 리가 있냐.

마음속으로 흘리는 폭포수 같은 식은땀에 빠져 죽을 것 같았다.

데미우르고스의 계획 따위 알 리 만무했다. 조금 전에도 아인즈는 왕도에서 전투가 벌어진 것 같아 '왕도 데뷔전이니 멋있게 등장해야지.' 하고 끼어들었을 뿐이었다. 싸우던 것이 데미우르고스란 사실을 알았을 때의 충격은 순식간에 아인즈의 정신안정을 날려버렸을 정도였다. 언데드 특유의 정신구조 덕에 강제로 평정을 되찾았지만.

다음으로, 명령에 따라 여덟손가락과 싸우고 있는 줄 알았더니 상대는 아다만타이트 클래스 모험자라는 사실. 이제는 도저히 이해할 수가 없어 아인즈는 반 이상 생각을 포기했다.

그런 몸으로 입을 놀렸으니 이번에는 매우 위험했다. 아는 척이 매우 위험한 행위라는 것 정도는 아인즈도 잘 안다. 때로는 무지를 드러내는 편이 안전할 때도 있다. 하지만 지배자로서 공경의 대상이 되는 아인즈는 존경할 만한 지고의 존재에 어울리는 지혜를 가졌음을 보여줄 필요가 있다.

예를 들어 직장 상사—— 그것도 회장 정도 되는 분이 너무나도 무지하다면 부하들의 신뢰를 잃지 않겠는가.

그런고로 들어 있지도 않은 뇌가 불탈 정도로 필사적으로 굴려 끄집어낸 것이 조금 전의 궁색한 변명이었다.

나베랄의 성격이 솔직한 것인지, 아니면 의외로 수긍이 갈 만한 변명이었는지는 알 수 없었지만 그녀의 눈동자에는 존경의 빛이 어렸다. 그렇기에 아인즈는 명령하는 척 부탁했다.

"음. 그러면 데미우르고스의 작전을 성공시키기 위해 연락을 취하자. 내가 하지 않는 이유는 타인—— 저 계집의 눈이 있고, 지금은 마법을 사용할 수 없는 몸이기 때문이다. 흐음…… 이블아이 녀석, 감시를 태만히 하지 않는군. 확증은 없지만 나를 수상히 여기고 있겠지."

"설마 그렇지는 않으리라 봅니다. 굳이 말씀드리자면 좀 더 다른 감정에 의한 것이 아니겠습니까?"

나베랄의 말에, 아인즈는 의심을 사지 않도록 곁눈질로 이블아이 쪽을 살폈다.

"그거야말로 설마다. 나는 저 여자의 생각을 손에 잡힐 듯이 알 수 있다. 조금 전에 화를 내고 말았던 것은 치명적인 실수라고 생각한다만…… 역시 망설이지 말고 죽였어야 했을까?"

대답은 돌아오지 않았다.

엔토마를 죽이기 일보 직전까지 몰아넣었다는 말을 듣고 아인즈에게 있었던 감정은 격노뿐이었다. 여느 때처럼 격렬한 감정의 기복은 즉시 억제되었다. 그래도 순식간에 끓어오른 분노에 지배당해 손에 든 검을 이블아이의 정수리에 꽂아버리지 않았던 것은 순전히 기적이었다.

그나마 그 전에 했던 이야기 덕에, 이블아이를 죽일 경우 너무나도 불이익이 크다고 판단하여 살의를 참고 분노를 억누를 수 있었다. 기껏 부활마법을 쓸 수 있는 인물과 연줄이──그것도 아인즈 일행에게 유리한──생기기 직전인데, 이를 없애버린다면 아깝지 않은가.

──나도 조금 성장해 참을성을 익혔군.

아인즈는 절절히 생각했다. 만일 샤르티아가 세뇌당했을 때 이성을 잃었던 경험이 없었다면 불이익 따위 생각도 않고 확실하게 이블아이를 죽였을 것이다. 나자릭 지하대분묘에 존재하는 옛 동료들이 만들어준 NPC들은 아인즈가 지켜야 할 보물이다. 이를 더럽히고도 용서할 수 있겠는가. 그래도 무엇이 가장 중요한지를 생각하여 선택할 수 있었던 것은 성장했기 때문이리라.

아인즈는 자신이 경험을 쌓으면서 기량도 조금씩 성장했음을 느끼고, 만약을 위해 뒤집어쓴 고무 마스크 위에 환영으로 만든 얼굴을 씨익 일그러뜨렸다. 이대로 성장해 나간다면 명실공히 나자릭 지하대분묘의 지배자에 어울리는 자가 될 것이 분명하다. 아니, 그렇게 되었으면 한다.

'그때까지는 실망을 사거나 큰 실수를 저지르는 것만은 피해야 해……. 참으로 힘들군.'

"그렇군요. 역시 아인즈 님이십니다. 저 정도 계집아이 따위의 생각은 완벽하게 간파하셨군요. 그야말로 옥좌에 앉으실 만한 혜안을 지니셨습니다."

"아부는 관두어라, 나베랄. 애초에 나의 추태에서 온 당연한 고찰이다."

아인즈는 멋쩍음을 감추기 위해 손을 내저었다. 그리고 나베랄에게 강철 같은 음성——제 딴에는——으로 명령했다.

"행동을 개시하라, 나베랄. 속히 모든 계획을 알아내 나에게 전하라. 그리고 이건 내 짐작이다만, 이대로 가면 얄다바오트가 일으킨 사건을 해결하게 될 자는 우리가 되리라는 것도 전해두도록."

고개를 숙인 나베랄이 마법을 발동했다.

아인즈는 내심 승리포즈를 지었다. 나베랄에게 조금 전에 했던 말은 거짓이 아니다. 지금 아인즈는 마법 〈완벽한 전사 Perfect Warrior〉를 썼기 때문에 마법을 사용하지 못하는 몸이 되고 말았다. 그렇기에 나베랄이 데미우르고스에게 〈전언〉을 날리는 것은 당연하지만, 여기에는 또 다른 이유가 있었다.

데미우르고스의 작전을 이미 다 간파했다는 연기를 하는 이상, 진짜로 이해했는지 어떤지 지장(智將) 데미우르고스에게 의심을 사지 않도록 접촉은 최대한 회피해야 했다.

물론 나베랄에게 맡기면 전달 게임의 형식을 취하기 때문에 정보가 일부 왜곡돼 전해질 우려가 있다. 그러나 그 정도 위험성은 소소하다. 아인즈가 나자릭 지하대분묘 최고 지배자에 어울리는 존재라는 평가가 무너지는 것에 비하면.

아인즈는 천천히 이블아이를 향해 걸어갔다. 나베랄이 데미우르고스와 대화를 나누는 동안 자신이 미끼가 되어 눈을 붙잡아두어야 하기 때문이다.

"이거야 원. ……어떻게 얼버무려야 좋을지……. 그건 그렇다 쳐도 어린애이면서 이렇게 강하다니, 가면 안에서는 대체 어떤 얼굴을 하고 있을지."

2

하화월(9월) 5일 00:47

왕성 한구석, 한밤중인데도 형형히 불을 밝혀놓은 그리 넓지 않은 방에는 수많은 남녀가 모여 있었다. 각각 통일성이 없는 무장을 했다.

그들은 급히 호출을 받고 모인, 왕도 내의 모든 모험자들이었다. 오리하르콘이나 미스릴 등 상급 모험자들도 있거니와 아이언이나 코퍼 등 최하급 모험자들의 모습도 있어서 그야말로 총동원이라 할 수 있었다.

상위 모험자들은 현재 일어나고 있는 왕도 내의 문제를 해결하기 위해 소집되었음을 이미 인식하고 있었다. 원래는 신분이 확실치 못한 자들이 드나들어서는 안 되는 왕성으로 호출을 받았기 때문이다.

또한 그런 모험자들은 방 한구석에서 부동자세를 유지하고 있는 하얀 풀 플레이트 아머 차림 소년의 존재를 통해 의뢰인이 누구인지까지 이미 예상했다. 그 중에서도 더욱 소수에 속하는 모험자들은 소년의 옆에 멀거니 서 있는, 자신들과 같은 부류의 분위기를 풍기는 카타나 전사의 정체마저 어렴풋이 알아차렸다.

문이 열리고, 모두의 앞에 여성들로 이루어진 무리—— 그 중에 남성은 한 명밖에 없었다——가 모습을 나타내 술렁임이 퍼졌다.

왕국의 모험자들이라면 모르는 이가 없는 거물들뿐이었다.

선두에 선 사람은 아다만타이트 클래스 모험자 팀 '청장미'의 리더, 라퀴스 알베인 데일 아인드라. 이어서 나타난사람이 황금공주라 불리는 라나. 그리고 왕도 모험자 조합의 조합장. 청장미의 이블아이와 쌍둥이 중 한 명. 제일 마지막에 나타난 것은 왕국 최강의 전사 가제프 스트로노프였다.

그들은 전원의 앞에 섰다. 하얀 갑옷을 입은 소년이 손에 든 커다란 종이를 펼쳐 그들의 뒤쪽 벽에 붙였다. 그곳에 적힌 것은 왕도의 상세한 지도였다.

처음으로 말을 꺼낸 자는 왕도 모험자 조합의 조합장이었다. 그녀는 이미 40대였지만 미스릴 클래스 모험가 출신답게 생기 넘치는 안광을 띠고 있었다.

"여러분, 우선 비상사태에 모여주신 데 감사드립니다."

정적이 찾아오고, 진지한 표정을 지은 모험자들을 한 바퀴 둘러본 그녀가 다시 입을 열었다.

"원래 모험자 조합은 국가문제에 개입하지 않습니다."

시선이 한순간 청장미 멤버들에게 향했지만 그녀들은 아무 말도 하지 않았다. 눈은 입만큼 많은 말을 하는 법이므로.

"그러나 이번 건은 사정이 다릅니다. 모험자 조합은 왕국을 전면적으로 지원하여 문제를 신속히 해결해야 한다고 판단했습니다. 자세한 작전 내용에 대해서는 왕녀님께서 말씀하시겠습니다. 여러분, 경청해 주시기 바랍니다."

천천히 앞으로 나온 왕녀의 좌우에는 청장미 멤버들과 왕국전사장 가제프 스트로노프가 따랐다.

"라나 티엘 샬드론 라일 바이셀프라 합니다. 이번 비상사태에 모여주신 데에 다시 한 번 감사 말씀을 드립니다."

고개를 꾸벅 숙인다. 가련한 그녀의 모습에 모험자들 중 몇 명이 감탄한 숨소리를 냈다.

"본래는 조금 더 감사의 말씀을 드리는 것이 순리이겠지 만, 시간이 없으므로 즉시 설명에 들어가겠습니다. 오늘 미명, 왕국의 일부———."

왕녀는 뒤에 있던 왕도 지도의 한쪽, 북동쪽 방향을 에워 싸듯 크게 손가락을 움직인다.

"이 일대에 불꽃의 장벽이 출현했습니다. 높이 30미터가 넘는 벽과도 같은 불꽃은 이곳에 계신 여러분도 이미 보셨 으리라 생각합니다."

모험자들 대부분이 고개를 끄덕였으며, 몇몇은 왕성 창문 을 통해 밖을 보았다. 성벽에 가로막힌 왕성에서는 불꽃의 벽이 직접 보이지 않지만, 반사광으로 하늘 일부를 붉게 물 들이는 모습은 똑똑히 확인할 수 있다.

"이 불꽃은 환영과도 비슷한 면이 있어 접촉하여도 아무런 해가 없는 듯합니다. 실제로 접촉한 분들의 말씀에 따르면 열도 전혀 느껴지지 않았으며, 장벽처럼 침입을 저해하는 것도 아니라고 합니다. 게다가 내부에서도 문제없이 활동할 수 있었다고 합니다."

그 말에 저급 모험자들을 중심으로 안도한 목소리가 일어 났다.

"이 사건을 일으킨 수괴의 이름은 얄다바오트. 매우 흉악하면서도 강대한 악마라는 정보가 들어왔습니다. 실제로 이 불꽃의 벽 너머에 저급 악마가 있음을 청장미 측에서 확인했습니다만, 상급자의 명령을 받아 행동하는 것과도 같은 규율을 느꼈다고 합니다."

라퀴스가 라나의 말이 사실이라고 고개를 끄덕였다.

미스릴 플레이트를 목에 건 모험자 하나가 질문했다.

"……적의 우두머리를 치는 게 기본이겠지만…… 얄다바오트를 쓰러뜨리면 되는 겁니까?"

라나는 한 번 고개를 끄덕였다.

"극단적으로 말하자면, 그것으로 사건이 해결되기를 바랍니다. 그러나 그 이상으로, 적 악마의 목적을 타파해 주십사 부탁드리고 싶습니다. 저희가 얻은 정보에 따르면 그들의 목적은 왕도에 반입된 특별한 아이템을 빼앗는 것이라고 합니다."

모험자들이 술렁거렸다. 왕도를 중심으로 모험을 하는 자들은 불꽃의 벽에 에워싸인 구역이 창고며 상회 등이 있는, 왕도에서도 경제의 심장부라 할 수 있는 지구임을 알고 있었기 때문이다.

"……그 정보는 어떤 수단으로 얻었습니까?"

"얄다바오트가 그렇게 말했다고 합니다."

"그 자체가 허위 정보일 가능성은 매우 높지 않겠소?"

"분명 가능성이 없다고는 말할 수 없겠지요. 이 사건이 우리의 이목을 모으기 위한 거대한 양동작전일 가능성 말씀입니다. 그러나 저는 매우 신빙성이 높다고 판단했습니다. 적이 불꽃의 벽을 만들어낸 후로 움직이려 하지 않고 있기 때문입니다. 게다가 얄다바오트의 말이 진실일 경우 수수방관했다가는 최악의 사태를 초래할 수도 있습니다. 따라서 파고들어 볼 필요가 있습니다."

"조금 전부터 말씀하신 얄다바오트라는 악마는 얼마나 강한 겁니까? 그런 이름의 악마는 서적에서도 읽은 기억이 없는데. 만일 추정 난이도 같은 것을 알 수 있다면, 대충이라도 좋으니 가르쳐 주십시오."

라퀴스가 낯을 찡그리며 한 걸음 나섰다.

"얄다바오트가 얼마나 강한지는 우리 동료인 이블아이가 직접 보았지만, 난이도는 아직 결정할 수 없으니 나중에 보고하겠어."

난이도란 모험자들이 조우하는 몬스터에게 붙이는 강적의 수준을 말한다. 이것이 높으면 높을수록 강하다는 뜻이 되는데, 모험자들 사이에서는 난이도를 믿었다가는 호되게 당한다는 것이 정설로 통한다. 그 이유는 개체마다 격차가 크며, 어디까지나 참고 정도밖에 되지 않기 때문이다.

그렇기에 별로 쓰이는 일이 없는 수치이기는 하지만, 조금 전의 모험자는 이번처럼 모두가 알기 쉽도록 능력수준을 알리기 위해서는 최적일 수도 있겠다고 판단해 질문한 것이다.

"대신 무슨 일이 있었는지 설명해 주지. 내 동료들이 벌레메이드── 얄다바오트의 종자라고 판단되는 자를 쓰러뜨렸을 때 나타난 얄다바오트와 싸우면서…… 동료 두 사람, 전사 가가란과 도적 티아가 이 자리에 없는 데서도 눈치를 챘으리라 생각하지만……."

라퀴스는 방에 모인 모험자들의 얼굴을 둘러보았다.

"얄다바오트에게 죽었어."

"겨우 일격이었지."

이어진 이블아이의 발언에 실내가 소란스러워졌다.

아다만타이트 클래스 모험자. 그것은 모험자의 최고봉이며 살아 있는 전설이다. 그런 자가 일격에 죽었다니, 도저히 믿을 수 없는 정보였다.

그러나──.

"허둥대지 마라!"

무거운 공기를 날려버릴 정도로 강렬한 기합이 담긴 목소리로 이블아이가 외쳤다.

"분명 얄다바오트는 강하다. 그 점은 놈과 싸우고 속수무책으로 패배한 내가 보증한다. 놈은 인간이 이길 수 없는 그런 괴물이다. 이곳에 모인 전원이 덤벼도 몰살당하는 쓰라린 꼴을 겪겠지. 그러나! 그러나, 아직 진정으로 패한 것은 아니다! 얄다바오트와 대치하고도 생환한 내가 그 증거다. 걱정하지 마라. 우리에게는 얄다바오트와 대등 이상으로 싸울 수 있는 자가 있으니까!"

술렁이고, 일부의 눈치 빠른 모험자는 어떤 곳에—— 그곳에 있던 모험자에게 시선을 돌렸다.

"아는 자도 있을 것이다. 에 란텔에 왕국 세 번째의 아다만타이트 클래스 모험자가 태어났다는 사실을. 그렇다. 그가 ——."

이블아이가 손을 두 모험자에게 향하자 거의 전원의 시선이 한곳에 모여들었다.

"'칠흑'의 리더, 칠흑의 영웅 모몬 공이다!"

칠흑의 풀 플레이트 아머를 입고, 이 자리에서도 클로즈드 헬름을 벗지 않은 채 방 한구석에서 부동자세를 유지한 장부와 절세 미녀 콤비는 원래 수많은 이들의 눈길을 끌고 있었다. 그것이 예의에 어긋난다 해도 용납될 만한 처지에 있는 인물임을 알고 실내는 감탄성에 휩싸였다.

모몬은 진홍색 망토 밑에 감추어둔 아다만타이트 클래스임을 나타내는 플레이트를 모두의 눈에 보이도록 꺼냈다.

"자, 모몬 공. 앞으로 나와 주십시오!"

어딘가 기뻐하는 이블아이의 발언에 모몬은 손을 옆으로 가로저어 대답했다. 그리고 곁에 선 나베의 귀에 입을 가져가더니 무언가를 말했다.

"모몬 씨는 자신의 시간을 빼앗을 필요가 없다고 말씀하셨습니다. 조속히 얄다바오트를 저지하기 위해 작전을 개시해야 한다고 하십니다."

"그건 유감이군요. 하지만 모몬 님의 말씀도 일리가 있습니다. 그러면 이블아이 씨, 말씀을 계속해도 될까요?"

"으, 음……. 미안하오, 라나 왕녀. 계속해 주시오."

가면을 썼기 때문에 표정은 알 수 없었지만 어둡게 풀죽은 목소리는 웅변으로 이블아이의 심경을 말해 주었다.

"이블아이 씨께서 소개해 주셨듯, 적의 수괴 얄다바오트에게 필적하는 강자는 이곳에도 계십니다. 결코 이길 수 없는 싸움에 나서는 것이 아님을 염두에 두십시오. 그러면 자세한 작전의 내용으로 들어가겠습니다."

라나는 곡선을 그리듯 지도에 선을 그었다.

"우선 여러분께는 활의 역할을 부탁드리고 싶습니다."

"활?"

여기저기에서 의아해하는 목소리가 들렸다.

"방패가 아니고요?"

"방패로는 이길 수 없습니다. 우선 모험자 여러분께서는 전선을 형성해 주십시오. 그 뒤가 위사의 전선이며, 제일 마지막이 신전이나 마술사 조합 등의 지원부대가 형성할 전선입니다. 우선 진격하여 적의 진지 내로 침입합니다. 이곳에서 적이 반격에 나서지 않는다면 여러분의 전선을 적 본진, 불꽃의 장벽 중심부로 향해 서서히 밀어붙입니다. 만일 반격이 시작된다면 뚫을 수 있을지 없을지를 확인해 주십시오. 가능하다면 전진. 불가능하다면 모험자 여러분은 적을 끌어들인 채 후퇴해 주십시오. 그러는 한편 후열을 맡은 위사분들이 최대한 전진하며 장벽을 만들어주셨으면 합니다. 모험자 여러분이 퇴각할 때는 이 전선까지 물러나 주십시오."

마술사 조합 등으로 구성된 지원부대의 전선을 가리키며 말한다.

"이곳에서 상처를 치유하고, 경우에 따라서는 재출격해 주십시오."

"잠깐! 그렇게 되면…… 위사들이 우리를 대신해 싸우게 된다는 겁니까?"

위사에게는 전투능력이 거의 없다. 모험자를 대신해 싸우기란 불가능할 터.

그 질문에 라나가 대답하려 하자 다른 모험자가 입을 열었다.

"거기에는 치명적인 결점이 있는데…… 후퇴해서 전선이 확대되면 수비가 얇아질 겁니다. 그 틈으로 악마들이 왕도안으로 쳐들어올 가능성은 없을까요? 저급 악마라 해도 일반인보다는 강합니다. 희생이 많이 생길 겁니다. 그럴 바에야 〈비행〉을 써서 단숨에 적진을 돌파하는 게 안전할 텐데요."

"그 방법도 고려했습니다. 그러나 악마라는 종족에 속한 몬스터들은 대부분 비행이 가능하다지요?"

많은 모험자들이 적대해본 적이 있는 악마의 모습을 떠올리고, 라나의 말에 동의하듯 고개를 끄덕였다.

저급 악마라도 날개를 가지고 있기에, 비행 가능한 놈들이 많다.

"일반적인 방법으로 〈비행〉을 쓴다면 적의 이목이 집중되고 말 것입니다. 저희는 고(高)고도 강하 돌격과, 가옥을 통해 적의 시야를 차단하면서 접근하는 저공돌격을 고안해 봤습니다만…… 그 전에 해야 할 일이 하나 있습니다. 전선을 확대하면 수비가 얇아진다는 말씀을 하셨는데요, 이 점은 상대도 마찬가지입니다. 그렇기에 이 작전은 방패가 아니라 활인 것입니다."

이해했다는 목소리가 여기저기서 들렸다.

"여러분은 활이 되어서, 활시위를 뒤로 당기고, 적의 진지를 뚫는 화살을 쏘는 겁니다."

모험자들이 펼쳐지듯 적 또한 펼쳐진다. 다시 말해 적의 방어진도 얇아진다는 뜻이다. 횡대와 종대가 정면에서 부딪친다면 횡대는 쉽게 뚫린다.

모험자들의 전선 구축은 한마디로 말하자면 적의 진지를 얇게 만들기 위한 양동작전인 것이다.

"그리고 화살이 되어주실 분이 바로 모몬 님입니다. 적의 진지가 얇아졌다고 판단했을 때 모몬 님께서 저공비행으로 돌격을 감행해 주셨으면 합니다."

"…… '붉은 물방울' 은 어떻게 됐소? 아무리 아다만타이트 클래스 모험자라 해도 겨우 둘이 돌파할 수 있을 것 같지는 않은데. 만전을 기하기 위해 얄다바오트와 확실하게 붙도록 해 줄 경호부대가 필요하지 않겠소?"

한 모험자에게서 들려온 질문에 앞에 선 자들은 얼굴을 마주 보았고, 조합장이 대표로 말했다.

"그들은 현재 평의국 국경에서 의뢰를 수행 중이라 〈전언〉으로 현재의 상황을 전달하고 있습니다만, 돌아오려면 한나절이 더 걸려야 합니다. 이를 기다리는 것은 지극히 위험하다고 판단해서, 이번에는 그들의 전력을 고려하지 않았습니다."

"그러면 청장미 분들은 어떻게 되는 겁니까? 모몬 씨와 동행합니까?"

"……두 사람을 잃은 우리는 전력 면에서 큰 손실을 입었어. 나와 티나는 전선을 구축하기 위해 전투에 참가할 예정이야. 이블아이는 좀 다르──."

"──나는 모몬 씨…… 모몬 공과 동행하기 위해 지금부터 마력 회복에 들어가겠다."

"그럼 다른 질문인데, 그쪽에 계신 전사장님께 묻고 싶소. 귀족의 사병이나 전사들은 어떻게 된 거요? 청장미 분들은 가가란 씨를 잃었소. 당신이 대신 전사 역할을 맡아 동행해 준다면, 청장미 분들에게 모몬 씨의 앞길을 트는 역할을 맡길 수 있을 것 같은데?"

"대답하겠소."

가제프가 한 걸음 앞으로 나섰다.

"귀족의 사병은 주인의 저택을 지키고, 병사는 왕성을 수비해야 하오. 내 직할 전사들은 왕족을 지킬 것이오."

술렁임이 일어나고, 같은 모험자가 다시 질문을 던졌다.

"그건 스트로노프 님도 전선에는 나오지 않겠다는 소리요?!"

"바로 그렇소. 나는 왕성에 남아 왕족들을 지켜야 할 책임이 있소."

공기가 돌변했다. 분노였다. 가제프의 말이 어쩔 수 없는 사실임을 이성으로는 이해하면서도 감정으로는 받아들이지 못한 것이다. 흘리는 피의 대가로 돈을 버는 직업이 모험자이며, 그들은 이제부터 죽을지도 모르는 전투에 나설 각오를 했다. 다만 돈을 받았으니 목숨을 걸어야 한다면 귀족이나 왕족도 그래야만 한다. 세금을 받고 있으니, 안전하다고 여겨지는 왕성에 틀어박힐 게 아니라 백성을 구하기 위해 솔선해 앞으로 나와야 하지 않겠는가.

심지어 왕국 최고의 전력을 자신들을 지키는 데만 쓰겠다니 그게 무슨 소리인가.

귀족, 특히 왕족에 대한 불만이 높아지는 가운데 가제프는 한 걸음 물러났다. 그가 지금 무슨 말을 해도 모험자들에게는 변명으로밖에 들리지 않을 것이다. 그렇기에 대신해서 다른 이가 입을 열었다. 라퀴스였다.

"여러분의 불만은 잘 알아. 하지만 그 전에 이것만큼은 기억해줬으면 해. 이번에 여러분을 모은 비용은 왕가에서 지불하는 것이 아니라 라나의 개인 자산에서 나가는 거야. 게다가 모몬 공을 데려와준 건 귀족인 레에븐 후작님이고. 후작님이 자기 병사를 내보내지 않는 건 악마가 왕도 내에 흩어졌을 때를 대비하려는 의도가 있기 때문이야. 분명 나도 귀족이나 왕족에게는 여러분과 같은 감정을 품고 있어. 하지만 그런 자들만 있는 건 아니라는 사실도 알아줬으면 해."

라퀴스의 발언에 공기가 조금 누그러졌다. 모두 최소한 라나 앞에서는 분노를 드러내지 말아야겠다는 생각을 했던 것이다.

"……그 말에 생각이 났네요. 화살을 쏘는 것과 동시에 한 가지 일을 부탁드리고 싶습니다. 클라임!"

"예!"

기합이 들어간 목소리가 들렸다. 시선은 하얀 풀 플레이트 아머를 입은 소년에게 모였다.

"위험하다는 것은 알지만 당신에게도 일을 하나 부탁하겠어요. 적 세력권 내에 들어가, 생존자가 있을 때는 데리고 나와 주었으면 해요."

모험자들 사이에서 말도 안 된다느니 무모하다느니 하는 말이 들렸다. 적의 세력권 내에 들어가 사람을 구출하다니, 위험을 넘어서 죽으라는 명령이나 다름없었다. 적의 진지에서 무력한 시민들을 지키며 데리고 나오는 일은 난제 중의 난제였다.

그러나 클라임은 즉시 대답했다.

"분부 받들겠습니다! 제 목숨과 맞바꿔 그 임무를 완수하 겠습니다!"

클라임을 미친 사람처럼 보는 시선이 모여들어도 당연한 노릇이었다.

"……공주님, 클라임만 가지고는 위험하니 나도 가도 되 겠소?"

"그래주시겠습니까, 브레인 앙글라우스 님?"

그 이름에 모험자들이 술렁거렸다. 브레인 앙글라우스는 강 해지고자 하는 자들이라면 잊어버릴 만한 이름이 아니었다.

"그래. 난 상관없소."

"잘 부탁드립니다. 그러면 각 팀의 리더들께서는 앞으로 나와 주시기 바랍니다."

앞쪽으로 나가는 모험자들을 바라보며 아인즈는 다른 일 에 힘을 쏟았다.

인사였다.

서브 리더로 보이는 자들이 아인즈에게 차례차례 말을 걸 었다. 팀의 이름을 말하고, 아인즈의 무기와 방어구를 칭송 하는 것부터 시작해, 다음에 또 만나고 싶다, 모험담을 좀

해 달라 등등. 말하자면 명함 교환이나 마찬가지였다. 다만 다른 점이 한 가지 있었다.

명함 교환이라면 만났다는 증거가 손에 남지만, 입으로만 인사하면 남는 것은 기억뿐이다.

'남의 위에 선 자에게는 기억력도 필요하겠는걸.'

아인즈는 멍하니 그런 생각을 하면서 만난 사람들을 열심히 머릿속에 집어넣었다.

중요한 내용은 팀 이름과 무슨 클래스 모험자인가 하는 것이다. 기억력과 집중력을 할애하는 것은 당연히 상급에 속한 자들뿐이다. 아이언이나 코퍼 같은 모험자들도 인사는 하러 오지만, 살아가는 세계가 다르니 잊어버려도 당연하리라고 본인들도 인정하고 있다. 대기업 사장이 중소기업의 일개 영업사원에게 명함을 받는다 해도 소중히 여길 리 없는 것과 마찬가지다.

그래도 모몬은 상대에 따라 태도를 바꾼다는 생각이 들지않도록 세심한 주의를 기울이며 인사를 나누었다. 만난 자들과 악수를 나누고, 친숙하게 어깨를 두드려주고, 재미없는 알랑방귀에 웃음소리를 냈으며, 칭찬에 칭찬으로 대답했다.

이쪽은 건틀릿을 끼고 있는데도 상대는 글러브 따위를 벗고 악수를 청하는 것은 서열의 차이 때문이리라. 그 점을 제외하면 대등한 입장의 인사였다.

지금 인사하러 온 사람의 뒷모습을 아인즈는 눈으로 따라가 보았다.

 '색깔 한번 굉장하네…….'

 머리카락이 요란한 핑크색이었던 것이다.

 모험자들이 화려한 옷을 입는다는 것은 알고 있었다. 다만 머리까지 화려한 색으로 물들인 모험자는 처음 봤다. 이것은 에 란텔과 왕도에 있는 모험자의 숫자 차이 때문이 아닐까.

 왕도 쪽이 수가 많으니, 눈에 뜨이기 위해서라면 조금 화려한 차림을 할 수밖에 없는 것이다.

 '뭐, 머리를 물들인다고 기피하거나 뒷손가락질을 당하지는 않는 모양이니…….'

 아인즈의 영업사원 같은 사고방식으로는 핑크색은 좀 그렇지 않나 하는 생각이 들었지만, 이 세계에서는 그런 데 별로 엄격하지 않았다. 어린이들 중에도 머리를 물들인 아이들이 있을 정도였으니까.

 아인즈는 머리카락에 대한 생각을 떨치고, 자신의 앞에 일렬로 늘어선 모험자들에게 일본인의 줄서기 정신과도 비슷한 것을 느끼며 등 뒤의 나베랄에게 아주 살짝 주의를 집중했다.

 아인즈 자신은 팀 이름도 별명도 말한 적이 없건만, '칠흑'이라는 팀에는 아인즈 이외에 나베랄도 들어 있다. 절세 미녀인 그녀가 아인즈의 뒤에서 부동자세를 유지할 수 있는 이유는, 다시 말해 모험자들이 인사하러 가지 않는 이유는 적의마저 느껴지는 가시 돋친 기척 때문이었다. 게다가 연줄이라는 점에서 생각해 보면 리더인 아인즈와 인사를 나누는 편이 훨씬 유리하기 때문이리라.

'모험자 사회도 회사 사회랑 비슷하구나…….'

결국 사람이 만들어낸 사회구조이니 아무래도 비슷한 면은 있을 테지.

인간이었다면 손이 아플 정도로 악수를 나누어 아인즈의 앞에 있던 모험자의 수가 어느 정도 줄어들었을 때 이블아이가 다가와 말을 걸었다.

새치기를 당했음에도 아인즈와 인사 순서를 기다리던 자들은 아무 말이 없었다. 쳐다보니 이제 남은 것은 최하급 모험자들이었다. 이미 최상급, 상급, 중급, 하급 순서대로 인사를 마친 것이다. 지금 이 자리에 있는 자들은 천상인(天上人)과 인사할 기회를 기다리던, 이제 막 모험자가 된 병아리들이었다.

그런 그들이 아다만타이트 같은 최고위 모험자에게 불평을 할 수 있겠는가.

"이제 슬슬 인사가 끝난 것 같으니 이쪽으로 와 주실 수 있겠습니까?"

아인즈는 흘끔 시선을 움직여 클로즈드 헬름의 가느다란 슬릿 너머로 가제프를 바라보았다. 그가 아직 저곳에 있다면 대답은 하나뿐이었다.

"나베. 나 대신 저분들과 인사를 해다오. 나는 이쪽 분들이 끝난 다음에 가겠다."

그 말을 들은 자들이 일제히 눈을 둥그렇게 떴다.

"미안합니다. 순서를 기다리시는 분들이 먼저라고 말씀좀 전해 주십시오."

아인즈는 이블아이에게 그렇게 말하고 위축된 모험자들을 상대했다.

아인즈 또한 중소기업 사장이 인사를 기다리느라 줄을 서 있다고 해도 대기업 사장이 부르면 그쪽으로 갈 것이다. 이 것은 역성을 든다거나 차별하는 것이 아니라 일반인이라면 당연한 일이다. 오히려 외곬으로 남아 인사를 계속한다면 남의 위에 선 자로서 시야가 넓지 못하다는 평가를 들을 수 있다. 영업사원도 그렇지만 때로는 자신의 가치관보다도 회 사의 이익을 우선시해야 한다. 그것이 사회의 톱니바퀴로서 필요한 일이다.

그러나 지금은 그럴 수 없다.

'——가제프하고 이야기를 나눌 수는 없지. 그렇게 짧은 대화를, 그것도 두 달도 더 된 목소리를 기억하고 있을 리는 없겠지만…… 혹시나 기억이 떠오르기라도 했다간 방법이 없으니까. 하지만 상대는 상대 나름대로 분명 나와 대화를 나누고 싶어할 텐데. 불안하지만 그건 나베에게 맡기고, 목 소리를 조금 까는 편이 좋겠어. 조금 전까지는 저쪽도 이것저것 이야기를 나누느라 듣지 못했을 거라 확신했지만……
주의하는 편이 좋겠지.'

"자, 나베. 다녀와다오."

"분부 받들겠나이다."

고개를 숙이고 왕녀 일행 쪽으로 걸어가는 뒷모습에서 시선을 떼고 아인즈는 투구를 벗었다.

일제히 시선이 모여드는 것을 느꼈다. 휘휘 고개를 가로젓고 다시 투구를 썼다. 사실은 땀을 닦는 연기라도 하고 싶지만 아인즈의 얼굴은 환영으로 만든 것이며, 고무 마스크를 쓰고는 있다지만 잘못 손을 댔다간 어지간히 잘 꾸미지 않는 한 얼굴 속으로 손이 파고드는 것처럼 비친다. 그렇기에 고개를 터는 정도로 끝냈던 것이다.

이것은 가제프에게 모몬의 맨얼굴을 보여주어 그의 호기심을 일말이나마 만족시켜주려는 속셈이었다.

'그리고 이제 나베랄이 갔으니, 이쪽으로 인사를 하러 오지 않으면 좋겠는데…….'

아인즈는 신에게 기도하며 눈앞에 선 모험자들과 인사하는 데 다시 전념했다.

"의외로 이런 데 익숙하시군요."

이블아이의 목소리였다. 아직도 있다. 나베랄에게 데려가라고 했다면 좋았을 것이라고 생각하면서도 태도로는 드러나지 않도록 주의를 기울였다. 게다가 그녀가 아직까지 이쪽을 수상쩍게 여길 가능성도 있으므로, 호의를 품는다고 여겨질 만큼 부드러운 목소리로 대답했다.

"익숙하다고 할 정도는 아닙니다."

이 정도라면 영업직에 있었던 사람은 누구나 다 한다.

"그렇지 않습니다. 팀의 리더에 어울리는 훌륭한 태도라고 생각합니다."

'시끄러워. 인사 나누는데 옆에서 떠들어대지 마.'

아인즈는 그렇게 생각하면서도 꾹 참았다. 여기서 욕이라도 했다간 죽이지 않고 꾹 참았던 것이 무의미해지고 만다. 컨베이어 벨트 작업에 열중한 공장 직원처럼 의식을 분리하고 간단한 인사만을 나누었다. 상대도 모몬이 호출을 받았다는 사실을 알기 때문에 다들 척척 인사만 나누고 끝내주었다.

줄이 다 소화되고 시선을 움직이자, 이미 가제프의 모습은 사라지고 없었다. 춤이라도 추고 싶은 기분을 열심히 참으며 곁에서 가만히 기다리던 이블아이에게 짐짓 물어보았다.

"왕국전사장님이 안 계신 것 같습니다만…… 역시 너무 시간을 들인 걸까요? 제가 결례를 저지른 모양입니다."

"음? 정말로 안 보이는군요. 그도 바쁜 몸이니 이곳에 오래 있지 못하는 것도 당연하겠지요. 하지만 왕도를 지키기 위한 히든카드인 모몬 님께 감사를 나누지도 않다니 이런 무례가 있나……. 불러오겠습니다."

"잠깐! 기다리십시오!"

생각보다 큰 목소리가 나온 것에 놀라 아인즈는 목소리를 꾹 낮추었다.

"아니, 괜찮습니다. 정말로 신경 쓰지 마십시오. 저도 레에븐 후작님께 의뢰를 받고 이곳에 온 몸입니다. 왕도를 지키는 것도 보수를 위해서니 전사장님께 감사를 받을 필요는 없습니다."

"그런가요……? 조금 전부터 생각했지만, 모몬 님은 마음이 넓으시군요."

아인즈는 이 사람이 지금 시비 거는 건가 싶어 이블아이를 보았지만, 얼굴을 가면으로 가렸기 때문에 본심인지 어떤지는 알 수 없었다.

'가면 같은 걸 쓰는 놈은 믿을 수 없지…… 나 원. 하지만 이 인간은 왜 가면을 쓰고 있담? 뭔가 매직 아이템이긴 할텐데…….'

그때 아인즈는 자신의 실수를 깨닫고 주위를 둘러보았다. 다행히 주변의 분위기에는 변함이 없었다. 모몬이라는 아다만타이트 클래스 모험자에게 적의나 두려움을 품는 상대는 보이지 않았다.

'위그드라실 시절의 환술은 다른 겉모습을 뒤집어서서 기기의 작동을 무겁게 만드는 애매한 마법이었는데, 이 세계에서는 진짜 환술로 작용하는구나. 그럼 그걸 간파하는 아이템이 있어도 이상하지 않을 텐데……. 에 란텔에서는 간파하는 사람이 없었고, 마술사 조합에서도 그런 마법은 경험으로 간파할 수밖에 없다고 들어서 방심했지. 오리하르콘 클래스 모험자까지 있는 이곳에서는 실수였어.'

다시 한 번 아인즈는 주위를 살폈다.

'경계하는 상대는 없는 것 같으니 들키지는 않았을 테지만…… 앞으로 왕도에서는 투구를 벗지 말자. 절대 안 돼. 그 점은 염두에 두어야겠다. 특히 탤런트로 그런 힘을 갖춘 자가 있어도 이상하지 않으니.'

"……이블아이 씨."

"그냥 이블아이라고 편하게 부르십시오. 모몬 님은 저를 구해 주신 분인데, 그런 분께서 경칭을 붙이실 필요는 없습니다."

아인즈에게는 어디까지나 예의의 일환일 뿐이었지만 그녀가 그걸 바란다면 거절할 이유는 없으리라.

"그럼 이블아이, 저쪽으로 가 보지요."

"네!"

밝은 대답이었다. 무엇이 그녀의 심금을 건드렸는지는 알 수 없었지만, 아인즈는 이블아이에게 이끌리듯 왕녀 일행이 있는 곳으로 걸음을 옮겼다.

별실로 떠나가는 무리──라나와 부하, 그리고 두 팀의 아다만타이트 클래스 모험자들──를 지켜보고, 모험자들은 기다렸다는 듯 이야기를 나누기 시작했다. 당연히 화제가 된 것은 모몬이라는 최상급 모험자였다.

"에 란텔에서 온 정보는 들었지만, 아다만타이트 클래스라곤 생각할 수 없을 정도로 예의 바른 분이던걸."

"저 사람만 그런 건 아니야. '붉은 물방울' 멤버들도 만난 적 있는데, 역시 저런 느낌이더라고. 인간적으로 크달까. 아다만타이트가 힘만 가지고 되는 게 아니라는 사실을 배웠지."

미스릴 플레이트를 목에 건 두 모험자 사이에 끼어든 것은 플래티넘 플레이트를 건 모험자였다.

"그런가? 그래도 왕녀님이 부르신다는데 신출내기 모험자들 인사를 우선시하는 사람은 없잖아?"

"그건 놀라긴 했어."

주위에 있던 다른 모험자들도 '그럼그럼' 하며 고개를 끄덕였다.

이번 임무처럼 팀과 팀 사이에 협조가 필요한 상황에선 당연히 인사를 나누어 비상사태 때 지원을 받기 쉽도록 사전 준비를 해두어야 한다. 면식이 없는 상대보다는 면식이 있는 상대를 구해 주려는 것이 인지상정이니까. 하지만 아다만타이트 클래스 모험자가 도움을 청할 만한 상대는 기껏해야 미스릴 이상이다. 신출내기 모험자들하고까지 인사를 나누고 교우를 다질 필요는 없다고 단언할 수 있다.

하지만 모몬은 그랬다. 다시 말해 지원을 바란다는 속셈 없이 친분을 다지려 했기 때문이리라.

"왕녀님에게 직접 가고, 동료를 신출내기들의 상대로 남겨두는 게 보통 아닌가?"

"그러게. 보통은 그렇지. 나 같아도 틀림없이 그렇게 했을걸. 너도 그렇지 않냐?"

"나도 그러지⋯⋯. 나쁘게 말하자면 분위기 파악 못하는 놈. 상황판단을 잘 못할 법한 인물이겠지."

험담이기는 하지만 말한 사람의 얼굴에서는 부정적인 감정은 전혀 보이지 않았다.

"그럼 좋게 말하면?"

그 말을 기다렸다는 듯 조금 전의 두 배는 되는 속도로 말을 퍼붓는다.

"최고의 사나이지! 아다만타이트라는 최상급 지위에 있으면서도 같은 모험자를―― 설령 신출내기라도 동료로 존중해 주는 사나이. 보라고, 신출내기들의 들뜬 표정을."

"아~ 완전히 매료됐구만."

신출내기 모험자들의 얼굴에는 야구소년이 해외 리그의 톱스타와 악수를 나눈 것 같은 표정이 드러나 있었다.

"저건 나라도 반하지. 엉덩이를 대줘도 좋아."

"무리지. 누가 네 지저분한 엉덩이에 관심을 갖겠냐. 저런 미인하고 단둘이 팀을 짜고 있는데."

"역시 사귀는 사이겠지?"

"그렇겠지? 안 그러면 겨우 둘이서 위험하게 팀을 어떻게 짜."

"그게 그렇지도 않다던데?"

네 번째 사내가 끼어들었다. 그가 목에 건 플레이트는 오리하르콘이었다.

"에 란텔에서 정보를 얻은 그쪽은 이미 알고 있는 것 같지만, 저 두 사람은 정말 격이 다른 것 같아. 따라올 만한 사람이 없을 정도로 강한 2인조라던걸?"

"……처음부터 엿듣고 있었구만."

"하하하! 너무 그러지 말라고. 애초에 숨길 생각도 없었잖아?"

"그야 뭐."

자리에 남아 있던 모험자 조합장은 이제쯤 이야기가 일단락되었으리라 판단했는지 짝짝 손뼉을 쳐 주의를 환기시켰다.

"그러면 이제부터 이동을 개시하겠습니다. 집합시간은 왕성 밖으로 나가고 한 시간 후에. 시간이 별로 없으니 이 자리에 오지 않은 동료 분들께는 속히 연락을 취해 주십시오. 일단 왕성 밖까지는 제 뒤를 따라오시기 바랍니다."

하화월(9월) 5일 01:12

별실에 모인 이유는 '화살'의 최종확인이었다. 어느 타이밍에 돌격할지, 적의 진지가 강건할 때는 어떻게 대처할지, 미리 예상할 수 있는 위험과 대책에 대해 검토했다. 결국 정보가 부족해 임기응변으로 대처할 수밖에 없다는 결론만 나왔다.

가만히 이야기를 듣던 하얀 풀 플레이트 아머를 입은 소년, 클라임이 입을 열었다.

"죄송합니다만, 공주님."

"무슨 일이야?"

"화살이 될 인물로, 압도적인 전투능력을 가진 사람이 한 분 더 계십니다. 그분을 찾도록 명령을 내려주실 수 없겠습니까? 한 자루보다는 두 자루가 더 확실할 테니, 서로 힘을 합치신다면 강대한 악마라 해도 확실하게 무찌를 수 있으리라 어리석은 머리로나마 생각해 보았습니다."

"뭐지, 클라임. 내가 추천한 모몬 님만 가지고는 부족하단 말인가?"

날카로운 칼날을 숨기려고도 하지 않는 이블아이의 발언에 클라임은 움츠러드는 기색을 보였다.

"아니요, 그것이 아닙니다. 결코 그런 의도로 한 발언이 아님을 이해해 주시면…….."

"모몬 님 이상으로 강한 전사가 어디 있겠나. 네가 추천한 인물이 모몬 님을 방해할 가능성이 더 높다고 단언할 수 있다."

"과연 그럴까?"

카타나를 든 전사 브레인이 끼어들었다.

"꼭 그렇다고 할 수만도 없을걸. 클라임이 말한 인물은 나도 직접 봤는데, 말도 안 되게 강했거든. 여섯팔의 최강인 제로를 겨우 일격에 장사 지낸 분이니까."

"네가 브레인 앙글라우스인가? 가제프 스트로노프와 클라임의 추천으로 왕녀님의 측근으로 채용되었다지."

"정확하게는 가제프의 부하로 채용된 거고. 정식으로 임관될 때까지 왕녀님 호위병 노릇을 하고 있을 뿐이야."

"네가 클라임보다 훨씬 강하다는 건 안다. 하지만 그렇다고 해서 그자가 강하다는 보장이 될까? 게다가 너는 그 할멈에게 지지 않았나?"

"……어머? 그렇게 따지면 이블아이 너도 졌잖아? 미안해, 앙글라우스 씨."

"우구구."

자기 팀 리더인 라퀴스의 공격에 이블아이는 신음소리를 냈다.

"그, 그때는 그놈만이 아니라 너희도 있었으니까."

"……진 다음에, 리그리트에게 진 거지 우리에게 진 건 아니라고 그랬어."

"똑똑히도 기억한다, 티나!"

흐흥 뽐내는 티나. 우구구 장난 같은 신음소리를 내는 이 블라이. 두 사람의 만담 같은 태도에 험악해지려던 분위기가 사라지고 오히려 느슨해진 공기가 흘렀다.

그 타이밍에 아인즈가 물었다.

"흥미롭군요. 클라임 씨가 말한 그 인물이란 대체 어떤 분입니까?"

클라임은 자신만만한 표정으로 그자의 이름을 말했다.

"세바스 님이라는 분입니다."

"……응? 세바스?"

아인즈는 어디선가 들어본 적이 있는 이름인듯 싶었다. 동명이인일까.

"……어떤 분입니까?"

클라임의 설명을 듣고 아인즈는 크게 주억거렸다.

'본인이잖아.'

왜, 어떻게 이 소년이 알고 있단 말인가. 무슨 관계가 있을까. 세바스가 왕도에서 만든 연줄 중 하나일까? 세바스의 보고서는 정리해서 가볍게 훑어본 정도라 그곳에 기재된 인물 따위는 별로 기억에 남지 않았다.

'어쩔 수 없잖아. 이것저것 할 일이 많아 바빴는걸……'

자신에게 변명을 하면서 아인즈는 조바심과 함께 생각했다.

일단 이 소년이 세바스가 독자적으로 만든 연줄이라 봤을 때, 함부로 없앴다간 세바스의 활동을 허사로 만드는 일이 된다. 상사가 부하의 일을 헛수고로 만들어서는 안 된다. 그렇다면 이 소년을 띄워줘서 세바스도 간접적으로 칭찬해두는 편이 안전하리라.

무엇보다 '보고서에 쓰지 않았습니까' 라는 불평을 듣고 싶지는 않았다.

"그 세바스라는 인물과 제가 실제로 싸워보지 않은 이상 어느 쪽이 위인지는 상상도 할 수 없겠습니다만……."

"모몬 니──씨가 위입니다."

단언하는 나베랄에게 이블아이가 고개를 끄덕였다. 아인즈는 자신도 모르게 나베랄의 머리에 주먹을 꽂았다.

"동료는 이렇게 말하지만, 두 분이 그렇게 말씀하시니 저는 호각이 아닐까 하는 생각이 드는군요."

"이게 바로 어른의 대응. 그에 비하면 우리 동료는…… 키가 변하지 않듯 정신도 변함없음."

"티나 넌 아까부터……!"

"자자, 동료에게 창피를 주는 건 적당히 하지 않겠어? 리더의 명령이야. 작전 내용에 큰 변경은 없겠지? 티나는 티아랑 가가란 병문안이라도 가 주지?"

"그럴래."

죽었던 두 사람은 이미 소생했다. 부활 광경을 보지 못했던 것이 유감이지만 일단 부활에 대한 지식은 얻었으므로 아인즈는 만족했다.

그때 문득 이블아이가 생각났다는 듯 물었다.

"그런데 적의 악마들에게 암흑의 에너지를 보낼 수는 없는 건가?"

"……암흑의 에너지?"

의아한 듯 되묻는 라퀴스에게 이블아이도 의아하다는 듯 다시 물었다.

"그래. 가가란에게 들었다만, 네가 가진 마검 킬리네이람의 힘을 전력으로 해방하면 왕국 하나를 집어삼킬 만한 힘을 방사한다지?"

라퀴스가 눈을 크게 떴다.

"그, 그건 다음에! 그보다 지금 해야 할 일이 많잖아?"

'마검이라고? 잠깐, 옛날에 어디선가 저 검의 이름을…… 위그드라실이 아니라 이 세계에서 들은 것 같은데……. 맞아, 니냐였어! 분명 어둠의 에너지를 방사하는 마검 킬리네이람이라고 했지. 하지만…… 국가 하나라고? 그건 과장일지도 모르겠지만, 그에 가까운 힘을 가지지 않았으리라는 법은 없겠지.'

얼굴을 발갛게 물들인 이유는 분노 탓이며, 당황하는 이유는 비밀병기가 남들에게 드러났다는 데 대한 경계심 때문일 것이다. 아인즈는 그렇게 간파했다.

전원의 시선이 라퀴스에게 집중된 가운데, 문을 노크하는 소리가 들리더니 대답도 기다리지 않고 남자 둘이 들어왔다.

"오라버니, 레에븐 후작님."

라나의 말에 반응해, 전원이 가볍게 고개를 숙였다.

아인즈도 이 두 사람과 만나는 것은 이번이 두 번째였다.

처음 만났던 것은 바로 조금 전, 왕성에 들어왔을 때였다.

그곳에서 여덟손가락에 대한 대비가 아니라 얄다바오트 토벌로 의뢰 내용이 바뀐 것이다. 그리고 그러기 위해 라나가 소집한 모험자와 힘을 합쳐달라는 요청까지 받았다.

가볍게 인사를 나누고, 두 사내가 왕녀와 나눌 이야기가 있다고 하여 아인즈 일행은 방에서 나가기로 했다. 이제 작전은 대체로 정해졌으며, 세바스를 찾는다는 아이디어는 시간도 인원도 없기 때문에 부결되었다. 나머지는 라퀴스가 현장에서 지휘할 뿐이었다.

"그러면 여러분, 저는 이곳에서 여러분이 모두 무사히 돌아오시기를 신께 기도하겠어요. ……여러분, 더 정확하게 말하자면 모몬 씨에게 모든 것이 걸려 있어요. 무운을 빌겠습니다."

깊이 고개를 숙이는 라나에게 고개를 끄덕이며 아인즈 일행은 밖으로 나갔다.

 남은 것은 레에븐 후작과 제2왕자── 자낙 바를레온 이 가나 라일 바이셀프, 그리고 라나였다.

 클라임이 퇴실을 마친 순간, 라나에게서 표정이 떨어져나가 푸른 눈동자는 겨울의 얼어붙은 호수 같은 색을 머금었다. 급격하다 해도 좋을 그 변화에 한기를 느끼며 자낙이 물었다.

 "자세한 이야기는 뒤에서 들었다만……."

 그 방에는 대화를 엿들을 수 있는 방이 붙어 있었다. 두 사람은 그곳에 있었던 것이다.

 "너는 한 가지 질문에는 대답하지 않았지. 왜 위사들에게 전선을 만들라고 했느냐. ……소모품으로 쓰려고?"

 위사는 약하다. 최하급 모험자만한 힘밖에 없다. 공격당하면 분명 유린극이 벌어질 것이다.

 "미끼입니다."

 그 말은 그들이 예상했던 대답 그대로였다.

 "모험자분들도 말씀하셨지만, 얄다바오트가 사역하는 저급 악마들이 왕도 안에 널리 퍼져서는 위험해요. 그러니 적이 모여들도록 근처에 미끼 자리를 준비해놓은 거지요."

 게다가 배도 부르면 살기도 누그러지지 않겠느냐고 웃는

라나.

시작부터 끝까지 정의로운 수단으로만 해결할 수 있는 일이란 이 세상에는 놀라울 정도로 적다. 무슨 일에나 희생이 따른다. 위정자는 그 희생이 적어지도록 행동하는 자다. 그 관점에서 보자면 라나라는 인물은 그야말로 그 귀감이었다.

그러나 인간이라는 생물은 아무래도 감정으로 부정하고싶어지는 법이다.

"더 좋은 방법은 없었느냐? 위사들에게도 피해가 나오지 않는."

"있다면 오라버니께서 제안하시면 되지 않나요?"

자낙은 입을 다물었다.

자신에게는 라나의 생각 이상으로 좋은 방법은 떠오르지 않았다. 몇 가지 아이디어는 있어도 부족한 요소가 너무 많았다. 현재는 라나의 안이 가장 좋은 수라고 인정할 수밖에 없었다.

레에븐 후작은 입을 다문 왕자에게서 시선을 돌렸다. 그리고 그도 의문을 입에 담았다.

"저도 한 가지 여쭈어도 되겠사옵니까? 왜 클라임 군에게 위험한 임무를 맡기셨는지요?"

"오라버니가 레에븐 후작님의 병사와 함께 왕도 안을 돌아보시는 이유와 같아요."

자낙은 왕도를 순찰하며, 왕족 중에도 평민들을 걱정하는

자가 있다는 연기를 보여줄 것이다. 그리고 훗날, 맏형인 제
1황자는 안전한 왕성에 숨어 있었다는 이야기가 퍼질 예정
이었다. 자신의 명성을 높이고 동시에 상대의 평가를 떨어
뜨리겠다는 속셈이었다.

그런 자낙 왕자와 같다는 말은, 자신의 심복에게 사람들을
구하는 위험한 임무를 주어 명성을 얻을 속셈이란 말인가.

하지만 후작은 예전에 라나가 클라임을 어떻게 생각하는
지를 들었던 만큼 의문이 남았다.

그 의문을 눈치챘는지 그녀가 말을 이었다.

"클라임은 죽을지도 모르지만, 그때는 라퀴스가 부활 마
법을 걸어주겠지요. 부활 마법에는 적잖은 황금이 필요하지
만 그 정도는 아직 남아 있으니 문제는 없어요. 그리고 마법
에 생명력을 잃어 약해진 클라임은 누가 돌봐줄까요? 명령
에 따라 죽고, 그리고 되살아난 자를 간병한다는데 누가 불
만을 품을까요?"

"과연, 수긍이 가는 대답이옵니다. 황송하옵니다. 하오나
——."

"——라퀴스가 죽을지도 모른다는 말씀이지요?"

"명석하신 판단대로이옵니다."

고개를 숙이는 레에븐 후작에게 라나는 자신의 계획을 말
했다.

"위험도가 높은 재출격 때 문제가 생기도록 손썼어요. 모

험자 조합장도 부활 마법을 쓸 수 있는 인물이 죽어서는 곤란하기 때문에 흔쾌히 약속해 주었지요."

"전부 계획대로란 말이냐, 동생아."

"네."

꽃이 피는 것처럼 웃는 여동생에게 자낙은 몸을 떨었다.

레에븐 후작조차 등줄기를 타고 오르는 싸늘한 기분을 억누르는 것이 고작이었다.

11장 **동란 최종결전**

Chapter 11 | The final Battle of the disturbance

1

불꽃이 솟아나는 경계부터는 열기가 느껴지지 않아 마치 환영인 것 같았다. 선두에 선 모험자들은 팀 동료들끼리 시선을 나누고, 용기를 내 치솟는 불꽃의 벽으로 한 걸음 발을 들였다.

신전의 지원부대에서 불꽃 대미지를 줄이는 방어마법을 걸어 주기는 했지만, 지나갈 때 숨을 멈춘 것은 폐가 타버릴 걱정 때문이었으리라.

'……이 불꽃 자체에는 해가 없다고 그렇게 말했는데.'

뒤에서 지켜보며 속으로 투덜거린 라퀴스는 솟구치는 불꽃의 벽에 대해 생각했다.

해가 없으니 됐다는 것은 지나치게 짧은 생각이다. 대미지를 주려는 의도가 없다면 진의를—— 무슨 목적으로, 어떠한 효과가 있어서 이것을 만들었는가를 추측해 나갈 필요가 있다.

'아무리 생각해도 해답이 나오지 않을 때는 포기할 수밖에 없지만……. 좀 더 중요한 데에 머리를 쓰라고 했던 건 이블 아이였던가? 아니면 삼촌?'

환영처럼 아무런 저항도 열기도 느껴지지 않는, 마법의 불꽃으로 이루어진 경계를 빠져나갔다.

주위를 긴장된 낯빛으로 걷는 모험자들을 둘러보았다.

계획에 따르면 전선을 구축하기로 되어 있는데, 도시 내에서 깔끔하게 전선을 구축하기란 어렵다. 그렇기 때문에 네 개의 오리하르콘 클래스 팀이 주축이 되어 모든 모험자를 4개조로 나누었다. 위에서 부감하는 사람이 있다면 네 마리의 아메바가 퍼져나가는 것처럼 보일지도 모른다.

주축인 이상 오리하르콘 클래스 팀은 주위 사람들의 모범이 되어야만 한다. 그런 이들이 저렇게나 긴장을 하다니. 가능하다면 두려움은 잘 감추고 주위의 모든 모험자들에게 용기를 가져다주는 행동을 보여주었으면 했다.

'역시 내가 선두에 서야 하려나?'

아다만타이트 클래스 모험자인 그녀가 선두에 서면 사기도 올라갈 것이다. 그러나 지금 라퀴스의 곁에는 든든한 동료들이 없다. 아무리 아다만타이트 클래스라 해도 한 떨기 장미만으로는 오리하르콘 팀의 대응력에 미치지 못한다. 그렇기에 선두를 그들에게 부탁한 것이다.

'부탁했던 사람이 주제넘게 나서면 저 사람들도 기분이 상하겠지. 그래도…… 어느 시점에서는 앞으로 나가는 게 좋겠어.'

라퀴스는 그렇게 판단하고 자신도 불꽃의 벽을 지났다.

정적에 휩싸인 세계가 펼쳐졌다. 곳곳에서 가옥이 붕괴되었고 인기척이 전혀 느껴지지 않는다는 점을 제외하면 조금 전과 다를 바 없는 왕도의 거리였다.

"주민들은 어디로 갔지? 피비린내는 안 나는데, 집 안에 있나?"

"그럴 리가. 저길 봐. 문이 부서졌잖나. 아마 어디론가 끌려갔겠지."

"사람 없는 집에 악마가 숨어있을지도 모르니, 경계하는 의미에서 하나씩 뒤지고 다녀볼까? 시간이 상당히 걸릴 텐데."

"라퀴스 씨에게 연락해 지시를 내려달라는 편이 안전하겠지."

"그럼 당장 연락을……."

"그럴 필요 없어."

등 뒤에서 들려온 목소리에, 상담하던 모험자들이 화들짝 돌아보았다. 마침 좋은 타이밍이라고 생각해 선두까지 나온 라퀴스에게 놀랐는지 눈을 동그랗게 뜨고 있다.

"아이언과 코퍼 모험자는 남아서 가옥을 수색해줘. 감독으로 미스릴 팀도 하나만 남고. 나머지는 퍼지면서 전진. 이의는?"

없다는 듯 모두 고개를 가로저었다.

"그럼 전진하자."

라퀴스는 오리하르콘 클래스 모험자와 나란히 서서 왕도 대로를 나아갔다. 저녁까지만 해도 사람들이 살았으리라고는 생각할 수 없는, 으스스한 정적이 펼쳐졌다.

"……그런데 모몬 씨는 괜찮을까요, 라퀴스 씨?"

모든 것을 맡길 수밖에 없는 그들의 불안은 이해가 간다.

"문제없을 거야. 다른 사람도 아닌 이블아이가 자신보다도 강하다고 인정한 인물인걸. 다만 문제는, 모몬 씨도 호각으로 싸웠다는 적의 수괴 얄다바오트겠지. 대체 얼마나 강하다는 건지……."

목소리가 들리는 범위에 있던 모험자들이 일제히 어두운 표정을 지었다.

"아, 미안해. 신경 쓰지 마. 우리는 우리가 할 수 있는 일을 제대로 하면 되는 거야."

"네, 그렇죠. 모험자로서 좀 아쉽기도 하지만, 적재적소라고 자신을 위로할 수밖에요. 좋았어, 다들 가자!"

"그래, 가자."

라퀴스는 모두의 선두에 서서 오리하르콘 클래스 모험자들과 나란히 걸었다.

한 손에는 마검 킬리네이람을 들었다. 밤하늘을 도려내 만들었다고도 전해지는 검의 표면에는 별과도 같은 광채가 깃들어 있었다.

걷기 시작하고 얼마 지나지 않아, 멀리서 희미한 폭발음이 들려왔다. 흠칫 몸을 떠는 하급 모험자들, 살짝 임전태세에 들어가는 중급 모험자들, 주위를 빈틈없이 둘러보는 상급 모험자들, 그리고 전방을 노려보는 초상급 모험자들. 저마다 다른 반응을 보이는 가운데 라퀴스도 전방을 날카롭게 응시했다.

"저쪽 부대가 전투를 시작한 모양이네."

티나가 들어간 부대는 아니겠지.

"전진 속도는 거의 비슷할 테니, 슬슬 이쪽에도 적의 요격 부대가 나타나겠군."

"――위쪽은?"

"미리 얘기한 대로 연락요원은 배치해두었는데요, 요격을 위한 인원을 배치하진 않았습니다."

"그 정도면 돼. 악마 중에는 비행할 수 있는 몬스터가 많아. 그대로 온 왕도에 퍼져도 곤란하니 이쪽은 지상으로 전진해서 상대의 주목을 끌자."

"아직까지는 처음에 세운 작전과 변함이 없군요."

"그렇지. ……음? 다들 들었어?"

"네, 들렸습니다. 개 짖는 소리군요. 이봐, 저게 뭐지?"

질문을 받은 마력계 매직 캐스터가 대답했다.

"아직 보이지 않으니 확실치는 않지만 지옥사냥개HellHound
인 것 같군. 사용하는 특수능력은 화염 숨결Fire Breath. 난이
도 15 정도지."

"난이도라……. 그러고 보니 얄다바오트와 벌레 메이드는
난이도가 어느 정도로 잡혔습니까?"

라퀴스는 망설였다. 솔직하게 대답한다면 그들의 사기를
꺾어버리게 될 것이다. 그러나 허위정보를 가르쳐주었다가
그들이 싸울 수 있겠다고 생각해도 성가시다. 망설이고 망
설 인 끝에 솔직하게 대답했다.

"150."

"네?"

목소리가 들리는 범위에 있던 모든 모험자들이 똑같은 표
정을 지었다.

"벌레 메이드의 최저 난이도는 추정이지만 150. 얄다바오
트는 추정 200 이상이야."

"네엑?!"

라퀴스를 제외한 전원이 입을 딱 벌렸다. 당연하다. 초상

급인 오리하르콘 클래스 모험자라 해도 평범하게 싸울 수 있는 난이도는 대략 80 정도다. 그보다도 15 정도 위까지는 어떻게든 이길 수 있다고 하지만, 두 배 가까이 된다면 이제는 농담의 영역이다. 그뿐이 아니라——.

"잠깐만요! 그럼 모몬 씨는 난이도 200이랑 싸운단 말이에요?!"

"그래. 그러니까 우리는 방해만 되겠지?"

"그건 그런 수준이 아니라고요! 200이라니…… 장난하는 거죠? ……혹시 아다만타이트들은 다들 그 정도로 강한 겁니까?"

"설마. 우린 기껏해야 90 정도 되려나?"

"그럼 못 이기잖아!"

숨을 멈추는 모험자들에게서 눈을 돌렸다.

거짓말은 하지 않았다. 그러나 진실도 아니었다. 라퀴스 자신의 능력은 90이 될까 말까 한 수준이지만 이블아이는 150을 가볍게 넘는다. 그렇기에 벌레 메이드와 얄다바오트가 그 정도라 가정할 수 있었던 것이다. 그리고 그것이야말로 이블아이가 전선 구축에 참가하지 않은 이유였다.

그녀는 마력을 급속히 회복하기 위해 특수한 휴식에 들어갔다. 회복하는 대로 모몬과 함께 얄다바오트에게 접근하여, 1대 1로 싸울 수 있도록 지원하는 계획을 짜놓았다. 분명히 나타날 벌레 메이드와 싸울 예정이다.

라퀴스가 조용히 생각하는 동안 주위의 분위기가 급속도로 나빠지는 것이 피부로 느껴졌다. 사기는 바닥까지 떨어지고, 왕도를 버린 채 도망치는 편이 좋지 않겠냐는 수군거림마저 들렸다.

역시 예상대로였다. 누구든 그렇게 될 것이다. 라퀴스도이블아이에게서 들었을 때는 비슷한 심정이었으니까.

"이블아이 말 들었지? 모몬 씨는 그런 얄다바오트와 호각 이상으로 싸웠다잖아? 그러니까 우리는 모든 걸 모몬 씨에게 맡기고, 조금이라도 유리해질 수 있도록 행동할 뿐이야."

"야, 얄다바오트는 모몬 씨에게 맡긴다 치고, 만약 이쪽에 벌레 메이드인지 하는 놈이 나타나면요?"

"우리 청장미가 상대하겠어. 이블아이가 가진 특수한 아이템의 힘을 쓰면 우린 서로 위치를 바꿀 수가 있거든. 이블아이는 벌레 메이드에게 유용한 수단을 가지고 있으니까, 걔라면 난이도의 차이를 무시하고 이길 거야."

감탄성과 함께, 떨어졌던 사기가 다시 회복되었다.

마침 때를 맞춰 길 전방에서 짐승 울음소리가 울려 퍼지고, 뛰어오는 발소리가 났다.

"왔구나. 여기서부터 전선을 짜겠어. 옆길로 들어갈 때는 상위 플레이트가 앞장설 것! 이 대로에서는 내가 전진한다!"

대로를 따라 뛰어오는 짐승들. 대형견과도 비슷하지만 눈은 지옥의 사악함에 물들었으며 입에서는 침 대신 불꽃을 흘리고 있다.

지옥사냥개. 그것도 숫자는 열다섯 마리. 그 앞을 가로막은 라퀴스는 마검 킬리네이람을 두 손으로 쥐었다.

"인간을 우습게 보지 말라고, 악마 따위가."

수신(水神)에게 기도를 올린 라퀴스는 뛰어드는 지옥사냥개를 단칼에 베어버렸다.

방패 역할도 겸해 장비한 부유검군을 능숙하게 움직여 옆에서 달려든 지옥사냥개의 공격을 받아냈다. 발목을 물어뜯으려던 놈은 걷어차버렸다.

라퀴스 한 사람에게 달려든 지옥사냥개의 수는 여섯 마리. 나머지는 주위의 모험자들에게 흩어졌다.

약한 모험자들은 한 마리를. 강한 모험자는 여러 마리를 상대하여 숫자를 계속 줄여 나갔다. 라퀴스가 여섯 마리를 모두 죽였을 때는 주위의 전투도 결판이 났다.

"부상자는?!"

"괜찮습니다, 라퀴스 씨!"

모두가 전혀 부상을 입지 않았다고는 할 수 없었지만, 그래도 중상자는 나오지 않았다.

마력을 아껴두어야만 하는 상황에서는 좋은 출발이었다.

"좌우에도 들리도록 복창! 전진! 앞으로 50미터!"

50미터 앞까지 전진한다는 말이 좌우에서 메아리처럼 들렸다. 라퀴스는 검을 휘두르고, 선두에서 나아가기 위해 발을 움직였다.

*

인기척이 없는 길, 그것도 좁고 어두운 길을 골라 빠르게 나아가는 세 사람이 있었다.

클라임, 브레인, 그리고 제로의 건물을 습격할 때 함께 싸웠던 오리하르콘 클래스 모험자 출신의 도적이었다.

레에븐 후작을 섬기는 모험자들은 모두 자낙 왕자와 함께 왕도를 순찰하고 있다. 악마가 포위망 밖에 나타났을 때 물리치기 위해서였다.

오리하르콘 출신의 최고 전투력을 클라임 일행에게 빌려준 이유는, 레에븐 후작의 말에 따르면 도적 자신이 원했기 때문이라고 한다. 제로의 일격을 받았을 때 클라임이 받아 주고 치료해 주었던 은혜를 갚기 위해서라는 것이다.

그리고 또 한 가지, 레에븐 후작이 라나에게 심적으로 빚을 지우기 위해서이기도 했을 것이다.

선두에 선 도적이 악마들과 조우하지 않을 루트를 골라 준 덕인지 아직까지는 한 번도 악마와 맞닥뜨리지 않았다. 만일 그가 없었다면 과연 여기까지 올 수 있었을까.

힘과 속도에만 의존하는 타입의 악마라면 대처할 자신이 있지만, 마법이나 특수한 힘을 구사하는 놈들이 나타난다면 승산은 턱없이 떨어진다. 공격도 방어도 강철에 의존하는 파티 편성인 만큼 물리적인 공방 이외의 대처는 어렵다.

짧은 만남이었지만 도적은 브레인과 클라임이 그러한 기술에서 부족하다는 것을 알았기에 이처럼 자살희망자밖에 맡지 않을 것 같은 위험한 임무에 참가해 준 것이다.

감사의 마음을 품으면서 브레인은 몸을 구부리고 종종걸음으로 이동했다. 서서히 주위 건물의 분위기가 바뀌고, 주거 목적이 아닌 커다란 건물이 늘어났다. 목적지는 매우 가깝다.

"그런데 목적지가 왜 창고 구역인 건가, 조장?"

주위를 살피며 묻는 도적에게 클라임이 대답했다.

"라나 님이 말씀하셨습니다. 만일 인간들을 포로로 삼아 한 곳에 모아두었다면, 많은 인간을 감금하기에 적합한 넓은 장소가 필요할 거라고. 그렇게 되면 광장 같은 곳에 모아두느니 여러 개의 창고에 가족들을 따로 분산시켜 가두었을 거라고."

"아하. 가족을 뿔뿔이 흩어서 가둬놓으면 그 자체가 서로에 대한 인질이 될지도 모른다 이거군. 그럼 서둘러야겠는데. 뭐, 돌아서 가더라도 최대한 안전한 길을 찾아보지."

"부탁드립니다."

민간인들을 구한 다음도 문제가 된다. 돌아올 때를 생각하면 반드시 안전한 경로를 찾아두어야 한다. 특히 수많은 사람을 데리고 행동하게 될 테니, 루트 발견은 중요과제였다.

　하지만 이 행운이 어디까지 이어질지.

　브레인은 생각했다. 이 임무는 마치 클라임더러 죽으라고 명령하는 것과 마찬가지였다.

　적이 평민들을 모아두었다면 분명 목적이 있을 것이다. 그렇다면 틀림없이 보초를 두었을 터. 듣자하니 적의 수괴인 얄다바오트는 아다만타이트 클래스 모험자를 일격에 물리칠 만한 존재라고 한다. 그렇다면 그런 괴물이 배치해놓은 적이 약할 리가 없다.

　옆을 달리는 클라임에게 흘끔 시선을 보냈다.

　라나의 호위병임을 알리기 위한 순백색 갑옷을 입은 소년은 건틀릿을 쓰다듬고 있었다. 아니, 그 안의 약지에 낀 반지를 쓰다듬고 있다는 것을 브레인은 간파했다.

　그 반지는 가제프에게 받은 것이다.

　가제프 자신도 옛날에 청장미에 속했던 노파에게 받은 물건이라는데, 고대의 마법으로 만들어낸 것이라 전해지는 매우 희귀한 아이템이다. 언뜻 들은 이야기에 따르면 전사의 역량을 한계 이상으로 끌어올려 준다고 한다.

　"살아남아서 돌려다오."

　가제프가 그렇게 말하던 것이 떠올랐다.

가제프의 표정에 특별한 감정은 없었다. 분노도, 슬픔도, 연민도. 섬겨야 할 주인을 가진 전사는 이따금 죽음을 명령 받는 것이나 다를 바 없는 전장에 나가야 할 때도 있음을 잘 알기 때문이다. 그러나 매우 가치 있는 반지를 빌려주었다 는 행위, 가제프가 할 수 있는 최대의 지원이 충분히 그의 심경을 드러 내준 것 같았다.

앞장서서 달리는 도적의 손짓을 따라 달려가려던 브레인 은 어떤 기척을 느끼고 고개를 들었다. 건물을 따라 눈을 돌 리고── 심장이 멎는 것 같은 충격을 느꼈다.

창고 중 하나, 옥상 가장자리에 있던 것은 황금색 머리카 락을 바람에 나부끼는──신장이나 몸집으로 보건대──소 녀였다. 순백색 천에 은색 자수를 놓은 매우 값비쌀 것 같은 드레스를 입었으며 크리스탈을 연상케 하는 광채의 하이힐 이 옷자락 끝에서 살짝 엿보였다. 또한 목걸이나 귀걸이 같 은 기품 있는 장신구를 수없이 걸쳐 어딘가 대귀족의 영애 같은 고귀한 숙녀를 연상케 했다.

등 뒤 먼 곳의 불꽃 커튼에서 쏟아지는 빛을 요사스럽게 반사하며 반짝이는 모습은, 얼굴을 덮은 새하얀 가면의 이 질적인 느낌에도 불구하고 결코 신비성을 잃지 않았다. 눈 에띄는 외견이면서도 기척이 지극히 희미한 점과도 맞물려, 마치 미(美)의 세계에서 떨어져나온 것만 같았다.

브레인의 마음속에 강하게 새겨진 그림자가 눈앞의 인물

과 겹쳐졌다.

단언할 수 있었다. 위에 있는 소녀의 가면 아래 담긴 얼굴이 그 괴물—— 샤르티아 블러드폴른의 것임을.

이쪽으로 주의를 돌리는 기색은 없었다. 그러나 그 괴물이라면 아무리 멀리 떨어져 있어도 발견당하는 즉시 목숨을 잃을 것이다. 그러나 지금 이 장소에서 저 괴물에게 들키지 않고 도망칠 수 있을까?

도저히 가능하리라는 생각이 들지 않았다.

정신이 들고 보니 갈라진 살얼음 위에 있었다는, 그런 기분이었다. 미미한 떨림조차 감지당하는 것 아닌가 생각하니 몸속에서 으스스한 비지땀이 배나왔다.

클라임과 도적이 무언가 말하려는 것을 손가락으로 저지했다.

브레인의 창백한 얼굴을 보고 무언가를 깨달았으리라. 두 사람도 움직임을 우뚝 멈추고 기척을 죽였다.

'어떻게 하지? 어떻게 해야 좋지? 저것과 싸우면 분명 죽을 테지. 도망치려 해도 도망칠 수는 없어. 그때 도망칠 수 있었던 건 비밀통로 덕이었는걸. 이런 곳에서는 불가능해. 하지만 왜 하필 이곳에서? 설마 날 찾고 있나?'

여기까지 생각한 브레인은 웃었다.

해답은 하나밖에 없었다.

"클라임, 난 시간을 벌 테니 너는 가라."

도적을 향해서는 고개를 한 차례 슬쩍 끄덕였다.

"저 친구를 부탁해."

반론은 기다리지 않았다.

브레인은 뛰어나가더니 건물의 요철을 붙잡고 단숨에 몸을 끌어올렸다.

도적 같은 등반기술은 없지만 2층 건물 정도라면 전사의 완력으로 쉽게 기어오를 수 있다. 지붕에 올라가서 보니, 조금 전과 다를 바 없는 장소에 샤르티아의 모습이 있었다.

브레인의 심장이 한 차례 크게 뛰었다.

무서워서 도저히 견딜 수가 없었다. 필사적으로 도망쳤던 그때의 기억이 되살아났다. 그래도 어째서인지 신기하게도, 정면을 바라볼 용기가 있었다.

"……무슨 일이지?"

가면 너머여서 목소리가 약간 바뀐 여자의 냉랭한 어조가 브레인에게 닿았다.

차림새도 머리카락 색깔도 말씨도 전혀 달랐다. 그때의 그녀가 어둠에서 태어났다면 지금의 그녀는 달에서 강림한 것 같았다. 그래도 다른 사람일 리가 없다.

'──나인 줄 모르는 건가? 어째서? 연기……인가?'

우선은 이쪽부터 다른 사람을 상대한다는 태도를 취해 어떻게 나오는지를 보아야 할까? 브레인은 그렇게 판단하고 물어보았다.

"수상쩍은 여자가 지붕에 있는 걸 봐서 말이지. 너희는 왕도에서 뭘 하는 거냐?"

"왜 당신에게 그런 걸 말해야 할까? 아니, 그보다도 왜 인간이 이런 곳에 있지? 이곳까지 침입한 건 당신뿐이야?"

벌컥벌컥 심장이 빠르게 뛰었다. 클라임 일행이 얼마나 떨어졌는지 알고 싶었지만 시선을 움직일 수는 없었다. 얼버무리려는 듯 약간 목소리를 크게 냈다.

"다른 사람을 찾고 있나? 내가 아니고?"

"당신을? 왜지?"

"이번이 만난 지 두 번째잖아? 네 아름다운 얼굴은 그 이후로 잊어버린 적이 없는데?"

샤르티아의 손이 뻗어나오더니 자신의 가면을 쓰다듬는다.

"…………무언가 착각하는 것 아닌지?"

한순간이지만 브레인은 어이가 없었다. 혹시 자신이 다른 사람과 착각했나 싶었다. 하지만 즉시 그 생각을 버렸다.

절대 다른 사람이 아니다.

절대음감을 가진 것도 아닌 브레인은 가면 너머로 들린 목소리에 자신을 가지지 못했다. 그래도 세계에서 단 한 사람, 브레인은 샤르티아라는 인물만은 잘못 알아볼 리가 없었다.

'……개미 정도밖에 안 되는 놈을 기억하기는 어렵다는뜻인가?'

놀리는 것이 아니라 정말 샤르티아가 브레인을 모른다면,

그건 그 정도 흥미밖에 가지지 못했기 때문일 것이다.

샤르티아라는 압도적인 강자에게서 보자면 오만도 아니고 자만도 아니다.

"아니…… 미안. 그래…… 그 말이 맞다. 초면이로군."

"……그래? 이해해 주었다면 다행이지만…… 그래도 죽이는 편이 좋으려나? 죽고 싶어, 아니면 살고 싶어? 무릎을 꿇고 이마를 조아리며 내 구두를 핥는다면, 내 기분이 좋아질지도 모르겠는데?"

"미안하지만 그럴 마음은 없어."

브레인은 천천히 숨을 토해내며 자세를 낮추고 발도 자세를 잡았다.

발동시킬 무투기는 당연히 〈영역〉. 물론 그것이 샤르티아에게는 효과가 없다는 것도 잘 안다.

"하아……."

어이없다고 말하려는 듯 샤르티아는 머리를 살짝 긁었다.

"상대와 자신의 실력 차이를 모른단 건…… 정말 성가셔."

아니, 잘 안다. 브레인은 샤르티아를 노려보며 그녀의 혼잣말에 마음속으로 대답했다.

샤르티아의 무서움은 구역질이 날 정도로 잘 안다. 그런데도 어째서 자신은 도망치지 않을까.

브레인은 의문을 품고, 입술 끝을 틀어올렸다.

마음이라는 이름의 호수에 파문은 하나도 없었다. 그렇게

나 두려워했으며, 모든 것을 내팽개친 채 도망쳤던 존재를
앞에 두고도 놀라울 만큼 조용했다.

샤르티아가 아무렇게나 발을 놀렸다. 그 움직임은 마치 그
때를 똑같이 재현하는 것 같았다. 그렇다면 결과도 틀림없
이 브레인의 참패. 그가 자신의 인생을 쏟아부었던 모든 것
은 장난처럼 부서진다.

'그렇게…… 되겠지.'

무서웠다.

이제까지 목숨을 뺏고 빼앗기는 삶을 살아온 자신이 무섭
다는 소릴 하다니, 한심한 노릇이다. 그래도 거짓말은 할 수
없었다. 브레인은 무서웠다.

적은 압도적으로 강하며, 쉽게 목숨을 빼앗는 존재. 이제
까지의 싸움이 목숨을 뺏고 빼앗기는 것이었다면 이것은 단
애절벽에서 뛰어내리는 것과 마찬가지다.

전투 속에서의 죽음은 각오할 수 있지만 자살은 각오할 수
없다.

그러나 이상하게도, 온 힘을 다해 도망친다는, 왕도에 왔
을 때는 가슴에 꽉 박혀 있던 마음은 전혀 없었다.

문득 한 소년의 등이 떠올랐다.

자신보다 훨씬 약한 소년. 그는 압도적인 살의의 분류 속
에서 떨면서도 필사적으로 서 있었다.

브레인은 서글프게 웃었다.

그 노인은 인간도 때로는 있을 수 없는 힘을 내는 법이라고 말했다. 하지만 브레인에게는 불가능하리라.

그 소년처럼 자신이 섬기는 왕녀를 위해 힘을 쥐어짜낼 수도 없고, 가제프처럼 백성이나 왕을 위해 자신의 몸을 바칠 수도 없다. 그런 훌륭한 인간과는 다르다. 브레인은 자신만을 생각하며 살아왔던 이기적인 인간이다.

'그래도…… 클라임을 위해 시간을 벌어준다고 생각하면, 어느 정도는 만회하는 셈일까?'

한 걸음, 또 한 걸음. 이상하게 느린 속도로 왼손 새끼손가락을 세우며 샤르티아가 다가왔다.

극한까지 드높아진 집중력이 시간경과를 느리게 하는 것인지, 아니면 사르티아가 실제로 이쪽을 가지고 놀 생각으로 발걸음을 늦추고 있는 것인지. 어느 쪽이든 맞을 것 같아 브레인은 쓴웃음을 지었다.

'저 여자는 그런 성격이니 말이지.'

겨우 몇 분 정도 만났음에도 이제까지 만났던 어떤 여자보다도 성격을 속속들이 파악한 것 같았다.

'앞으로 두 걸음이로군…… 내 검의 마지막은…….'

도망쳤다. 그래도 손은 결코 무기를 놓지 않았다.

자신의 인생은 검과 함께 있었다. 그렇다면 검과 함께 끝내는 것도 괜찮을지 모른다.

각오가 생겼다.

그 결론을 손에 넣기 위해 브레인은 샤르티아의 앞에 모습을 드러낸 것 같았다.

"검을 휘두르는 것이…… 인생이라."

그 말을 마지막으로 모든 것을 잊기로 했다. 적은 아득히 높은 경지에 있는 존재. 쓸데없는 생각을 할 사고력조차 이제는 아깝다.

자신이 사용할 기술은 〈신섬(神閃)〉. 지각조차 불가능한 무투기.

그래도, 두 가지 무투기 〈영역〉과 〈신섬〉을 함께 써도 눈앞의 괴물에게는 미치지 못한다. 칼날을 쉽게 붙들릴 만한 속도밖에 나오지 않는다. 그렇기에, 그렇기에 또 한 가지 무투기를 더했다.

가제프 스트로노프의 얼굴이 떠올랐다.

만일 이 왕도에서 그를 만나지 않았더라면, 이 자리에 있었어도 결코 쓰려 하지 않았으리라.

그러나 왕도에서 얻은 수많은 만남이 브레인의 생각을 바꿔 주었다.

브레인은 자신의 가장 위대한—— 과거의 넘어섰어야 할 적에 대해, 현재의 라이벌에게 감사했다.

이곳에서 자신이 죽으리란 사실을 받아들이며.

'늦었지만…… 고맙네. 나의 호적수이자 벗이여.'

그것만으로도 브레인의 마음이 가벼워졌다. 이제는 아무

런 망설임도 없이, 모든 것을 떨쳐낼 수 있을 것 같았다. 예전과 같은 굴욕은 없다.

"──아아아아아!"

브레인의 입술을 가르고 괴성이 터져나왔다. 마음 깊은곳, 영혼에서 토해내는 전신의 힘을 실은 포효였다.

〈영역〉으로 지각한 존재에게 초고속의 〈신섬〉을 날린다.

다만 그것만으로 끝나지는 않았다. 〈신섬〉으로 가속된 것은 단 한 차례의 검격이 아니었다.

그가 사용한 것은──

──4회 동시공격.

과거 브레인 앙글라우스가 처음으로 패배를 맛보았던 어전 시합. 그 전투에서 가제프 스트로노프가 사용했던 무투기.

브레인이 동경하고, 적을 알기 위해 자신을 속이면서도 연습을 되풀이했던 기술. 그리고 분한 마음과 함께 평생 쓰지 않겠노라 봉인했던 필살기.

그러나 지금, 이 순간, 모든 속박에서 풀려난 브레인은 망설임 없이 그 기술을 사용했다.

"사광연참(四光連斬)!"

사광연참에는 사실 커다란 약점이 있다.

동시에 참격을 뿜어낸다는 너무나도 큰 부담에 육체가 견디지 못해 공격이 사방으로 흩어져버리는 것이다. 명중률이 떨어지는 검격이기 때문에, 개발자인 가제프조차 주위를 포위당했을 때처럼 여러 사람을 상대할 때 쓰는 무투기로 한정했을 정도였다.

육광연참보다도 참격 수가 적은 사광연참이라면 어떻게든 동일한 대상을 공격할 수 있지만 그래도 전부 맞는 경우는 드물다.

그런 엉터리 공격이 샤르티아 블러드폴른에게 맞을 리가 없다. 그 점은 브레인도 잘 안다.

그러나 가제프 스트로노프에게는 없으며 브레인 앙글라우스만이 가진 기술이 있다. 그것은 범위 내에서라면 있을 수 없을 정도로 명중률을 높여주는——〈영역〉.

사방팔방 흐트러진 네 개의 참격은 〈영역〉의 보조를 받아 초인적인 명중정밀도로 궤도를 수정하며, 브레인이 머릿속에서 그려낸 궤적을 따라 움직였다.

절대명중이자 초고속인 동시 4연참.

이 공격은 영웅이라는, 인간으로서 인간을 초월한 자들조차 지극히 막아내기 곤란한 공격. 인간이라는 종족의 육체 능력으로 모든 참격을 막아내기란 불가능에 가까운. 그야말로 인외영역(人外領域)의 공격이었다.

 그러나—— 샤르티아 블러드폴른은 극한의 경지에 있었으며, 이를 넘어서는 자가 존재하지 않을 만한 영역에 선 존재였다. 그런 자가 보기에는 신속의 동시 4연격 또한 달팽이의 걸음과도 같았다.

 "흥."

 코웃음을 치며, 그 이상의 속도로 샤르티아의 왼손이 잔상을 일으켰다.

 금속성과도 같은 단단한 소리가 한밤의 공기 속에서 단 한 차례 울렸다. 너무나도 빠른 공방이었기에 네 번의 튕겨나는 소리가 한데 합쳐져 난 소리였다.

 다시 말해 이런 것이다.

 네 번의 참격은 모두 튕겨났으며, 샤르티아의 몸에 닿은 검은 하나도 없었다.

 샤르티아는 어깨를 으쓱했다. 시시한 애들 장난에 어울려 주느라 시간을 낭비했다고, 가면 안에서 웃었다. 웃은 것은 눈앞의 어리석은 전사에게가 아니라, 조금이라도 어울려 준 어리석은 자신에게.

 그러나 다음 순간, 샤르티아는 눈을 가볍게 떴다.

 만일 지금 이 자리에 두 사람의 능력을 수치로 비교할 수 있는 자가 존재했다면 그자는 틀림없이 브레인에게 우레 같은 갈채를 보냈으리라. 태양이 서쪽에서 뜨는, 그런 기적을 눈앞에서 실현시켰다는 데 존경과 놀라움을 품고.

그렇다. 그만한 기적을 브레인이 일으켰던 것이다.

"…………어?"

샤르티아의 시선 너머, 왼손 새끼손가락의 손톱이 살짝 깨져 있었다. 겨우 1센티미터도 안 되는 정도의 길이이기는 했지만 날아가버린 것이다.

샤르티아는 다시 기억을 되돌렸다. 절단된 부분은 바로 모든 참격을 튕겨낸 곳이었다.

생각해 보면 네 번의 참격은 위에서 두 번, 아래에서 두 번 날아들었다. 심지어 샤르티아가 튕겨낸 곳을 정확하게 에워싸듯.

"……노리고?"

"큭! 아하하하하!"

느닷없이 눈앞의 사내가 웃음을 터뜨렸다. 미친 것일까. 샤르티아는 그렇게 생각했다가 아무래도 아닌 것 같다고 마음을 고쳐먹었다. 아마도 손톱을 잘라냈다는 사실에 웃는 것이리라. 그러나 이유를 알 수 없었다. 손톱을 날려버린 게 뭐가 어쨌단 말인가.

샤르티아의 손톱이나 이빨은 육체무기로 취급하기 때문에

무기 파괴 스킬로 파괴할 수 있다. 치유마법으로 생명력을 회복시키면 함께 재생하는 장점이 있는 만큼 같은 레벨의 무기와 비교해도 간단히 부서진다. 그 정도밖에 안 되는 것이다. 신기급 매직 아이템 스포이트 랜스 같은 것과는 비교조차 할 수 없는 차이였다.

그렇기에 사내가 웃음을 터뜨린 이유를 전혀 알 수 없었다.

새끼손가락 손톱 끝을 살짝 날려버렸다고 해서 뭐가 어떻단 말인가. 그래서 무엇이 바뀐단 말인가. 샤르티아는 왼손에 남은 네 개의 손톱을 보았다. 새끼손가락 손톱도 짧아지기는 했지만 그래도 인간 정도의 살점을 쉽게 갈라버릴 길이는 있었다.

"……손톱깎이로는 합격인가 보네."

남자가 눈을 둥그렇게 뜨더니 만면의 희색이 더욱 깊어졌다.

"고맙다, 칭찬해 주어서. 내 검은…… 인생은 결코 헛되지 않았구나. 아득한 정상의 경지에 조금이나마 닿았으니까!"

칭찬이 아니었다. 샤르티아는 비아냥거릴 생각으로 한 말이었다.

하지만 돌아온 대답은 진심에서 우러난 것으로밖에 들리지 않았다. 다시 말해 사내는 손톱깎이 정도라는 말에 기뻐하는 것이다.

이 사내는 어딘가 나사가 하나 빠진 것이 아닐까. 다시 생각해 봐도 처음 만났을 때부터 영문 모를 소리를 했다. 아무튼 기분 나쁘니 냉큼 죽이기로 하자.

그렇게 판단한 샤르티아는 한 걸음을 내디디려다가──

데미우르고스에게서 전투가 시작되었다는 연락을 받았다.

샤르티아는 그것이 무슨 의미인지를 안다. 자신도 모르게 그쪽을 돌아보고 말았다. 그러나 기척을 느낄 수는 없었다.

"그분의 반지가 가진 효과로군……."

주인이 낀 반지 중 하나에, 탐지계에서 완전히 몸을 감추는 것이 있다. 수호자들에게도 분배된 반지지만 그것은 나자릭 지하대분묘의 지배자로서 풍기는 기척까지 감추는 힘을 가졌다.

주인의 기척을 느끼지 못한다는 데에 아쉬움을 품으면서 고개를 돌리자, 눈앞에 있던 머리가 이상한 인간의 모습은 사라지고 없었다.

'그, 그 인간을 깜빡했어!'

둘러보니 사내는 샤르티아 쪽을 보면서 대로로 뛰어내리는 참이었다. 의식이 다른 곳으로 쏠린 틈에 지붕 끝까지 뛰어간 것이다.

'나에게서, 힘없는 인간 따위가 무사히 도망칠 수 있을 줄 알아!'

마법으로 시간의 흐름을 지연시키면 사내가 아래에 도착하기 전에 따라잡을 수 있다. 샤르티아는 즉시 판단하고 마법을 발동했다.

"〈자기시간가속Time Accelerator〉."

끈적끈적해진 세계로 들어간 샤르티아는 사내가 몸을 날렸던 곳까지 이동했다. 그리고 내려다보니 천천히 떨어지는 인간의 모습. 이 마법이 발동하는 동안에는 타인을 해칠 수가 없지만, 이를테면 먼저 대로로 내려가 상대를 기다리는 일은 가능하다.

'그게 좋겠어. 기왕 하는 김에 팔을 벌려 받아주도록 하자. 저 인간도 매우 기뻐하겠지. 나처럼 풍만한 미녀에게 안길 수 있어서.'

남자가 떠올릴 표정에 입가를 치켜세우며 웃은 샤르티아는 마법이 끝나기 전에 지상으로 내려가고자 했다. 그 타이밍에, 다른 인간도 있음을 깨달았다.

'──저건?'

하얀 풀 플레이트 아머를 입은 자와 도적 풍의 사내였다.

브레인은 거리로 뛰어내리며 올려다보았다. 샤르티아의 모습은 없었다.

'안 쫓아오잖아?! 아니지, 혹시 그때처럼 핸디캡을 주려는

건가?'

원래 도망치려고 생각했던 행동은 아니었다. 높은 곳보다는 아래쪽에 있는 편이 지금 도망치고 있을 클라임 일행을 발견하기까지 시간이 걸리리라는 판단 때문이었다.

브레인의 모든 행동은 클라임 일행을 도망치게 하기 위해서였다. 그렇기에 다시 그 숨바꼭질을 시작할 생각이었다.

하지만 뛰어가려던 그는 있을 수 없는 광경을 발견했다.

그것은 클라임과 도적이 이쪽에 손짓을 하는 모습이었다.

'이럴 수가!'

머리가 확 끓어오르는 기분이 들었다. 그것은 극심한 분노이자 조바심이었다.

낯빛을 바꾼 브레인은 온 힘을 다해 두 사람이 있는 곳으로 향해, 그대로 그들의 멱살을 잡고 달렸다. 그런 짓을 하지않고 평범하게 달리는 편이 훨씬 빨랐을 것이다. 그러나 지금 브레인은 그런 생각을 할 만큼 냉정하지 못했다.

되는 대로 달리다 뒤에서 샤르티아가 쫓아오지 않는다는 것을 몇 번이고 확인한 다음, 그제야 손에 붙들었던 클라임을 벽으로 떠밀었다. 힘을 가감할 수가 없어 클라임은 벽에 부딪쳐 튕겨나온 후 바닥에 쓰러졌다.

"왜! 왜 안 갔던 거야!"

격렬한 감정이 드러났지만, 얼마 안 남은 이성을 총동원해 고함만은 지르지 않았다.

"그, 그건……."

비틀비틀 일어나려는 클라임의 멱살을 잡았다.

"그건, 뭔데?! 걱정됐다고 하게?! 난 가라고 했잖아!"

"잠깐 잠깐 잠깐 잠깐. 무슨 일이 있었는지는 모르겠지만, 아까는 당신도 사정설명이 너무 부족했어. 이건 클라임 탓만이 아니라고!"

도적의 발언에 머리가 다시 냉정해졌다. 분명 그 정도 말로는 설명이 안 되었을 것이다. 크게 심호흡을 되풀이했다.

"……미안하다, 클라임. 내가 좀 이상해졌나 보다."

"아, 아뇨, 저야말로 죄송합니다. 말씀을 무시해서."

"아니, 내가 잘못했어. 정말 미안하다. 발끈하는 바람에."

"……이봐, 앙글라우스 씨. 대체 무슨 일이 있었던 거야? 그리 오래 알고 지낸 사이는 아니지만, 아까 그건 이제까지 봤던 당신이 아니었어. 뭐랄까, 검을 막 잡은 병아리 같았다고."

"여기 가만히 있으면 위험해. 이동하며 말하자. 아무튼 세바스 씨에게 필적하는 괴물을 발견했다고만 말해두지."

경계하면서도 세 사람은 걸었다. 브레인이 무턱대고 도망치면서 알다바오트의 부하와 맞닥뜨리지 않았던 것은 행운일 뿐이었다. 다만 행운에만 기대하면 반드시 혼이 날 것이다.

"그런데…… 보아하니 다친 데는 없는 것 같은데…… 압승, 아니, 교섭으로 끝낸 건가?"

"아니야. 카타나로…… 그래, 나는 놈의 손톱을 잘랐지."

그 말을 입에 담은 순간 브레인의 몸속에서 엄청난 희열이 솟아났다. 그렇다. 자신은—— 그 어마어마한 괴물, 샤르티아 블러드폴른의 손톱을 잘라냈던 것이다.

"나는 놈의 손톱을 잘랐어."

브레인은 되풀이했다. 마음 깊은 곳에서 치미는 환희에 이성을 잃을 뻔해 필사적으로 억눌렀다. 그래도 감동한 나머지 말이 떨리는 것을 막을 수 없었다.

"그, 그래. 손톱을 잘랐군……. 그, 그야 카타나로 잘랐다면 분명 대단하긴 하지……."

도적도 또한 동요하듯 말이 떨렸다.

"……세바스 님에게 필적하는 자의 손톱이니 말이죠? 대단한 일……? 이라고 생각해요."

"그? 그렇지? 역시 브, 브레인 앙글라우스지?!"

찬사를 받으면서도 브레인은 입이 싱글싱글 웃음을 지으려는 것을 열심히 억눌렀다. 그리고 감정을 떨쳐버리려는 듯 고개를 가로저었다.

"클라임. 세바스 님을 보았던 너라면 알겠지? 나보다 강한 놈은 얼마든지 있어. 그 칠흑의 모몬도 아마 세바스 님 정도의 영역에 속한 인물이겠지. 그러니까 기억해둬라. 내가 도망치라고 하면 도망쳐. 네가 있어도 방해만 될 뿐이니. 약속해라. 다음에는 의문을 품지 말고 내 지시에 따르겠다고."

"아, 알겠습니다."

"그래, 그러면 됐어. 너는 왕녀님을 위해 일하잖아? 그러니 세바스 님의 살기에도 견딜 수 있었지? 그럼 우선순위를 잘못 파악해선 안 되겠지?"

브레인은 클라임의 어깨를 턱 두드리고는 도망쳐왔던 방향을 살폈다.

'왜 그놈이 쫓아오지 않지? 무언가 이유가 있나? 이런 곳에 있던 이유도 모르겠고……. 설마 창고 구역에 뭔가 이유가 있어서?'

그때 라나의 말을 떠올렸다.

'설마 얄다바오트와 같은 아이템을 찾고 있나……? 그렇다고 한다면…… 얄다바오트를 사역하고 있다……?'

샤르티아라는 초강력 괴물이 이런 곳에 있는 이상 임무는 포기하고 온 힘을 다해 도망치는 것이 정답이다. 하지만 그걸 클라임에게 이해시킬 수 있을까. 조금 전 브레인의 말에 따르겠다고 한 이상 철수하자고 하면 그는 복종할 것이다.

그게 과연 잘하는 일일까.

클라임의 목숨을 생각하면 잘못은 아니다. 하지만── 사람은 때로는 목숨보다도 소중한 무언가를 선택해야만 할 때도 있다. 라나에게 죽으라는 소릴 들은 거나 마찬가지인, 이 상황이 바로 그렇지 않겠는가.

클라임이라는, 성도 없이 이름뿐인 소년이 어떠한 삶을 걸어 황금왕녀에게 충성을 다하고 있는지는 알 수 없다. 그래도 라나의 명령을 받은 클라임의 의지를 타인이 멋대로 바꿔도 된다는 생각은 들지 않았다.

브레인은 도적을 잡아당기고, 클라임에게 들리지 않도록 주의하며 말을 걸었다.

"이봐, 클라임을 이대로 데리고 가는 게 과연 잘하는 짓일까? 저 녀석은 임무 달성보다도 무사히 돌아가는 게 좋은 거 아닐까?"

"……착하구만, 당신."

"시시한 빈말은 관둬. 그렇게 따지면 이렇게 위험하기 짝이 없는 임무에 자청하고 나선 당신은 어떻게 되지?"

도적은 멋쩍은 듯 씨익 웃었고, 둘이서 무슨 이야기를 하나 의아해하는 소년을 흘끔 쳐다보았다.

"뭐랄까, 노력하는 소년을 보니 잃어버린 과거를 그립게 여기는 마음이 든달까……. 말하자면 마음에 들었다는 거지. 겨우 몇 시간 동행했을 뿐인데. 아무튼 당신 생각은 대충 감 잡았어. 틀린 생각은 아니야. 다만……."

도적의 눈동자가 날카롭고 힘찬 빛을 머금었다.

"저 녀석이 선택한 삶이잖아. 그걸 남이 멋대로 간섭하지 말라고."

브레인은 흠칫했다.

"나는 저 꼬마가 마음에 들었어. 사선을 함께 넘나든 탓인지, 저 꼬마의 눈을 보면 왕녀님에게 무슨 마음을 품었는지

대충 읽을 수 있지. 믿겨지지 않는 꼬마야. 무모하고, 말도 안 되는 바람이야. 그러니까…… 왕국 최고의 보물을 노리게 해 주고 싶거든, 도적으로서."

"……그렇구만. 죽을지도 모르지만, 그래도 저 녀석이 정한 일이란 말이지."

브레인의 의지도 확고해졌다.

"그럼 서두르세. 샤르티아가 언제 쫓아올지 모르니."

2

후퇴전에서 최후방을 맡았던 모험자들이 바리케이드 옆을 빠져나가 뒤로 물러났다. 위사들로 구성된 이 조가 받은 명령은 모험자들이 상처를 치유하고 지원을 다 받을 때까지 이곳을 사수하라는 것이었다.

바리케이드에 열린 공간── 모험자들을 들여보내기 위해 열어놓은 곳에는 즉시 목재가 놓여 차단되었다.

이제 앞에는 아무도 없다. 다시 말해 이곳이 최전선이다. 고개를 돌리면 후퇴해가는 모험자들의 너덜너덜해진 뒷모습이 보인다. 갑옷에는 생생한 발톱 자국이며 그을음이 있다. 그리고 군데군데 물든 핏자국.

그보다도 더 후방으로 눈을 돌리면 솟구치는 불꽃의 벽이 보였다. 이곳은 거의 150미터 정도 적진으로 침입한 곳이다.

눈에 익은 왕도인데도 마치 이질적인 세계에 들어오고 만 것 같은 위화감이 들었다.

모험자들이 벌어다 준 시간 동안 주변의 가옥을 파괴해 만든 바리케이드가 있기는 하지만, 조금 전까지는 더할 나위 없이 든든하던 장벽이 어이없을 만치 초라해 보였다. 금방 파괴되고 말 것 같았다.

"괜찮아. 몬스터가 모험자들을 쫓아오지는 않았어. 적도 공격하지 않고 수비를 다질 생각인 거야. 괜찮아. 습격은 없어."

또 누군가가 똑같은 소리를 했다. 극도의 불안에서 정신을 돌리기 위해, 살아서 돌아가기를 바라는 마음으로 한 말은 신에게 바치는 기도와도 같이 계속 되풀이되었다.

이 바리케이드를 지키는 것은 45명의 위사들이었다. 긴 창을 손에 들고 가죽갑옷을 착용했다. 그중에 헬멧까지 뒤집어쓴 사내가 있었다. 보너 잉그레, 몇 명의 위사장 중 한 사람이었다.

위사장이라 해도 평범한 위사와 다른 점은 없다. 특별히 뛰어난 체구를 가진 것도 아니고, 머리 회전이 좋지도 않다. 힘도 젊은 위사들이 더 강할 것이다. 그가 그 지위에 있는 이유는 마흔 살까지 근무했으며 다른 적당한 사람이 없었기에 빈자리에 밀려들어갔을 뿐이다.

그의 낯빛은 창백했으며, 손이 새하얗게 변할 정도로 창을 꽉 쥐고 있었다. 다리가 떨리고 있었다. 시선을 움직이지 않는 이유는 눈을 움직이는 것이 두렵기 때문이리라. 너무나도 미덥지 못한 모습에 다른 위사들의 불안이 강해졌다.

그러나 목숨을 건 싸움은 처음이므로 이것만은 어쩔 수 없으리라.

분명 왕국은 매년 제국과의 전쟁 때문에 카체 평야에 나가고 있다. 하지만 위사에게는 도시를 지키는 임무가 있으므로 제국과의 전쟁에 징집되지 않는다. 그렇기에 위사라는 직업은 제국과의 전쟁에 끌려나가고 싶지 않은 시민들에게는 동경하는 직업이었다. 그런데 지금——.

이제까지 취객들의 싸움 같은 데에 말려들기는 했어도, 날붙이를 뽑아드는 다툼이 벌어지면 어지간해서는 말리러 나서지도 않았다. 그렇기에 한층 공포가 더 컸다. 도망치고 싶다는 마음을 간신히 억누를 수 있는 이유는 도주를 허락해주지 않으리라는 확신 때문이다.

허락해 준다 해도 문제는 끝나지 않는다. 도시를 지키기 위해 제국과의 전쟁에 징집되지 않았는데, 그런 주제에 도시를 지키지 못한다면 다음부터는 전쟁에 참가하라고 강요당할 것이 분명하다.

"이게 무사히 끝나면 위사를 그만두겠어."

보너가 불쑥 푸념을 했다. 그의 주위에 있던 몇 명이 동의 했다.

"자네들, 모험자들이 말한 내용은 기억해?"

"지옥사냥개, 상위 지옥사냥개Greater Hell Hound, 붉은눈 악마Gazer Devil, 소악마 군집체Demon Swarm 같은 것들과 조우했다는 얘기요?"

"그래. 그 몬스터가 어떤 건지 누구 아는 사람 있나? 특히 약점이나, 싫어하는 거나 뭐 그런 거. 아는 사람?"

대답은 없었다. 그저 서로 얼굴을 마주볼 뿐이었다.

보너는 쓸모없는 놈들이라는 생각을 뚜렷이 얼굴에 드러 냈다. 그 표정에 몇몇이 불만스러운 반응을 보이자 분노의 방향을 다른 곳으로 돌렸다.

"젠장! 그 모험자, 좀 더 자세히 말해 줄 것이지!"

이 위사들에게 몬스터의 정보를 알려준 모험자들은 큰 부 상을 당하고 필사적으로 후퇴하는 중이었다. 그래서 몬스터 의 이름을 알려주는 것이 고작이었으며, 어떻게 생겼고 어 떤 공격수단을 가졌는지까지 전달할 여력은 없었던 것이다.

그러나 모험자들을 책망할 수만도 없었다. 위사들과 모험 자들이 서로 연계하지 않았기에 정보 전달이 제대로 이루어 지지 않았기 때문이다. 또한 아무것도 모르는 위사들에게 방어선을 구축하도록 지시한 것 또한 상부의 실수라 할 수 있다. 심지어 모든 위사조가 적의 정보를 얻지 못했느냐고 하면 사실은 그렇지도 않았다. 똑같은 상황에서 확실하게 정보를 얻은 조도 있었다.

그런 조는 조원들을 여럿으로 나누어 모험자들을 후방으로 반송하는 작업을 거드는 한편 자세한 정보를 알아보았기에 가능했던 것이다.

이 조가 그러한 행동을 취하지 않은 것은 조장인 보너 때문이리라. 거기까지 머리가 돌아가지 않았으며, 또한 바리케이드를 지키는 위사의 수를 줄이기가 두려웠던 것이다.

"우리보다도 비싼 돈을 받고 고용됐으니까 더 열심히 해야지! 죽을 각오로!"

보너의 매도에 동의하는 자들도 있었다.

"우리도 죽을 각오로 나왔잖아! 그럼 그놈들도 후퇴하지 말고 싸워야 하는 거 아냐?!"

보너는 주위의 위사들에게 물었다. 조금 떨어진 곳에 있던 위사들의 싸늘한 시선은 알아차리지도 못한 채, 주위의 위사들과 함께 연신 모험자들에 대한 불만을 터뜨렸다.

"왔다!"

한순간도 시선을 움직이지 않은 채 감시하던 위사의 목소리에 보너는 금세 토할 것 같은 표정을 지었다.

모두가 대로를 따라 자신들 쪽으로 다가오는 악마의 모습을 보았다.

선두에 서서 걷는 것은 두꺼비와 인간을 융합시켜놓은 것 같은 악마였다. 피부는 황달을 일으킨 사람의 피부색이었으며 번들번들한 점액질 같은 광택이 있었다. 크게 부푼 몸 곳곳에는 마치 몸 안쪽에서 인간의 얼굴을 억지로 밀어올린 것 같은 모양이 떠올라 있었다.

인간을 통째로 삼킬 수 있을 것 같은 한일자 입이 열리더니 기묘하게 긴 혀가 널름 허공을 핥았다.

그리고 주위에는 먹이를 기다리듯 지옥사냥개들이 따르고 있었다.

피부를 모두 벗겨내고 대신 번들번들한 까만 액체를 묻혀놓은 것 같은 인간들이 그 뒤를 따랐다.

짐승이 열다섯 마리, 배가 나온 악마가 한 마리, 피부가 벗겨진 악마가 여섯 마리였다.

"수가 너무 많아!"

보너가 깨진 종 같은 목소리로 외쳤다.

"이젠 틀렸어! 도망치자!"

"시끄러!"

보너를 향해 노성이 터졌다.

"넌 좀 닥치고 있어!"

히이익 비명을 지르는 보너를 무시하고, 고함을 지른 위사가 긴장감에 굳은 얼굴을 동료들에게 돌렸다.

"잘 들어! 창만 내밀고 있어도 돼! 우리 임무는 놈들을 죽

이는 게 아니야! 시간을 버는 거지! 괜찮아! 우린 살아 돌아
갈 수 있어!"

살아 돌아갈 수 있다는 말에 몇몇이 그의 행동을 따르고,
다시 몇 명이 더 따라왔다.

"좋아, 가자!"

공포에 얼어붙은 얼굴을 하면서도 위사들이 전개하듯 펼
쳐지고, 창을 겨눈다.

"너도 따라와!"

한 사람이 보너를 끌고 와서 정해진 위치에 세웠다. 놀려
둘 여유는 없었다.

짐승들이 포효하며 바리케이드를 물어뜯어 댔다. 놀라운
속도로 으득으득 소리를 내며 목재를 깎아나간다. 순식간에
가늘어지는 목재의 틈으로 위사들은 창을 내질렀다.

곳곳에서 짐승의 짧은 비명이 들렸다. 창에 찔리지 않은
짐승들도 황급히 바리케이드에서 물러났다. 목 안쪽에서 그
르렁거리는 소리를 내며 눈치를 살피듯 얼쩡거렸다.

아주 조금 여유를 되찾은 위사들은 다가오는 짐승이 있으면
틈새로 창을 내질렀다. 그렇게 하면 짐승은 즉시 물러났다.

위사들의 얼굴이 다시 밝아졌다.

뒤쪽의 악마들은 싱글싱글 기분 나쁜 웃음을 지을 뿐 아무
행동도 하지 않는 모습이 불안을 자극했지만, 이대로 시간
이 지나면 그것으로 족하다. 그들은 악마를 쓰러뜨리기 위

해 있는 것이 아니니까.

"뭐, 뭐야!"

한 위사가 눈앞에서 시작된 일에 겁먹은 소리를 질렀다.

짐승들이 일제히 대열을 지었다. 창이 겨우 닿지 않는 거리에서 가로 일렬로 늘어선 것이다.

이제까지의 무질서하던 돌격과는 다른 행동에 위사들은 불안을 느꼈다. 만일 눈앞에 있는 짐승들에 대해 자세한 정보를 얻었더라면 대처 방법이 바뀌었을지도 모르지만, 그들이 할 수 있는 일은 틈새로 창을 내지르는 것뿐. 상대의 행동에 대응할 수단은 없었다.

그대로 창을 내지르기 위해 자세를 잡고 있으려니 짐승들이 입을 벌렸다. 턱이 떨어져 나갈 것처럼 크게. 목 안쪽이 공연히 붉게 보이는 것은 구강 안이라서가 아니었다.

짐승들이 토한 홍련의 불꽃이 일제히 바리케이드를 엄습했다. 마치 바리케이드 전체가 타오르는 듯 위사들의 시야 전체가 시뻘겋게 물들었다.

상당한 화력이기는 했지만 아무리 그래도 짧은 시간 동안 바리케이드를 완전히 태울 수는 없었다. 그러나 바리케이드 너머에서 대기하던 위사들은 달랐다.

비명이 터졌다. 불에 눈을 잃은 자, 불을 들이마시는 바람에 식도와 폐까지 타버린 자. 그런 자들이 털썩털썩 쓰러졌다. 살아남은 것은 옆쪽에 있던 사람들이었으며 중앙에 자리를 잡았던 위사들은 불꽃을 정통으로 맞아 숨이 끊어졌다.

"이, 이젠 틀렸어!"

아무도 입에 담지 않았던 말을 제일 먼저 외친 것은 보너였다. 그리고 그가 다음에 보인 행동은 신속했다. 창을 내팽개치고 투구까지 집어 던져 조금이라도 몸을 가볍게 만들고는 온 힘을 다해 내뺀 것이다.

여기에는 살아남은 위사들 모두가 경악했다. 도주의 가능성을 생각하지 않은 것은 아니지만, 이 정도까지 멋들어지게 도망치면 할 말이 없었다.

인간은 궁지에 몰리면 이렇게까지 빨라지는가 싶어지는 속도로 뛰어가는 보너. 살아남은 위사들은 입을 반쯤 벌린 채 멀어져가는 그의 등을 바라보았다.

하지만 그의 도주는 위에서 악마가 날아내려온 순간 끝났다.

부풀어오른 몸을 가진 악마가 날개도 없이 날아와서는, 기세를 실어 보너에게 뛰어든 것이다. 마른 나뭇가지가 꺾이는 듯한 소리가 났다.

고통에 흐느껴 우는 목소리가 들렸다. 쉽게 죽일 수 있으면서 악마는 보너를 죽이지 않았다. 그것이 결코 자비 때문이 아님은 이어진 행동으로 즉시 알 수 있었다.

악마는 보너의 몸을 들어 올렸다.

그리고 입을 커다랗게 벌려 보너를 널름 집어삼켰다. 처음부터 부풀었던 배는 보너의 몸을 받아들이고도 변화가 없었다—— 아니, 한 가지 커다란 변화가 있었다. 몸에 달라붙어 있는 수많은 얼굴 중에 새로운 얼굴이 떠오른 것이다.

알아보기 어렵기는 했지만 보너의 얼굴이었다.

뒤에서 바리케이드가 무너지는 소리를 들으면서도 위사들은 움직이지 못했다.

바리케이드 따위 원래부터 그들에게는 벽도 무엇도 아니었던 것이다.

파괴된 바리케이드를 넘어온 악마들이 위사들을 포위했다.

작은 오열이 들렸다. 죽는다는 사실을 깨달은 자들의 울음소리였다.

이어진 것은 악마들의 홍소(哄笑). 어리석은 인간들을 조롱하는 소리.

그때, 신을 갈망하듯 밤하늘을 우러른 위사 중 한 사람이 기괴한 것을 보았다.

그것은 고속으로 접근하는 그림자—— 기이한 무리였다. 두 명의 그림자가 칠흑의 갑옷을 입은 전사를 좌우에서 늘어뜨리고 있었던 것이다. 진홍색 망토를 나부끼는 전사는 두 손에 거대한 검을 하나씩 들고 있었다.

"던져라."

멀리 떨어져 있음에도 그런 목소리가 들린 기분이 들었다.

하지만 그것이 사실이었는지, 하늘을 날던 두 사람이 손을 놓았다. 전사는 뒤에서 보이지 않는 힘에 강하게 떠밀린 것처럼 가속해 수평 포물선을 그리면서 대로로 떨어졌다. 마찰이 없는 듯 매끄러운 움직임으로 대로를 활주해, 그 너머에 있던 지옥사냥개 한 마리를 베어넘기고 나서야 겨우 발이 멈추었다.

　너무나도 화려한 등장에 적도 아군도 움직임을 멈추었다.

　그렇기에 조용한 목소리는 잘 울렸다.

　"모험자── 모몬이다. 대신 맡지. 그대들은 뒤로."

　칠흑의 전사가 한 말이 처음에는 이해가 되지 않았다.

　하지만 수많은 짐승들의 울음소리에 정신을 차렸다. 그들이 고대하던 원군임을 깨달았다.

　"지옥사냥개가…… 겨우 이것뿐인가. 두 배는 더 있어도 모자랄 판에!"

　칠흑의 전사── 모몬을 참살하고자 사방팔방에서 지옥사냥개가 달려들었다. 모든 방향을 에워싸고 한 치의 틈도 없는 포위망을 만들었다.

　검으로 막아낸다 해도 다른 방향으로 돌아가 물고 할퀼 것이다. 검으로 한 마리를 베어낸다 해도 다른 짐승들이 유린할 것이다. 도약한 지옥사냥개의 들이받기에 당하면 자세가 흐트러져 다음 공격을 회피할 수 없을 것이다.

　숫자의 폭력을 몸소 체현한 듯한 공격.

위사들이 비통한 표정을 지은 것도 당연한 노릇이었다. 그러나—— 진정한 강자가 얼마나 엄청난 힘을 가졌는지, 이 자리에 있던 위사들은 알지 못했다.

거검이 강풍을 일으키며 사방을 휩쓸었다.

눈을 가진 자들은 모두 입을 딱 벌렸다.

그것은 한 번의 참격. 보통 사람이라면 한 마리를 베어 쓰러뜨리는 것이 고작이었으리라. 그러나 휘두른 자에 따라서는 보통 사람의 영역을 넘어선 참격으로 바뀐다.

위사들이 이기지 못하리라 생각했던 지옥사냥개 네 마리의 몸이 잘려나가 대로에 나뒹굴었다.

다만 온 힘을 다해 휘두른 탓인지 모몬의 무게중심이 옆으로 쏠리고 있었다. 아직 무사한 지옥사냥개가 있는데. 이래서는 다음 공격을 피할 수 없다.

튼튼한 갑옷을 입었다고는 해도 지옥사냥개의 이빨은 날카로우며 쇠를 찢어발길 만한 발톱도 있다. 게다가 저만한 숫자의 사냥개가 덤벼든다면 절대 무사하지 못할 것이다. 위사들은 도우러 와준 모험자가 온몸에 상처를 입고 쓰러지는 환영을 보았다.

그러나 이 역시 지나친 속단으로 끝났다.

모몬은 무게중심이 쏠린 몸을 억지로 되돌리려 하지 않고 흐름에 몸을 맡겨 한 바퀴 돌았다. 진홍색 망토가 펄럭여 불타는 듯한 소용돌이가 생겨났다. 댄서 같은 가벼운 움직임으로 다시 땅을 디디며, 울부짖는 강검을 왼쪽에서 오른쪽으로 후려쳤다.

남은 지옥사냥개들의 몸이 베여 대로 저편까지 나가떨어졌다. 이제 제대로 움직이는 사냥개의 모습은 없었다.

"겨우…… 두 방?"

위사 중 한 사람의 중얼거림이 모두의 마음을 대변했다.

아니, 위업을 보고 난 마당에는 그 이외의 말이 떠오를 수가 없었다.

"남는 것은…… 영혼포식자Over Eating와 붉은눈 악마로군. 시시한 상대인걸."

중얼거리는 목소리를 남기고 모몬은 악마들을 향해 걸음을 옮겼다. 마치 공원이라도 산책하는 듯한 발걸음에 경계심이란 없었다. 보통 같으면 소리를 질러 말렸으리라. 하지만 그 어마어마한 기술을 눈앞에서 보니 아무도 그럴 마음은 들지 않았다.

범부가 해야 할 일이란 강한 전사의 뒷모습을 바라보는 것뿐.

아무렇게나 다가온다는 압박감에 견딜 수 없었는지, 붉은눈 악마들이 괴성을 지르며 달려들었다.

번뜩이는 칼날.

잘려나간 몸이 사방팔방으로 흩어졌다.

그동안 모몬은 한 걸음도 멈추지 않았다. 붉은눈 악마 따위 마치 없었다는 듯, 무인지대를 걷듯 스스럼없이 발을 놀렸다.

"……굉장하다."

위사의 목소리에 반응한 것은 아니겠지만, 영혼포식자가 입을 쩍 벌렸다. 뱀이 사냥감을 통째로 삼키려는 듯 커다랗게. 그 안쪽에 불꽃 같은 일렁임이 보였다. 몸에 떠오른 인간의 얼굴이 한층 고통스러운 표정을 짓기 시작했다. 영혼의 절규를 토해내려 한다.

영혼포식자에게 잡아먹힌 영혼이 소멸할 때 지르는 절규는 산 자의 정신을 위축시켜 기절하게 만든다.

그러나 그 전에, 부웅 소리와 함께 영혼포식자의 머리가 날아갔다.

대신 그 자리에 날아든 거대한 검이 박힌 채로 땅바닥에 쓰러졌다.

"외치기 전에 잡으면 그만이지."

모몬은 그 말만을 하고 시체에서 검을 뽑았다.

겨우 수십 초. 절대 이길 수 없으리라 여겨졌던 악마들이 섬멸되었다.

위사들의 입에서 환성이 터졌다. 죽음을 모면한 자들의 영혼에서 우러나오는 포효였다.

환희의 파도를 온몸에 받은 모몬은 그들에게 조용히 말했다.

"……이제부터 모험자들의 반격작전이 시작될 거요. 조금만 더 자리를 지켜주시오. ……뭐, 격퇴했으니 한동안은 이곳으로 오지 않겠지만. 나베, 이블아이, 부탁한다."

땅에 내려선 두 명의 매직 캐스터가 다시 그의 몸을 안고 공중으로 향했다. 위로 떠올라가는 모몬에게서 마지막 말이 들렸다.

"이제부터 서둘러 적의 수괴를 토벌하겠소. 그때까지 뒤에 있는 시민들을 지켜주시오. 부탁하오."

날아가는 세 사람을 지켜보며 위사들은 한숨을 토해냈다.

저런 영웅에게 그런 말을 들었으니, 이곳을 사수하지 못한다면 체면이 뭐가 되겠는가.

"이봐, 바리케이드를 다시 세우자! 다시 한 번 적의 침공을 막아내는 거야. 뚫린 다음 일은 이제 생각하지 말고!"

＊

하화월(9월) 5일 03:44

미스릴 이상 모험자로 구성된 재돌입부대의 선두에 선 라퀴스는 티나를 옆에 대동하고 전진을 개시했다.

출동하기 전, 라퀴스는 몇 번이나 다시 생각해 달라는 말을 들었다. 부활마법을 사용할 수 있는 인물이 앞에 나설 필요는 없지 않느냐고. 그러나 라퀴스가 가느냐 가지 않느냐에 따라 전력에는 큰 차이가 생긴다. 모몬이 무사히 얄다바오트와 싸우도록 지원하는 것이 무엇보다도 중요하다. 그렇다면 라퀴스가 뒤에 남을 수는 없다.

모몬의 뒤를 따라가지 않고 다른 대로를 통해 들어온 라퀴스 부대의 첫 목표지점은 위사들이 구축해놓은 바리케이드가 있어야 하는 장소였다. 그러나 일행이 본 것은 붉게 물든 대로였으며, 뜯겨나간 살점 등이 널브러진 처참한 살육의 현장이었다. 물론 바리케이드 따위 철저히 파괴되어 흔적도 찾을 수 없었다.

모험자들은 고함을 지르며 한 덩어리가 되어 다시 전진했다. 단, 나아간 것은 겨우 30미터 정도였다. 옆길에서 모습을 나타낸 악마의 무리와 전투에 들어간 것이다.

전투 개시 직후에는 개개인의 전투력이 뛰어난 모험자 측이 압도했다.

그러나 서서히 균형이 기울어지기 시작했다. 원인은 전투력의 차이를 웃도는 물량이었다. 왕도에 출현한 모든 악마가 모여든 것은 아닐까 하는 착각을 느낄 만한 숫자였다.

"물러나지 마! 계속 밀어붙여!"

전체지원 마법 발동을 마친 라퀴스가 외쳤다. 물론 물러나려는 모험자는 없었다. 이 작전의 중요도를 알기에 후퇴를 선택하거나 할 수는 없었다.

이블아이의 역할은 모몬의 싸움을 방해하지 못하도록 바로 곁에서 요격하는 것. 반면 그들의 사명은 악마들에게 압력을 가해 방해하러 가지 못하도록 만드는 것이었다.

그렇게 생각하면, 이 숫자와 정면에서 부딪쳤다는 것은 곧 모몬에 대한 최대의 지원이라 할 수 있다. 이 자리에서 전투하는 시간이 길어지면 길어질수록 모몬 일행의 승산이 높아진다.

노성과 검 부딪치는 소리. 마법이 터지고 특수능력이 발동되는 —— 불꽃의 숨결이 인간을 태우는 등 —— 소리가 겹쳐졌다.

상황을 확인한 라퀴스의 얼굴이 일그러졌다. 뇌리를 차지한 것은 어떤 모험자가 내뱉은 한마디였다.

"악마들이 점점 강해지는군."

어쩌면 악마들이 산다는 마계로 통하는 문이 열려 더욱 강대한 악마가 소환되고 있는 것은 아닐까. 이 불꽃의 벽은 경계를 뜻하는 것은 아닐까. 이대로 시간이 지나면 어떻게 될까. 게다가 얄다바오트를 쓰러뜨린다 해도 원래대로 평화로운 왕도로 돌아갈 수 있을까. 모든 것이 허사로 끝나지는 않을까.

"헛소리!"

노성을 터뜨려 무수한 걱정을 날려버렸다.

해 보지 않고서는 아무것도 모른다. 그렇기에 라퀴스는 검을 휘둘렀다.

"사출!"

어깨 주위를 떠돌던 부유검군 중 하나가 수직으로 치솟더니 지시에 따라 쏜살같이 날아갔다. 허공을 가르며 날아간 검 한 자루는 입을 크게 벌리고 달려들려던 지옥사냥개의 입을 관통했고, 사냥개는 시체도 남기지 못한 채 소멸했다.

주위를 둘러본 라퀴스는 완전히 포위당했음을 확인했다.

조금 전부터 모험자들의 전진은 완전히 멈추었으며, 여러 겹의 포위망은 느슨해질 조짐을 보이지 않았다. 이제는 그저 검을 휘둘러 싸울 뿐이다.

전열은 부러지거나 날이 빠진 무기를 거두고 예비 무기를 준비하기 시작했다. 마력이 텅 빈 매직 캐스터들은 스크롤이나 완드 등으로 마법을 발동했다. 이제 자원이라곤 조금도 남지 않았다.

모험자들의 바깥쪽은 오리하르콘 클래스 모험자이며, 안쪽에는 상처 입고 마력을 잃은 미스릴 클래스 모험자들을 보호하고 있다. 그래도——

'위험해……. 이대로 가다간 조금씩 깎여나가서 짓밟히겠어. 아직 멀었어? 얄다바오트는…… 아직도 쓰러뜨리지 못한 거야?'

비명을 들은 라퀴스가 황급히 고개를 돌렸다. 한 전사가 악마의 맹렬한 공격 앞에 쓰러지는 참이었다.

"쯧!"

라퀴스가 다가서려 하기도 전에, 뚫린 구멍을 막고자 티나가 악마에게 달려들었다.

쓰러진 전사는 뒤에 있던 모험자가 끌어내며 물러났다. 죽지는 않은 모양이지만 이 상황이 얼마나 위험한지는 말할 필요도 없었다. 치유 마법이 날아오지 않았다는 것은 신관 같은 신앙계 매직 캐스터들의 마력이 그만큼 소모되었음을 뜻했다.

'물러날 수밖에 없어.'

균형이 무너지면 그다음에는 단숨에 휩쓸릴 뿐이다. 라퀴스는 그들을 죽게 만들 수 없었다. 모몬이 패배했을 경우를 —— 앞날을 대비한 행동을 취해야만 한다.

완전히 소모된 몸으로 후퇴하기란 어렵다. 조금이라도 여력이 있을 때 퇴각할 필요가 있다.

"퇴——!"

퇴각이라고 외치려던 라퀴스는 허공에서 천천히 내려오는 이형의 악마를 보고 숨을 멈추었다.

키는 3미터 정도. 근골이 우락부락한 육체는 파충류의 비늘에 뒤덮여 있다. 뱀 같은 긴 꼬리가 출렁거렸다. 머리는 염소의 두개골. 뻥 뚫린 까만 눈구멍에서는 파르스름한 불꽃이 맹렬히 타올랐다. 굵은 팔로는 거대한 몰(maul)을 쥐고 있다.

놈이 등에 접어놓았던 박쥐 날개를 펼쳤다. 날개를 치자 싸늘한 공기가 휘몰아쳤으며, 그와 동시에 영혼을 부술 듯한 공포가 엄습했다. 공포 내성 마법으로 보호를 받기 때문에 공황 상태에 빠지거나 하진 않았지만 이제까지 만난 악마보다도 훨씬 강하다고 느껴지기에는 충분한 시위행동이었다.

비지땀이 솟아났다.

"──야단났네."

마력이 충분하고 팀 멤버가 완벽한 상태라면 어떻게든 이겼을 것이다. 상대의 정보를 조사한 끝에 전투했다면 승리는 확실하다. 그러나 현재는 승산이 거의 없는 거나 마찬가지였다. 우선 방대한 지식을 가졌으며 강대한 마법을 구사하는 이블아이가 없다. 적의 무기를 막아주고 반대로 공격을 가할 가가란도 없다. 교묘한 회피로 적의 공격을 피하며 인술로 상대를 혼란에 빠뜨릴 티아도 없다. 있는 것이라고는 지칠 대로 지친 두 사람뿐이다.

티나에게 눈을 돌리니, 각오는 됐다고 고개를 끄덕여 대답했다. 마검 킬리네이람을 꽉 움켜쥔 라퀴스가 거대한 악마를 향해 걸어가려던 그때. 근처의 오리하르콘 클래스 모험자 하나가 어깨를 붙들며 외쳤다.

"우리가 저놈을 막을 테니 당신은 도망쳐요!"

놀란 라퀴스에게 그가 잇달아 말했다.

"당신이 살아있으면 부활 마법을 써 줄 수 있어요. 그러니 당신만은 살아서 돌아가야만 해. 부활할 가능성을 가진 사람들을 위해서라도!"

씨익, 사나이다운 웃음을 짓는 그의 얼굴은 그야말로 오리하르콘 클래스에게 잘 어울리는 매력으로 넘쳐났다. 그와 동조해 모든 모험자들이 힘차게 고개를 끄덕였다.

냉정하게 생각해 보면 그의 말이 옳다. 죽음을 각오하고 시간을 버느니, 살아남아 이곳에서 죽은 자들을 부활해 주는 편이 도움이 된다.

"부활 마법은 매개체로 비싼 재료가 필요하다며? 그건 서비스로 좀 부탁할게요!"

"왕녀님이 쏘는 거 아녔어?!"

"귀족들더러 내라고 그래! 그놈들도 돈 정도는 내야지!"

소풍이라도 온 것처럼 느긋한 발걸음으로 모험자들 몇 명이 원진에서 빠져나왔다. 신호나 눈짓 같은 것은 전혀 없었다. 마치 하나의 뇌가 선택한 것처럼 완벽하게 맞아떨어지는 움직임으로, 거대한 악마를 향해 이동했다.

사전(死戰)을 앞두고 각오를 다진 자들의 명랑한 태도에 라퀴스는 입술을 꽉 깨물고 그들에게 등을 돌렸다.

"돌파하라! 온 힘을 쥐어짜내라! 달릴 힘만 남아 있으면 돼!"

외치자마자 스스로 악마의 무리를 향해 돌격해 킬리네이람을 휘둘렀다. 방어는 이제 갑옷과 마법에만 의존했다. 자신의 몸을 버리기 일보 직전까지 내던지면서 혈로를 뚫었다.

살점이 도려져 나가는 감각, 몸에 단단한 것이 박히는 감각 등 수많은 아픔이 내달렸지만 이를 악물고 견뎠다. 자신의 몸을 냉정하게 느끼고, 아슬아슬하게 계산하며 치유마법을 무영창화로 발동했다. 라퀴스는 살아서 돌아가야만 하지만, 무리하지 않고선 돌파는 불가능했다.

"하아아아아아아!"

남은 마력을 킬리네이람에 거의 다 쏟아부었다. 표면의 별과 같은 광채가 거대해지면서 검신이 부풀어올랐다.

"초월기! 다크 블레이드 메가 임팩트으으!!"

수평으로 긋자 칠흑의 폭발이 휘몰아쳤다. 무속성 에너지 폭발에 휘말려 저급 악마가 잇달아 소멸되었다.

딱히 이름을 외칠 필요는 없는 기술이지만 효과는 막대하다. 그러나——

"아직도…… 멀었……나!"

지칠 대로 지친 눈동자에 비친 광경—— 저급 악마들밖에는 없지만 벽은 두꺼웠다. 조금 전에 그렇게 많은 수를 날려버렸는데도 구멍은 이미 메워졌다.

돌파할 수 있을까. 배어나오는 불안감에 조바심을 느끼고, 이를 힘으로 바꾸어 검신의 사이즈가 원래대로 돌아온 킬리네이람을 휘둘러댔다.

그때 라퀴스는 악마들의 뒤에서 금속 광채를 보고, 한 사내의 포효를 들었다.

"──육광연참."

뿜어져 나온 여섯 개의 참격이 악마들을 베어 날려버렸다.

"──육광연참 ── 유수가속── 하압!"

다시 일곱 마리의 악마가 달군 나이프를 가져다댄 버터처럼 썰려 나갔다. 가제프 스트로노프의 마법검 '체도칼날 Razor Edge'. 베지 못하는 것은 존재하지 않는다고 일컬어지는 예리함에 악마들이 움츠러든 듯이 움직임을 멈추었다.

"짓밟아라!"

가제프의 노성에 맞춰 뒤쪽에서 일제히 창이 튀어나왔다.

강철의 광채는 잘못 본 것이 아니었다. 가제프의 뒤에서 몇십 자루인지 헤아릴 수도 없는 무수한 창이 튀어나와 악마들을 꿰뚫었다. 그곳에 있던 것은 왕성을 수호하는 기사며 병사들. 대로를 가득 메우는, 수백 명에 이르는 군세였다.

악마들이 자신들의 두 배는 되는 병력에 겁을 먹은 듯 포위망을 풀어 나갔다.

함성이 터지고, 너덜너덜해졌던 모험자들이 병사들의 보호를 받으며 후퇴를 시작했다.

"어떻게 스트로노프 님이?!"

그는 왕성을 수호하기 위해, 왕가를 수호하기 위해 남지 않았던가. 라퀴스의 물음이 들렸는지 가제프는 얼굴을 어떤 방향으로 돌렸다.

그 방향으로 시선을 돌린 라퀴스는 눈을 휘둥그렇게 떴다.

그곳에는 네 명의 신관과 네 명의 마력계 매직 캐스터에게 경호를 받는 갑옷 차림의 한 노인이 있었다. 머리에는 이 나라에서 오로지 단 한 사람만이 쓸 수 있는 왕관이 있다.

국왕, 란포사 3세.

이것은 지나치게 위험한 행동이다.

몸을 갑옷으로 보호했다지만 일부 악마의 공격은 강철조차도 쉽게 꿰뚫는다. 게다가 호위병이 있어도 범위마법이 호위를 뚫고 왕의 몸에 상처를 입힐 가능성도 있다. 보통 사람인 왕은 범위마법에 휘말려들면 즉시 사망할 것이다. 부활마법이 있다 해도 왕은 부활 때 일어날 생명력 소실에 견딜 수 없다.

"폐하께서는 말씀하셨다. '너희가 지킬 것은 무기물인 성이냐, 아니면 짐 자신이냐.' 답은 단 하나. 폐하의 옥체를 지키는 것이 우리의 역할이다! 그렇다면 이곳이야말로 싸워야 할 전장! 돌격!"

대지가 흔들리는 함성이 터지고 병사들이 돌격을 감행했다.

숫자의 폭력에 숫자의 폭력이 짓쳐들었다. 이대로 가면 전황은 역전되리라 생각한 그 순간, 오리하르콘 클래스 모험자 중 하나가 홱 날아가 벽에 격돌하여 새빨간 꽃을 피웠다.

"워어어어어어어어어어어어어어!!"

덤비라는 듯 울부짖는 거구의 악마를 보고 병사들이 움직임을 멈추었다.

　숫자만으로는 이길 수 없는 몬스터 또한 존재했던 것이다.

　"스트로노프 님! 힘을 빌려 주십시오!"

　"물론이지."

　"어허, 잠깐 기다리라고."

　가제프의 대답에 이어 날아든 목소리에 라퀴스는 눈을 크게 떴다.

　"우수한 전사의 지원이 필요하지 않으신가?"

　"장래 우수해질 예정인 닌자도 있어."

　이 목소리를 잘못 알아들을 리 없다. 그러나 믿을 수 없어 경악성을 질렀다.

　"가가란! 티아!"

　천천히, 눈에 익은 두 사람이 모습을 나타냈다. 여느 때와같은 무장으로 몸을 감싸고, 언제든 싸울 준비를 갖춘 모습을.

　"누워만 있으면 몸이 둔해지니 말야. 스트로노프 씨한테 부탁해서 데려다 달라고 그랬지."

　"이젠 싸울 수 있음."

　그럴 리가 없다. 부활 직후에 전투라니, 도저히 권장할 만한 짓이 아니다. 이제까지 사용했던 능력과의 갭에 적응할 때까지 안정을 취하는 것이 보통이며, 무엇보다 엄청난 탈력감에 시달리고 있을 것이다. 그래도—— 이 전투의 중요성을 알기에, 일부러 일어나서 싸우러 와 준 것이다.

이렇게까지 많은 이들의 힘이 모여 등을 밀어주고 있다.

라퀴스는 마음속으로 강하게 기도했다.

모몬이 얄다바오트에게 승리하기를. 그리고 이 왕도에서 악마의 무리를 몰아내주기를.

*

하화월(9월) 5일 03:46

"보이기 시작하는군."

전방에는 광장이 나타났으며, 중앙에는 가면을 쓴 악마가 숨지도 않은 채 당당히 서 있었다. 주위에 다른 악마의 그림자는 보이지 않았으나 이를 액면 그대로 믿을 만큼 이블아이는 바보가 아니었다.

상대도 단숨에 접근하는 이쪽을 인식했는지 우아하게 인사를 올렸다. 그 여유 이면에 존재하는 의미는 단 한 가지.

"함정이로군⋯⋯. 어떻게 할까, 모몬 님."

"무엇이 기다리든 뚫고 지나갈 수밖에."

"지당한 말이다."

모몬의 정중하면서도 서먹서먹한 말투가 사라진 것은 함께 행동하면서 두 사람의 관계가 가까워졌기 때문이리라고 이블아이는 생각했으며, 그녀 또한 평소 말투대로 이야기하기 시작했다. 언제까지고 진짜 자신을 감춘다면 깊은 관계가 되었을 때 즉시 헤어지자는 이야기가 나올 것이다. 정체를 밝히기에는 아직 이르지만 말투 정도는 원래대로 돌아가도 나쁘지 않으리라는 판단도 있었다.

"보아하니 예정대로 시작된 모양이군."

뒤에서는 북을 두드리는 소리며 우렁찬 함성이 들려왔다. 모몬을 얄다바오트와 1대 1로 싸우게 하기 위해 적의 방어병력을 줄이려는 침공이 시작된 것이리라. 이것은 단 한 번만 효력이 있는 작전. 두 번째는 기대해선 안 된다. 따라서 지금 얄다바오트를 쓰러뜨리는 것 외에 왕도가 구원받을 방법은 없다.

"그래, 맞아. 최종작전으로 들어간 것 같아. 모몬 님······ 이제부터 나타날 적의 지원군은 나와 나베 씨가 상대할 테니, 모몬 님은 거칠 것 없이 얄다바오트와 싸워주시게."

"알았다. 그쪽도 나와 이곳까지 왔으니, 얄다바오트를 쓰러뜨리고 개선할 때 함께 있었으면 좋겠군. 나베, 그녀를 도와 함께 싸워라. 셋이 함께 돌아가는 것이 나의 바람이란 것을 명심해라."

"알겠습니다, 모몬 씨."

세 사람은 얄다바오트 앞에 내려섰다. 주위를 둘러본 이블아이는 광장에 인접한 가옥 중 한 채에서 메이드 하나가 나타나는 모습을 발견했다.

아까와 마찬가지로 가면벌레를 뒤집어썼으며 표정은 고정되어 있다. 하지만 그 안에 담긴 증오가 이블아이를 향해 똑바로 날아드는 것을 느꼈다.

'저놈 한 마리뿐일 리가 없다.'

저 벌레 메이드와 자신. 어느 쪽이 더 강한지는 얄다바오트도 알 것이다. 이번에는 나베라는, 아마도 자신에게 필적하는 매직 캐스터까지 있는 이상 한 마리만 내보낼 리가 없다. 숫자로 밀어붙이거나, 동격의 부하를 한 마리쯤 더 대기시켜 두었거나. 둘 중 하나이리라 파악한 이블아이는 싸늘한 기운이 등줄기를 훑고 지나가는 것을 느꼈다.

벌레 메이드에 이어, 얄다바오트와 마찬가지로 가면을 쓴자들이 모습을 나타냈다.

모두가 기이한 메이드복을 입었다.

숫자는――

"――네 명?"

자신과 동격 정도의 전투력을 가진 자가 모두 다섯. 2대 5로는 전력 차이가 크게 벌어진다. 승산은 없는 거나 마찬가지다.

"망할! 얄다바오트의 전력을 과소평가했군……."

이대로는 숫자 때문에 일방적으로 밀려 얄다바오트와 호각으로 싸워야 할 모몬이 방해를 받고 만다.

비등한 승부를 펼치는 도중에는 아주 약간의 가세가 승패를 가늠할 가능성이 매우 높다. 얼마 전 벌레 메이드와 싸울 때는 자신들이 그렇게 승리하지 않았던가.

"그러면 그쪽 다섯은 맡기겠다."

모몬은 그렇게 말하더니 검을 두 손에 쥐면서 자연스러운 발걸음으로 얄다바오트를 향해 걸어갔다.

늠름한 뒷모습이 멀어져가자 이블아이는 불안함에 사로 잡혔다. 저 펄럭이는 붉은 망토 안에 숨을 수 있다면 얼마나 든든할까.

손을 뻗고 싶어지는 약한 마음을 질타했다.

원래 이곳에는 결사의 각오로 왔다. 상대의 수가 생각보다 많다 해도 도와달라는 한심한 소리는 할 수 없다. 또한 모몬은 분명 이블아이를 믿었기에 맡긴다고 말했을 것이다. 그렇지 않다면 모몬 같은 사나이가 저런 매몰찬 태도를 보일 리가 없지 않은가.

그렇게 생각하니, 정말로 그의 등이 자신에게 말하는 것처럼 보였다. 이블아이와 나베라면 자신이 승리할 때까지 적을 막아줄 것이라고.

이블아이의 몸속 깊은 곳에서 뜨거운 불꽃이 피어났다.

"그러면 간다, 데——데몬!"

모몬이 목소리를 높이며 얄다바오트에게 달려들었다. 그 치열한 전투가 재개된 것이다. 이블아이와 나베를 말려들지 않게 하려는 의도도 있는지, 모몬은 얄다바오트를 밀어붙이며 서서히 멀어져 갔다.

"그러면 제가 셋을, 당신이 둘을 맡아도 될는지요?"

"괜찮겠나? 내가 셋이어도 상관없다만."

나베랄이 훗 하고 웃음을 지은 기분이 들었다.

"당신이 둘, 제가 셋입니다."

이블아이는 활짝 웃었다. 나베라는 여자의 성격을 조금 파악한 기분이 들었다.

솔직히 말해 이블아이는 나베라는, 모몬을 사이에 둔 라이벌에게 호감을 품고 있었다.

'나 참. 모몬과 나베 두 사람에게라면 반지를 빼고 정체를 드러내도 좋을지 모르겠다는 생각까지 들다니……. 뭐, 살아서 돌아간다면 말이지만.'

"고집스러운 자로군. 알았다. 그러면 냉큼 쓰러뜨리고 그쪽을 지원하지. 죽지 않을 정도로만 붙들어 주면—— 뭐지?"

그 자리에 있던 전원——다섯 명의 메이드와 나베까지——이 자신을 쳐다본다는 것을 깨달았다. 마치 미리 짜놓은 행동이었던 것처럼. 기묘하게 으스스했다.

"아뇨, 아무것도."

무뚝뚝하게 대답하더니 나베는 천천히 옆으로 걸어갔다.

"그러면 세 분 정도가 저를 상대해 주셨으면 합니다만, 누가 나오실지는 그쪽에 맡기지요."

그 말에 이끌리듯 걸어나온 것은 벌레 메이드, 땋은 머리 메이드, 롤 머리 메이드였다. 남아서 이블아이와 대치한 것은 머리를 틀어올려 묶은 메이드와 롱헤어 메이드였다.

"저의 이름은 알파. 그리고 이쪽은 델타입니다. 삼가 당신을 상대하겠습니다."

"정중하게 인사까지 다 해 주고. 나의 이름은 이블아이. 너희를 쓰러뜨릴 자다!"

대화로 시간을 벌 마음은 없었다. 그런 생각으로는 상대의 페이스에 말려 죽을 뿐이다. 지금은 밀어붙이고 밀어붙일 수밖에 없다.

"그렇군요…… 그거 무서운걸요."

이블아이는 첫 수부터 자신의 히든카드를 발동했다. 자신의 몸속을 흐르는 네거티브 에너지를 폭주시켜 마력에 깃들여, 모든 공격에 네거티브 효과를 부여하는 특수기술을.

"간다!"

드높이 외치며 이블아이는 마법을 발동시켰다.

*

하화월(9월) 5일 03:59

"우습게 보지 마시지!"

네거티브 에너지를 담은 크리스탈 산탄이 앞으로 나와 달려드는 메이드—— 알파에게 날아갔다. 구타와 찌르기 속성을 겸비한 물리공격이며, 네거티브 에너지는 생명력을 깎아낸다.

——그래야만 했다. 하지만 아무런 느낌도 받지 않는 기색으로 곧장 달려든다.

"큭!"

이블아이는 허공으로 날아올랐다. 마력계 매직 캐스터에게는 접근전이란 매우 불리하다. 거리를 벌리고 싸우는 편이 승산이 높다.

떠오른 순간 눈앞에서 무언가가 터져 날아갔다. 이블아이가 발동시켰던 〈수정방패Crystal Shield〉가 적의 공격을 튕겨냈는지 몸 주위를 에워싼 분진의 광채가 급격히 약해졌다.

매우 큰 공격을 무효화한 것으로 보였다. 〈수정방패〉로 막아낼 정도였던 것이 행운이었다. 〈수정방패〉는 어느 정도의 공격까지만을 막아낼 수 있으며 그 이상의 위력은 그대로 뚫고 들어온다.

"또냐!"

장거리 무기를 사용하는 것은 후방의 메이드 델타. 아까부터 높이 날아오르려 할 때마다 무언가를 쏘거나 던졌다.

"합!"

기세를 높여 알파가 달려들었다. 이블아이는 요란하게 혀를 찼다.

주먹으로 때리려고 달려드는 상대는 이블아이의 적수가 아니라고 생각했다. 하지만 그것은 그저 이제까지 아득히 격이 떨어지는 자들만을 상대했기 때문에 생긴 자만이었음을 알파와 싸우기 시작하고 얼마 지나지 않아 톡톡히 깨달았다. 무시무시한 상대였다. 간격을 벌려도 그 몇 배나 되는 속도로 거리를 좁히고, 어정쩡한 방벽은 단 일격에 파괴해 버린다.

두 사람은 자신과 비교해 약간 약하게 느껴지지만 조금도 방심할 수 없었다. 항상 줄타기를 하는 상태였다.

특히 성가신 것이 호흡이 척척 잘 맞는 두 사람의 움직임이었다. 원래 모험자들은 서로 힘을 합쳐 전투력을 높이 끌어올린다. 그렇다면 이 두 사람의 전투능력도 상당히 높아졌으리라 봐도 틀림이 없으리라.

"망할! 몬스터가 팀을 짜고 협조를 하다니…… 뭔가 잘못된 거 아냐?!"

자신이 할 말은 아니라는 생각이 들었다. 다른 멤버는 인간이지만 자신은 언데드. 이제까지는 자신이 괴물 메이드들과 같은 처지였으니까.

까가앙! 요란한 소리가 울려 퍼지면서 주위를 에워싼 〈수정방패〉가 더더욱 얇아졌다. 이제는 깎여나가고 있는 거나 마찬가지였다.

욕설을 내뱉으면서 이블아이는 눈앞으로 달려드는 알파에

게서 필사적으로 거리를 벌렸다. 그녀는 뱀파이어라 상식으로는 가늠할 수 없는 육체능력을 가졌지만 알파의 육체능력은 이를 능가했다. 그럼에도 따라오지 못하는 것은 〈비행〉덕이다.

마법을 사용하는 데만 주의를 기울이면 아무래도 몸을 움직이면서 간격을 두고 싸우기가 어려워진다. 거리감이 잘못되기도 하고, 뛰면서는 의식을 집중하기가 어렵기 때문이다. 매직 캐스터들이 흔히들 발을 멈추고 서로 마법을 쏘아대기 시작하는 것도 그러한 이유 때문이다. 그렇기에 이블아이는 〈비행〉으로 거리를 벌리는 데에만 의식을 할애하는 간단한 방법으로 기동전을 체득했다. 이것은 그녀만의 특별한 전법이 아니라 〈비행〉을 쓸 수 있는 매직 캐스터라면 대개 그런 훈련을 한다. 어느 정도까지 구사할지는 재능에 달렸지만 그런 의미에서 그녀는 일급의 능력을 지녔다. 뱀파이어이므로 원래 비행능력을 가졌으며, 250년을 살아온 경험도 가산되었다.

그런 그녀도 알파에게서 도망치려면 주의를 기울여야 했다. 수평비행으로 광장 전체를 이용해 원을 그리듯 도망쳤지만, 적은 하나가 아니다.

꽈앙! 딱딱한 소리와 함께 자신을 에워싼 장벽이 완전히 소멸했다.

합계 세 번째 〈수정방패〉가 파괴된 것은 수지가 맞지 않는 것 같았지만 실력으로 봤을 때는 어쩔 수 없었다.

"〈모래의 영역: 전역All〉."

모래가 주위로 퍼지면서 알파를 —— 델타까지는 거리가 닿지 않았다 —— 감쌌다. 동료에게도 영향을 미치기 때문에 단체전에서는 쓸 수 없었던 이 광범위 마법은 상대에게 모래를 붙여 행동을 저해하는 것과 동시에 맹목화, 침묵화는 물론 의식을 분산시키는 부수효과까지 있다. 그뿐이 아니라 그녀의 비밀병기인 네거티브 에너지를 부여받은 모래먼지는 생명 에너지를 좀먹는다.

그녀의 오리지널 제5위계 마법. 이블아이가 가진 카드 중에서는 최강의 한 장이었다.

그러나 알파의 움직임은 둔해지지 않았으며 대미지조차 입은 기색이 없었다.

"이럴 수가?!"

다중저해에 대한 완전내성에 마이너스 에너지에도 완전내성을 가지고 있는 것 같았다.

"칭찬해 주마! 빈틈없이 내성을 갖추고 있구나!"

답례 대신 알파의 모습이 잔상을 일으켰다. 단거리를 전이한 것처럼 느닷없이 눈앞에 나타난 알파의 발차기가 이블아이의 안면을 엄습했다.

가면이 와득 찌그러지는 소리와 함께 이블아이의 몸이 높이 솟구쳤다.

터엉, 터엉. 지면에서 몇 번이나 튄 후에야 기세가 사라졌다. 이블아이는 어질어질 흔들리는 머리를 털며 일어났다.

그때는 이미 알파가 눈앞에 있었다.

"〈수정방벽〉!"

눈앞에 만들어진 크리스탈 벽과 알파의 주먹이 굉음을 내며 한데 부딪혔다. 마치 거대한 철구라도 꽂은 것처럼 수정벽에 방사형으로 균열이 일어났다.

"──흐읍!"

터엉. 지면에 발을 내리치는 소리와 동시에 방사형 균열을 따라 충격이 퍼졌다. 그리고 수정벽은 이내 이블아이를 향해 깨져나갔다.

"발경(發勁)이구나!"

그사이에 아주 잠깐이기는 해도 〈비행〉으로 거리를 벌리고 있던 이블아이는 대지의 진동을 느꼈다. 땅울림이 어디서 발생하는지는 알지 못했으나 직감할 수 있었다. 이것은 그 두 사람이 싸우는 데서 비롯된 여파라고.

"아직 전투가 이어지고 있나 보군……. 아니, 어쩌면 클라이맥스로 접어들었을지도 모르지. 그렇다면…… 조금만 더 시간을 끌어볼까!"

이블아이가 그렇게 외치고는 알파를 향해 스스로 돌진했다.

조금이라도 더 시간을 벌기 위해 자신의 전심전력을 바치리라. 그럴 각오가 자아낸 돌격이었다.

이에 맞서는 알파가 휘릭 두 손으로 각각 원을 그리는 듯한 자세를 취했다. 마치 난공불락의 요새가 눈앞에 우뚝 솟아난 듯한 기분을 맛보면서도 이블아이는 멈추지 않았다——.

*

하화월(9월) 5일 03:53

아인즈는 얄다바오트와 한데 뒤얽혀 어떤 가옥으로 뛰어들었다.

얄다바오트를 밀어붙였을 때 문이 부서져 주위로 나뭇조각이 흩어졌다. 밝지는 않은 어스름한 방은 좁아서 아인즈가 든 검을 휘두르기에는 불리한 곳이었다.

아인즈는 얄다바오트를 무시하고 앞장서서 걷기 시작했다.

뒤이어 얄다바오트가 따라왔다. 다른 방에 들어가자 그곳에는 조그만 테이블과 두 개의 의자, 그리고 마레가 있었다.

마레가 빼준 의자에 아인즈가 앉았다. 그리고 허가를 얻어 맞은편에 앉으며 가면을 벗은 얄다바오트—— 데미우르고스에게 물었다.

"우선, 이 방은 안전하겠지?"

"염려 마시옵소서. 이곳에서 일어나는 대화를 엿들을 수 있는 자는 없나이다."

"그렇구나. 그러면…… 아, 그 전에 너에게 부탁할 것이있었다. 내가 지나온 루트에 있는 병사들에게 위해를 가하지 않도록 해다오. 에 란텔에서는 우연이었다만 위기에 빠진 자를 구해 주면 꽤 좋은 선전이 되는 것 같더구나."

"분부 받들겠나이다. ……사념으로 명령을 보냈으니 이제는 괜찮으리라 사료되옵니다."

"좋아. 그러면 너의 계획을 전부 이야기해 보거라."

나베랄에게 〈전언〉을 사용하게 했을 때, 데미우르고스는 만났을 때 모두 이야기하겠다고 말했으므로 이곳까지 오며 아무것도 듣지 못했다. 그렇기에 계획이 뒤틀리지는 않았을지, 데미우르고스가 불만을 보이지는 않을지 아인즈는 아주 조금 불안을 품고 있었다.

"우선 일련의 계획에는 네 가지 정도 이점이 있나이다."

"호오, 세 가지라고 생각했다만…… 네 가지였느냐."

데미우르고스가 미소를 지었다. 회심의 미소였다.

"처음으로 아인즈 님께 지혜 대결에서 이긴 것 같군요."

아인즈는 느긋하게 손을 내저었다. 물론 세 가지 이점조차 뭔지 전혀 모르고 있었으니 데미우르고스의 말이 창피해서 견딜 수가 없었다.

"너는 언제나 나에게 이기고 있고말고. 이제까지가 우연이었을 뿐이다."

"무슨 겸손의 말씀을……."

"아니, 진짠데…… 음음! 각설하고, 그러면 그 네 가지에 대해 들어보자."

"예. 우선 첫째로, 이 창고 구역을 습격해 모든 재물을 나자릭 지하대분묘로 옮겨 재화를 얻었나이다. 창고에 있던 모든 자원은 이미 샤르티아가 발동한 〈전이문〉으로 운반한 후이며, 판도라즈 액터가 관리 중이옵니다."

그것이 매우 바람직한 이점이라고 생각한 아인즈는 마음속으로 데미우르고스에게 절찬을 보냈다.

자원을 단숨에 잃은 왕도는 앞으로 매우 궁핍해지겠지만 그것은 아인즈가 알 바 아니다. 그저 이로써 금전적으로 한숨 돌릴 수 있게 되어 안도할 뿐이었다.

"두 번째로는 저희가 여덟손가락을 습격했다는 정보를 위장하기 위해서이옵니다. 이미 아시겠지만 만일 여덟손가락의 거점만을 습격했을 경우 의문을 품는 자가 있을 것이옵니다. 자칫하면 세바스에게까지 추적의 손길이 닿을지도 모르는 일 아닙니까? 따라서 다른 목적이 있었다고 생각하도록 피해를 확대시켰나이다."

나뭇가지를 감추려면 숲속에 감추라는 소리인 것이다.

"하지만 그리 잘되겠느냐? 그 '다른 목적' 으로 유도하기 위한 미끼는 어떻게 하였느냐?"

"이것을 보시옵소서."

데미우르고스가 신호를 보내자 대기했던 마레가 가방을가

져와 열었다.

그 안에 있던 것은 악마상이었다. 여섯 개의 팔에 각각 보석을 들고 있었으며, 그것이 맥동하듯 안쪽에서 요사스러운 광채를 뿜어내고 있었다.

"이 보석에 부여된 마법은 〈최종전쟁Armageddon: 악Evil〉이옵니다."

제10위계 마법 〈최종전쟁: 악〉은 악마의 군세를 소환하는 마법이다. 대량으로 소환할 수 있지만 하나하나는 그리 강하지 않다. 또한 천사는 그렇지 않지만 악마는 멋대로 날뛰기 때문에 활용이 매우 난감한 마법이다. 용도는 한정적이며, 소환한 악마가 아군이 되지 않는 점을 이용해 제물로 삼아 의식마법이나 특수기술을 발동시키는 경우가 많다. 샤르티아가 자신의 권속을 스포이트 랜스로 죽였던 것처럼, 그러한 수단을 위해 쓰는 마법이다.

"이것은 우르베르트 님께서 제작하신 아이템이옵니다만, 이럴 때 써야 하지 않겠나이까."

이 세계의 위계마법 수준을 고려한다면, 정말로 얄다바오트라는 악마가 노리고 쳐들어왔다 해도 이상할 것이 없는 아이템이었다.

그때 아인즈는 떠올렸다. 길드가 전성기였던 무렵의 우르베르트라는 동료를.

원래 세계급 아이템 중에는 세계를 뒤덮을 만큼 악마를 무한히 소환하는 물건이 있었다. 그에 따라 커다란 소란이 일어났는데, 이를 안 우르베르트가 희희낙락 이를 흉내내서 만든 것이 이 아이템이다. 물론 결과는 여섯 개의 마법을 동시에 발동시키는 정도였으며 그도 그 순간 흥미를 잃고 말았다.

데미우르고스에게서 아쉬워하는 감정이 뚜렷하게 전해졌다. 틀림없이 자신의 창조주가 작성한 아이템을 써야 하기 때문일 것이다.

아인즈는 공간에 손을 넣어 원하는 아이템을 꺼냈다.

"데미우르고스여, 그것을 집어넣도록 해라. 대신 이것을 쓰도록."

아인즈가 꺼낸 아이템은 데미우르고스가 마련한 악마상과 비슷하기는 하지만 보석의 수가 셋 모자랐으며 전체적인 조형도 약간 뒤떨어졌다.

"똑같이 우르베르트 님이 만들었던 아이템이다. 테스트 버전이었기 때문에 폐기처분하려던 것을 아깝다고 해서 내가 받아두었지. 이를 쓰는 것이 어떻겠느냐."

"아, 아인즈 님께서 소유하신 물건을 쓸 수는 없나이다!"

"그러냐? 그렇다면 이것은 데미우르고스 네게 주마. 원하는 쪽을 쓰도록 하여라. 하지만 우르베르트 님도 자신의 실패작이 언제까지고 남아있다면 창피해할지도 모르지."

"그럴 수가! 이렇게 훌륭한 아이템을 하사해 주시다니!!

망극하옵니다!"

의자에서 일어나 바닥에 한쪽 무릎을 꿇는 데미우르고스. 마레도 황급히 따라 했다.

"됐다, 데미우르고스. 지금은 그보다도 중요한 일이 있지 않느냐? 너의 충의에 대한 사례라 생각하거라."

"저희 수호자들은 위대한 존재들께 창조된 몸인지라 소멸하는 그 순간까지 충의를 다하는 것이 당연하옵니다. 그럼에도 연거푸 자비로우신 말씀을 내려주시고, 이처럼 상까지 내려주시다니…… 소인 데미우르고스는 원래 아인즈 님께 절대충성을 바쳤사오나, 한층 더한 충절을 바칠 것을 약속드리옵니다!"

"어…… 응, 너의 한층 깊은 충의를 기대하마. 그리고 일어나거라, 데미우르고스. 아까도 말했듯 중요한 일이 있지 않느냐?"

"예! 황공하옵니다."

다시 자리에 앉은 데미우르고스와, 뒤에 대기하고 선 마레. 데미우르고스의 설명이 이어졌다.

"아무튼 얄다바오트는 이것을 노리고 여덟손가락의 거점을 습격했으며, 다음으로는 왕도의 창고구역을 점거했다는 뜻이 되옵니다. 창고에 있던 온갖 물자를 빼앗겼다는 것도 그 일환이 되지요. 그리고 물론 우르베르트 님께서 만드신 아이템은 여덟손가락의 거점 중 하나인 물자창고에서 발견

될 예정이옵니다."

"그렇군. 그리고 세 번째 이점이란?"

"예. 제가 일으킨 불꽃의 벽 안쪽에 있는 인간은 거의 모두 나자릭으로 데려갔나이다. 그곳에서 다양한 용도로 사용할까 생각하고 있사온데, 이러한 모든 악명은 얄다바오트가 대신 받게 될 것이옵니다."

과연.

아인즈는 수긍했으며, 의문도 느꼈다. 악평을 얄다바오트가 받는다는 데에 그렇게 큰 이점이 있을까? 아니, 얄다바오트라는 존재를 만들지 않고 적당한 몬스터의 소행으로 삼으면 되지 않겠는가. 그렇다면——

"……악평을 퍼뜨리는 것 자체가 목적이로구나."

"바로 그렇사옵니다. 얄다바오트를 마왕의 자리에 앉히고자 생각하고 있나이다."

"그렇군. 이해했다. 내가 명한 계획 중 하나에 이용하겠다는 거구나."

정확한 통찰이라며 고개를 숙이는 데미우르고스를 보며 아인즈는 예전에 내렸던 명령을 떠올렸다. 데미우르고스에게 내렸던 몇 가지 지령 중 하나, '마왕의 탄생'을 위해서일 것이다.

"이와 연동된 네 번째 이점이야말로 성왕국에서 일으킬 사건의 실험대가 될 수 있을 것이옵니다."

과연.

아인즈는 이해했다. 그리고 신경이 쓰이는 점을 떠올리고 물었다.

"그러고 보니 그 악마들은 나자릭에서 데리고 온 것이냐?"

"그럴 리가 있겠나이까! 아인즈 님의 허락도 없이 그런 짓을!"

"응? 이번 건은 데미우르고스 네게 모든 권한을 일임하도록 알베도에게 허가를 내려두었으니, 나자릭의 병력을 동원했으리라 생각했다만⋯⋯."

"아닙니다. 놈들은 제가 데려온 마장들에게 소환시킨 것이옵니다. 하루가 경과하면 사용횟수가 회복되므로 나자릭 지하대분묘의 손실은 전혀 없사옵니다."

"그랬군. 그래서 나자릭 내에 배치했던 기억이 없는 악마가 있었구나⋯⋯. 이해했다. 그러면 다른 질문이다만, 이 불꽃의 영역 안에 있는 인간을 나자릭으로 보냈다고 했는데, 그것은 남녀노소 관계가 없느냐?"

그게 무슨 말인지 의아한 모양이었으나 긍정의 대답을 하는 데미우르고스에게 아인즈는 아주 잠깐 언짢은 느낌이 들었다.

딱히 인간이 어떻게 되든 상관은 없다. 한때는 인간이었지만 이 몸이 된 후로는 친근감을 느끼지 못했으며, 마치 다른 종족처럼 멀게만 느껴졌다. 나자릭 지하대분묘의 이익을 위해서라면 망설이는 일조차 없이 죽일 수 있을 것이다. 하지만 그래도 어린아이를 죽인다는 데에는 불쾌감이 있었다. 이것도 스즈키 사토루라는 인간의 잔재 탓일까?

아인즈가 후우 한숨을 —— 폐는 없지만 —— 내쉬었다.

"데미우르고스. 나자릭 지하대분묘, 나아가 나에게 무례를 저지르지 않은 자에게는 고통 없는 죽음을 내리거라."

아무 말도 없이 깊이 고개를 숙이는 데미우르고스.

아인즈 울 고운이 우선시하는 것은 조직의 안녕이며 충성을 다할 부하들의 평온이다.

어린아이까지 데리고 돌아간 이상 사지 멀쩡하게 풀어준다면 정보누설로 이어질 수밖에 없다. 장래 나자릭에 맹신적인 충성을 품고 일할 인간을 육성한다는 계획을 세우는 데에는 노력을 아끼지 않겠지만, 지금은 이를 시행해 봤자 이점이 적다. 그렇다면 그가 내릴 수 있는 최대의 자비는 이 정도였다.

"자, 그러면 이야기는 끝났나?"

"그러면 두 가지 건만 더 보고드리겠나이다. 우선 첫째, 마레 덕에 멋진 이점을 얻었나이다."

아인즈가 흘끔 마레에게 시선을 보내자 소년은 멋쩍은 듯 쭈뼛거렸다.

"그게 무엇이냐?"

"현재진행형으로 조련 중인지라 잘될지는 알 수 없나이다. 따라서 나자릭에 귀환하신 후에 설명을 드리고자 하옵니다. 그리고 나머지 하나. 이 상황에서도 나타나지 않았음을 고려하면, 샤르티아를 세뇌한 자와 왕국은 관계가 없을 가능성이 크다고 사료되옵니다."

"그래, 잘 알겠다. 그러면 앞으로 내가 힘을 보태주어야 할 일이 있느냐?"

"이제는 저를 격퇴해 주시면 끝날 일이옵니다. 아인즈 님이 돋보이도록 열심히 노력하고 있습니다."

"알았다. 그러면 너를 격퇴하기 전에 나의 방어구에 흠집을 내 주지 않겠느냐? 이것이 멀쩡하다면 너라는 강자와 싸웠다는 설득력이 떨어지니 말이다."

"그러면 잠시 벗어주시옵소서. 입으신 채로 아인즈 님께 공격을 가할 수는……."

"벗으면 변형됐을 때 입을 수가 없지 않느냐? 샤르티아 때는 수석 대장장이에게 부서진 갑옷을 만들어달라고 했기에 착용할 수 있었다만, 여기서 벗은 상태로 맞는다면 다시 입지 못할 거다."

아인즈는 조용히 웃었다. 눈앞의 수호자들은 웃어도 좋은지 알 수 없어 애매한 표정을 지었다.

"저, 저어, 아인즈 님? 그, 그 갑옷은 마법으로 만드신 것이 아닌가요?"

"이것은 마법으로 만든 것이 아니다. 매직 캐스터인 내가 아무렇지 않게 입은 것을 보고 그렇게 생각한 모양이구나.

이것은 내가 전사화 마법을 발동했기에 입을 수 있는 것이다. 왕도로 갈 때 휴식하면서 알베도에게 〈전언〉을 쓴 후 무슨 일이 있을지 몰라 준비해두었다만, 보아하니 정답이었던 모양이구나."

전사화 마법을 유지하면 다른 지속마법과 겹쳐져 소비MP와 MP 자연회복력이 비슷해지기 때문에 MP 회복이 불가능하다. 따라서 비상사태가 발생했을 때 전사화를 해제하면 약간 소모된 상태로 시작할 수밖에 없는데, 이번에는 전사화를 발동해놓기를 잘했다고 생각했다. 그러지 않았다면 처음에 데미우르고스와 싸우면서 이것저것 성가신 일이 벌어졌을 테니까.

아인즈의 말을 들은 데미우르고스는 가느다란 눈을 한층 가늘게 뜨더니 살짝 중얼거렸다.

"역시 하나에서 열까지 아인즈 님의 손바닥 위에 있었군요. 그런 분과 지혜를 비교했다니……. 분수도 모르는 짓을."

아인즈의 등에는 흐를 리 없는 땀이 맺혔다.

"어이쿠, 슬슬 시작해야겠지? 데미우르고스, 흠집을 내다오."

"분부 받들겠나이다. 마레, 모두에게 신호를 보내라. 약속대로 지진을 일으켜주지 않겠느냐?"

"나의 전격을 받으시지요."

〈뇌격〉이 내달려 메이드 중 한 사람을 직격했다.

"끄와앙~."

매우 연극적인 비명을 지르며 메이드 중 하나가 스스로 점프한 것처럼 뒤로 홱 날아갔다. 그대로 골목 중 한 곳으로 사라졌다.

"에잇~."

롤 헤어 메이드가 단검을 던졌다. 포물선을 그리며 의욕없이 날아든 단검이 나베랄의 몸에 맞았다.

"꺄악~."

비명을── 평탄한 어조로 지르면서 나베랄은 골목으로 날아간 메이드의 뒤를 따라갔다.

엔토마가 이를 말없이 추적했다.

일행은 줄줄이 어떤 골목으로 뛰어들었다. 나베랄 앞에는 머리를 땋은 메이드. 뒤에는 엔토마와 롤헤어 메이드가 있다. 협공 형태였다. 하지만 긴장감은 없었다. 당연하다. 있을 리가 있나. 조금 전까지는 좁쌀만 한 전의가 있었지만 이제는 그나마 완전히 녹아 사라지고, 카페에서 대화를 나누는 여학생 같은 분위기만이 남았다.

"자, 각설하지 말임다. 이 부근은 니글레도 씨의 힘으로 감시 대책을 세워놨으니 안전하지 말임다."

"그래? 그럼…… 오랜만이야, 루푸."

머리를 땋은 메이드—— 루프스레기나 베타가 가면을 쓴 채 웃음소리를 냈다.

"오랜만이지 말임다. 나짱이 아인즈 님에게 도나도나 당한 후로 처음 만났지 말임다."

"이따금 나자릭에 돌아가곤 했지만 루푸는 그때 마을 쪽에 있었거든."

"그랬지 말임다. 뭐랄까 언제나 엇갈리기만 하지 말임다~. 그런 의미에선 솔짱하고도 오랜만이지 말임다."

"그건 나도 마찬가지야. 하지만 그 말투는……."

"어? 솔짱도 유리 언니랑 똑같은 소리를 하지 말임다. 뭐 괜찮지 말임다. TPO는 염두에 두고 있지 말임다. 엔짱하고 마찬가지지 말임다."

"그럼 괜찮지만…… 그런데 엔토마는 왜 말을 안 해?"

"아, 엔짱은 지금 말하는 거 싫어하지 말임다."

"그. 계집애.한테. 목소리. 뺏겼어어."

"그랬구나."

나베랄은 고개를 끄덕였다. 엔토마는 자신의 원래 목소리를 싫어한다. 그래서 가능하면 말을 하고 싶지 않은 것이리라.

"그. 계집애. 목소리. 빼앗고. 싶어어."

여느 때와 같이 벌레를 뒤집어쓰고 있어서 맨얼굴은 보이지 않지만 격렬한 분노와 살의는 충분히 전해졌다.

"그건 안 돼. 아인즈 님이 동행으로 삼으셨으니까, 그 녀석이 살아서 돌아가지 못하면 '모몬 님'의 명성에 흠이 가."

나베랄의 말에 엔토마는 불쾌한 기색을 보였으나 아무 말도 하지 않았다. 주인의 명성과 자신의 욕망. 어느 쪽을 우선시해야 하는지 분별하지 못하는 전투 메이드는 없다.

"그 계집애 좀 강하지 말임다. 이름은 뭐라고 하지 말임까?"

"각다귀 같은 하등생물 이름, 관심 없어서 몰라. 분명 이블 뭐라고 했는데."

"너무하지 말임다. 같이 여기까지 온 동료지 말임다."

동료라는 말에 불쾌한 표정을 지은 나베랄을 대신해 솔류션이 대답했다.

"……분명 청장미의 이블아이였어. 세바스 님이 조사하신 정보에 있었거든."

"아, 그런 이름이었어."

나베랄은 긍정했다. 듣고 보니 그런 이름이었던 것 같았다.

"나짱, 치매 시작된 거 같지 말임다? 괜찮은 검까?"

"너희는 사람 이름 잘 기억해?"

"난 괜찮은데. 일에 필요할 때가 올지도 모르고, 고유명사에는 주의를 기울이니까."

"괜찮지 말임다. 인간들하고도 사이좋게 지내고 있지 말임다?"

"문제. 없어어."

나베랄은 자신만 이름을 기억하지 못한다는 충격에 살짝 비틀거렸다. 조금 더 제대로 주의해서 이름을 기억하는 편이 좋으려나 생각하고 있으려니 폭발음이 울려 퍼졌다. 골목길 좌우로 늘어선 건물에 시야를 돌렸지만 누가 일으킨 소리인지는 감이 잡혔다.

"아이고. 저쪽은 열심히 싸우는 모양이지 말임다."

"유리 언니랑 시즈니까요. 성실하게 싸우겠지요. 그래도 승부가 나지 않은 걸 보면 아직 진심은 아닌 모양이네요."

"나. 같으면. 죽어갈. 때까지. 전력으로. 싸울. 거야아."

"이블아이는 제법 강해. 아마 레벨만으로 평가하면 유리 언니도 시즈도 못 이길 만큼 강할걸."

처음으로 전투 메이드들의 얼굴에 시커먼 감정이 번졌다. 다만 나베랄은 달랐다. 그녀만은 확신했다.

"그래도 문제없을 거야."

모두의 시선을 받으며 그녀는 말을 이었다.

"이블아이는 나와 같은 엘레멘탈리스트(Elementalist). 특정 속성을 특화하고 특수화한 마력계 매직 캐스터이기도 해. 공격력은 높지만 그 대신 특기분야가 막히면 약해져."

"대지계라면 산이니 독이니 중력이니 그런 거지 말임다?

왜 수정이지 말임까?"

"대지계 중에 보석 특화 타입이 있는걸? 그중에서도 수정
으로 한정해서 더욱 강화한 거겠지?"

"구타와 찌르기 속성을 겸비하고 순수 물리마법에 특화
라……. 조금 성가신걸."

자신들이라면 어떻게 이블아이를 죽일까. 그 점에 대해 생
각하고 있으려니 대지가 흔들렸다. 충격파에 대지가 흔들린
것과는 조금 느낌이 달랐다.

"지진.이다아. 마레. 님이. 시작.하셨나 봐아. 그럼. 다음.
단계로. 넘어갈.까아?"

"이거 무슨 사인이라도 돼?"

"맞아, 나베랄. 그럼 슬슬 부상을 좀 입어주겠어? 넌 우리
셋에 의해 궁지에 몰려야 하니까."

"아프진 않게 하겠지만 용서해 주시지 말임다."

"어쩔 수 없지. 일인걸."

*

하화월(9월) 5일 03:57

"진정하세요! 침착하세요!"

클라임은 고함을 지르지 않도록 유의하면서 말을 걸었다.

그러나 창고 안에는 상당히 많은 인원이 있었으므로 그런 성량으로는 흥분을 가라앉히기에 부족했다.

"내 자식이——."

"아내가 잡혀가서——."

"어머니 아버지가——."

남녀노소가 터뜨리는 목소리는 한데 얽혀 하나의 파도처럼 클라임에게 밀려들었다. 무슨 말을 하는지 알아듣지 못할 정도였다.

이곳에 있는 300명은 클라임 일행이 위험을 무릅쓰면서 수색해 유일하게 발견한 시민들이었다. 이 조그만 창고에 밀려들어온 사람들은 바깥의 양상을 전혀 모르기에, 그저 따로 끌려간 가족에 대한 걱정에 목소리를 높이고만 있었다.

당연한 광경이자 태도였으며, 매우 위험하기도 했다.

이제까지 악마와 조우하지 않았다고는 하지만, 그렇다고 없는 것은 아니다. 대로 반대편에서 악마의 무리를 본 것도 몇 차례나 됐다. 창고 안을 가득 채운 고함을 듣고 악마가 오는 것도 시간문제일 것 같았다.

"저희가 발견한 것은 여러분뿐이고——."

"아내는 어디 있어! 당장 찾으러 가 줄 건가?!"

"그건——."

더 큰 목소리로 외치면 그들을 가라앉힐 수 있으리라. 클라임도 전사로서——위에는 위가 있지만——위사들과는 비교도 되지 않을 만큼 강하다. 그런 사내의 노성이라면 일반인의 마음을 장악해버리는 정도는 간단하다. 그럴 수만 있다면.

하지만 클라임은 왕녀의 심부름꾼으로서, 라나라는 인물의 평판을 짊어지고 이곳에 왔다. 평민들을 공포에 빠뜨리거나 반감을 품게 만드는 행동을 취한다면 라나의 악평으로 이어지기 십상이므로 강하게 나설 용기는 없었다.

"확실히 좀 대답을——."

"아이들이 아직 어리——."

"아빠아—! 엄마아—!"

"——좀 닥쳐!!!"

창고가 쩌렁쩌렁 뒤흔들리지 않았나 싶을 정도로 기합이 담긴 목소리가 모든 것을 날려버렸다. 브레인의 참다못한 노성—— 초일류급 전사의 분노는 약자의 마음을 한순간에 집어삼켜버렸다.

"잠자코 듣고 있자니 좋알좋알 좋알좋알. 우선 여긴 놈들의 세력권이고, 아직 안전을 확보한 게 아니야. 조용히 행동하지 않으면 악마 놈들이 쳐들어와서 댁들을 죄다 죽여버릴 거라고. 알았으면 우선 입부터 다물어."

조용해진 창고 안을 둘러보고 브레인은 곧장 클라임을 노려보았다. 불꽃이 솟아나는 것은 아닐까 싶은 눈빛에, 클라임에게 대들던 시민들이 천천히 물러났다.

"다음으로…… 클라임. 확실히 말해줘야 하지 않겠냐."

뭘 말하라는 건지 대충 감이 잡혔다. 하지만 그것이 정말로 현명한 행위일지 자신이 없었다.

"말하기 어려워? 그럼 내가 말해 주지. 우선 댁들, 이것만은 기억해둬. 이제부터 내가 하는 말을 듣고 소리를 지르는 놈은 즉시 가차 없이 베어버리겠어. 댁들이 인간인지 아닌지 보장이 없거든."

브레인이 스르릉 뽑은 칼은 그들이 들고 온 조그만 조명을 반사해 기이한 광채를 뿜어냈다.

"무슨 소리냐고 생각할지도 모르겠지만, 조용히 옆을 봐. 여기 있는 사람이 전부 인간일까?"

사로잡힌 자들이 의아한 표정으로 서로를 바라보았다.

"이봐, 우린 여기 올 때까지 수많은 악마들을 만났어. 날개가 돋아나고 긴 꼬리를 가진 놈이며, 껍질을 벗겨낸 인간 같은 놈, 기타 등등. 이 창고 밖을 활보하는 건 그런 놈들이라고. ……댁들도 여기 끌려오는 동안 봤겠지?"

브레인의 시선을 받은 자는 모두 창백한 표정으로 고개를 끄덕였다.

"그럼 이 안에 악마가 없으리라고 누가 보장할 수 있지? 인간의 껍질을 벗겨 뒤집어쓴 악마가 없으리라고?"

목소리는 나지 않았지만 술렁거리는 움직임은 있었다. 주위 사람을 의심하는 눈으로 바라보고, 선 장소를 바꾸려 하는 움직임이었다. 창고는 분명 작았지만 비좁을 정도는 아니었다. 움직이려 마음먹으면 아무하고도 닿지 않을 장소를 확보할 만한 넓이는 충분했다.

"안심해. 이 안에 악마가 있어도 내가 베어버릴 테니. 어떻게 여기까지 왔을지 생각해 보면 금방 알 수 있을 거 아냐?"

안도한 공기가 퍼져나갔을 때를 가늠해 브레인이 말을 이었다.

"하지만 바깥의 악마들까지 쏟아져 들어올 때는 그렇게 할 수 있다고 보장하지 못해. 이봐, 만일 이 자리에 악마가 숨어들었다면 소리를 질러 다른 악마들에게 침입자의 존재를 가르쳐줄 거라고 생각하지 않아? ……이제 소리를 내는 놈은 베겠다는 이유를 알겠지? 난 인간이니 죽는 건 말도 안 된다, 그렇게 생각할지 몰라도 그걸 우리가 어떻게 알아? 그러니 다른 사람을 지키기 위해, 소리를 질러 악마를 불러들이는 짓을 하는 놈은 베겠다."

다시 둘러보고, 한 사람 한 사람에게 살의마저 피어나는 안광을 뿜어냈다.

"알아들은 모양이군. ……우선 우리는 이 창고에 오기 전까지 여러 창고를 둘러봤다. 하지만 어디에서도 사람은 보지 못했고, 거의 텅 비어 있었어. 불꽃의 벽이 에워싼 범위로 생각하면 창고 구역이 있다 해도 만 명이 넘는 시민들이 살고 있었겠지. 여기 있는 게 300명이라면 마찬가지로 사람들이 갇힌 창고가 33개는 있어야 할 거 아냐?"

브레인은 스읍 숨을 들이마셨다.

"그럼 질문. 왜 이곳 이외에는 발견할 수 없었을까? 우연히 운이 나빴을 가능성은 충분히 있어. 우리도 악마들의 경계가 엄중한 곳은 피해갈 수밖에 없었으니까. 하지만……이렇게 생각하는 편이 수긍이 가지 않아? 이미 창고 구역에서 다른 장소로 이동했다고. 어허! 어디로 옮겼는지는 우리도 알 방법이 없어. 다만 악마가 끌고 갔겠지? 제대로 된 곳일 리가 없지."

이해해버린 자들이 일어났다. 흐느껴 우는 소리가 들렸다.

"그리고 댁들도 이곳에 있으면 악마들에게 끌려갈 거야.

그러니 지금부터 피난을 시작하겠어. 하지만 기억해둬. 여긴 아직 악마의 세력권이야. 조용히, 그러면서도 신속한 행동을 염두에 두지 않는다면 도망치다가 죽게 될 거야. 이봐, 너. 질문 있는 모양인데, 너만 질문해 봐."

카타나를 들이대자 사내가 겁을 먹으면서도 조그만 목소리로 물었다.

"여기 남는다면?"

"끌려가겠지. 악마가 데려가고 싶어하는 끔찍한 곳으로."

"제——."

큰 소리를 낼 뻔했던 여자가 브레인의 냉랭한 시선을 받고 순식간에 목소리를 낮추었다.

"질문해."

"……제 아이는 세 살인데요? 그럼 여기 남아서 같은 곳에……."

"그래? 나도 도망칠 마음이 없는 사람까지 구할 생각은 없어. 저 친구는 다르지만. 기억해 줬으면 하는 게, 어쩌면 아이들은 다른 창고에 잡혀 있고 별동대가 구출할 가능성도 당연히 있다는 거야. 그 생각으로 여기 남겠다면 말리지 않겠어. 어머니가 없는 아이가 한 명 생길 뿐이지만, 나도 거기까지 챙겨줄 수는 없으니까."

어두운 표정을 한 시민들에게 브레인은 냉담하게 말했다.

"반복하겠는데? 여기 남으면 확실하게 악마들에게 끌려갈 거야. 그걸 알고도 여기 남겠다는 사람이 있다면 말리진 않겠어. 이 창고를 나가서 도망치다가 악마에게 공격당해 죽을 가능성도 있으니까."

그때 클라임이 끼어들었다. 이것만은 말해두어야 했다.

"그러나 도망치겠다는 결심을 하신 분들은 저희가 최대한 지켜드리겠습니다."

"나는 귀찮은 짓은 싫지만, 여기 있는 라나 왕녀님의 호위병이 부탁하면 들어줄 거야. 나도 지켜주지. 그러면 몇 분 후에 행동을 개시하겠어. 남는 것도 자유. 작은 목소리로 상담하는 것도 자유. 좋을 대로 해."

상담이라고 할 만한 것은 일어나지 않았다. 악마가 곁에 있을지 어떨지 모르는 불안 탓도 있었을 테고, 이곳에 남는 것보다는 도망쳐서 별동대에게 구조된 가족과 재회하기를 기도하는 자가 많았기 때문이었다.

'별동대 따위가 있을 리 없지. 창고를 몇 곳 둘러봤지만 무사한 곳은 앞으로 한두 개뿐일걸.'

어렴풋이 그런 사실을 눈치챘으면서도 카타나를 손에 쥔 채 냉랭한 시선을 보내며 목소리가 커지지 않도록 감시하는 브레인의 곁에 클라임이 다가왔다. 그리고 슬쩍 고개를 숙이더니 조그만 목소리로 말했다.

"고맙습니다, 브레인 씨. 원래는 제가 해야 하는 말을 대신 해 주셔서."

"신경 쓰지 마. 그건 왕녀님의 호위병인 너는 절대 해선 안되는 말이었으니까. 절반 정도는 용병 같은 처지인 나라면 나중에 문제가 되진 않겠지. 내가 채찍 역할을 했을 뿐이야."

"그래도 고맙습니다."

브레인은 쓴웃음을 지었다.

"언제까지고 되풀이하면 귀찮으니, 알았어. 네 감사를 받아들이지. 응? 그 녀석이 돌아왔군."

브레인의 시선 너머에서 걸어온 것은 도적이었다. 그는 바깥의 동태를 살피기 위해 대기하고 있었다. 황급히 돌아온 것은 아니었으므로 위험한 상황은 아닌 모양이었다.

"무슨 일이야?"

"어, 별거 아니야, 앙글라우스 씨. 지금은 악마들이 이쪽으로 오려는 분위기는 없었어. 하지만 아까 당신 말처럼 시간문제가 아닐지."

"그렇겠지. 어쩌면 여기가 마지막일 뿐일지도 모르고. 바깥을 봤겠지? 아까 지진이 있었는데, 그건 대체 뭐였어?"

"전혀 모르겠는걸. 지면에 균열이라도 일어나서 마계의 악마들이 쏟아져 나온 건 아닐까."

"끔찍한 소리는 하지 마세요……."

"미안, 미안, 클라임."

"자, 그럼 냉큼 이동을 시작해 볼까."

브레인이 시민들에게 목소리를 높이려던 그때, 무언가가 창고 밖에 내려오는 소리가 들렸다.

순식간에 정적이 찾아온 가운데 도적이 출입구로 다가가 바깥의 동태를 살폈다. 그리고 손을 파닥파닥 움직였다. 셋이서 정해놓은 '악마 출현' 사인이었다. 이어서 '강적' 사인을 보낸다.

클라임과 브레인은 눈을 마주했다. 그리고 조용히 도적의 곁으로 이동했다.

조용히 엿보니 악마의 모습이 보였다.

이제까지 본 악마들과는 전혀 다른, 강대한 힘이 느껴지는 악마였다.

3미터 가까운 체구에 근육이 우락부락했으며, 등에서는

박쥐 같은 날개가 돋아났다. 머리는 산양이나 비슷한 동물의 두개골이었으며 거대한 몰을 쥐고 있다.

악마의 시선이 창고로 향했다. 숨어서 동태를 살피던 클라임 일행은 시선이 마주친 것을 느꼈다. 모종의 마법적 수단으로 감지했는지, 상대는 분명 이쪽이 나오기를 기다리고 있었다.

"저거 강하겠구만……."

"틀림없이."

브레인이 중얼거리고 도적이 대답했다. 클라임도 고개를 끄덕여 찬성을 표했다.

클라임은 브레인을 조용히 바라보았다. 샤르티아라는 괴물 때에는 야단을 맞았다. 그렇기에 만일 브레인이 너는 도망치라고 한다면 이번에는 고분고분 받아들일 생각이었다.

"……클라임, 같이 싸워다오."

"예!"

작지만 충분하고도 남는 목소리로 클라임이 대답했다.

"브레인, 자네 괜찮겠나?"

"그래. 보라고, 저놈을. 어디서 싸우다 도망친 것 같지 않아? 온몸이 상처투성이잖아. 상처를 전혀 입지 않았다면 모르겠지만, 지금은 단시간에 잽싸게 몰아붙이면 승산은 충분히 있어."

브레인은 클라임의 어깨를 한 번 두드리며 기대한다고 말했다.

크게 주억거린 클라임은 빌려온 반지의 힘을 발동시켰다. 용왕이 태고의 마법으로 만든 반지가 지닌 힘은 일시적으로 전사의 실력을 강화시켜주는 것. 가제프 스트로노프라는 왕국 최강의 사내라면 영웅의 영역까지 발을 들일 수 있겠지만 클라임이라면 그 정도까지는 못된다. 무투기〈뇌력해방〉을 병용한들 브레인의 발치에도 미치지 못할 것이다. 그러나 미스릴 클래스 전사에 필적할 만한 힘을 얻을 수는 있다.

"좋아, 가자."

선두로 나서 바깥으로 걸어나가려던 브레인을 도적이 불러 세웠다.

"——앙글라우스 씨."

"이제 그만 브레인이라고 불러주지 않겠어? 당신이 나이도 많은데 '씨'라고 불리면 어쩐지 어색해서 말이야."

"……그럼 브레인. 나는 어떻게 할까."

"여기 남아줘, 로크마이어. 저놈이 양동작전일 수도 있으니."

"……위험해지면 구하러 갈 걸세."

"그때는 잘 부탁해. 가자, 클라임. 알고는 있겠지만……방심하지 마라."

"예!"

"큭!"

이블아이는 복부에 공격을 받고 신음을 냈다. 아픔은 거의 느껴지지 않는 몸이지만 인간이었을 때의 감각까지 완전히 사라진 것은 아니다. 공격을 받거나 하면 아무래도 반응하고 만다.

정신이 다른 데로 쏠린 순간의 미미한 허점을 간파한 알파가 정면으로 공격을 가했다.

폭발한 듯한 충격에 숨을 토해내며 크게 뒤로 날아가버렸다. 자신의 몸을 흐르는 네거티브 에너지가 단숨에 줄어드는 것을 느꼈다.

그녀가 입은 육체 대미지를 마력 대미지로 바꾸는 전법은 쓸 수 없었다. 이블아이의 목적은 시간을 버는 것이다. 마력이 사라지면 전투능력을 잃는다. 그렇다면 생명력과 마력을 균일하게 소모시켜야만 한다.

흙먼지에 찌들면서도 〈비행〉을 사용해 억지로 몸을 일으켰다.

그때 대로에서 튀어나온 나베의 모습을 보았다.

너덜너덜했다. 이블아이는 그쪽으로 향했다. 적들이 추격하지 않은 덕에 무사히 합류할 수 있었다. 한꺼번에 죽일 작정인 걸까.

"당신이군요."

쓰러져 있는 나베를 안아 일으키려 했지만 벌떡 일어나선 싸늘한 목소리로 말했다.

생명의 위기를 느껴도 이상하지 않을 만큼 너덜너덜한 모습이었지만, 그렇게 느껴지지 않는 무언가가 있었다. 죽음을 두려워하지 않는 것일까, 아니면 자신이 죽기 전에 모몬이 얄다바오트를 쓰러뜨리리라 믿고 있기 때문일까.

양쪽 모두일 것 같았다.

"아직 싸울 수 있나?"

"물론 문제 없습니다."

바보 같은 질문이었다.

'그렇다 쳐도…… 이 여자도 인간의 영역을 넘어섰구나.

역시 신인일까?'

몸 곳곳에 다종다양한 상처를 입고 피와 흙에 찌들기는 했지만 치명적인 부상을 당한 것 같지는 않았다. 어쩌면 이블아이 쪽이 중상일지도 모른다.

이블아이가 두 사람을 상대하고 이 정도라면, 세 사람을 상대한 그녀가 이 정도로 그친 것은 분하지만 그녀가 자신보다 실력이 뛰어나기 때문이리라.

"당신도 끔찍한 몰골이군."

"그렇지 않습니다."

그녀다운 대답에 자신도 모르게 웃음이 나왔다.

가면을 썼기에 표정은 보이지 않을 텐데, 분위기가 바뀐 것을 감지했는지 나베의 얼굴에 의아한 표정이 떠올랐다.

"아니, 당신다운 대답이라고 생각했다."

"……그렇군요. 그래서, 어떻게 할까요?"

"어떻게 하다니? 어떻게 시간을 벌까 하는 의미인가?"

이블아이는 모여든 적 다섯을 날카롭게 노려보았다. 벌레 메이드에게서 날아드는 살기가 창처럼 몸을 찔렀다. 그 외에는 가볍게 죽일 수 있다고 보는지 놀랄 정도로 적의가 느껴지지 않았다.

"그것도 있습니다."

"어쩔 도리가 없지. 숫자가 같다면 승산은 충분했겠지만, 동격이면서도 숫자까지 많으면 패배할 수밖에."

"도망치신다면 어떻겠습니까? 등을 보이고 도망치면 쫓아오지 않을지도 모르지요."

"당신이 그렇게 한다면 내가 지켜주겠어."

나베의 고운 얼굴이 불쾌하게 일그러졌다. 이만큼 아름다우면 못난 표정을 지어도 망가지지 않는 법이구나 하고 뜬금없는 감상을 품고 말았다.

갑자기 건물이 무너지는 소리와 함께 튀어나온 그림자가 하나 있었다.

땅바닥에서 튀어 그대로 데굴데굴 구른다.

이블아이는 숨을 —— 호흡은 하지 않지만 —— 멈추었다.

한순간 모몬이 튀어나온 것이 아닐까 생각했기 때문이다.

하지만 아니었다. 튀어나온 것은 얄다바오트였다.

비틀비틀 일어나는 상처투성이 모습에 이블아이는 흥분했다. 누가 이만한 중상을 입히고, 누가 이곳까지 날려보냈을지는 생각할 필요도 없었다.

놈이 날아왔던 곳에 눈을 둔 이블아이는 그곳에 선 전사의 모습을 보았다.

칠흑의 갑옷은 곳곳에 흠집이 나, 두 사람 사이에 얼마나 격렬한 사투가 벌어졌는지는 일목요연했다. 그래도 선 모습에는 흔들림이 없었으며, 땅바닥에 엎드린 얄다바오트와 비교해 보면 어느 쪽이 압도적으로 우세한지를 충분하고도 남을 만큼 알 수 있었다.

이블아이는 환희의 파도에 몸을 맡기고 두 주먹을 굳게 쥐었다.

모몬이 천천히 검의 자세를 풀고, 일어나는 얄다바오트에게 말했다.

"아주 조금 즐거웠다. 뭐랄까…… 생동감이 있달까. 싸우고 있다는 기분이 들더군. 그래, 전열은 이런 것을 느끼고 있었구나……. 예전에 접근전을 했을 때는 궁지에 몰렸으니 느끼지 못했다만…… 꼭 전투광 같은걸. 자, 너도 그 모습으로 낼 수 있는 전력을 드러내도 좋지 않을까?"

싸우는 상대에게 전력을 다하라니, 통렬한 비아냥거림이 아니면 무엇이겠는가. 그렇게 생각했을 때 이블아이는 고개를 가로저었다. 어쩌면 저것은 모몬의 바람일지도 모른다.

저만큼 강하다면 모몬은 전력을 다해 싸울 기회를 거의 만나지 못했을 것이다. 반드시 진심을 드러내기 전에 적을 없애버렸을 것이다. 그런 자에게 전력을 드러내기에 합당한 상대와 대치한다는 것은 그야말로 기쁨이 아닐까.

"예, 잘 부탁드립니다."

얄다바오트는 비아냥거림이라 받아들였는지 깊이 고개를 숙여 인사하는 통렬한 냉소로 대답했다.

그런 모습에 자신이 얄다바오트보다도 모몬을 더 잘 안다는 우월감이 솟아났다.

"그러면 진심으로 싸우겠습니다."

"덤벼라, 얄다바오트."

그 말을 신호로 두 사람은 정확히 중간지점에서 부딪쳤다. 그 공방은 이블아이가 모몬과 처음 만났을 때의 재현인 것 같았다. 길게 뻗은 손톱이 초고속 연격을 튕겨낸다. 모몬이 든 거대한 그레이트 소드를 튕겨냈으니 손톱의 강도도 상식을 넘어설 것이다.

모몬이 뒤로 크게 물러난다. 〈비행〉이라고 여겨질 만큼 엄청난 도약력이었다. 그리고 검을 위로 집어 던진다. 빙글빙글 회전하는 검에 시선을 **빼앗긴** 순간, 시야 한구석에 비친 모몬이 어디에서인지도 모르게 꺼낸 창을 내던지고 있었다.

마치 불꽃이 도사린 것처럼 진홍색 날을 가진 창이 얄다바오트에게 날아갔다. 초고속 사출은 눈을 태울 듯한 붉은 잔광을 남기며 얄다바오트에게 향했다.

"——악마의 제상: 연옥의 옷."

창이 꽂히고 화염이 상공으로 솟구치며 충격파가 미친 듯이 날뛰었다.

"크윽!"

이블아이는 날뛰는 대기의 분류에 튕겨나가지 않도록 몸을 낮추고 필사적으로 버텼다. 이블아이는 가면을 썼기 때문에 폭풍 속에서도 눈을 뜰 수 있다는 것이 행운처럼 여겨졌다.

가만 보니 모몬은 폭풍조차도 베어낸 것처럼 자신의 곁에 한 치의 오차도 없이 떨어지는 검을 단단히 붙잡더니 다시 얄다바오트에게 돌진했다.

이에 맞서는 얄다바오트의 온몸은 불꽃에 휩싸였으며 그의 발치에는 조금 전에 던진 창이 박혀 있었다.

모몬이 내리친 일격에 얄다바오트는 검신을 붙들었다. 그 순간 손에서 연기가 피어나더니 모몬의 검에 서서히 손가락이 파고들었다.

"이 레벨의 무기를 녹이다니…… 그 힘, 강화되었군."

최고위의 아다만타이트 모험자인 모몬이 장비한 무구가고

급 금속으로 이루어졌음은 틀림이 없다. 그런데도 이를 녹여버릴 만한 불꽃을 뿜어내는 얄다바오트. 그리고 극한의 불꽃을 코앞에서 받으면서도 태연히 대화를 나눌 수 있는 담력을 가진 모몬.

"——어떻게 저런 자들이 있을 수가."

이블아이는 외경심에 휩싸였다. 두 사람이 강하다는 것은 당연히 잘 안다. 그래도 떨림을 막을 수가 없었다.

"용케도 파악하셨군요. 스킬로 강화하여 화염계 대미지를 향상시켰지요."

휘몰아치던 불꽃에 갑자기 새까만 것이 섞였다.

"지옥의 불꽃이구나!"

"예. 제아무리 불꽃에 완전내성을 가졌다 한들 멀쩡할 수는 없을 겁니다."

처음으로 모몬이 후퇴의 의미로 물러났지만 얄다바오트도 이를 호락호락 내버려두지는 않았다.

이번에는 얄다바오트 쪽이 거리를 좁히고 모몬에게 공격을 되풀이했다. 인간이라면 눈 깜짝할 사이에 끔찍하게 목숨을 잃을 만한 공격을 모몬은 거대한 검으로 멋지게 받아냈다.

접근전으로 갑옷이 시뻘겋게 달아오르는 동안 모몬은 어디선가 기묘한 무기를 꺼내들어 이를 휘둘렀다.

"네오 프로스트 페인(Neo Frost Pain) ——빙결폭산Icy

Burst!!"

단숨에 주위의 온도가 떨어진 듯한 극한의 냉기가 무기에서 분류처럼 솟아났다. 불꽃마저 얼어붙을 냉기였으나 얄다바오트가 불러낸 지옥의 불꽃은 더 뜨거웠다. 그래도 일시적으로 열기를 완화한 모양이었다.

놀란 듯한 얄다바오트의 목소리가 이블아이가 있는 곳까지 들렸다.

"그게 대체 무엇입니까?! 조금 전의 창도 그러했습니다만."

"마법을 쓸 수 없는 대신 사용하는 속성무기다. 이건 프로스트 페인을 본떠 실험적으로 만든 것이다만…… 그것보다도 강하다는 보너스가 있지. 하루 세 번까지는 고위계 마법을 담아 발동할 수 있는 매개이기도 한데…… 특수기술로 강화하지 못하기에 너 정도 수준을 상대하면 효과가 미미하지."

있을 수 없는 두 사람의 대화였다.

서로 목숨을 빼앗는 싸움을 하면서, 마치 서로의 능력을 확인하는 듯 느긋했다.

이블아이는 문득 옛날 가가란이 했던 말을 떠올렸다. 전사로서 검을 마주하고 있으면 이따금 상대의── 적의 생각이 가슴속에 쑥 들어올 때가 있다고. 함께 오랫동안 지냈던 친구 같은 기분마저 든다고.

그때는 이 인간이 무슨 소리를 하나 싶었다. 하지만——.

"놈의 말이 제법 일리가 있었는지도 모르겠군."

이날 하루 동안 이블아이가 수긍한 것은 매우 많았다. 앞으로는 지식 면에서 그자를 우습게 보지 말자고 강하게 결심했다.

두 사람의 친근한 분위기에 이블아이는 아주 조금 질투를 느꼈다.

표면이 용해되었는지 윤기를 잃은 칠흑의 갑옷을 걸친 사내와, 여기저기 베여 다소 찢어진 슈트를 입은 가면의 악마.

인간의 영역을 초월한 영역에서 사투를 벌이는 두 사람이, 이블아이의 눈에는 마치 친구라도 되는 것처럼 비쳤다.

"당신은 정말 강하군요."

"너도다, 얄다바오트."

"그래서 어떠신지요. 제안이 있습니다만."

모몬은 아무 말도 하지 않고 턱짓으로 다음 말을 재근했다.

"이쯤 하고 물러날 터이니, 승부는 이 정도로 끝내고 피차 손을 떼면 어떻겠습니까? 아니, 더 정확히 제안한다면 저는 이번에 이만 손을 뗄 터이니 당신도 추격을 하지 말아주셨으면 합니다."

"웃기지 마라!"

이블아이는 격노해 외쳤다. 왕도에 이만한 혼란과 죽음을 뿌려놓고는 용서해 달라니, 너무나도 뻔뻔한 발언이었다.

그러나 조용한 목소리가 얄다바오트의 제안을 받아들였다.

"상관없다."

이블아이는 가면 안에서 눈을 휘둥그렇게 뜨고, 발언한 모몬을 바라보았다. 왜, 우위에 선 모몬이 얄다바오트의 제안을 받아들였는지 이해를 할 수 없었다.

그런 이블아이의 혼란을 간파했는지 얄다바오트가 못 말리겠다는 투로 어깨를 으쓱했다. 가녀리고 키가 큰 얄다바오트의 동작은 분하지만 매우 멋들어졌다.

"모몬 씨가 왜 이렇게 머리 나쁜 여자를 데리고 다니는지 감도 안 잡히는군요. 조금 생각해 보면 모몬 씨가 저의 제안을 받아들여주신 이유를 알 수 있을 텐데요?"

말없는 이블아이에게 얄다바오트가 말을 이었다.

"모몬 씨를 이곳으로 보내기 위해, 그리고 전투 도중에 방해가 들어오지 않도록 당신의 동료들이 지금쯤 필사적으로 싸우고 있지 않습니까? '아항, 그래서 우리가 싸우는 동안 악마들이 개입하지 않는구나.' …… 정말로 그렇게 생각하십니까?"

이블아이는 등줄기에 고드름이 꽂히는 기분을 맛보았다.

"악마의 무리를, 언제라도 왕도 전역을 습격할 수 있도록 대기시켜 놓았습니다."

──최악이다.

레에븐 후작의 부하들이 왕도 안을 순찰하고 있겠지만, 얄다바오트가 준비한 모든 악마에게 대처할 수 있으리라고는 생각할 수 없었다. 왕도 전역이 인질로 잡히는 것과 마찬가지다.

그렇다면 여기서 얄다바오트를 쓰러뜨려버리면——.

"저를 죽여도 악마들은 사라지지 않습니다만? 제가 여기서 한마디, 사념으로 명령을 날리기만 하면 악마들은 왕도 전역으로 퍼질 겁니다. 물론 그렇게까지 많지는 않으니 어떻게든 대처하실 수는 있겠지요. ……사망자가 얼마나 나올지는 모르겠습니다만."

"그러나 네가 약속을 지키리라는 보장은 없지 않나?"

아니, 모몬이라는 초일류 전사와 이 이상 전투를 계속하면 얄다바오트라 해도 이기리라는 보장이 없다.

그렇다면 완전히 손을 뗄 테니 용서해 달라, 하다못해 추적만이라도 삼가 달라. 안 되겠다면—— 모든 것을 길동무로 삼겠다는 거로군.

극악무도한 발언이었다.

그러나 왕도를 인질로 잡힌 상황에서는 입장이 대등하지 못하다.

과연.

이블아이는 진심으로 경의를 품었다. 여기까지 간파했기에 모몬은 얄다바오트의 제안을 받아들였단 말인가. 아니, 받아들일 수밖에 없었단 말인가.

"그러면 외야도 조용해진 것 같으니 이만 철수하도록 하지요. 유감입니다. 아이템을 회수한다는 목적도 이루지 못하다니. 그러면 두 번 다시 만날 일이 없기를 기도하지요."

"그래. 나도 그렇게 생각한다, 얄다바오트."

가면 안에서 얄다바오트가 웃은 것 같았다.

얄다바오트의 주위에 메이드들이 모두 모이는가 싶더니, 고위 전이마법으로 단숨에 사라졌다.

"갔군……."

이블아이는 허공에 떠올라 불꽃의 벽이 어떻게 되었는지 눈을 돌렸다. 그곳에는 이제 아무것도 남지 않았다. 다만 한밤의—— 평소보다 소란스러운 왕도의 모습이 있을 뿐이었다.

이번 소동은 일단 막을 내린 것일지도 모른다. 하지만 오늘 하루에 발생한 왕국의 희생과 소모는 무엇을 낳을까.

마신을 아득히 능가하는 힘을 가진 얄다바오트라는 존재가 있다는 사실. 여기에 필적하는 모몬이라는 초전사의 존재. 이런 것들이 세간에 알려지면 어떤 사태를 초래하고, 어떻게 세계가 움직일 것인가——.

이블아이는 머리를 가로저어 엉망진창이 된 생각을 떨쳐냈다. 뒷일은 나중에 또 천천히 생각하면 되니까.

그보다도 해야 할 일이 있다. 이블아이는 지면에 내려서자 팔을 벌렸다.

"으아아아아아아아아아아!"

포효처럼도 들리는 환호성을 지르고 온 힘을 다해 달렸다.

〈비행〉의 지속시간 중이기는 했지만 이럴 때는 역시 뛰는 편이 그럴듯하다.

그녀가 향한 곳은 모몬이 있는 곳이었다. 놀랐는지 검을 들려 하고 있다. 그걸 무시하고 이블아이는 뛰어들었다. 온힘을 다해 뛰어 벽에 격돌한 거나 마찬가지였다. 그러나 이블아이의 뱀파이어 육체가 가진 내성 덕에 대미지는 없었다.

그대로 끌어안았다.

"해냈다! 이겼어! 이겼어! 역시 모몬 님이야!"

"아니, 미안한데…… 떨어져 주지 않겠어?"

코알라처럼 안겨드는 이블아이에게 모몬이 평탄한 어조로 말했다. 아마 멋쩍어하는 것이리라.

'안아주어도 될 것을.'

이블아이가 노렸던 것은 옛날에 들었던 지식이었다. 남자들 중에는 전투가 끝난 후의 흥분을 이성으로 발산시키려는 자도 있다고. 그 해소에 자신을 어필하려는 노림수였던 것이다.

이블아이는 날카롭게 눈을 흘겨뜨는 나베를 흘끔 보았다.

'선수는 내가 쳤다.'

슬금슬금 몸을 문질러 봤지만 갑옷을 입은 그에게는 별로 효과가 없는 것 같았으며, 갑옷에 생긴 상처 때문에 자신만 아팠다.

"하아……. 미안하다, 나베. 검을 넣는 것을 좀 도와다오."

뭘 해 봤자 소용없다는 것을 깨닫고 이블아이는 손을 뗀 채 모몬이라는 나무에서 내려왔다.

'그렇겠지. 좀 더 타이밍을 가늠해야겠어. 모몬 님의 힘을 단단히 알린 이상 얄다바오트가 약속을 지키지 않았을 가능성은 없겠지만 아직 싸우는 자들도 있을 테고, 죽은 자들의 명복도 빌어야 하고. ……내 욕망을 추구하기에는 이래저래 상황이 좋지 못하군.'

분명 싸움은 끝났다.

그러나 이블아이가 여자로서 펼칠 싸움은 이제 막을 열었을 뿐.

앞으로 자신이 취해야 할 행동에 고민하던 이블아이는 어디선가 울려 퍼지는 강철의 소리에 고개를 돌렸다.

쳐다보니 뛰어오는 무리가 있었다. 모험자에 병사들, 그리고——

"선두에 있는 건 전사장이로군? ……우리 동료들까지."

가제프 스트로노프의 모습에 라퀴스며 티나, 그뿐 아니라 가가란과 티아까지 있었다. 모두 지저분해 이곳에 올 때까지 어떤 사투를 겪었는지 생생히 엿보였다. 그런 자들이 치열한 전장의 흔적을 둘러본다. 그리고 숨을 멈추고는 모몬을 응시한다.

그곳에 담긴 마음을 감지하고 이블아이는 모몬에게 속삭

였다.

"모몬 님, 모두에게 승리를 알리시게."

하지만 꿈쩍하지 않는다. 이블아이가 의문을 품었을 때, 조그만 목소리가 불쑥 들려왔다.

"창피한데."

초급(超級)의 전사라고는 생각할 수 없는, 마치 일반인 같은 반응에 이블아이가 활짝 웃었다.

"……이건 가장 큰 무훈을 세운 자가 해야만 하는 일이다. 인정하셔야지."

"하아, 그렇지. 해야 하는 일이지."

모몬이 검을 부르쥐고 힘차게 들어 올렸다.

"우와아아아아아아아아아!!!"

다음 순간, 광장에 있던 모든 이들의 주먹이 똑같이 일제히 하늘을 찌르고 승리를 축하하는 포효가 폭발했다. 그리고 입을 모아 칭송했다. 나라를 구한 모몬이라는 영웅의 이름을——.

세바스 앞에 메이드들이 도열했다. 합계 41명의 인조인간 Homunculus들이었다. 그 앞에 선 것은 개 머리 메이드장 페스토냐 S. 왕코. 나자릭의 일반업무를 수행하는 메이드들은 모두 모인 셈이다.

"여러분, 이쪽이 나자릭에 새로 들어온 메이드입니다."

"트알레니냐입니다. 잘 부탁드립니다."

고개를 크게 숙인 트알레에게 메이드장이 대표로 인사를 보냈다.

몇 마디를 나누기는 했지만 트알레가 특별히 겁을 먹는 기색은 없었다.

원래 페스토냐는 얼굴 한복판에 난 갈라진 자국과 이를 꿰매놓은 자국을 제외하면 눈이 부드러운 개의 얼굴을 하고 있다. 게다가 뒤에 서 있는 메이드들도 인간 그 자체. 외견 때문에 겁을 먹을 만한 이형들은 아니다.

　그래도 트알레 자신이 처했던 상황에서 오는, 타인을 두려워하는 감정이 사라진 것은 아니었다. 그럼에도 평범하게 대응할 수 있었던 것은 자신의 현재 상황을 잘 알기 때문에 열심히 일해야만 한다는 조바심 탓이었으리라.

　'잘 지켜봐야겠군요. 이러다 언젠가 파열할지도 모르니.'

　세바스가 마음속으로 담아두는 가운데, 인사가 끝나고 메이드 한 사람의 안내를 받아 트알레가 걸어나갔다. 한번 고개를 돌려 세바스를 바라본다. 세바스가 고개를 끄덕이자 그녀도 고개를 끄덕이고, 이번에는 돌아보지 않은 채 걸어갔다.

　"세바스 님, 저 아이는 어느 정도 수준까지 일을 할 수 있게 만들까요, 멍."

　"나자릭의 메이드로서 합격점을 받을 수준을 목표로 삼아 주십시오. 다만 그녀는 평범한 인간이므로 그 점은 염두에 두고 교육해 주시기 바랍니다."

　"분부 받들겠습니다, 멍."

　페스토냐의 개 얼굴이 일그러지더니 이를 드러냈다. 사냥감에 달려들려는 짐승 같은 표정이지만 눈은 여전히 부드럽다.

"메이드는 그저 임시방편이리라 생각했습니다."

"그게 무슨 뜻입니까, 페스토냐?"

의미를 파악하지 못해 진심으로 의아하게 물어보는 세바스에게 페스토냐가 대답했다.

"……멍. ……아뇨, 결혼퇴직을 하려는 아이는 아닐까 해서, 멍."

"넷?!"

세바스가 얼굴을 뻣뻣이 굳히고, 페스토냐의 조용한 웃음소리가 나자릭 지하대분묘 제9계층에 울려 퍼졌다.

*

하화월(9월) 7일 16:35

클라임은 시간과 방문객의 유무만을 확인하고, 문제가 없다 판단한 후 라나의 방으로 들어섰다.

미목수려한 주인은 저녁 햇살이 방을 붉게 물들인 가운데 여느 때와 같은 자리에 앉아 있었다. 흘러넘친 빛이 마치 스포트라이트처럼 그녀를 돋보이게 해 주었다.

"어서 와, 클라임."

부드러운 미모를 대하니 너덜너덜해졌던 마음이 급속도로 누그러지고 치유되는 것을 느꼈다. 긴장이 풀려버릴 것 같은 얼굴을 다잡으며 라나의 곁까지 다가갔다.

"앉아, 클라임."

"아닙니다. 괜찮습니다, 라나 님. 아직도 왕도 악마습격사건의 뒤처리 때문에 가봐야 할 곳이 있습니다."

라나의 눈에 빛이 깃들었다. 원래 라나가 내렸던 명령인 만큼 당연히 감을 잡았을 것이다.

클라임은 이제부터 마술사 조합을 경호하러 가야 한다.

이것은 어떤 아이템에서 비롯된 일이었다.

악마가 왕도를 습격한 이번 사건의 전모는 아직도 밝혀지지 않았지만, 어떤 창고에서 끔찍한 아이템이 발견되었다.

현재는 마술사 조합에서 조사 중인데, 안에 깃든 마력이 심상찮았던 것이다. 얄다바오트가 흘린 정보와도 맞물려, 이것이야말로 놈들이 원하던 물건이라고 누구나 확신을 품었다.

이 때문에 마술사 조합에는 역전의 강자들이 모여, 아이템의 처리방법이 결정될 때까지 근처를 경호하게 되었다. 그 중 한 사람으로 클라임도 동원되었던 것이다.

'이런 아이템을 왕도에 가져온 여덟손가락에게 책임을 지울 수가 없다니…… 정말 불쾌하군!'

라나 앞이기는 했지만 클라임은 불쾌함을 완전히는 억누르지 못했다.

왕도에 비극을 가져온 아이템이 발견된 창고는 여덟손가

락 밀수부문이 관리하는 곳이 틀림없었다. 즉시 밀수부문을 없애기 위해 행동해야 하겠지만, 그럴 수 없는 이유가 하나 있었다. 그것은 이 정보를 아는 자는 극히 일부로 한정되었기 때문이다.

아이템 발견에 일익을 담당했던 것은 얄다바오트가 누설한 정보였다. 그렇기에 라나가 주장했던 것이다.

자신의 부하들이 발견할 수 없었던 아이템을, 인간들의 손으로 찾게 하고자 의도적으로 정보를 흘렸을 우려가 있다고.

이 말에는 누구나 수긍했으며 정보은폐의 일환으로 모든 것을 덮어버리기도 했으므로, 여덟손가락의 창고에서 발견되었다는 사실은 무기로 삼을 수 없게 되었다.

"전사장님과 함께 행동하고 있지? 알았어. 그럼 그대로 서 있어도 돼. 그런데 클라임이 구해 준 시민 여러분은 어떻게 하고 있어? 지금까지는 왕성에서 보호했지만 조금 전에 출발했지?"

갑자기 떨어진 폭탄에 클라임의 심장이 크게 한 차례 뛰었다.

"아, 예. 모두들, 라나 님께 감사를 전해달라고 했습니다."

"그렇구나. 그럼 서둘러 가면 만날 수 있으려나?"

"안 됩니다!"

클라임은 소리를 지르고 아차 싶었다. 고개를 조아리며, 자신의 실수를 덮어버리려는 듯 재빠르게 라나에게 말했다.

"다들 바쁘시거든요. 라나 님께서 계시면 모두들 중요한 시간을 빼앗긴다고 생각할 겁니다. 라나 님의 다정한 마음을 무시해서 죄송하지만, 생각을 거두어주시는 것이 좋을 것 같습니다."

숙였던 고개를 들면서 클라임은 주인이 아름다운 얼굴에 불만을 띠고 있으리라 생각했다. 어쩌면 나이에 어울리지 않게 아이처럼 유감스러워하는 표정을. 하지만 그 어느 쪽도 아닌 표정이 클라임을 맞아주었다.

라나는 웃고 있었다.

미소가 아니라, 활짝 웃고 있었다.

분명 클라임은 이따금 라나가 웃는 모습을 보았다. 가장 오래된 기억까지 거슬러 올라가면, 처음 그녀가 자신을 거두어 주었을 무렵의 어딘가 뻣뻣한 미소까지 떠올릴 수 있었다.

하지만 그러한 것과는 결정적으로 무언가가 달랐다. 그것이 무엇인가 하는 대답까지 이르기도 전에 여느 때와 같은 미소로 바뀌었다.

"……그러면 어쩔 수 없겠네."

이해해 준 라나에게 클라임은 안도의 한숨을 쉬었다.

왜냐하면 조금 전 주인에게 했던 말은 대부분 거짓말이었기 때문이다. 그들에게서 감사라고는 거의 듣지 못했다. 그뿐이랴, 철저하게 책망을 들었다. 왜 자신들만 구했느냐고.

자신들을 엄습한 불행──가족을 잃고, 재산을 잃은──에 대한 분노를 클라임에게 들이댄 것이다.

누가 어떻게 보더라도 애먼 분풀이에 불과한 감정을 클라임이 기꺼이 받아들인 이유는 책망할 상대가 클라임밖에 없는 그들을 연민했기 때문이며, 아울러 주인이 바란 결과를 완벽하게 내지 못했던 자신에 대한 벌이기도 했다.

그래도 위험을 무릅쓰고 그만한 악마와 사투를 벌여서까지 구해 준 사람들에게 그런 소리를 들으면 괴로웠다.

창고 앞에 나타났던 악마의 힘은 차원이 달랐다. 브레인 앙글라우스조차 벅찼던 강대한 악마는 몸에 수많은 상처를 입고 있었다. 만일 멀쩡한 상태로 세 사람 앞에 나타났다면 확실하게 패배했을 상대였다. 나중에 라퀴스 일행에게 얼마나 강했는지를 듣고, 승리할 수 있었던 자신들의 행운에 감사했을 정도였다.

그만한 사선을 넘나든 후의 비난. 고독에는 익숙했지만 그것과는 다른 괴로움이 있었다.

다만 클라임에게 증오를 쏟아내는 동안에는 상관이 없었다. 왕녀 직속 병사이기는 하지만 눈엣가시인 클라임에게는 욕설을 퍼부어도 다른 자들이 묵인할 것이다. 하지만 그들과 라나가 맞닥뜨리면 성가신 일이 벌어진다. 만일 그들의 증오가 왕녀에게 향하고 모멸당하는 일이 있다면 클라임도 검을 뽑을 수밖에 없다.

"그러면 클라임, 이제부터는 괴로운 이야기를 할게. 마음 단단히 먹고 들어줘."

라나가 살짝 눈을 감고, 몇 초 후에 떴다.

"클라임이 세바스 씨, 앙글라우스 씨와 함께 구해냈던, 창관에 잡혀 있었던 사람들 말인데…… 살해당했어."

클라임은 한순간 무슨 말을 들었는지 이해하지 못했으며, 그다음에는 갈라진 목소리로 묻고 있었다.

"어떻게, 그런 일이……."

분명 한동안 위사 대기소에서 보호한 후 라나의 영토로 옮길 계획이라고 했는데.

"내 실수였어. 처음에는 모험자 분들을 호위로 붙이려고 했지만, 왕도 동란 때문에 고용하지 못하고 어쩔 수 없이 용병분들을 고용해 보냈는데……."

아무도 살아 돌아오지 못했다며 라나는 고개를 가로저었다.

"아, 아닙니다, 당치 않습니다. 라나 님의 탓이 아니에요! 습격한 자들이 잘못이지요!"

"아니야! 내가 좀 더 신중하게 행동했다면…… 왕도가 혼란에 빠져 경호가 허술해질 테니 위험할 거라 생각해 피신시켰던 거였어. 그러지 않았다면! 클라임을 붙였더라면 결과가 달라졌을지도 몰라. 게다가 용병을 소개해 준 모험자 분들에게도 뭐라고 사과해야 좋을지……."

라나의 눈가에 눈물이 맺혔다. 클라임은 가슴이 옥죄어드는 것처럼 아팠다. 분명 라나의 실수일지도 모른다. 하지만 그 상황에서는 최선의 수단이었을 것이다. 그렇다면 이를 누가 책망할 수 있을까.

"절대 라나 님의 잘못이 아닙니다!"

클라임이 힘주어 단언하자, 라나는 감정이 북받친 듯 벌떡 일어나 그를 끌어안았다.

가슴속에 들어온 조그만 등에 팔을 감으려다—— 그만두었다. 용납될 행위가 아니었다.

"하지만 대체 어디서 정보가……."

"전혀 모르겠어. 왕도 동란 도중에 왕성 경호가 느슨해졌을 때가 있었잖아. 그때 정보가 새나간 것은 아닐까? 즉시 이동시켰는데……."

가능성이 없다고는 단언할 수 없다. 아니, 클라임이 보호했다는 정보에서 실을 더듬어 나가면 분명 위사 대기소까지 도달할 수 있었을 것이다.

"시체는 어디에서 발견되었습니까?"

"왕도 내였어. 빈민가에서 발견되었다고 해. 나도 자세히는 모르겠지만."

"시체는요?"

"매장했어. 그건 왜?"

"상처를 조사하면 무언가 정보를 얻을 수 있을지도 모릅니다."

"……클라임, 그러지 마. 그녀들을 더 이상 욕보이고 싶지 않아. 하다못해 죽은 다음에는 편안하게 쉴 수 있도록 해 주고 싶어."

"……지당한 말씀입니다."

라나의 다정함에 클라임은 감동했다. 분명 라나의 말에 일리가 있다. 배려가 부족했던 것이 부끄러워했다. 진상을 규명하는 데 너무 혈안이 됐던 것 같다.

"신경 쓰지 마. 절대 클라임 잘못이…… 아까하고 반대네."

라나가 미소를 지었다. 눈은 붉게 부었지만 눈물은 이미그쳤다.

"예."

클라임도 무표정을 지우고 웃었다.

"미안해, 붙잡아놔서. 그럼 클라임도 힘내."

온기가 떠나가는 것을 아쉬워하면서도 클라임은 욕구를 잘라냈다.

*

하화월(9월) 10일 09:08

그날은 출발을 축복하는 것처럼 맑게 갠 하늘이 한없이 펼쳐져, 그야말로 창천(蒼天)이었다.

진홍 망토를 나부끼며 칠흑색 갑옷을 걸친 사나이에게 이블아이가 물었다.

"돌아가버리시려는 건가?"

돌아간다는 말이 좀 이상하기는 했지만, 이블아이의 심경은 바로 그런 기분이었다. 청장미도 그렇듯 모험자는 원래 정처 없는 떠돌이로 여겨지기 쉽지만, 어딘가 한 도시를 자신들의 거점으로 보는 자도 있다. 모몬이라는 인물에게는 에 란텔이 그럴 것이다.

"동행하고 싶은 기분은 굴뚝같지만."

이블아이는 자신이 이렇게 못미더운 목소리를 내리라고는 생각도 못했다. 떠나가는 연인에게 손을 내미는 소녀 같지 않느냐고 생각하다가, 연인이라는 단어에 몸이 뒤틀릴 뻔했다.

"……신경 쓰지 마라."

대답은 그뿐이었다.

무뚝뚝한 분.

이블아이는 마음속으로 생각했다.

무어라 말해야 좋을지 떠오르질 않은 채 바람이 두 사람사이를 흘러갔다.

그 공백의 시간을 기다리던 사내가 입을 열었다.

이블아이는 작별을 아쉬워하는 남녀 사이에 운치가 없다

는 생각도 들었지만, 지금 이곳에 있는 사람은 둘뿐이 아니다. 모몬의 뒤에는 나베가, 이블아이의 뒤에는 청장미 멤버들이 있다. 게다가 모몬과 나베를 에 란텔까지 옮겨줄 매직 캐스터들도 있다.

"이번에는 정말 신세를 많이 졌습니다."

레에븐 후작의 감사를 받아 모몬은 가볍게 고개를 끄덕였다.

"폐하께서도 귀공을 직접 뵙고 인사를 드리고 싶어하셨습니다만……."

이번 왕도 동란에서 적 수괴인 얄다바오트라는 초거물 악마와 1대 1로 싸워 이를 격퇴한 전사의 이름은 모험자, 평민, 귀족 세계에 널리 알려졌다. 왕이 직접 만나기를 바랐던 것도 당연하다. 경우에 따라서는 작위 수여도 있었을 것이다.

그러나 모몬은 이를 거절하고 면회조차 하지 않았다.

이 태도가 좋지 못했는지.

자신의 체면을 중시하는 귀족들은, 자신들의 위에 선 왕에게 어디에서 굴러먹다 온 개뼈다귀인지도 모를 사내가 보인 태도가 오만하게 비쳤던 것이다.

왕을 모욕했다는 목소리도 있었다.

모험자 주제에 무례하기 그지없다는 목소리도 있었다.

일부 귀족들에게서는 얄다바오트를 놓아준 것은 큰 실수이며, 숨통을 끊지 않았던 것은 한패였기 때문이라는 소리까지

나왔을 정도였다. 이런 자들은 도저히 묵과할 수 없다 생각해 레에븐 후작 자신이 힘을 앞세워 입을 다물게 해버렸다.

"제가 의뢰하여 부른 분이므로 그 말씀은 저에 대한 도전으로 간주하겠습니다. 어떻게 하시겠습니까?"

그런 위협에 가까운 말로.

귀족들의 규탄은 아래와 같은 모몬의 말에 쑥 들어가고 말았다.

"모험자로서 의뢰를 받아 이를 수행했을 뿐이오. 폐하에게 치하를 받을 만한 일도 아니고, 그렇게 따진다면 이번 전투에 참가한 모든 모험자들에게 그렇게 해 주시오."

그렇다 해도 불길이 진화된 것은 아니었다. 이래도 모몬을 매도한다면 자신들이 모멸을 당하리라 깨달았기 때문이었을 뿐이다.

이블아이는 귀족인 라퀴스에게 들은 설명을 떠올렸다.

모몬이 없었다면 왕도를 덮친 동란은 해결되지 않았으며, 더 많은 피해가 나왔으리라 상상하기는 어렵지 않다. 그런 영웅이 돌아가는 길을 배웅하는 자가 청장미 멤버와 레에븐 후작뿐인 것은 그가 복잡한 입장에 있기 때문이다.

이번 건에서는 모험자들과 왕, 제2왕자, 레에븐 후작의 평가가 높아졌으며 반대로 귀족들은 평가가 떨어졌다.

물론 귀족들에게도 반론의 여지는 있다. 왕도는 왕의 소유지이며, 다른 곳에 영토를 가진 귀족들의 입장에서는 자신의 영지에서 끌려나온 민병을 동원해서까지 돕는 것은 의리일지언정 의무는 아니다. 악마가 자신의 저택을 습격할 위험성을 생각한다면 자신의 몸을 중점적으로 지키는 것도 당연하기 때문이다.

귀족파는 이번 건을 두고, 자신의 영토를 지켜내지도 못한 인물이 왕을 자청하다니 이는 큰 잘못이라는 강경한 자세를 보이기 시작했다. 국왕파는 안전한 곳에 숨지 않고 진두에 서는 것도 마다하지 않았다는 면을 강하게 밀어붙였다.

그리고 두 세력의 권력투쟁은 더욱 격렬해지고 있었다.

그리고 권력투쟁과 무관하게 왕도에서 살아가는 백성들은 다른 의미에서 불만의 씨앗을 품고 있었다. 왜 여느 때는 거들먹거리던 귀족들이 자기 집만을 지킬 뿐 자신들을 지켜주러 오지 않았느냐고.

그렇기에 반대로 열심히 싸웠던 자들이 한층 칭송을 받았다. 그렇게 되면 이번에는 평가가 떨어진 귀족들이 분개했다. 그렇게 악순환에 빠져, 결국 귀족들은 모험자들에게 불만을 돌렸다. 그래 봤자 돈으로 고용되었기에 아등바등 싸웠을 뿐이라고.

이번 건에서 아다만타이트 클래스 모험자 중에서도 왕국 최고라는 평가를 받게 된 모몬은 그 기수였다. 배웅을 나오는 자가 있을 리 만무하다. 일부 우호적인 귀족도 극심해진 권력투쟁의 여파 때문에 움직이기 어려운 상황에 몰렸다.

레에븐 후작이 올 수 있었던 것은 그가 박쥐 같은 위치에 있기 때문이었다.

"폐하를 비롯하여 제2왕자 전하, 제3왕녀 전하의 연명으로 모몬 공에 대한 감사의 서한을 가져왔나이다. 그리고 폐하 직할령에서는 통행세를 모두 면제하겠다는 증명판입니다. 나아가 폐하께서 단검을 하사하셨습니다."

귀족인 라퀴스가 감탄성을 내는 것이 이블아이에게는 똑똑히 들렸다.

왕이 내리는 단검에는 귀족이나 기사들 중 혁혁한 전과를 올린 사람에게 주는 훈장 같은 의미가 있다. 권력투쟁이 격화되어 가는 가운데 이를 내렸다는 사실이 귀족들에게 알려지면 성가신 일이 생기지 않을까. 그래도 모몬이라는 인물의 활약에 왕이 이를 주겠다고 결단한 것은 훌륭하다고 말할 수밖에 없었다.

'대립만 낳을 뿐 대단한 자는 아니라고 생각했는데, 조금쯤 평가를 다시 해 봐야겠군.'

모몬은 단검 따위 별 대수롭지도 않다는 태도로 받아선 뒤에 선 나베에게 건네주었다.

"아니, 포상으로는 충분하다고 보고 귀족들도 아무 말도 없을 가능성이 있지만."

이블아이가 혼잣말을 했다.

귀족들의 입장에서는 인기와 힘을 겸비한 인물이 귀족이된다면 여러 가지 의미에서 탐탁찮을 것이다. 게다가 가제프를 능가하는 전사가 국왕파에 들어가는 것도 좋지 못하다. 만일 왕이 모몬에게 작위를 내린다는 이야기가 나왔다면 반대 의견이 속출했을 것이다. 그때의 근거로 단검을 제시할 수 있다. 왕에게서 단검을 받았으니 이 이상의 포상은 과도하다고.

귀족들은 금방 묵인하지 않았을까.

그런 이블아이의 생각을 옆에서 부정했다.

"……그건 얕은 생각이야, 이블아이."

"어수룩해. 왕이 한 수 위."

"어째서지?"

"……저 단검은 기사나 귀족들에게 주는 것."

"그렇다면 나중에 무슨 일이 있어서 모몬 씨를 추켜세울때 귀족들이 불만을 품으면 단검 이야기를 할 수 있지. '평민에게 단검을 왜 줘? 너희도 알잖아? 사실은 이미 작위도 세트로 줬던 거야.' 라고. 억지 논리긴 하지만 효과적."

"그렇군…… 용케도 거기까지 생각이 미쳤는걸."

"에헴. 콧대 높이높이."

"전직 암살……닌자 우습게 보면 안 돼."

"그럼 저는 슬슬 가보겠습니다. 레에븐 후작님, 여러모로 고맙습니다."

"아닙니다. 앞으로도 좋은 관계를 맺을 수 있기를 바랍니다."

"저야말로 잘 부탁드립니다. 그리고 청장미 여러분, 같은 아다만타이트 클래스 모험자로서 연락을 긴밀히 하면 좋겠군요. 앞으로 또 무슨 일이 있으면 잘 부탁드립니다."

"저야말로요, 모몬 씨. 저희가 모몬 씨와 같은 지위에 있는 모험자라고 하시면 모몬 씨의 힘을 잘 아는 지금은 창피하지만, 발밑에는 미칠 수 있도록 노력하겠습니다. 앞으로도 잘 부탁해요."

라퀴스와 모몬은 서로 가볍게 고개를 숙였다.

그리고 이블아이는 모몬의 시선이 자신에게 향한 것을 느꼈다. 그것은 결코 기분 탓이 아니었다. 그 증거로 모몬은 무언가를 말하려는 듯한 기척을 보였으니까.

이블아이는 움직이지 않는 심장이 또 고동치는 것을 느꼈다.

만일 모몬이 동료가 되어달라고 청한다면 이블아이는 거절할 수 없을 것이다. 고락을 함께 했던 동료들을 배신하게 되겠지만 그래도 자신의 마음에 거짓말을 할 수는 없었다.

몇 초 망설이는 기색을 보인 모몬은 숨을 토해내고는 등을 돌렸다. 진홍색 망토가 그의 움직임에 따라 크게 출렁거렸다.

등이 멀어져가고, 가가란이 놀리듯 말했다.

"차였구만."

"아니. 그는 원래 그런 남자다."

한 번도 눈을 떼지 않고 바라보는 이블아이를 내버려둔 채

레에븐 후작 휘하의 매직 캐스터들이 발동한 〈부유판〉이 모몬 일행을 태운 채 천천히 상승했다.

"또 어디서 만날 수 있겠지, 뭐."

"그때는 이번처럼 큰 사건이 아니라 더 편하게 풀 수 있는 안건이면 좋겠는데 말야."

"어려워."

"동감."

청장미 멤버들이 저마다 말했다.

일 때문에 아다만타이트 클래스 모험자가 한 자리에서 만난다면 대사건이 발생했을 때뿐이다.

"그럼 뭐, 평범하게 만나러 가면 되겠구만? 이블아이는 전이 마법도 쓸 수 있으니까. 에 란텔에 전이할 곳을 만들어두는 것도 나쁘지 않겠네. 그보다 같이 따라갔으면 일석이조 아녔어? 모몬에게 보호받으면서 이동하는 거니 안전하고."

이블아이는 아연실색해 가가란을 쳐다보았다. 물론 가면을 쓰고는 있지만 멍한 표정은 태도에서 강하게 드러났다.

"이봐이봐, 우리가 모를 줄 알았어? 원거리 연애는 파국에 이르기 십상…… 아참, 아직 사귀는 건 아니었나?"

가가란이 고개를 들고, 이블아이도 따라서 하늘을 보았다.

서서히 작아져가는 모몬의 뒷모습.

"으아아아아아아아아아!"

이블아이의 노성과도 같은 절규가 솟아나고, 청장미 멤버들은 웃음을 터뜨렸다.

*

여덟손가락의 이번 긴급회의는 처음부터 매우 거칠었다.

우선 모든 멤버가 모이질 않았다. 한 사람은 코코돌. 그러나 그가 위사 대기소에 잡혀 있다는 사실은 모두가 다 알기에 이번에는 직접 문제로 거론되지 않았다. 문제는 또 하나의 공석—— 제로였다.

그들은 그가 배신할 리 없음을 잘 안다. 그렇기에 한층 문제가 되었던 것이다.

그들에게 모여든 정보에 따르면 제로의 사망은 확인된 사실이었다. 같은 날, 그들을 모욕한 자를 본보기로 지분지분 죽이는 모습을 보여주겠다던 제로의 제안을 받아 자신들이 파견한 부하들도 모두 살해당했던 모양이었으니까.

손실은 크다. 그야 대체할 수 없을 만한 부하는 아니었지만, 여덟손가락 최강의 사내인 경비부문장의 사망은 있어서는 안 될 손실이었다.

이 자리에 있는 각 부문장들은 라이벌이다. 그러나 같은조직의 구성원이기도 하다. 이 손실이 자신들에게까지 영향을 미칠 것은 분명하다.

논의는 격렬했다.

제로의 죽음으로 빈 구멍을 어떻게 할까. 코코돌은 어떻게 할까.

그들도 여느 때 같았으면 자신의 수하를 집어넣기 위해 행동했을 것이다. 그러나 그럴 수 없는 이유도 하나 있었다.

그것은 왕도에서 일어난 악마의 습격이었다. 여기에 따라 여덟손가락이 입은 피해는 엄청났다. 같은 날 거점이 습격당하는 사건이 있었는데, 그것과는 비교할 수도 없는 손실을 입었다. 특히 손해에 골머리를 앓았던 사람이 밀수부문장이었다.

거의 모든 창고의 짐을 빼앗겼으며, 습격당하지 않은 창고도 조사를 받았다. 결과적으로 왕도 내에 반입했던 밀수품의 절반가량을 상실하는 큰 손해를 입었다.

"아무튼 힘을 회복할 때까지는 피차 힘을 합칠 수밖에."

"우리는 언제나 힘을 합치지 않았던가?"

"시시한 이야기는 집어치워. 이번만은 진짜로 힘을 합쳐야 해. 한동안 왕도를 떠나 활동하는 편이 좋다고 생각하는데, 다른 사람들 의견은 어때?"

"아니, 오히려 이럴 때야말로 왕도에서 행동해야지. 새로운 위사장 같은 자들에게 뇌물을 돌릴 필요도 생겼고. 여기서 멀리 도망쳤다간 완전히 왕도의 이익을 포기해야만 할 것 같은데."

"으음, 하긴. 그럴 가능성도 있지. 하지만 경비부문——우리의 무력이 반파된 상황에 왕도에서 일하기란 위험하지 않을까?"

다섯 명의 부문장과 의장은 고민하다가, 유일하게 이제까지 한 마디도 입을 열지 않은 부문장에게 말했다.

"힐마는 어떻게 생각하나?"

여자의 몸이 흠칫 떨렸다.

예전 회의 때와는 전혀 다른 반응이었다.

그의 눈밑은 화장으로도 감출 수 없을 정도로 시커멓게 죽어 있었으며 시체 같은 분위기를 풍겼다.

"왜 그러지? 그쪽 저택도 습격을 당했다고 들었는데……너만 용케 비밀통로에서 도망친 거였지? 그 정도로 겁을 먹을 만한 무언가를 봤던 건가?"

다른 부문장이 여느 때처럼 호위를 대동하고 있는 반면 힐마의 뒤에는 아무도 없었다.

"……."

"왜 그래?"

힐마가 입을 열려던 순간 회의실 문이 활짝 열렸다.

"네에~ 그만 그만!"

밝은 목소리를 내며 방에 들어온 것은 한 다크엘프 소년이었다. 그 뒤에서 쭈뼛거리며 다크엘프 소녀도 따라 들어왔다.

그 자리에 있던 모든 이는 어이가 없어 행동을 취하지 못했다.

만일 어른 다크엘프였다면 대처가 달라졌을지도 모르지만, 눈앞에 있는 것은 이 자리의 분위기와 전혀 어울리지 않는 아이였다. 적이라 생각하기 전에 누가 데려온 거냐는 의문이 머릿속을 휩쓸었다.

"에~ 이제부터 여러분은 우리 주인님의 종복이 되어주셔야겠습니다!"

찬물을 끼얹은 듯한 정적을 보고 말을 이해하지 못한다고 생각했는지 소년이 바꿔 말했다.

"그러니까~ 존귀한 분께서는 이 나라의 수뇌진을 다스리는 것보다 여러분을 지배하는 편이 더 큰 영향력을 얻을 수 있겠다고 판단하셨답니다. 그러니까 여러분은 죄를 용서받고, 우리의 종복…… 노예? 인형? 뭐 됐고. 암튼 축하~."

짝짝 손뼉을 치는 소년 다크엘프에 이어, 쭈뼛거리던 소녀도 스태프를 옆구리에 끼고 박수를 치기 시작했다.

"추, 축하——."

"——이것들이 장난하나!"

적인지 아군인지 정체를 알 수 없기에 고민했던 것이다.

적이라 판단했다면 그다음 행동은 빠르다. 암흑가에서 살아온 자들의 생각은 이미 바뀌어, 우선 자신이 안전하게 살아남을 길을 모색했다. 상대를 죽이는 것은 이제 뒷전으로 미루었다.

다크엘프가 진짜 전력인지 어떤지는 몰라도 여덟손가락의 수뇌회의에 정면으로 쳐들어올 수 있었던 이상 이 장소는 매우 많은 부분이 제압당했으리라 판단해도 틀림이 없다. 그렇다면 각 부문의 장이 엄선한 최정예 호위가 있다 해도 전투로는 이기지 못하리라. 어지간히 상대가 바보가 아닌 한 패배할 가능성은 완전히 배제했을 테니까. 그렇기에 이곳에서 안전히 도망치는 것을 가장 우선시했다.

부문장들은 망설임 없이 자신들의 호위를 방패로 삼고자 결심했다. 모두가 순식간에 똑같은 생각에 이르러 실행에 옮기려 했다.

그러나 그런 행동도 이미 때가 늦었다.

의자에서 일어나려 했던 부문장 중 한 사람이, 자신의 몸이 움직이지 않는다는 사실을 처음으로 깨달았다.

"어, 으어, 아아? 아아아아."

몸은 이미 움직이지 않았다. 혀가 돌아가지 않아 말도 할 수 없었다. 침만이 줄줄 입가에서 흘러내렸다.

후우 숨을 내쉰 소년이 생글생글 웃었다.

"저기요, 우선은 여러분을 즐거운 곳으로 초대해드리겠어요~. 그치?"

"어, 응. 마, 맞아요. 초대예요."

흠칫 몸을 떤 것은 힐마였다.

"자, 잠깐만! 나는 괜찮은 거지? 도와줬잖아!"

배신자가 누구인지 이해한 남자들은 눈만을 돌려 유일하게 움직일 수 있는 여자를 노려보았다.

"저기, 제발 부탁해! 이젠 싫어! 그런 건 너무 끔찍해!"

"우웅~? 뭘 했길래 저래?"

"고, 공포공의 방에 데려가서, 몸속을 파먹어달라고 했어."

"으아~."

다크엘프 소년이 얼굴을 찡그렸다.

힐마는 기억을 떠올렸는지 자신의 몸을 끌어안고 팔에 손톱을 세우며 바들바들 떨었다. 한 손으로는 입을 막고 있다. 눈에서는 줄줄 눈물을 흘리고 낯빛은 토할 것처럼 창백했다.

"그, 그리고 있지──."

"스토옵. 상처는 치유마법으로 치유했겠지? 그럼 고분고분해지는 것도 당연하겠네. 그래도 죽이지는 않다니 신기한걸."

"으, 응. 시체는 많이 있고, 이 사람은 이 조직의 운영에도 움이 될 거라고 해서."

"그랬구나~. 그럼 아줌마, 힘내. 배신하면 그 방에 더 오래오래 처박아놓을 거야."

"히이익!"

힐마는 새파랗게 질린 얼굴로 몇 번이나 고개를 끄덕여댔다. 거역하겠다는 마음은 완전히 사라졌으며 명령대로 충성을 바칠 것이 분명했다.

"일단은 이 사람들이 고분고분해질 때까지 시간을 끌어줬으면 좋겠는데, 가능할까?"

"무, 물론 가능합지요! 맡겨만 주세요! 분명 도움이 될 테니까요!"

필사적으로 아첨을 떠는 힐마의 모습에, 저렇게밖에 될 수 없었던 경험을 자신들도 맛보게 된다는 사실을 깨달은 남자들의 낯빛도 새파랗게 바뀌었다.

"그럼 우리가 데려온 부하 몇 명을 아줌마한테 맡길 테니까 유익하게 써먹어줘. 그리고 절대 죽이면 안 되는 사람이 몇 명 있으니까, 그 사람들 설명도 나중에 해 줄게."

생긋, 다크엘프 소년이 웃음을 지었다.

"자, 그러면! 이 나라의 절반은 지배 완료. 하지만…… 건국할 때의 씨를 뿌리는 거라고 데미우르고스가 그랬는데. 흐음~ 뭐, 됐고. 다음엔 다른 나라로 가려나?"

OVERLORD
Characters

캐릭터 소개

빅팀

이형종

victim

제물이란 이름의 태아

직함 ——— 나자릭 지하대분묘
제8계층 수호자.

주거 ——— 제8계층 '세피로트'.

속성 ——— 중립 ——————— [카르마 수치: 1]

종족 레벨 — 천사(Angel) ——————— 10 lv

대천사(Archangel) ————— 10 lv

클래스 레벨 — 패트리어트(Patriot) ——————— 1 lv

세인트(Saint) ——————————— 4 lv

마터(Martyr) ——————————— 1 lv

[종족 레벨]+[클래스 레벨]——— 합계 35레벨
● 종족 레벨　　　　　　　클래스 레벨 ●

취득총계 29레벨　　　　　취득총계 6레벨

status

능력표

[최대치를 100으로 했을 경우의 비율]

	0	50	100
HP [히트포인트]			
MP [매직포인트]			
물리공격			
물리방어			
민첩성			
마법공격			
마법방어			
종합내성			
특수			

엔토마
바실리사
세타

εντομα·βασιλισσα·ζ

벌레를 사랑하는 메이드

직함—— 나자릭 지하대분묘 전투 메이드.

주거—— 제9계층 하녀실 중 한 곳.

속성—— 중립~악 ——— [카르마 수치: -100]

종족 레벨 — 거미인간(Arachnoid)———————10ˡᵛ

　　　　　기타

클래스 레벨 — 부술사(咒術師)———————10ˡᵛ

　　　　　부격사(符撃師)———————7ˡᵛ

　　　　　충사(蟲師)———————7ˡᵛ

　　　　　웨폰 마스터(Weapon Master)———3ˡᵛ

　　　　　기타

[종족 레벨]+[클래스 레벨]——— 합계 51레벨
●종족 레벨　　　　　　　클래스 레벨●
취득총계 12레벨　　　　　취득총계 39레벨

status

능력표

최대치를 100으로 했을 경우의 비율

	0	50	100
HP [히트포인트]			
MP [매직포인트]			
물리공격			
물리방어			
민첩성			
마법공격			
마법방어			
종합내성			
특수			

이형종

라퀴스
알베인 데일
아인드라

lakyus alvein dale aindra

청장미

직함—— 청장미의 리더.

주거—— 왕도.

클래스 레벨– 클레릭(Cleric)——————— ? lv

               템플러(Templar)——————— ? lv

               프리스티스(Priestess)————— ? lv

               기타

생일—— 하토월(下土月) 1일

취미—— 집필활동.

---

personal character

현란한 장비로 무장한 여전사. 마검 킬리네이람의 소유자. '영웅'의
영역까지 발을 들인 신관전사이며 아직도 성장의 여지를 남겨두어 전설로
남을 가능성이 매우 높다. 원래는 귀족 영애였으나 '붉은물방울'의
모험담을 듣고 가출했다(부모님에게는 나중에 허락을 받을 수 있었다).
동료들을 끌어들이면서 쭉쭉 밀어붙이는 타입으로, 청장미는 그녀를
중심으로 팀을 이루었다.

Character 26

이블아이 | 이형종

ivileye

극대급 매직 캐스터
우리 땅꼬마 (by 가가란)

직함——— 청장미의 멤버.

주거——— 왕도.

클래스 레벨— 뱀파이어 프린세스(Vampire Princess) — **?** lv

소서러(Sorcerer) ——————————— **?** lv

엘레멘탈리스트: 어스(Elementalist: Earth) – **?** lv

생일——— 불명.

취미——— 마법개발 및 실험.

| personal character |

한때는 '랜드폴(Landfall)'이라 불리며 두려움의 대상이 되었던 뱀파이어. 십삼영웅과도 어깨를 나란히 하고 마신과 싸웠던 인물. 원래는 인간이었으며 외견은 뱀파이어가 된 당시 그대로이다. 그녀가 왜 뱀파이어가 되었는지, 또한 왜 한 국가를 무너뜨렸는지 그 이유는 입을 다문 채 결코 이야기하지 않는다. 다만 이는 이블아이의 탤런트와 관계가 있는 듯하다. 참고로 청장미에 가입한 것은 마지막이지만 태도는 제일 건방지다.

가가란

인간종

gagaran

가련하고도 미스테리어스한 전사 (자칭)
근육덩어리 (by 이블아이)

직함——— 청장미의 멤버.

주거——— 미스테리(왕도).

클래스 레벨— 나이트(Knight)——————————— ? lv

에어라이더(Air Rider)——————— ? lv

머서너리(Mercenary)———————— ? lv

생일——— 미스테리(하토월 2일).

취미——— 미스테리(근육 트레이닝).

| personal character |

근육질에 커다란 몸집을 가진 외견 탓에 '여자'라는 말에 물음표가 붙지만
여성이다. 모험자가 되려고 가출한 라퀴스를 구해주었으며 청장미의 초기
멤버 중 하나(초기에는 한 명이 더 있었다). 미스테리어스한 인물로 이름은
가명, 과거도 일절 불명이라 동료들에게조차 말하는 법이 없다. 다만 팀
내에서는 강함이 아니라 내면에서 배어나오는 포용력 덕에 가장 신뢰를
받고 있다. 믿음직한 형님 같은 느낌인 모양이다.

티아 & 티나 | 인간종

tia & tina

그림자에 스며드는
쌍살(雙殺)

직함──── 청장미의 멤버.

주거──── 왕도.

클래스 레벨 ─ 로그(Rogue)──────────── **?** lv

어새신(Assassin)───────── **?** lv

닌자(Ninja)──────────── **?** lv

기타

생일──── 불명.

취미──── 스토킹.

Character 28

────── personal character ──────

제국을 중심으로 알려진 유명한 암살자 집단의 두령 세자매 중 두 사람. 그녀들에게 한 번 표적으로 찍히면 반드시 살해당한다는 평판이 있었으나 라퀴스를 암살하러 왔을 때 오히려 당하고 말았다. 이때 설득을 받아들인 결과 청장미에 들어오는 것을 수락했다. 원래는 허점을 보고 암살할 꿍꿍이였지만 이런 생활도 나쁘지 않겠다고 개심하여 암살자 가업에서 손을 씻었다. 이제는 동료를 위해서라면 목숨을 버리는 것도 아까워하지 않을 정도로 변모했다.

후기

자, 읽으면 읽을수록 여러 가지 의미에서 지독한 이야기인 6권이었습니다. 어떠셨는지요?

작가 마루야마는 참으로 '오버로드' 답다고 생각합니다.

여러분도 동의해 주신다면 기쁘겠습니다. 평범한 라이트 노벨의 주인공이라면 절대 하지 않을 짓의 난무였고요.

복선은 역시 몇 권 앞에서 깔아놓으면 '이때부터 생각해 났다' 고 거들먹거릴 수 있어서 조금 자랑하고 싶어지지요. 다만 너무 대놓고 깔아놓으면 간파당하고…… 어렵네요. 아마 제일 알아보기 어려운 것이 일기였을 텐데요, 2권의 어떤 장면에서 어떤 사람이 소지품을 뒤진 흔적에 대한 이야기를 했을 겁니다. 습격자의 목적을 생각해 보면 짐을 뒤질 이유는 별로 없을 텐데. 반대로 그렇게까지 요란한 짓을 저지른 상대이니 짐도 마구 헤집어놓아도 이상하지 않았겠지요. 그래도 너무 크게 뒤져서는 안 되고. 마치 무엇이 어디 있는지 아는 상대가 뒤진 것 같았던……. 참 번잡하구만.

……등등 이번 이야기를 읽으신 후 전체를 다시 읽어보시면 의외의 발견이 있을지도 모르겠습니다.

그리고 캐릭터 말인데요. 5권 6권을 통틀어 MVP는 확실히 이블아이지만 개인적으로 좋아하는 캐릭터는 진짜 막판에 가서 겨우 이름이 나왔던 도적입니다. 젊음이란 좋구만, 하고 자연스레 혼잣말을 하실 만한 분이라면 마루야마의 마음을 이해해 주시리라 생각합니다.

그런고로 전후편을 읽어주신 여러분, 고맙습니다. 어떠한 감상을 품으셨을지 마루야마는 매우 관심이 많습니다. 우표를 사야 하는 난점이 있지만 괜찮으시다면 독자 엽서를 보내 주시면 기쁘겠습니다.

그러면 여기서부터는 감사 인사를. so-bin 님, F다 님, 오오사코 님, 코드 디자인 스튜디오 님, 그리고 오버로드의 제작에 협조해 주신 모든 분들, 고맙습니다. 그리고 하니, 이 것저것 고마워.

그리고 구입해 주신 여러분, 정말로 고맙습니다!

2014년 1월 마루야마 쿠가네

Postscript by So-bin

最後の最後に

エントマは丸山さんに着物っぽいのは
どうヤと言われてナルホド！となって
こういう感じになりました。お気に入りです。
作中は出ませんが顔はグロい。　　so-bin

엔토마는 마루야마 씨가 (최후의 최후에) 기모노틱한 옷은 어떠냐는 말씀을
하셔서 그렇구나! 싶어 이런 느낌이 되었습니다. 마음에 들었어요. 작중에는
안 나왔지만 얼굴은 그로테스크.

so-bin

모여든다.

나자릭 지하대분묘에

그리고 엮이듯

『제물』이

한수는 제국에.

아인즈 울 고운의 다음

제 7 권.

Volume
Seven

마침내 대분묘가 베일을 벗는

탈출 불가능한 나자리에서 그들은 생환의 길을 발견할 수 있을 것인가—.

오버로드 7

대분묘의 침입자(가칭)

OVERLORD *Kugane Maruyama* illustration by so-bin

마루야마 쿠가네 —— 지음
김완 —— 옮김
2014년 여름 발매 예정

역자 후기

안녕하세요, 역자입니다.

얄다바오트의 악의처럼 스포일러가 스멀스멀 배나오는 후기이므로 아직까지 본문을 읽지 않으신 분은 1페이지로 전이해 주시기 바랍니다.

그런고로 오버로드 6권, 왕국의 사나이들 하권입니다. 으리의 세바스가 소드마스터 야마토 뺨치는 기세로 여섯팔을 없애버려 어라? 싶었지만 이 기회를 틈타 데미으리고스가 장대한 계획을 세우고 나자으릭은 무언가 큰 이익을 얻게 되고, 한편으로는 이블아이가 모에모에한 그런 이야기 되겠습니다.

개인적으로는 데미우르고스의 계획(그러고 보니 5권 후기에서 '얄다바오트' 와 데미우르고스와의 관계를 의심했습니다만, 설마 본인이었을 줄이야!)이 정말로 나자릭다워서 이거야말로 오버로드! 라는 생각이 들더군요. 특히 거의 수천 명에 달하는 인간을 온갖 의미에서(물리적인 의미까지 포함해) '이용' 하기 위해 잡아가고, 심지어 이를 매우 흡족하게 여기는 아인즈의 모습은 그야말로 악의 제왕. 드라마 CD에서도 그런 느낌을 받았습니다만, 이제 나자릭에게는 인간도 자원의 일부군요.

7권 예고편 또한 '악의 제국 나자릭' 이라는 느낌이 강하게 듭니다. 나자릭에 쳐들어온 모험자들과 싸우는(싸운다기보다는 가지고 노는?), 마치 옛날 게임 던전키퍼를 연상케 하는 그런 내용인 것 같아서요. 이제까지와는 성향이 조금 다른 알콩달콩한(……), 그러면서도 나자릭이 앞으로 어떤 모습을 보일지를 제시하는 그런 스토리가 아닐까 짐작해 봅니다. 이번에도 짐작만 하는 이유는 웹 버전을 아직도 찾아보지 못하고 있기 때문입니다만, 어디서 들은 말로는 스토리가 아예 완전히 달라졌다고 하는군요. 이번에 사나이다움을 보여준 브레인이 웹 버전에서는 샤르티아에게 물려서(!) 샤르티아님 헤롱헤롱이라는 이야기도 있고 말이죠…….

아무튼 6권 마지막에 왕국의 암흑가를 장악한 나자릭이 앞으로 어떤 악의 활동을 전개할지 흥미진진하게 지켜보도록 하죠.

그럼 저는 다음 작품에서 뵙겠습니다.

2014년 5월
김완

오버로드 6 왕국의 사나이들 下(하)

2014년 05월 15일 제1판 인쇄
2023년 10월 25일 제18쇄 발행

지음 마루야마 쿠가네 | **일러스트** so-bin

옮김 김완

발행 영상출판미디어(주)
등록번호 제 2002-000003호
주소 07551 서울특별시 강서구 양천로 570 NH서울타워 19층
대표전화 02-2013-5665

ISBN 979-11-5627-854-2
ISBN 978-89-6730-140-8 (세트)

オーバーロード6 王国の男たち 下
ⓒ2014 Kugane Maruyama
First published in Japan in 2014 by KADOKAWA CORPORATION ENTERBRAIN
Korean translation rights arranged with KADOKAWA CORPORATION ENTERBRAIN